ZETA

Título original: *Green Eyes*
Traducción: Graciela Jáuregui Lorda
1.ª edición: marzo 2009

© 1991 by Karen Robards
© Ediciones B, S. A., 2009
   para el sello Zeta Bolsillo
   Bailén, 84 - 08009 Barcelona (España)
   www.edicionesb.com

Publicado por acuerdo con Avon, un sello de Harper Collins Publishers

Printed in Spain
ISBN: 978-8-49872-149-2
Depósito legal: B. 1.329-2009

Impreso por LIBERDÚPLEX, S.L.U.
Ctra. BV 2249 Km 7,4 Polígono Torrentfondo
08791 - Sant Llorenç d'Hortons (Barcelona)

Ojos verdes

KAREN ROBARDS

1

La elección era simple, reflexionó Anna Traverne con tristeza: acceder a ser la señora Graham, o morir de hambre.

Si hubiera tenido que decidir por ella sola, sin duda habría elegido la inanición, pero también estaba Chelsea. A la larga, Anna sabía que el amor materno sería más fuerte que el orgullo, la moralidad, o el rechazo físico.

Simplemente no podía permitir que su hija de cinco años fuera arrojada con ella a un mundo frío y desamparado, si tenía la posibilidad de impedirlo.

Pero detestaba la idea de acostarse con su cuñado, de que su persona tuviera que soportar sus manos y de que su cuerpo le invadiera el suyo.

«Dios mío, ayúdame a encontrar una salida.» Como hija de un sacerdote, naturalmente rezaba cuando se sentía desesperada, pero esta vez Anna lo hizo sin mucha fe. Últimamente, Dios no parecía particularmente interesado en escuchar a alguien tan insignificante como ella, por lo tanto el susurro fue más una respuesta automática de su educación que una súplica sincera para obtener la intervención divina. Había rezado tanto durante las últimas y atormentadas horas de la vida de su esposo, que ahora parecía incapaz de elevar una oración sincera. En su funeral se abatió completamente. Desde entonces, sus emociones se habían acallado. No sentía nada: ni odio, ni miedo, ni amor, ni siquiera dolor... con intensidad. Era como si una fría bruma gris hubiera envuelto su vida.

Era viuda desde hacía seis meses, y por insistencia de Graham había pasado los tres últimos en Inglaterra. Desde el momento en que regresó a Gordon Hall, Graham la persiguió. Al principio fue sutil, y ella tenía la esperanza de estar equivocada en los motivos ocultos detrás de sus entusiastas besos y abrazos. Después de todo, era la viuda de su hermano menor, su único hermano. Quizá las caricias pródigas a un recuerdo de su hermano eran su forma de superar el dolor. Pero aunque había tratado de convencerse de ello, Anna sospechaba algo diferente. Conocía a Graham desde hacía mucho y demasiado bien como para creerlo.

Graham la había deseado desde que los tres eran niños. Deseado, no amado. Paul la había amado, a pesar del hecho de que fuera la única hija del vicario local, cuando él y Graham eran los hijos del rico y poderoso lord Ridley. Y ella había amado a Paul. Tenían la misma edad, cumplían años con un mes de diferencia, y desde la infancia él había sido su mejor amigo. El matrimonio sólo había cambiado levemente su relación. La suya había sido una unión feliz, llena de amor y respeto mutuo, y desprovista de sorpresas de ambas partes, ya que se conocían muy bien. Anna tenía la esperanza de fortalecerla y madurarla durante el transcurso de sus vidas. Después, a la increíble edad de veinticuatro años, Paul había muerto. Con su muerte, su vida y la de Chelsea se habían hecho pedazos como un cristal.

A diferencia de Graham, Paul era delgado, con tez pálida y cabello rubio tan parecido al de Anna que a veces los confundían creyendo que eran hermanos en lugar de marido y mujer. Pero a pesar de su apariencia de fragilidad, Paul siempre había parecido perfectamente saludable. Aunque, como afirmaba a menudo el padre de Anna, las apariencias pueden engañar. Después de la muerte de Paul, el médico le había dicho que él siempre debió tener un corazón débil.

¡Si ella lo hubiera sabido! ¡Si ellos lo hubieran sabido! Entonces no se hubieran embarcado en su arriesgada aventura, no hubieran desafiado a su familia y al mundo que conocían y partido hacia Ceilán.

Se casaron después de fugarse. Su acto de desafío había enfurecido al padre y al hermano de Paul, aunque por razones muy diferentes. Después de la boda, el viejo lord Ridley la había objetado, porque Anna, como hija de un sacerdote, no era una esposa adecuada para su hijo. Graham se había enojado porque aun entonces la deseaba para él. Por supuesto que no para casarse, ya que Graham tenía una elevada opinión de sí mismo para ello, sino para la cama. A Anna, la sola idea la había repugnado en aquel momento al igual que ahora. El padre de Paul lo había abandonado, y los recién casados se encontraron casi completamente sin fondos. Sus únicos recursos habían sido una pequeña herencia que había dejado la madre de Paul y una plantación de té en la isla de Ceilán, que había sido el hogar de la infancia de su madre.

Anna y Paul eran jóvenes y emprendedores, y estaban tan enamorados que no les importó. Se harían cargo de la plantación de té y se abrirían camino. Al principio parecía una maravillosa aventura. La rareza de su nuevo hogar había fascinado a Anna. Pero el clima cálido y húmedo de Ceilán nunca le hizo bien a Paul. Después del nacimiento de Chelsea, había sufrido una serie de fiebres que lo habían dejado más delgado y pálido que nunca, y habían debilitado su corazón que ya no era robusto. Por lo menos, así lo había indicado el médico, a quien Anna había llamado contra los deseos de Paul, cuando fue nuevamente atacado por una de las fastidiosas enfermedades tropicales que continuamente padecía. Esa fiebre en particular, generalmente suave, no debería haberlo matado... pero lo hizo.

«¿Por qué no regresamos a Inglaterra tan pronto como vimos que el clima no le sentaba?» Anna sabía que sentirse culpable no tenía sentido, aunque murmurara en voz alta el angustiante pensamiento. Pero el saber que Paul aún es-

— 9 —

taría vivo si no se hubiera casado con ella y no se hubiera visto forzado a abandonar su hogar, siempre acechaba su conciencia. De alguna manera ella lo había matado, ella y su implacable padre...

Anna tembló ante una inesperada ráfaga de aire frío y se cubrió más con el chal que llevaba. Estaba sentada en un gran sillón de cuero, ante un diminuto fuego que había encendido en la biblioteca, que se usaba muy poco, y hasta que aquel dedo helado la tocó, se sentía cómoda y abrigada. ¿De dónde provenía esa corriente? Tuvo mucho cuidado en cerrar la puerta del vestíbulo, y las ventanas de la habitación del primer piso estaban bien cerradas, y las empolvadas cortinas de terciopelo corridas.

«¿Paul?» Aunque sólo susurró su nombre, sabía que la idea era absurda. Pero ridículamente, se permitió fantasear durante un instante y pensar que el toque helado podía presagiar una visita del fántasma de Paul. Desde su muerte, se había sentido tan terriblemente sola que hubiera recibido con agrado aunque fuera su sombra. Qué alivio hubiera significado dejar sus cargas sobre los hombros de Paul, aunque sólo fuera por uno o dos minutos. Estaba tan cansada, tan desesperada y no había nadie en el mundo a quien le importara. Su propia familia estaba muerta, y de la de Paul, sólo quedaba Graham. Lord Ridley había muerto menos de un mes antes que su hijo menor. En cuanto a Graham, Anna pensó por centésima vez que casi hubiera sido mejor no tener a nadie a quien recurrir. Cuando le ofreció que ella y Chelsea vivieran con él, no debió confiar en él. Pero la muerte de Paul las había dejado en la indigencia; ya que por el testamento de la madre de Paul hasta la plantación había pasado a Graham después de la muerte de su hermano menor. Cuando Graham les ofreció un hogar, Anna se mostró agradecida, e incluso ansiosa por regresar a Inglaterra por el bien de Chelsea. Pero en aquel momento no sabía el precio que debería pagar.

Incluso antes de que se fuera con Paul, Graham había advertido claramente que la pequeña niña sumisa de Gordon Hall se había convertido en una joven atractiva y deseable. En aquel último año antes de que ella se convirtiera en la novia de Paul, Graham había intentado inducirla a su cama por las buenas y por las malas. ¿Por qué iba a esperar que el transcurso de seis años lo hubiera cambiado? La única diferencia que encontró al regresar a Gordon Hall fue que el viejo lord Ridley había muerto, lo cual le otorgaba a Graham, quien se había formado bajo la insufrible imagen del viejo lord, mucho más poder.

Pasaron uno o dos minutos y no apareció ninguna sombra, y Anna sabía que no iba a aparecer. Hundió la columna vertebral desilusionada y reclinó la cabeza hacia atrás para descansar sobre el cuero mullido. Estaba sola. No había nadie para ayudarla o aconsejarla, nadie que la salvara de lo que ya sabía que era inevitable. Aunque lo postergara, como lo había hecho esta noche escondiéndose, no había una verdadera salvación; tarde o temprano se vería forzada a acceder a las demandas de Graham.

«¡No puedo! ¡No puedo!»

Se le llenaron los ojos de lágrimas. Los cerró con fuerza, sabiendo que sería una defensa inútil, flexionó las rodillas dentro del voluminoso camisón blanco, apoyó el mentón en ellas y envolvió los brazos alrededor de las piernas. Llorar no serviría de nada, se recriminó a sí misma. Ciertamente no traería de regreso a Paul. Si las lágrimas pudieran lograrlo, hacía tiempo que habría resucitado.

Anna abrió los ojos al escuchar detrás de su silla lo que pareció una pisada suave. ¿Paul? El pensamiento regresó a su mente. No, por supuesto que no. Un fantasma resplandecería y flotaría. no caminaría por los tablones crujientes del piso.

Si había alguien con ella en la habitación, y todos sus instintos le indicaban que así era, con seguridad no era un fantasma. ¿Entonces qué, o mejor dicho, quién?

Anna tembló al pensar que Graham la había descubierto, e instintivamente se hizo tan pequeña como pudo. Posiblemente, en la oscuridad de la biblioteca, con la silla ante el fuego y el respaldo alto hacia la habitación, podría pasar inadvertida. Posible aunque no probable, si el intruso era Graham. La única razón de su presencia en la biblioteca a esa hora sería que la estaría buscando. Anna había salido de su habitación tan pronto como la casa se aquietó para evitar a Graham en el caso de que decidiera ir a verla. Las puertas cerradas con llave eran inútiles: Graham tenía una llave de su habitación. La noche anterior se despertó y lo encontró entrando en su cama. Sólo sus enérgicas objeciones físicas y una última y desesperada amenaza de gritar y despertar a su esposa, lograron que finalmente la dejara relativamente sin tocarla.

Pero no la dejó sin decirle que compartiría su cama o se iría de su casa inmediatamente.

Esta noche Anna temía que lo llevara a cabo. Aunque en su corazón sabía que la conclusión era inevitable, no podía ceder ante ese horrible inevitable... todavía. Todos los días sucedían milagros, como se lo recordó su padre hasta el momento de su muerte. Anna no era ambiciosa; todo lo que pedía era un pequeño milagro. Uno suficiente como para salvarla de Graham y proveer lo necesario para ella y para Chelsea. Seguramente no era mucho pedirle a un Dios que ya le había quitado casi más de lo que podía soportar.

Escuchó otra pisada, tan suave como la primera. Anna había llegado a la conclusión de que no era el caminar deliberado de Graham cuando, de reojo, vio un hombre. Un hombre alto con una ondulante capa negra se deslizó junto a su silla tan silenciosamente como lo hubiera hecho una sombra, lo cual él no era por cierto.

Anna se quedó inmóvil, sin respirar mientras lo observaba. ¡Nunca en su vida lo había visto!

Era alto, con cabello oscuro. La capa lo hacía aparecer corpulento, cuando se ondulaba detrás de él, debido a la corriente que provenía de la puerta que conducía al vestíbulo y que estaba parcialmente abierta. La puerta que, más temprano, había cerrado cuidadosamente. Eso explicaba la corriente. Pero nada podía explicar la presencia de este hombre. En este momento, no había huéspedes en Gordon Hall. Había una fiesta organizada para esta Navidad de 1832, dentro de quince días, pero ninguno de los invitados llegaría hasta dentro de varios días. Y, de cualquier manera, este hombre ciertamente no era uno de los compinches de Graham, quienes eran tan estúpidos y petimetres como él.

Estaba segura de que tampoco era un sirviente, lo cual dejaba sólo una pasmosa posibilidad: ¡Dios de las alturas! ¡Estaba viendo a un ladrón!

Lo primero que se le ocurrió fue gritar, pero tenía dos inconvenientes: primero, el criminal estaba mucho más cerca de ella que cualquier ayuda que pudiera obtener, y estaría sobre ella en un instante si descubría su presencia, lo cual obviamente no había notado. Segundo, un grito atraería a Graham junto con el resto de los moradores de la casa. Dadas las circunstancias, casi era mejor tratar con el ladrón que con su cuñado.

Casi.

Anna tenía la esperanza de que el ladrón no fuera un asesino. Acurrucada en la silla, sin dejar de mirarlo, apenas se atrevía a respirar.

2

Estaba sacando libros de los estantes que flanqueaban la chimenea, y los apilaba prolijamente sobre el escritorio que se encontraba cerca. No tenía idea de que estaba siendo observado. Sin moverse y con los brazos tan apretados alrededor de las rodillas que casi le cortaban la circulación de las piernas, Anna observó cómo presionaba la madera de la pared que se encontraba detrás de los estantes donde estaban los libros. Lo intentó varias veces hasta que finalmente se produjo un ruido y un crujido. Para sorpresa de Anna, se abrió un pequeño panel en el lugar en el que segundos antes había una pared de sólidos paneles de nogal. Durante la mayor parte de su vida había jugado libremente en Gordon Hall y no tenía idea de que existiera un escondite así.

¿Cómo lo sabía el ladrón?

Introdujo ambas manos en el agujero, y las sacó sosteniendo una pequeña caja de cuero. Aunque Anna no podía ver su rostro, su porte irradiaba satisfacción. Se volvió y colocó la caja sobre el escritorio, la abrió y comenzó a revisar el contenido. Tenía un aire casi de reverencia, con la cabeza inclinada, mirando el contenido de la caja, el cual Anna no podía ver. Anna frunció el entrecejo y trató de adivinar qué podía contener la caja. No eran las joyas Traverne, las cuales eran las más recientes posesiones de Barbara, la esposa de Graham. Estaban guardadas en el dormitorio de ella, en el mismo lugar donde habían sido conservadas seguras durante generaciones.

Entonces, ¿qué era esto? Algo lo suficientemente pequeño como para entrar en una caja no más grande que una caja de cigarros, lo suficientemente secreto como para ser guardado en un escondite que ella no tenía idea de que existiera, y lo suficientemente valioso como para atraer la atención de un ladrón obviamente bien informado. ¿Qué?

Anna observó, momentáneamente fascinada y olvidando su preocupación, mientras el hombre levantaba un sobre de terciopelo de la caja, lo abría y observaba el interior. Lo que vio debe haberlo complacido pues sonreía mientras lo apoyó en el escritorio, abrió los laterales y tomó lo que había en el interior. Parecía estar deleitado mientras giró hacia el fuego para examinar más de cerca su premio, permitiendo así que Anna pudiera observar el objeto y su rostro.

Anna pensó que parecía un gitano. Su tez era morena, las cejas y el cabello negros, el cual llevaba atado con una fina cinta negra en la nuca. Sus rasgos eran audazmente masculinos, como si hubieran sido cortados con un hacha en una teca y no delicadamente esculpidos en un fino mármol como los de Paul. Era un hombre corpulento y alto, con hombros y pecho anchos. Aunque en la biblioteca estaba demasiado oscuro para estar absolutamente segura, pensó que era casi peligrosamente atractivo, de una manera ruda y casi salvaje.

Pero este hombre era un ladrón. Era muy posible que si la descubría pudiera herirla. Este pensamiento le hizo tomar conciencia de la precariedad de su condición. Permaneció inmóvil mientras él levantaba la mano para poder iluminar con el fuego lo que sostenía. El tenue brillo anaranjado revelaba que los objetos eran verde brillantes... y Anna tuvo que contener un suspiro cuando advirtió lo que sostenía: ¡las esmeraldas de la reina!

Anna las había visto sólo una vez, cuando era una niña.

Ella y Paul se habían escondido detrás de las cortinas en esta misma habitación cuando el padre de Paul entró inesperadamente con un invitado. El invitado, un hombre de mediana edad, fornido y con peluca, por su vestimenta y sus modales, aparentemente era alguna clase de agente. No recordaba los detalles de la conversación, pero nunca olvidaría el magnífico collar, brazalete, pendientes y peto que el agente levantó y observó uno a uno, mientras sacudía la cabeza con un gesto de clara desaprobación. Los dos hombres habían tenido un desacuerdo sobre las gemas, pero ni ella ni Paul habían prestado mucha atención. Estaban demasiado empeñados en no hacer ningún sonido que los delatara ante lord Ridley, quien seguramente golpearía a Paul por espiar y enviaría a Anna a su casa con una severa nota pidiéndole a su padre que la castigara por su delito.

Durante los años siguientes, después de haber visto por primera vez el deslumbrante tesoro de la familia Traverne, Anna había escuchado muchas veces la historia. A Paul se la había contado Graham, y lo que Paul sabía, ella lo sabía de inmediato. Al parecer las esmeraldas eran parte de un tesoro que perteneció a la reina Mary de Escocia, quien se las había entregado a un admirador para financiar un intento de destronar a su prima la reina Isabel. En lugar de ello, Mary perdió la cabeza, y las joyas desaparecieron, y siglos más tarde aparecieron en poder de lord Ridley. No se sabía cómo las había obtenido, pero las guardaba celosamente. En realidad, hasta este momento Anna casi había olvidado su existencia. Aquella larga tarde escondida detrás de las cortinas con Paul casi podía haber sido un sueño.

Pero las esmeraldas no eran un sueño. Eran tan reales como ella, y estaban a punto de ser robadas por el bribón que ahora las tenía en las manos.

En su indignación, Anna emitió algún pequeño sonido. El ladrón levantó repentinamente la mirada, y sobre el brillo condenatorio de las esmeraldas sus ojos se encontraron.

Durante un espantoso momento Anna simplemente

observó un par de ojos que a la luz del fuego parecían tan negros e impenetrables como la oscura medianoche; estaba demasiado asustada como para reunir aliento para gritar. Sus miembros parecían congelados, y su corazón detenido. ¡Dios de las alturas!, ¿qué le haría?

Aunque él también permaneció perfectamente inmóvil, se recuperó del sobresalto mucho más rápido que ella. No dejó de mirarla mientras recogía la caja, el sobre y las esmeraldas, y los guardaba en algún compartimiento interno de su amplia capa. Realizó un gesto de desprecio y mofa con la boca, y sus ojos brillaron como dos trozos de azabache mientras se desplazaban del pequeño triángulo blanco de su rostro hacia su cuerpo apenas vestido y regresaban a su rostro.

Aunque Anna no lo sabía, lucía muy joven y asustada, refugiada en la enorme silla. Su cabello rubio plateado suelto caía sobre el chal lavanda y el camisón almidonado blanco y terminaba en una cascada de ondas en las caderas. En su rostro pálido los ojos eran enormes, con exuberantes pestañas marrones oscuras que destacaban su extraordinario color: un verde tan brillante como las esmeraldas escondidas en su capa. Su cuerpo estaba más delgado que lo acostumbrado, ya que desde la muerte de Paul tenía muy poco apetito; excepto por el tamaño de sus senos, los cuales estaban tapados con el chal y el cabello, podía haber sido confundida con una niña.

—Bueno, no es un ángel de Navidad. ¿Qué estás haciendo aquí a estas horas de la noche, querida?

Parecía cuerdo, aunque un poco burlón. Anna volvió a sentir que le latía el corazón. No dejó de mirarlo. Tenía la garganta tan seca que realizó un esfuerzo para hablar.

—Si se va ahora no gritaré —su intento por persuadido habría sido más convincente si no lo hubiera susurrado.

—Muy generoso de su parte. Pero no tengo intención de irme hasta que me sienta bien y esté preparado. Y debo advertirle: si gritara tendría que estrangularla y es demasiado hermosa como para terminar así.

Además del tono cierto, era una amenaza real. Anna

miró esos ojos insondables y comprendió que era perfectamente capaz de hacer exactamente lo que decía. Si tuviera que hacerlo le quitaría la vida, probablemente con el mismo remordimiento con el que mataría una mosca. Mientras el sobresalto que la había inmovilizado comenzaba a ceder, Anna pensó que de cualquier manera la estrangularía. Después de todo, ¿no era ella la única testigo de su crimen?

Si tuviera un poco de juicio, actuaría de inmediato para salvarse mientras aún podía. Una vez que le pusiera las manos encima estaría indefensa. Su contextura se lo indicaba.

Se tomó con fuerza de los brazos de la silla. Endureció las rodillas, lista para catapultarse del asiento. Correría para salvar su vida y también gritaría por ella. Su cuerpo se tensionó, abrió la boca... y él reaccionó antes de que ella pudiera moverse. Se abalanzó hacia ella maldiciendo y con las manos extendidas para tomarle el cuello.

3

Sus manos se cerraron en el aire mientras Anna saltaba con la velocidad y agilidad de una liebre perseguida, y gritaba mientras lo hacía. Para su consternación, sólo emitió un chillido en lugar del grito aterrorizado que esperaba. ¡El miedo le había cerrado la garganta! Volvió a chillar frenéticamente y se escabulló alrededor de la silla, tratando de sacar suficiente aire como para gritar.

—Regresa aquí, pequeña...

Maldiciendo y amenazándola, trató de alcanzarla nuevamente, ya que tenía los brazos lo suficientemente largos como para eludir la barrera de la silla. Anna se agachó, pero sus dedos se cerraron sobre el hombro de su camisón. Sintió esos dedos inflexibles sobre la suave piel de su cuello, y en el último segundo pudo soltarse. Sus dedos le tomaron el cuello del camisón, ya que había perdido el chal en su primer salto desesperado. La tela se rasgó. El aire frío le acarició la piel mientras giró liberándose de sus dedos calientes, los cuales se deslizaron por su hombro desnudo. Trató de gritar otra vez. El sonido que emitió hubiera avergonzado a un ratón aterrorizado.

—¡Quédate quieta, maldita zorra! —su gruñido fue aterrador, y su forma de tomarla, depravada. ¡Éste no era un caballero! Por supuesto que no lo era. Él era un ladrón, y un hombre violento y peligroso que estaba decidido a hacerle daño. Si no podía salvarse, ya no tendría que preocuparse por Graham, ni Chelsea, ni nada más. Por la mañana, los sirvientes encontrarían su cuerpo frío tendido en el piso de la biblioteca.

Jadeando, Anna subía y bajaba como un corcho en el agua, detrás de la primera silla gemela, manteniendo su solidez entre ella y el hombre enfurecido que trataba de alcanzarla, maldiciendo mientras eludía exitosamente sus intentos. Los ojos de Anna, que parecía que iban a saltarle del rostro por el terror, nunca dejaron de mirar esa cara retorcida por la furia. Tenía las palmas de las manos transpiradas debido al miedo, y esto hacía que se le resbalara la parte trasera de la silla de cuero mientras corría a su alrededor. Su corazón latía con tanta fuerza que casi no podía escuchar otra cosa. Aunque trató de gritar una y otra vez, su garganta se resistía obstinadamente a emitir nada más fuerte que un chillido.

Anna cerró la boca y dejó de pensar en obtener ayuda. Su única esperanza de salvación era mantenerse alejada del alcance del asesino, y esa hazaña, si era posible, requeriría de toda la concentración que poseía.

Estaban realizando un juego casi ridículo del gato y el ratón alrededor de la silla. Jadeando y con el corazón latiéndole aceleradamente, Anna continuó haciéndolo mientras él trataba de alcanzarla. Aunque siempre había sido muy veloz, no se atrevía a correr hacia la puerta. Casi seguramente la alcanzaría si abandonaba la protección de la silla.

—¡Ven aquí, maldita!

Para horror de Anna, terminó la contienda levantando la silla y arrojándola a un costado. Anna no tuvo tiempo ni deseos de maravillarse por la fuerza demostrada. La silla se deslizó por el piso, se estrelló contra el escritorio y derribó los libros y otros adornos. Anna se levantó la falda y corrió.

Al instante él se encontraba detrás de ella. Más que verlo, lo sintió: una presencia oscura, aterradora, que le arrojaba fuego sobre el cuello, mientras ella se precipitaba hacia la puerta que se encontraba medio abierta.

«¡Ah!» Fue un sonido de satisfacción. Intentó alcanzarla. Ella giró desesperadamente hacia un costado, con la esperanza de escabullirse detrás de una pequeña mesa, pero él tomó los pliegues arremolinados de su camisón y no pudo escapar. El sonido de la tela rasgada quedó casi sofocado por la estridencia de su respiración aterrorizada, mientras la atraía hacia él luchando.

—¡Por favor, no me lastime! —suplicó, mientras giraba y golpeaba inútilmente las manos que la llevaban hacia él.

—Entonces quédese quieta —gruñó, empujándola hacia su pecho, y sujetándole los brazos—. ¿Me escucha? ¡Quédese quieta!

Anna casi no podía escuchar. Su fuerza la aterrorizaba. La cabeza de Anna apenas le llegaba al hombro. Ella empequeñecía en todos los sentidos. La tela de su chaqueta, donde tenía apoyado el rostro, le raspaba la piel. Sentía como si fuera a ser sofocada; tenía la nariz y la boca aplastadas contra su pecho. Su ropa actuaba como una almohada e impedía que el aire ingresara por su nariz y su boca jadeante. Los brazos que la sostenían contra él eran duros como el hierro; y le oprimían la caja torácica, impidiéndole aun más la respiración. El calor de su cuerpo era agobiante; a Anna le daba vueltas la cabeza, y durante un momento creyó que iba a desmayarse. Su mano izquierda se encontraba peligrosamente ubicada debajo de su busto derecho. Repentinamente pensó que no era sólo la muerte a lo que debía temer. El espectro de la violación levantó su horrible cabeza y tuvo el perverso efecto de aclararle la mente.

—¡Déjeme ir! —las palabras fueron apagadas por su chaqueta, pero la tensión de su columna y sus renovados forcejeos eran inconfundibles.

—¡Quédese quieta, maldición! —le gruñó en la oreja con tono desagradable mientras ella pateaba y se retorcía como un pequeño animal atrapado, sin resultado. Sus pies resbalosos tocaron sus canillas. Él ni siquiera pareció advertirlo. Anna fue la que retrocedió. Sus pantorrillas eran tan firmes como troncos de árboles y le lastimaban los dedos. Mientras se retorcía, le golpeó con los codos y por lo menos tuvo la satisfacción de oírlo gruñir. Entonces movió sus manos para tomarla de otra manera y le rozó la parte de abajo del pecho con los dedos. Su pecho estaba cubierto sólo por la fina tela del camisón y podía sentir la forma y el calor de la mano debajo del busto.

La sensación era electrizante. Anna luchó con todas sus fuerzas para liberarse. Pudo realizar un medio giro en sus brazos antes de que él se recuperara lo suficiente como para volver a sostenerla con fuerza. Maldiciendo, cambió su forma de sostenerla de manera que su mano le cubriera completamente el pecho. Podía sentirlo, rudo, caliente y desagradable, ardiendo en su cuerpo a través de su camisón. El pezón se le endureció debido al calor de su palma.

—¡Quíteme la mano de encima! —gritó y al ver que no realizaba ningún movimiento para obedecerle, se enloqueció y luchó como una salvaje para poder escapar. Repentinamente, él permaneció inmóvil, pero la sostenía de manera inquebrantable. La mano que no le sostenía el busto le cubrió la boca, apretándola tanto que la obligó a separar los labios; y pudo sentir la sal de su piel.

—¡Quieta!

Le apretó la boca con más fuerza, lastimándola. Con una repentina inspiración, Anna le mordió la parte más carnosa de la mano, con una maldad de la cual no se creía capaz.

—¡Ahhh!

Quejándose, la soltó y sacudió la mano. Anna huyó. Mientras se dirigía hacia la puerta observó rápidamente su rostro. Si el asesinato alguna vez estuvo escrito en el semblante de un hombre, en aquel momento estaba en el suyo.

Se dirigió tras ella, su rostro moreno como un gitano estaba más oscuro por la furia.

Jadeando, aterrorizada, Anna cruzó por la puerta hacia el pasillo. Estaba tan oscuro como una caverna, la única luz provenía de una vela ubicada en un candelabro de pared, al final del pasillo. Los dormitorios de la familia estaban en el piso de arriba; sólo tenía que llegar al final del pasillo, subir por la escalera, y podría obtener ayuda. En este momento, hasta Graham era preferible a este maniático que la perseguía.

También hacía frío en el pasillo, y en chinelas y camisón, eso ordinariamente hubiera molestado de inmediato a Anna. Pero estaba demasiado aterrorizada para reparar en el frío. Él venía detrás de ella... Corrió, y escuchó que corría tan rápido y sigiloso como una pantera. Sabía desde un principio que la carrera era inútil. Cuando le tomó el cabello con la mano y la detuvo con un tirón que le llenó los ojos de lágrimas, de alguna extraña y terrible manera fue casi un alivio.

Cuando la arrastró hacia atrás, ella recuperó el uso completo de sus cuerdas vocales y emitió un grito estridente. Inmediatamente él le tapó la boca con la mano, deteniendo el grito en su comienzo. El corazón le latía con violencia. ¿Habría sido suficiente?

—Pequeña ramera —estaba furioso, y con la mano aún sobre su boca, la levantó en sus brazos—. Debería estrangularla por haber hecho eso. Enviarla al infierno. ¿Qué voy a hacer con usted?

Apretada contra su pecho y con los pies colgando en el aire, Anna comprendió que la respuesta era lo que él deseara. Su mirada era terrorífica. Aquellos brillantes ojos oscuros no tenían ninguna esperanza de misericordia. Durante un momento, Anna sintió un inminente temor por su vida. Sus piernas temblaban como un flan. Entonces la recorrió con la mirada mientras ella permanecía, pequeña y desvalida, en sus brazos. Milagrosamente, un poco de furia pareció abandonar su rostro. Cuando volvió a mirarla a los ojos, vio agradecida que estaba más resignado que enojado.

—¿Siempre provocas tantos problemas, Ojos Verdes? —murmuró—. ¡Cristo, qué resbaladiza! Bueno, no importa. Supongo que tendrás que venir conmigo. Por lo menos, no eres la niña que pensé. Incluso podríamos divertirnos un poco.

Después avanzó por el pasillo hacia la escalera que Anna había buscado tan frenéticamente, sonriéndole mientras lo hacía. Era una sonrisa diabólica, llena de burla y sucias intenciones. Dios, ante tanta fuerza estaba indefensa como un bebé.

Donde ella hubiera ascendido, él descendió, al parecer sabiendo dónde girar para llegar a la sala de adelante. Era una habitación enorme, recientemente adornada con guirnaldas de Navidad, en honor de las próximas festividades, y estaba muy fría pues el fuego había sido apagado durante la noche, y afuera había un espeso manto de nieve sobre el terreno. Tenía cuatro pasajes con arcadas que salían en diferentes direcciones. Evidentemente, para haber llegado hasta esta habitación desde la biblioteca sin haberse equivocado ni una sola vez, en alguna ocasión tuvo que haber tenido la oportunidad de familiarizarse con la casa.

¿Quién era él?, se preguntaba otra vez Anna, observando ese rostro oscuro. No tenía nada que fuera remotamente familiar, sin embargo conocía la casa. ¿Era un sirviente que había sido despedido? O...

Su cerebro dejó de tener cualquier pensamiento racional cuando él se detuvo y la miró con el entrecejo fruncido.

—Si realizas otro sonido te golpearé, y te dejaré inconsciente, lo juro —le dijo. Por la rudeza de su tono, Anna creyó en su palabra.

Permaneció obedientemente en silencio mientras la apoyaba en el piso, frente a él. Pudo sentir la frialdad del piso embaldosado a través de la fina suela de sus chinelas. Las paredes de piedra de la habitación aumentaban el frío, y Anna tembló. Estaba casi desnuda pues había perdido el chal y el camisón roto sólo le cubría un hombro. La miró de arriba a abajo, deteniéndose un momento en su busto. Sus ojos tenían una expresión que Anna temía descifrar. Anna retrocedió, y fue detenida por una mano ruda sobre su brazo.

—Por favor... —le pidió con la voz temblorosa, casi susurrante, y fue silenciada por una recia mirada.

—Basta ya —le respondió con tono de advertencia, y antes de que Anna supiera qué iba a hacer, él se desató los lazos de la capa y se la quitó de los hombros para cubrirle los de ella. Parpadeó sorprendida mientras le colocaba la capa con el cuello de terciopelo, aún caliente y luego le soltaba el brazo para atarle los lazos con un prolijo moño debajo del mentón. La prenda era lo suficientemente grande como para envolverla dos veces, y el borde quedaba unos treinta centímetros sobre el piso, pero la amabilidad del gesto la sorprendió. Quizá no era un hombre completamente cruel... El pensamiento la alentó a intentarlo una vez más.

—Si me dejara ir, no le diría a nadie que lo vi, lo juro.

—Eso no lo puedo hacer, Ojos Verdes. Pero por lo menos, no dejaré que te congeles. Esto está helado —le comentó y volvió a sostenerla. Anna esperaba que la tomara otra vez en sus brazos, pero en lugar de ello, algo que se encontraba sobre ellos atrajo su mirada.

—Es una oportunidad demasiado buena para dejarla pasar —murmuró como si fuera una explicación. Anna, sin comprender, también levantó la mirada y descubrió la ornamentación adornada con velas debajo de la cual se besaba y que los sirvientes ya habían colgado como parte de los preparativos para Navidad. Él inclinó la cabeza hacia ella.

Anna jadeó mientras la besó.

4

Sus labios estaban ardientemente calientes, tenuemente húmedos y rígidos. Anna se tensionó e irguió la columna vertebral mientras se deslizaban suavemente sobre su boca. Levantó instintivamente las manos para empujarle los hombros en una violenta negación, pero era como si hubiera golpeado una de las paredes de piedra de Gordon Hall, pues no tuvo efecto sobre él.

—Shh, querida... Esto no te dolerá nada, lo juro —murmuró contra sus labios. La acercó a él, colocó las manos debajo de la capa y le apretó las ligeras curvas de su cuerpo contra el suyo. Anna jadeó cuando una gran mano se deslizó por su espalda hasta llegar a la nuca y le tomó la cabeza, para ubicarla en la posición que deseaba. Para su horror, aprovechó el momento y le introdujo la lengua en la boca.

Trató de protestar, pero el único sonido que emitió fue un graznido apagado. Trató de apartarse, pero él la sostuvo con fuerza. Trató de no advertir la entumescencia que le indicaba el aumento de su deseo y le presionaba el abdomen ni la solidez de su pecho musculoso contra el cual empujaba inútilmente ni el gusto de su boca, el cual era una indefinible combinación de coñac, cigarros y hombre.

Trató de no sentir la tibieza de su propia sangre cuando él la besó con audaz descaro, como nadie, ni siquiera su esposo, lo había hecho.

Paul la había besado muchas veces, pero nunca le había introducido la lengua en la boca o se la había succionado. Nunca le había mordisqueado los labios, frotándoselos hasta que la fricción fuera suficiente como para marearla. Nunca había pretendido su boca con tanta confianza, haciéndola desear más, provocando que lo deseara.

Cuando él apartó la boca para mirarla durante un momento, se sorprendió y Anna estaba tan desorientada que casi no sabía dónde estaba. Se sostuvo con las manos de sus hombros para mantener el equilibrio, y ya no luchó para escapar. Era como si estuviera drogada.

—Querida, ¿nunca devuelves un beso? —murmuró con una pícara sonrisa que era casi tan deslumbrante como su beso. Anna, hipnotizada, no podía responder. Sólo podía observar mientras su sonrisa se ensanchaba y luego su cabeza descendía una vez más.

Su último pensamiento, antes de llevarla otra vez más allá del dominio consciente, fue que sus ojos no eran oscuros; eran de un profundo color azul aterciopelado, casi tan oscuro como un cielo de medianoche.

Después la volvió a besar.

La levantó en puntas de pie y la inclinó, de manera que no tenía otra posibilidad más que colgarse de él, clavándole las uñas en los hombros, con la cabeza apoyada en la parte superior de su inflexible brazo. Cerró los ojos, abrió la boca sin la menor resistencia cuando él apoyó sus labios sobre los de ella y su lengua buscó una rápida entrada. Su cuerpo se estremeció cuando le acarició la lengua con cómoda maestría. Ella no era una inocente señorita, no después de haber estado casada y haber dado a luz una niña, pero nunca había sentido algo así.

Los besos de Paul habían sido afectuosos, adecuados, pues la amaba y la respetaba.

Nunca hubiera soñado con usarla, como una vulgar prostituta.

Nunca hubiera soñado que la educada hija del vicario podría responder tan desenfrenadamente a tan vulgar inconsideración. Anna misma tampoco lo hubiera creído.

¿Qué le sucedía? Cuando le deslizó la mano por la columna para acariciarle su pequeño trasero a través del fino camisón, Anna comenzó a sentir pánico. Los huesos se le derretían, el corazón le latía con fuerza, las entrañas estaban tan sólidas como jalea de membrillo. Y todo porque este hombre, este criminal, se había atrevido a obligarla a aceptar sus besos y sus manos en su persona.

Debía ser una depravada.

Mientras pensaba esto advirtió que la mano que no le estaba apretando el trasero se deslizaba por la piel desnuda de su hombro, a lo largo de la base del cuello y los dedos largos buscaban y encontraban su pecho desnudo.

Cuando la gran mano caliente se cerró sobre su busto, una flecha de fuego le atravesó hasta los pies. El pezón se le endureció instantáneamente debido a las ardientes caricias de su palma, y de alguna parte Anna consiguió una fuerza que nunca pensó que poseía, una tremenda fuerza que le permitió liberarse de sus brazos.

—¡Cómo se atreve! ¡Cómo se atreve a tocarme... puerco! —gritó, jadeando, retrocediendo cuando él realizó un movimiento para seguirla. Sabía que se había sonrojado; podía sentir las turbulentas banderas de color rosado que se desplegaban en sus mejillas. Tenía el cabello despeinado sobre la capa negra, que aferraba contra su cuerpo como si pudiera protegerla mágicamente de él. Tenía los labios separados mientras luchaba para controlar su respiración, y doloridos e hinchados de sus besos. No dejó de mirarlo a los ojos, los cuales tenían una expresión mezclada de confusión, vergüenza y espanto.

Permaneció inmóvil ante sus palabras.

—No hay necesidad de arrebatarse así —le respondió con voz calma, mientras sus ojos inquietos observaban el progreso de Anna. Al igual que la de ella, su respiración era irregular. Las mejillas se le colorearon, y aquellos ojos azul medianoche se oscurecieron otra vez y parecían color azabache—. Sólo fue un beso, nada más.

Anna retrocedió otro paso, y se detuvo abruptamente al chocar contra una de las largas mesas que adornaban cada lado de la habitación. La vajilla que se encontraba sobre ella hizo ruido, y Anna colocó una mano atrás instintivamente para evitar que una gran vela se cayera. Con los nudillos rozó la parte de arriba de una caja de vidrio. Sus ojos se iluminaron pues repentinamente recordó lo que contenía: un par de pistolas de plata para duelo, que el viejo lord Ridley había recibido como un obsequio de su parte. Aunque no estarían cargadas, y probablemente no funcionarían después de tanto tiempo, él no lo sabría. Si la caja no estuviera cerrada... no lo estaba. Levantó la tapa cautelosamente e introdujo la mano y la cerró sobre un frío mango de metal. Levantó la pistola y sacó la mano, manteniéndola escondida detrás de ella. Con eso podría mantenerlo alejado. No dejó de mirarlo. Él no realizó ningún otro movimiento para ir detrás de ella, pero sabía que no tenía intenciones de saludar y retirarse. Éste no era un caballero, pensó, y luego se sonrojó hasta las raíces de su cabello al recordar cómo le había respondido a este hombre que nunca había visto en su vida, este bribón, este irrespetuoso de las mujeres, este ladrón.

—Tengo un arma —le advirtió. Sacó el arma de atrás y le apuntó—. Si se acerca un solo paso, dispararé.

La miró sorprendido. Durante un momento observó la pistola y levantó la mirada hacia su rostro. Permaneció frío, pero no realizó ningún movimiento para rechazarla, e incluso levantó una mano aplacadora. Anna afirmó sus dedos temblorosos con toda la fuerza de su voluntad, y miró esos ojos oscuros con una calma que, esperaba, encubriera su corazón acelerado.

—No nos precipitemos —le pidió, observando otra vez la pistola—. No te he hecho daño.

Anna bufó, y la pistola se balanceó de una manera que la habría alarmado si ella hubiera estado del otro lado. Pero él parecía inconmovible.

—Se irá... ahora. —Anna trató de parecer autoritaria, pero su voz no era muy convincente. De cualquier manera, él no realizó ningún movimiento para obedecer. En lugar de ello, sacudió la cabeza con pesar.

—Temo que no puedo hacer eso. Por lo menos, no sin ti —le sonrió, con una sonrisa picaresca que, en otras circunstancias, le habría encantado—. No tienes razón para temerme. No te lastimaré... ni te obligaré a dar nada que no desees... pero debes comprender que no puedo dejarte —su voz era confortante, su tono eminentemente razonable. Anna parpadeó. Si no lo hubiera sabido, por su tono habría pensado que ella era la ultrajante, mientras que él aceptaba gentilmente que se comportara de una manera más aceptable. Él había recuperado rápidamente su compostura, si es que en realidad la había perdido, y permanecía quieto, erguido, mirándola y vigilando la pistola. Sin la capa, aun era muy atractivo, un hombre alto con hombros anchos y cuerpo de atleta. Su chaqueta era negra como la capa y no demasiado a la moda. Los pantalones también eran negros, no tan ajustados como se usaban pero lo suficiente como para mostrar los poderosos músculos de sus muslos. Sus botas no eran de Hoby, pero desgastadas, y negras como el resto de su indumentaria. La camisa era blanca, pero estaba un poco arrugada y la corbata descuidadamente anudada. No es un caballero, volvió a pensar, pero temerosamente atractivo por todo eso.

—¡Sólo váyase! ¡Por favor! —A pesar de sus buenas intenciones, su voz vaciló de manera más alarmante que el arma.

Él le sonrió otra vez y negó con la cabeza.

—Temo que tampoco puedo hacer eso. No dudo de que una vez que me haya ido correrás a buscar refuerzos. No deseo una bala en la espalda... o una cuerda alrededor de mi cuello. Pero te dejaré libre tan pronto como esté lejos y a salvo, y te daré dinero para el pasaje de regreso aquí. No sufrirás daño alguno, lo prometo.

—¡No puedo ir con usted! ¿No tiene ojos? ¡Tengo un arma! —Anna prácticamente silbó las últimas palabras.

Tensionó parcialmente la boca y frunció el entrecejo.

—No tengo tiempo para discutir contigo. No hay otro remedio; debes venir conmigo. Tu única elección es salir de aquí con un poco de dignidad o que te coloque mi pañuelo en la boca, te ate las muñecas atrás, y te cargue en mi hombro.

—Dispararé si da un solo paso hacia mí. Lo haré —el pánico se reflejaba en su voz. No podía ignorar una pistola que le apuntaba a la cabeza... ¿O sí?

—Esa pistola parece más vieja que yo... y a menos que me equivoque, parece haber perdido el percutor. —Se encogió de hombros—. Dadas las circunstancias, creo que debo arriesgarme. Dispara.

Lo que decía tenía sentido y mientras sus ojos miraban horrorizados la maligna pistola, él embistió contra ella. Su movimiento fue tan inesperado que Anna apretó el gatillo automáticamente. Se produjo un ruido sordo. Luego él le quitó la pistola y la arrojó a un costado. Anna jadeó, luchando, mientras él le tomaba los brazos con las manos y la tiraba hacia él, girándola al mismo tiempo, y por lo tanto se cayó. Sus dedos buscaron frenéticamente algo que detuviera su caída.

Anna estaba demasiado asustada para gritar mientras golpeaba contra el piso con tanta fuerza que se magulló la cadera y le sonaron todos los huesos del cuerpo. De inmediato él se encontraba sobre ella, cumpliendo con la amenaza de colocarle su pañuelo en la boca. Ella se ahogó, balbuceó, luchó, hizo arcadas, pero él le introdujo el pañuelo y la dio vuelta con la intención de atarle las manos. Se encontraba en el suelo, de costado, y él la sostenía con una de sus grandes manos y una rodilla. Él se encontraba en una delicada posición, medio agazapado, con las manos ocupadas con el nudo de su corbata. Sin duda tenía intenciones de utilizarla para atarle las manos. Muy pronto, Anna se encontraría imposibilitada, y él se la llevaría... ¿Para hacerle qué? El asesinato ya no parecía una fuerte posibilidad, pero el rapto o su particular forma de seducción, sí.

Para su eterna vergüenza, el pensar en soportarlo con él, no le provocaba miedo sino una excitación que le calentaba la sangre y le aceleraba el corazón.

—La próxima vez, Ojos Verdes, no seas tan candorosa.

Su tono divertido enojaba más que sus palabras. Entonces su comentario para distraerla sobre el arma había sido un alarde al igual que su actitud de apuntarle. Había sido una tonta en mirar hacia abajo. El saber que en realidad tenía en la mano una pistola cargada y que funcionaba y permitir que la engañara para que no la usara la hizo enojar. No porque fuera a dispararle... por lo menos no a propósito. Aunque, si tuviera que volver a hacerlo, la sonriente criatura podría terminar sin cabeza...

Estaba a su disposición... otra vez. Al comprenderlo se le enfrió todo el cuerpo. Y después Anna advirtió que tenía la llave de su salvación en la mano: el pesado candelabro de plata que se encontraba en la mesa, junto a la caja. Lo había tomado instintivamente cuando sintió que se caía.

Tenía las manos ocultas por la capa. Él no la sostenía con tanta fuerza, pues estaba distraído en desatar la corbata de su cuello. Anna apretó el candelabro, cerró los ojos, y esperó.

El juego todavía no estaba terminado.

Después, cuando ya tenía la corbata y la estaba poniendo de pie, lo golpeó. Su mano, que sostenía el candelabro, salió de abajo de la capa con desesperada velocidad. Mientras iba hacia su cabeza, el candelabro era una mera mancha plateada. Sus ojos apenas registraron sorpresa antes de que el arma y la sien se conectaran con un sonido, que en otro momento habría descompuesto a Anna.

Con el pecho palpitándole, Anna observó los ojos del bribón durante un instante interminable, mientras continuaba amenazadoramente sobre ella.

Luego, con un pequeño gruñido, los ojos se le dieron vuelta y cayó silenciosamente a sus pies.

Por fin pudo gritar con fuerza. Mientras observaba su cuerpo inmóvil, la histeria que la había acosado durante semanas finalmente se liberó. Gritos ensordecedores salían de su boca por decisión propia. Si lo hubiera deseado no se habría detenido.

5

—Por el amor de Dios, señora Anna, ¿qué sucede? Señora Anna, señora Anna, ¿está muerto?

Los gritos de Anna aún retumbaban en las paredes de piedra cuando Davis, el corpulento y canoso mayordomo que estaba con la familia Traverne desde antes del nacimiento de Paul, entró en la sala acompañado por Beedle, el primer lacayo. Ambos hombres no estaban totalmente vestidos, Davis llevaba la camisa afuera de los pantalones y Beedle descalzo. Estaban armados, Beedle con un antigua hacha que normalmente colgaba sobre la entrada de la cocina (y que probablemente no había sido movida desde hacía cien años) y Davis con un atizador. Jadeando y sin aliento, entraron de inmediato y se detuvieron repentinamente. Se asombraron al ver a Anna, con ambas manos sobre la boca tratando de detener los gritos que emanaban de ella, con el cabello desgreñado, y el camisón debajo de la capa, demasiado grande, que le colgaba de los hombros. Estaba inclinada sobre la figura tendida de un hombre muy corpulento y desconocido. El pesado candelabro de plata que normalmente estaba en la mesa de la sala se encontraba caído junto al pie de Anna, y la pistola sobre las losas, un poco más alejada. El humo y el olor picante de la pólvora llenaban el ambiente.

—Señora Anna, ¿qué sucedió?, ¿quién es ése?

Davis la conocía desde su infancia. Con el privilegio

de un antiguo criado de la familia, corrió para sacudirle el hombro.

—Señora Anna, tranquilícese y díganos: ¿está herida?

La obvia preocupación del viejo mayordomo resultó más eficaz que la sacudida del hombro para detener los gritos histéricos de Anna. Tragó una, dos veces, tembló, y miró al hombre que había derribado.

—Oh, Davis, ¿lo maté? —preguntó débilmente. El ladrón yacía inerte de espaldas, con el rostro tan pálido como el de ella. Desde donde ella se encontraba, era imposible decir si aún respiraba. Anna recordó el sonido del golpe y se sintió mal. Abruptamente se arrodilló, pues sus piernas ya no la sostenían. Davis rondaba sobre ella mientras Beedle se apoyaba en un pie y luego en el otro, ambos visiblemente desconcertados.

—Señora Anna, ¿él la hirió? ¿Le disparó... o algo peor? —le preguntó Davis con voz baja e impetuosa.

Ambos sirvientes la observaban atentamente. Anna miró hacia donde ellos lo hacían y se sonrojó. Un hombro demasiado delgado y la parte superior de un pecho expuestos por la rotura de su camisón, eran claramente visibles debajo de la capa abierta. Con dificultad por la conmoción, sus dedos buscaron los bordes de la capa y los unieron, devolviéndole su pudor.

—No. No, él no me hirió. Y, en realidad, nadie disparó —respondió en voz baja, observando al hombre que yacía inmóvil a menos de treinta centímetros—. Hubo una lucha y el arma se disparó. Luego yo... lo golpeé. Con el candelabro.

—Señora Anna, ¡nunca lo hizo! —el tono de Beedle estaba lleno de admiración. Davis le lanzó una mirada que lo silenció y se inclinó para apoyar una mano cautelosa sobre el cuello del ladrón, con el atizador preparado.

—No está muerto.

Ante el pronunciamiento de Davis, Anna se sintió aliviada. Era un ladrón, un bribón descarado, e indudablemente un hombre muy malo, pero no deseaba su sangre en las manos. Ni siquiera cuando recordó el poder fascinante de su beso... o la manera excitante en que se atrevió a tocarla.

Cuando lo recordó, su cuerpo primero se calentó y luego se enfrió. Recorrió con la mirada al hombre inconsciente que se encontraba sobre el suelo, y se pasó la mano por la boca. Sabía que debía ser su imaginación, pero le pareció sentir el gusto a él.

—¿Qué sucedió? ¿Qué sucedió? —la señora Mullin, la corpulenta y canosa ama de llaves, venía por el pasillo que conducía a los dormitorios de los sirvientes, sosteniendo una vela encendida, a la que protegía cuidadosamente de las corrientes. En otro momento, Anna hubiera sonreído al verla en camisón, descalza y con su cofia sesgada. Pero en aquel momento no estaba de humor para sonreír. Tenía el estómago revuelto y se sentía aturdida. El pensamiento que la angustiaba era: Dios mío, ¿qué he hecho?

Si tuviera que volver a hacerlo, se taparía la boca con el extremo de la capa antes de gritar y atraer a los sirvientes... aunque, por supuesto, el disparo los hubiera traído corriendo de cualquier manera. No podía permitir que la sacara de la casa; la idea era impensable. Pero ahora que había sido capturado, probablemente el ladrón sería ahorcado. Al pensar en ese poderoso cuerpo colgando en el extremo de una soga, Anna sintió náuseas.

Realmente, era un criminal, pero su sonrisa era encantadora. La había asustado terriblemente, pero en realidad no la había lastimado, e incluso se había preocupado por abrigarla con su capa antes de, según sus intenciones, llevarla afuera. Los besos que le había robado habían sido vergonzosos, una desgracia, la forma en que la había tocado demasiado perturbadora incluso para pensar en ella, pero... no podía desear verlo muerto.

Al pensarlo, Anna tembló y se tomó la cabeza con las manos.

—Bueno, muchachos, todo está bien. La señora Mullin está aquí —aseveró el ama de llaves, colocando la vela en un portavelas que había sobre la pared y regresando para inclinarse sobre Anna. Le palmeó el hombro y le dijo—: Sea lo que fuere lo que haya sucedido, no es tan malo, ya verá.

—Dijo que no la lastimó —comentó Davis con tono de desaprobación, ya que siempre desaprobaba a la señora Mullin.

—¡Por supuesto que diría eso, badulaque! La señora Anna es muy pudorosa —respondió la señora Mullin con rudeza. Anna levantó la cabeza.

—Realmente estoy bien. Él... quería llevarme con él, pero lo golpeé. No me lastimó.

—¡Gracias a Dios!

Mientras la señora Mullin daba gracias, los sirvientes, Polly, Sadie, y Rose, espiaban cautelosamente por una arcada para entrar en escena. Después de un momento, aparentemente convencidas de que no había peligro, entraron en la sala. Henricks, el segundo lacayo, un hombre con aspecto de tímido, las siguió de cerca. Todos llevaban ropas para dormir. Todos parecían más curiosos que propensos a ayudar. Anna no se sorprendió al ver a la señora Mullin y a Davis, actuando al mismo tiempo, retándolos de una manera que no les presagiaba nada bueno, antes de que su atención regresara a Anna y al ladrón.

—¿Quién es él? —la señora Mullin habló por todos ellos, mientras se inclinaba más para observar la cara ensangrentada del hombre. Tenía la cabeza levemente inclinada hacia Anna, y podía ver el golpe que ya le estaba oscureciendo la sien. Retrocedió, y trató de no pensar que podría haberlo lesionado para siempre.

—¡Es un maldito ladrón, eso es lo que es, es tan claro como la nariz de la cara! ¿Qué otra cosa estaría haciendo acechando por la casa a medianoche? Deberíamos estar buscando su botín, en lugar de estar papando moscas como imbéciles —finalmente Beedle se atrevió a acercarse, pero permaneció con el hacha preparada por si debía atacar.

—¿Vio si tomaba algo, señora Anna?

Entonces la causa de toda la conmoción se quejó y se

movió. Todos ellos, incluyendo a Anna, suspiraron observando temerosamente al intruso.

—No se mueva o le volaré la cabeza. —Davis sacudió el atizador amenazadoramente, pero el ladrón ya estaba otra vez inmóvil. Si el hombre escuchaba, no daba señales de ello. Anna se sintió profundamente aliviada al ver que, después de todo, realmente no lo había matado. Después, cuando la señora Mullin repitió la pregunta, Anna negó lentamente con la cabeza.

Quizá si no encontraban evidencia de robo, no podrían colgar al hombre. Anna podía correr a la biblioteca, colocar otra vez las joyas en el escondite, arreglar el desorden, y nadie sabría a qué había venido.

De pronto, las joyas que se encontraban dentro de la capa que ella llevaba parecían quemar. Nunca antes en su vida Anna había mentido de manera tan deliberada y monstruosa.

Pero, ¿cuál era el valor de la vida de un hombre, cuando todo estaba dicho y hecho? Seguramente más que una pequeña mentira.

—¡Alguien vaya a buscar al señor! ¡Henricks, no te quedes allí de pie como un estúpido! ¡Ve! —la señora Mullin impartió la orden con tono decidido.

—Henricks recibe órdenes de mí —le recordó Davis al ama de llaves, de manera terminante. Aun en una emergencia, el mayordomo no iba a olvidar la prolongada contienda con su rival, por el poder de la casa. Davis miró al lacayo, quien permanecía indeciso detrás de las sirvientas, con triunfo—. Ve, Henricks, y trae al señor.

—Sí, señor Davis —asintió Henricks y se retiró. Las sirvientas, tranquilas por la postración del ladrón, formaron un pequeño círculo a su alrededor.

—Señora Anna, ¿la asustó? —preguntó Polly con un susurro estremecedor.

Anna, que sabía muy bien lo que la sirvienta deseaba escuchar, negó con la cabeza. Aún se sentía muy extraña, casi sin huesos, y tenía que apretar fuerte los dientes para que no le castañetearan. Aun tendido en el suelo, el intruso tenía un aspecto enorme, musculoso y desesperadamente vigoroso. Era imposible creer que ella hubiera ganado la batalla. Imposible creer que esa boca firme la había besado, o que esos dedos largos le hubieran acariciado el pecho.

—Bueno, eso es una bendición —comentó Polly, visiblemente decepcionada. En ese momento, el intruso volvió a moverse, levantó la cabeza del suelo y la sacudió, y cuando trató de levantarse le colocaron los brazos atrás. Anna retrocedió. Las sirvientas saltaron.

—Oh, no lo hará —gritó Davis y con el acompañamiento de una cacofonía de gritos y chillidos, golpeó al hombre en la cabeza con el atizador, lo cual hizo retroceder más a Anna. El ladrón volvió a caer inmediatamente.

—Tendríamos que atarlo —aseveró Davis, mirando a su alrededor como esperando que apareciera milagrosamente una cuerda.

—¿Por qué no se sienta sobre él, señor Davis? Eso detendría un ejército.

La sugerencia de la señora Mullin, referida al tamaño de Davis, fue maliciosamente propuesta, pero los demás sirvientes se aferraron a ella.

—Sí, señor Davis, siéntese sobre él. ¡Todos nos sentaremos sobre él! Eso lo mantendrá quieto para el señor.

Anna sintió que perdía su compostura y con ella su sentido del humor, comenzó a regresar mientras se realizaba esa sugerencia. Davis, con el atizador delante del pecho, se subió en la espalda del ladrón, mientras Beedle se sentó en sus hombros, blandiendo el hacha. Polly y Sadie se sentaron sobre sus piernas, y la señora Mullin, protestando, rondaba sobre todos. A un elefante le habría costado moverse debajo de todo ese peso.

—No se preocupe, señora Anna, lo tenemos firme —le aseguró Beedle, al ver la forma en que observaba al prisionero.

—No estoy preocupada —respondió Anna con un tono de voz que era cada vez más alto. También su mente comenzaba a funcionar normalmente. En unos pocos minutos aparecería Graham. El enfrentamiento que temía desde la noche anterior estaba próximo... aunque quizás estaría demasiado preocupado por el drama como para ocuparse de ella. De cualquier manera, si iba a llevar a cabo su plan, debería dirigirse de inmediato a la biblioteca...

Y después dormiría el resto de la noche con Chelsea. Si eventualmente debería ceder ante Graham, no sería esta noche.

—Me voy a la cama —comentó Anna, obligando a sus rodillas aún temblorosas a enderezarse para poder ponerse de pie.

—Pero, señora Anna, ¿no desea contarle al señor lo que sucedió? Después de todo, usted fue quien lo capturó.

—Por supuesto que desea ir a la cama, cabeza de buey. La señora Anna es una dama, y tuvo un gran susto. Puede hablar con el señor a la mañana.

Este intercambio entre Beedle y la señora Mullin provocó que el lacayo pareciera terco como una mula. Davis resolvió el problema con una silenciosa mirada a sus sirvientes.

—Vaya, señora Anna. Le contaré al señor lo que sea necesario, y luego podrá contarle el resto cuando tenga tiempo.

Anna, con una débil sonrisa al mayordomo, y una última y rápida mirada al ladrón inmóvil, levantó la larga falda de la capa y comenzó a salir de la habitación. Lo mejor que podía hacer por él ahora era devolver las esmeraldas y negar todo conocimiento sobre qué estaba haciendo él en Gordon Hall. ¿Podrían ahorcar a un hombre sólo por entrar en la residencia de un caballero? No lo creía.

Pero ya era demasiado tarde. Por el pasillo que ella iba a tomar se aproximaban rápidamente las fuertes pisadas y la profunda voz que había aprendido a temer. Segundos más tarde, su cuñado se encontraba en la puerta.

Graham era un hombre grande, alto y fornido, lo cual era un indicio de que más adelante tendría una cintura ancha. Su cabello otrora rubio se había oscurecido y tenía un indeterminado tono castaño, y sus rasgos embotados no hubieran desentonado en un pugilista. Las únicas cosas que él y Paul tenían en común eran los mismos ojos celestes claros, que Chelsea había heredado. Las gruesas y soñadoras pestañas en Paul, eran duras y ladinas en el rostro de Graham. La mandíbula de Paul era redonda y quizá demasiado delicada para un hombre, mientras que la de Graham era cuadrada y prominente. Pero la diferencia entre los hermanos no era sólo física: Graham no tenía una pizca de la sensibilidad o amabilidad natural de Paul. Graham tenía la sensibilidad y amabilidad de un sabueso en una cacería.

—Por Dios, Anna, ¿qué locura es ésta? —con Henricks revoloteando para ayudarlo, Graham entró ajustando el nudo de su bata mientras inspeccionaba la escena y a ella. Anna había llegado cerca de la puerta y permanecía allí de pie sosteniendo la capa del ladrón contra su cuerpo, mientras miraba a Graham sin responder. ¡Cómo lo despreciaba... y también le temía! No podía permanecer más de unos minutos en su compañía sin sentir que se le erizaba la piel.

—Es un ladrón, mi señor. La señora Anna lo atrapó —la voz estridente de la señora Mullin llamó la atención de Graham.

—¿Un ladrón? ¿Es verdad? —Graham tomó a Anna del brazo cuando pasó junto a ella y la llevó con él mientras se dirigía a observar al ladrón. Anna se resignó al hecho de que, por el momento, era imposible escapar. Con Davis, Beedle, y los sirvientes sobre el ladrón, era difícil ver al hombre. La mano de Graham en su brazo, aun con la tela de la capa y su camisón protegiéndola de su contacto, la hacía sentir descompuesta. Todo lo que podía pensar desaparecía...

—¿Anna? —al ver que no le contestaba, Graham le sacudió el brazo y la miró enojado—. ¿Qué sucedió?

Después de la forma en que había tratado de someterla la noche anterior, no podía soportar estar tan cerca de él. Se despertó y lo encontró desnudo entre las sábanas, buscándole el muslo con la mano.

—¿Anna? —le apretó más el brazo, y se le acercó tanto que le sopló la mejilla con el aliento. Anna apartó el rostro. Por el bien del ladrón, no podía contar la verdad. Debía mentir... pero era difícil hacerlo cuando apenas podía pensar.

—Lo descubrí... accidentalmente. Tenía la intención de llevarme con él, y yo... traté de dispararle con la pistola para duelo de tu padre, pero fallé, y luego lo golpeé con el candelabro —señaló el objeto con la cabeza.

—¿Trató de llevarte con él? —La voz chillona de Graham revelaba su incredulidad—. ¿Quién diablos es él? ¿Lo conoces? ¿Qué deseaba aquí? —Sus preguntas rápidas como disparos fueron acompañadas por otra sacudida del brazo.

—Bueno, vine a visitarte, hermano —fue la respuesta de una voz grave que a Anna le resultaba familiar. Ella se adelantó, aun cuando los sirvientes suspiraron y Graham giró violentamente la cabeza. Todas las miradas se dirigieron al ladrón, cuyos ojos estaban abiertos. A pesar de su ignominiosa posición y el gran golpe en la sien, su mirada era intrépida y burlona.

—¡Tú! —Graham estaba sorprendido. Su rostro se ensombreció.

—En persona. ¿No me esperabas? Deberías haberlo hecho.

—¡Llamen al magistrado! ¡Rápido! —Anna nunca había visto a Graham tan agitado. Los sirvientes se miraban uno al otro, con expresiones tan desconcertadas como se sentía Anna. Estaban tan confundidos que ninguno realizó ningún movimiento para obedecer.

—¿Me escucharon? ¡Dije que llamaran al magistrado! ¡Ahora! —Graham estaba prácticamente gritando, con los puños cerrados junto al cuerpo, y el rostro púrpura.

—Sí, señor —respondió Henricks a esa orden gritada con una rápida reverencia y moviendo de inmediato sus pies. Cuando corrió, sin sombrero y sin chaqueta, y salió por la puerta principal hacia la noche de diciembre, el ladrón volvió a hablar y atrajo toda la atención hacia él.

—Y pensé que te alegraría verme —le dijo y se rió suavemente—. Por ser tu último familiar sobreviviente.

De pie junto a Graham, Anna podía escuchar el rechinar de los dientes de su cuñado.

—Esta vez te propasaste, bastardo. ¡Irás a la cárcel por esto! ¡Revísenlo! Veamos qué trató de robar el bastardo gitano ladrón. ¡Dije que lo revisen!

—Pero, señor... —Davis trató de protestar. Graham, con la boca contraída y una mirada furiosa, realizó un gesto de enojo.

—¡Dije que lo revisaran! —gritó.

—Sí, mi señor. Muévete, idiota —esto último murmurado en voz baja a Beedle y acompañado por un empujón en los hombros de su subordinado, provocó que el lacayo se pusiera de pie rápidamente. Davis dejó el atizador y cambió de posición, y le pasó torpemente las manos al ladrón por todos los lugares a los que podía llegar. Cuando Davis retrocedió, las sirvientas se pusieron de pie para salir del camino. Graham se acercó, con una expresión en el rostro a mitad de camino entre el regocijo y el enojo cuando miró al ladrón... quien eligió ese momento para realizar un movimiento.

Se soltó una mano, y con un movimiento rápido y fuerte le tomó uno de los tobillos a Graham, tirándolo desde atrás de él y arrojándolo sobre su espalda, tan limpiamente como una carta por el espacio. Graham se quejó, Anna y las sirvientas gritaron, Beedle saltó hacia atrás y maldijo, y el ladrón emitió un potente rugido. Luego se puso de pie, y derribó al rugiente Davis.

—¡Atrápenlo! ¡Atrápenlo! —Beedle atacó con el hacha en alto y el ladrón, agachándose, lo golpeó en la mandíbula y le hizo perder el equilibrio. El hacha cayó hacia un lado, golpeando en el suelo, y Beedle hacia el otro, golpeando a Anna, quien cayó al suelo. Beedle cayó sobre ella, y con su peso provocó que exhalara. Anna permaneció allí durante un momento, aturdida, mientras Beedle se disculpaba y lograba salir de encima de ella.

—¡Atrápenlo, maldición! ¡No permitan que se escape!

—el grito de Graham retumbó en la habitación, mientras Anna permanecía inmóvil. Cuando pudo volver a moverse, el ladrón ya había desaparecido. Davis y Graham, este último llevando el hacha recuperada de Beedle y maldiciendo, iban detrás de él como sabuesos detrás de un zorro.

6

Anna, agitada, se había puesto de pie, cuando Graham regresó con Davis, quien lo seguía con tristeza. Graham tenía el entrecejo fruncido y Davis cerró tranquilamente la puerta. Davis, en respuesta a una discreta mirada de Beedle, miró a su señor y sacudió la cabeza.

—¡Ustedes, váyanse de aquí! —gruñó Graham, mirando a los sirvientes como buscando a alguien sobre quien descargar su furia. Las sirvientas y Beedle, que no necesitaban más que la expresión del rostro del señor, desaparecieron. La señora Mullin, más dura, ofreció preparar un té. Graham le indicó que se retirara con un movimiento perentorio de su mano y se fue ofendida.

Davis, con el rostro inmutable, se inclinó para recoger la pistola y el candelabro del suelo. Colocó la primera en la caja y el segundo en su lugar habitual en la mesa, y miró a su alrededor para ver si había algo más desordenado. Al no ver nada más, se retiró, con su dignidad compensada al pensar en la cacería que había producido su aparición.

Anna, recuperada rápidamente, realizó un movimiento como para seguirlo. No deseaba por nada del mundo quedarse a solas con Graham. Pero era demasiado tarde.

Aunque murmuró un apresurado buenas noches, Graham la siguió y la tomó del brazo.

—Deseo saber qué sucedió. Todo. —Su voz no tenía el tono de cordialidad habitual. Anna no tenía otra posibilidad más que detenerse y mirarlo, ya que le sostenía el brazo con la mano.

—Ya te lo dije. Él... lo vi, y trató de llevarme; y le disparé. Después lo golpeé con el candelabro, y quedó inconsciente. Luego llegaron Davis y los demás... y ya sabes el resto.

—¿Cómo entró? ¿Qué deseaba? —La pregunta tenía una implicancia que dejó perpleja a Anna.

Sacudió la cabeza.

—Escuchaste lo que dijo... que vino a visitarte. Graham, ¿quién es él? ¿A qué se refirió al llamarte «hermano»?

Graham torció la boca.

—Es un bastardo del bajo mundo que durante años ha tratado de pasar como hijo legítimo de mi padre. Mi padre nunca lo reconoció, y tengo intenciones de seguir el mismo ejemplo. Su madre era una gitana prostituta; su padre puede haber sido cualquiera. Nos odia a todos los Traverne, supongo que debemos ser afortunados al no haber sido asesinados en nuestras camas.

La expresión en el rostro de Graham era tan sombría que Anna tembló de manera involuntaria. Si el ladrón odiaba a todos los Traverne, entonces quedaba claro por qué Graham le devolvía el favor con intereses. El odio brillaba en sus ojos celestes.

—No vino para nada bueno, puedes estar segura. Fue una suerte que lo descubrieras —la expresión de Graham cambió. Su mirada se agudizó al observarla; y también le apretó más el brazo.

—¿Qué estabas haciendo levantada a esa hora? Iba a visitarte.

Anna levantó el mentón. Lo miró resuelta. Era pequeña y frágil junto a su corpulenta contextura, y le apretaba con fuerza el brazo. Podía partirla en dos con un esfuerzo mínimo... pero aun así estaba dispuesta a mantener su posición.

—Por eso no estaba acostada —respondió con firmeza, y durante un momento le apretó el brazo con tanta crueldad que Anna retrocedió. Luego la soltó y comenzó a acariciarle sutilmente el brazo. En esa caricia casi gentil había algo obsceno, y también algo obsceno en la pequeña sonrisa que tenía en los labios mientras la observaba, lo cual le provocaba un rechazo que no podía ocultar.

—Hablaba en serio, Anna. Me refiero a ser recompensado por mi amabilidad de hospedarte a ti y a tu hija.

—¡Chelsea es tu sobrina! Tienes la obligación moral de encargarte de ella.

Graham chasqueó los dedos de su mano libre.

—Eso es lo que vale tu obligación moral para mí. Pero no te preocupes. No tengo intenciones de abandonar a la mocosa, a menos que tú lo hagas necesario. Algo por algo. Una transacción de negocios, pura y simple.

Inclinó la cabeza hacia ella. Le tomó el brazo con fuerza otra vez, y le miró la boca. Anna, temblando, comprendió que tenía intenciones de besarla. Reunió las últimas reservas de fuerza que tenía, tiró y logró liberar el brazo y retrocedió.

—¡Me descompones!

A Graham le brillaban los ojos. Su expresión no era agradable mientras la observaba.

—Y tú me... Pero tú sabes lo que me provocas, ¿verdad, mi querida cuñada? Siempre me atormentaste, pestañeándome con esos grandes ojos, y luego huyendo como una tímida virgen. Pero ya no eres virgen, y llegó el momento de pagar los vidrios rotos. Te acostarás conmigo, querida, o te irás de mi casa. Tú y tu mocosa.

—Se lo diré a Barbara... —lo amenazó con verdadera desesperación. Graham se rió.

—Y así te cortarás el cuello. A Barbara no le interesa tener una joven cuñada viuda en su casa, que constantemente la está opacando. Agradecería la excusa para echarte. No quiero que te ilusiones al respecto.

Anna lo observó: la risa burlona en su rostro cuadrado le provocaba deseos de abofetearlo; tuvo que apretar los puños para contener el impulso. Al ver la derrota en su rostro, Graham sonrió más y extendió la mano para volver a tomarle el brazo. Antes de que pudiera tocarla, se abrió la puerta principal. Henricks entró seguido por un extraño bajo y con un gran levitón. Ambos se detuvieron al advertir la presencia de Graham.

—Traje al magistrado, señor. Y fue bastante difícil convencerlo de que lo hiciera, debo decirle. ¡No me creía! —la voz de Henricks reflejaba triunfo e indignación.

—Este hombre me contó que lo asaltaron, señor —después de mirar molesto a Henricks, el magistrado miró a Graham. Su voz reflejaba un amable escepticismo.

—Estaré con usted en un minuto —respondió Graham, visiblemente molesto por la interrupción. Se volvió hacia Anna, y bajó la voz para que ella sola pudiera oír sus palabras.

—Quiero poseerte y no voy a soportar ser más eludido. Cuando termine con esto, iré a tu habitación. Espero encontrarte allí, cálida y acogedora. Siempre fuiste una gatita sensible —le sonrió. Anna, lo odió pero también se odió a sí misma pues, al ver esa mirada atrevida, bajó la mirada.

Le colocó la mano en el cuello. Ella se apartó. Él frunció el entrecejo.

—Te acostarás conmigo, Anna, de una forma o de otra. No tienes elección. —Luego levantó la voz para que los demás lo pudieran oír—. Ahora vete a la cama.

Se apartó de ella para dirigirse junto a los demás. Anna, sintiendo como si le hubieran golpeado el estómago, se retiró lentamente de la habitación. Graham hablaba en serio, y ella lo sabía. La poseería, por la fuerza si era necesario, o la echaría de su casa junto con Chelsea.

Era diciembre, tenía exactamente cinco libras y la ropa, y no había un lugar al que pudiera ir con su inocente hija.

Tembló de frío y se abrigó más el cuello con la envolvente capa. Algo duro le golpeó el muslo, y recordó las esmeraldas ocultas en los pliegues. Tenía que llevarlas a la biblioteca...

Y luego tuvo un pensamiento tan malo que debió haber sido provocado por el demonio.

Oculta en su persona había una fortuna en esmeraldas que nadie sabía que ella tenía.

El ladrón las había robado. Cuando no las encontraran, lo culparían a él. Si ella mantenía la boca cerrada, nadie
la relacionaría para nada con las esmeraldas.

Y él se había ido, escapado, seguramente no volvería a
Gordon Hall otra vez. No lo castigarían por el delito de
Anna.

Robar estaba mal. Pero también sucumbir ante Graham. De los dos males, robar probablemente era el menor. Y por cierto era el más soportable.

El milagro que había pedido le había sido entregado
en las manos.

7

Julian Chase cabalgó a través de la noche helada como un centauro. Inclinado sobre el cogote de Samson, con las rodillas apretadas contra los costados oscuros y palpitantes del semental, parecía parte del caballo. Había aprendido a cabalgar antes de poder caminar, como lo hacía la mayoría de los niños gitanos, y ésta no era la primera vez que la comunión instintiva entre hombre y bestia lo había ayudado. Ya la ruidosa persecución organizada por su amado medio hermano se desvanecía en la distancia. Dentro de pocas millas estaría libre y tranquilo.

¡Maldición! Le dolía la cabeza. Le latía tanto que apenas podía fijar la vista, y mucho menos pensar. ¿Con qué lo había golpeado la brujita? Era imposible imaginar que esa pequeña y frágil chiquilla pudiera golpearlo así.

¿Quién demonios era ella? Sabía que no era la esposa de Graham. Había visto dos veces a lady Ridley en Londres y una vez durante una expedición de reconocimiento a Gordon Hall. Era una mujer muy elegante, alta, con mucho busto, voz alta y una elevada opinión de sí misma. Pero no era el ángel convertido en bruja que lo había golpeado en la cabeza.

Cabello rubio abundante, ojos verdes como la hierba. Por alguna razón, esa combinación le traía un vago recuerdo. Pero no podía precisar de qué o de quién. Además, le dolía demasiado la cabeza para realizar el esfuerzo de recordar.

Una pared de piedra de seis pies de altura, casi oculta por los árboles, surgía en la oscuridad. Julian apenas la vio antes de que Samson se levantara y descendiera suavemente, perdiendo un poco el paso. Ante el impacto, Julian sintió un dolor agudo en la cabeza. Tiró de las riendas y parpadeó para alejar el dolor mientras aminoraba el paso precipitado del animal. Durante un momento se balanceó en la silla de montar, y estuvo a punto de perder la conciencia, antes de que se hiciera sentir el control férreo que lo había mantenido íntegro durante los treinta y cinco años que llevaba vivo. No se desmayaría. Si se desmayaba seguramente caería de la silla de montar, y luego muy posiblemente sería capturado por los hombres de Graham. También podría dispararse en la cabeza aquí y ahora en lugar de permitir que lo capturaran los hombres leales a su hermano.

Samson saltó un tronco caído en el sendero y Julian sintió otro dolor de cabeza enceguecedor. Dios, ¿realmente las tres veces maldita descarada le había quebrado el cráneo?

Pero luego, Julian pensó que había sido afortunado al haber escapado con esa sola herida. Si su hermano lo hubiera atrapado, realmente se habría encontrado en un aprieto peor. Graham lo odiaba desde que se enteró de la existencia de su medio hermano, cuando Julian tenía dieciséis y Graham, doce años.

Con el engreimiento de la juventud, Julian había viajado hasta Gordon Hall para enfrentar a su supuesto padre sobre las verdaderas circunstancias de su nacimiento. Su abuela siempre le había contado que él, Julian, era el legítimo heredero del señor, ya que su hija Nina había sido la esposa legal del conde y no su amante. En el único encuentro de Julian con su padre, lord Ridley había tenido todas las ventajas. Pero en aquel momento, Julian era un niño atemorizado de ocho años, dolorosamente ansioso del amor de su padre. A los dieciséis años, se consideraba un hombre adulto, endurecido por los años que tuvo que vivir del ingenio y de sus puños en los barrios más bajos de Londres y en los que tuvo que cuidar de sí mismo.

Si el recuerdo aún no fuera tan doloroso, debería reírse al acordarse de la precipitación de sus dieciséis años. En lugar de haber sido recibido con la habitual cortesía que su padre debería haber demostrado aun en un encuentro con un desconocido, a Julian, quien no fue admitido más allá del vestíbulo por los sirvientes, la voz helada de su padre le ordenó que se retirara y nunca regresara. Cuando Julian intentó discutir, el viejo señor lo había hecho echar. Media docena de hombres con palos se reunieron para golpear a Julian. Los sirvientes, cumpliendo órdenes de lord Ridley, habían arrojado a un Julian apenas consciente al camino, donde lo dejaron tirado.

Y luego un joven regordete había corrido hacia él y le escupió la cara diciéndole «gitano bastardo», con odio en sus ojos celestes. Ese joven era Graham, y Graham aún lo odiaba. Julian sospechaba que también le temía. Si, como Julian sospechaba, Graham tenía alguna noción de que Julian podría ser el legítimo hijo del conde en lugar de un hijo ilegítimo, entonces ver a su hermano colgado o muerto por robar calmaría la ansiedad de Graham y lo llenaría de alegría.

Sin duda, sería un tonto si se pusiera al alcance de Graham. Pero las esmeraldas eran suyas y las deseaba. Y también deseaba la misteriosa «prueba» que decían que contenían.

Su abuela siempre había insistido que su hija Nina no debería haberse acostado con un hombre con el que no estaba casada. Por supuesto que, como son las madres, Julian había tomado esa afirmación con reservas. Pero poco después de la muerte del viejo conde, recibió una nota anónima que decía simplemente: «la prueba está en las esmeraldas».

No tenía idea de quién la había enviado o qué significaba exactamente. Pero sabía acerca de las esmeraldas. Había crecido con la historia, la había escuchado casi todos los días de su vida hasta que murió su abuela cuando él tenía ocho años.

Las esmeraldas habían pertenecido a los Rachminovs, una extensa tribu de gitanos cuyo jefe había sido el abuelo de Julian. Nadie sabía con precisión cómo una tribu itinerante poseía un tesoro así, pero Julian, conociendo a sus parientes, tenía sus sospechas. Cuando Nina, su madre, había huido con su noble amante, se había llevado las esmeraldas, presumiblemente, su dote. Meses más tarde, Nina había regresado embarazada. Las esmeraldas no regresaron con ella, y Nina murió cuando dio a luz a Julian.

Su abuela siempre insistió en que lord Ridley, después de haber obtenido lo que deseaba de la niña gitana, había echado a la madre de Julian porque se avergonzaba de su bajo origen. Pero conservó las gemas. Después de la muerte de su abuela, Julian se enteró de que realmente había sucedido algo así.

Un tío lo había llevado a Gordon Hall. Era un niño de ocho años alto, robusto, con cabello negro, y un aire huraño que ocultaba exitosamente el temor y el deseo que lo invadían ante la idea de enfrentar al noble que se suponía que era su padre. El tío había tratado de permutar a Julian y un conjunto de papeles que supuestamente probaban la paternidad del noble, por las esmeraldas. El noble estuvo de acuerdo, y extrajo las esmeraldas del mismo escondite en la biblioteca del que Julian lo había hecho. Cuando se completó el intercambio, el tío se retiró con las esmeraldas, y Julian quedó a merced de su padre.

El anciano lo cuidó como si fuese una babosa del jardín, tocó una campana, y ordenó que lo llevaran a los establos hasta que se arreglara «algo». Seis días más tarde uno de los lacayos lo había llevado a Londres, donde ese «algo» resultó ser un trabajo como camarero en la Armada Real. El viaje infernal, con azotes casi diarios e interminables y violentos mareos, había durado años. El Julian de diez años que había regresado a Inglaterra era un niño muy diferente del que había partido.

Al recordar, Julian pensó que fue casi un milagro que

hubiera sobrevivido. El otro camarero del barco, el Sweet Anne, había muerto. Quizá suponían que él no sobreviviría. Mucho después, Julian se enteró de que su tío fue encontrado muerto no muy lejos de Gordon Hall, el mismo día que había partido con las esmeraldas. Las esmeraldas no estaban en su cuerpo cuando fue descubierto.

De alguna manera, las esmeraldas habían encontrado su camino de regreso a Gordon Hall. Aunque la evidencia podría no ser suficiente para condenar a lord Ridley en una corte, era suficiente para condenarlo en la mente de Julian; el conde había planeado la muerte del tío de Julian, y muy posiblemente, también librarse de Julian.

Pero aquí estaba, veinticinco años más tarde, fuerte y sano (excepto por su cabeza herida) mientras su cariñoso padre se pudría en su tumba. Después de todo, había un poco de justicia en el mundo.

No estaría satisfecho hasta tener las esmeraldas que por derecho le pertenecían y hasta ver por sí mismo qué prueba contenían o no. Si no hubiera sido tan tonto como para permitir que la delicada aparición de la pequeña arpía de ojos verdes lo llevara a una ridícula caballerosidad, en ese momento tendría las esmeraldas. Pero la había envuelto en su capa para protegerla del frío, y ahora estaba pagando el precio de su acto quijotesco: las esmeraldas, sus esmeraldas, habían quedado en Gordon Hall. Sin duda, Graham estaba alardeando sobre el error de su hermano, y seguramente guardaría las gemas cuidadosamente de aquí en más.

Pero Julian tenía intenciones de tenerlas, por cualquier medio.

La caída de esta noche podía demorarlo, pero no lo detendría. Nada excepto su propia muerte podría hacer eso.

8

Dos meses después, Anna se encontraba en la cubierta del *India Princess*, observando cómo las islas de Adam Bridge, un archipiélago que se extendía desde la costa sudeste de India hasta Ceilán, pasaban una a una en las afueras del puerto. Respiró profundo y bebió el fuerte aroma tropical. Una fragancia como ninguna otra, rica e intensa, compuesta por flores exóticas y especias y vegetación descompuesta. Eso, y el calor siempre presente, le aseguraban que estaba otra vez realmente en camino de regreso a casa.

Era gracioso que ella, una mujer inglesa por nacimiento y educación, considerara una pequeña isla verde de un mar color zafiro como su hogar. Los días más felices de su vida los había pasado en su ambiente exótico, y su hija había nacido allí. Y Paul, por supuesto había muerto allí. Su tumba ubicada en una pequeña loma más allá de Big House, en Srinagar, parecía llamarla.

—Mamá, ¿papá estará allí?

La diminuta voz atrajo su atención hacia Chelsea, quien se encontraba de pie junto a ella, en la baranda, tomándole fuertemente la mano a Anna. Al mirar a su pequeña hija, con el cabello rubio trenzado hacia atrás y sus ojos celestes serios mientras miraba a su madre, Anna sintió que el corazón se le agrandaba con una fuerte devoción maternal. ¡Cómo amaba a esta niña! Sabía que había hecho lo correcto, al regresar a Chelsea al único y verdadero hogar que había conocido. Aunque tuviese que haber arriesgado su alma inmortal para lograrlo.

—Papá está en el cielo, querida. Tú ya lo sabes —Anna trató de mantener un tono despreocupado. Ella y Chelsea eran muy unidas, pero Paul había adorado a su pequeña hija rubia, y Chelsea pensaba que el sol salía y se ponía con su papá. Lo más difícil de la muerte de Paul fue tener que explicarle a Chelsea que su amado padre se había ido y no regresaría nunca más. Desde aquel momento, Chelsea se había transformado de una niña risueña y juguetona en la niña seria que era hoy. Muy pocas veces sonreía, y Anna no la había escuchado reír desde que bajaron el cuerpo de Paul a la tierra.

—¿Y Kirti?

Esa pregunta era más fácil de responder. Kirti había cuidado a Chelsea desde que nació. Para Anna y para Chelsea había sido un desgarro separarse de Kirti, pero Graham no había incluido suficiente dinero para el pasaje de la mujer Tamil, cuando mandó a buscar a Anna y a Chelsea para que regresaran a Gordon Hall. Para Anna no habría sido nada fácil llevar a Kirti con ellas, aunque hubiera tenido fondos para hacerlo. Kirti era parte de Ceilán como el Buda de Anuradhapura... y como el Buda que había estado allí durante cientos de años, era imposible imaginar a Kirti en algún otro lugar. Cuando llegó el momento en el que Chelsea tuvo que partir, Kirti se subió el sari a la cabeza, y se alejó emitiendo fuertes gemidos de tristeza. Anna no tenía dudas de que Kirti recibiría su regreso como una bendición del cielo.

—Quizá Kirti no esté en Big House, pero cuando se entere de que estás en casa, vendrá corriendo.

—He extrañado a Kirti.

—Lo sé, yo también.

—¿Estará...?

—Muy bien, señorita, ya deja de molestar a tu pobre madre con preguntas. Dime algo, jovencita, ¿te lavaste la cara como te indiqué?

La voz ruda pertenecía a Ruby Fisher, una mujer elegante, jovial, de mediana edad que Anna había contratado para que la ayudara, cuando salió de Gordon Hall a la mañana siguiente del ingreso del ladrón. Ruby era una prostituta de Londres que había tenido la buena suerte de casarse con uno de sus clientes, un inquilino de una granja, integrante de la feligresía del padre de Anna. John Fisher había sido un hombre devoto y también un trabajador esforzado y había llevado a su esposa a la iglesia todos los domingos. Ruby, con su inclinación a los vestidos llamativos y algunas vulgaridades ocasionales, había escandalizado a la congregación. El vicario había aceptado a su amiga cuando sus feligreses hubieron condenado a la pecadora, y Ruby nunca lo había olvidado. Leal a aquellos que le habían demostrado su amabilidad, pues poca gente lo había hecho, siempre había tenido un especial afecto por el vicario... y por Anna.

Los intentos de Ruby por transmitirle pepitas de sabiduría terrenal sobre «pobres pollitos sin madre», a veces habían horrorizado y otras divertido al buen reverendo, pero habían forjado un lazo de amistad entre Anna y Ruby que nunca se había roto por completo. Aun después de que Anna se casara con Paul y se fuera a vivir a Ceilán, se habían mantenido en contacto a través de una correspondencia regular y poco frecuente. Ruby era la única persona que Anna sabía que no se horrorizaría porque hubiera robado las esmeraldas. En realidad, Ruby era la única persona que Anna conocía que podría decirle cómo convertirlas en lo que ella más necesitaba: efectivo. Si Ruby, que ya llevaba varios años de viuda, no hubiera estado viviendo con un minúsculo ingreso en una diminuta habitación alquilada en una desagradable sección de Londres cuando Anna descubrió las sucias intenciones de Graham, hacía tiempo que Anna hubiera recurrido a ella. Pero un ambiente así hubiera sido en extremo inconveniente para Chelsea, y el ingreso de Ruby, el cual apenas alcanzaba para uno, no habría alcanzado para tres.

Anna, una cansada y hambrienta Chelsea y las esmeraldas cosidas y seguras en el dobladillo de su capa llegaron a la puerta de Ruby sin anunciarse, después de dos horribles días de viaje en transporte público y en coche de alquiler. Después de la sorpresa inicial, Ruby las recibió con los brazos abiertos. Demasiado cansada como para comportarse con timidez, como generalmente lo hacía con extraños, Chelsea le permitió que la acostara mientras Anna bebía una reparadora taza de té. Luego, cuando la niña estuvo ubicada, Ruby se sentó y escuchó mientras Anna le contó todo lo que había sucedido. Ruby se rió de la nota que Anna había dejado en la cual le decía a Graham que prefería morir de hambre en una cuneta antes de entregarse a él, y no se sorprendió del robo; lo aplaudió. Ella también era muy práctica. Tardó menos de dos días en deshacerse del brazalete —todo el conjunto, único como era, no podía ser vendido por temor a llamar la atención— a través de un «agente» al que ella «conocía», y había regresado con más dinero del que Anna había soñado que podía valer el dije. Cuando Anna quiso entregarle una parte, Ruby la rechazó indignada. Lo que ella deseaba, era acompañar a Anna y a Chelsea de regreso a Ceilán. Después de todo, ¿qué había para ella en Inglaterra, ahora que su John había muerto? ¿Y quién cuidaría a Anna y a su hija, bebés en el bosque, mientras viajaban a ese lugar pagano?

Durante el transcurso del viaje, Anna había agradecido a sus estrellas de la suerte por la presencia de Ruby. Los modales rudos de la otra mujer y sus contestaciones bruscas realizaban milagros cuando había que tratar con oficiales y marineros del barco, y a Chelsea le agradaba mucho. Anna se sentía animada por la presencia de Ruby. Era un alivio tener a otro adulto para compartir los inevitables problemas que surgían en una empresa como el traslado de tres mujeres a un lugar tan lejano como Ceilán.

Como el padre de Anna siempre decía: el Señor se mueve en misteriosos caminos. ¿Quién hubiera adivinado que una antigua *fille de joie* algún día sería la fortuna de la hija del vicario?

—Pobre pequeñita —Ruby bajó la voz al observar a Chelsea, quien había confesado todo con una simple mirada culpable y corriendo a lavarse la cara. Anna le sonrió a Ruby. Si su vestido de seda carmesí era llamativo, especialmente cuando contrastaba con el color naranja de su cabello, ¿qué importaba comparado con el inapreciable regalo de su amistad?

—Te hace más caso que a mí.

—Porque yo no la mimo demasiado. Eres demasiado blanda, Anna, y no sólo con Chelsea. Con todos. Como tu padre. —Ruby se detuvo para abanicarse el rostro mojado con un adorable abanico floreado y lleno de elogios que le había regalado uno de los marineros dos semanas antes. Anna no estaba segura de qué había hecho Ruby para merecerlo, y temía preguntar. A Ruby siempre le habían gustado los hombres. Anna se negaba a especular más allá de eso.

—¡Ah, hace calor! —Ruby se apoyó en la baranda, agitando vigorosamente el abanico para que Anna también sintiera la brisa. Ruby tenía razón: hacía calor, a pesar del viento del este que enviaba el barco «volando» a través de las olas. La humedad le empapó la frente y la parte superior del labio. El vestido negro de luto, de mangas largas, le molestaba sobre el cuerpo. Pero excepto por el abanico de Ruby no había otro alivio: la cubierta de abajo era aún más caliente que la de arriba. Durante sus años en Ceilán, Anna pensó que su cuerpo se había acostumbrado al calor implacable, pero quizá demoraría un poco en aclimatarse otra vez después del frío de Inglaterra.

—En el verano será mejor. Los monzones enfrían las casas.

—Eso espero. Aquí un cuerpo podría derretirse. —Ruby se volvió suspirando para observar el horizonte despejado—. El capitán Rob dijo que podríamos llegar a puerto mañana antes del anochecer.

«El capitán Rob» —un elegante caballero canoso— era otro de los numerosos admiradores de Ruby. Anna no se atrevía a considerar si su relación iba más allá de un mero coqueteo. Pero todos los demás llamaban al autocrático capitán del barco, capitán Marshall.

—Qué maravilloso. No puedo esperar para bajar de este barco. Parece que hubiéramos estado viajando durante meses.

—El tiempo hubiera pasado mucho más rápido si hubieras mirado a alguno de esos musculosos caballeros que te han estado observando.

Una mirada de lado acompañó esta mordaz observación. Anna suspiró. Habían mantenido esta discusión por lo menos una docena de veces, pero Ruby se negaba obstinadamente a abandonarla.

—Soy viuda, ¿recuerdas? —respondió Anna—. Estuve casada, tuve una hija. No estoy interesada en mirar hombres.

Ruby frunció la nariz con desaprobación.

—No es natural que una joven bonita como tú no esté interesada en hombres.

—¡No hace un año que Paul está en su tumba!

—Dicen que si te caes de un caballo, lo mejor es volver a subir enseguida.

—¡El casamiento no es un caballo!

—¿Quién está hablando de casamiento? Estoy hablando de que disfrutes un poco la vida. Tener un poco de diversión. Y los hombres son el mejor camino que conozco para divertirse.

—Eres una desvergonzada, Ruby —Anna sonrió.

Ruby negó con la cabeza.

—Desvergonzada no, honesta. Vamos, confiesa: no vas a decirme que ninguno de esos caballeros te hace pensar cómo sería si te abraza, te besa...

—¡Ruby! —A pesar de la protesta medio escandalizada de Anna, las palabras de Ruby evocaron una imagen demasiado vívida y desagradable que había invadido sus sueños durante semanas: el descenso de la cabeza oscura y atractiva del ladrón, la unión de sus labios, sus manos sobre sus pechos y pezones... Casi con un esfuerzo físico borró el incómodo recuerdo—. Lo diré otra vez: no estoy, por lo menos por el momento, interesada en hombres.

Ruby abrió la boca para responder, pero fue interrumpida por la reaparición de una pequeña figura, que se acercaba resuelta hacia ellas.

—Me lavé la cara.

Chelsea había regresado, con la cara limpia y brillante. Anna, agradecida por haber sido salvada de tener que discutir más el tema de los hombres, le sonrió. Ruby hizo lo mismo.

—Sin duda hiciste un buen trabajo —Anna pasó un dedo por la pequeña mejilla fría de su hija. Apoyó la mano en la cabeza sedosa—. Se te está poniendo la nariz roja. Necesitas tu sombrero.

—¡Oh, mamá, lo olvidé! —la angustia de Chelsea por una transgresión tan pequeña provocó que Anna retrocediera interiormente. Aunque siempre había sido una niña buena y obediente, desde la muerte de Paul parecía aterrada por disgustar a su madre de cualquier manera. Esto preocupaba a Anna, pero no sabía qué hacer al respecto.

—No importa, jovencita. Iremos al camarote y lo traeremos.

—¿Qué te parece si tú y yo vamos al alcázar y vemos qué está haciendo el capitán Rom —Ruby intervino al ver el dolor detrás de la cuidadosa sonrisa de Anna—. Allí tienen techo y no necesitas sombrero. Quién sabe, quizá te deje conducir el barco. ¿Te gustaría eso?

—¿Crees que realmente lo haría? —Chelsea abrió más los ojos ante la distracción. Anna le sonrió agradecida a Ruby, por sobre la cabeza de su hija.

—Sólo hay una forma de averiguarlo. —Ruby le guiñó un ojo a Anna, tomó la pequeña mano de Chelsea y partió con ella por la cubierta—. Ten cuidado de que no encallemos.

—¿Cómo podría? Por aquí no hay tierra. —Chelsea desapareció con Ruby en dirección al alcázar.

Como el capitán Marshall lo había anticipado, el *India Princess* ancló en Colombo, el principal centro comercial de Ceilán, antes del anochecer del día siguiente. El suyo era sólo uno de los muchos barcos de diversos tamaños y descripciones que estaban desembarcando pasajeros o cargando té o canela, las dos principales cosechas de la isla. Toda la extensión del muelle desvencijado de madera estaba llena de actividad. Había niños pequeños por todos lados, pidiendo a los que acababan de llegar y robando lo que no podían pedir. Los culí con sus divertidos sombreros, trotaban aquí y allá, soportando toda clase de cargas en sus espaldas. Mujeres con velos blancos y túnicas sin forma se deslizaban entre las voces rudas de comerciantes y marineros, quienes a veces se volvían para observar, el disgusto expresado en voz alta, de los sirvientes de las damas. Las mujeres de castas más bajas, con el sedoso cabello negro, eran el blanco de algo más que miradas. Monjes con túnicas color naranja pasaban augustos a través de la confusión. A pesar de que el sol se estaba poniendo, el calor era palpable. El canto ritual de los budistas flotaba por el agua hasta el barco junto con el aroma del incienso que era natural de la isla. Anna respiró profundo ese aire picante, y comprendió por primera vez que realmente se encontraba en casa.

Después de haber pasado ocho semanas en los confines cerrados del barco, estaba ansiosa por desembarcar. Los otros cuarenta pasajeros también estaban impacientes, pero el capitán Marshall era firme. No desembarcarían hasta la marea alta de la mañana siguiente. Por lo tanto, Anna y sus compañeros de viaje tendrían que pasar una noche más en el barco, observando a través de la corta distancia de la bahía que los separaba de las cúpulas y dagobas que dominaban el horizonte de Colombo.

Mientras permaneció en la baranda mirando cómo la noche descendía sobre la ciudad, recordó la primera vez que estuvo en la cubierta de un barco observando Colombo. Paul estaba con ella. Llevaban unos pocos meses de casados, él le abrazaba la cintura mientras contemplaban extasiados la exótica escena que se desplegaba ante ellos. Anna tenía un poco de temor ante la perspectiva de la nueva y extraña vida que les esperaba, y Paul, aunque aparentaba valentía, también lo sentía. Y tenía razón, quedó demostrado. Paul nunca hubiera salido de Ceilán; si aquella brillante noche de setiembre hubieran sabido sobre la tragedia que los esperaba, hubieran regresado en el primer barco a Inglaterra. Pero, por supuesto, no lo sabían.

El remordimiento no tiene sentido, pensó Anna. Ahora dependía de ella volver a unir las piezas de su vida y de la de Chelsea.

Levantó el mentón desafiante, le dio la espalda a sus recuerdos y al horizonte, y bajó.

9

Por otra parte, Julian pasó la mayor parte de los dos mismos meses lamentándose. Tan pronto como llegó a su lujosa casa en la ciudad de Londres fue arrestado. Pensando que estaba libre una vez que escapó de Graham y sus secuaces, no tomó ninguna precaución por su seguridad una vez que llegó a la ciudad. Después de todo, con las esmeraldas en Gordon Hall, Graham tenía mucho tiempo para alardear sobre el fracaso de Julian. Con la pérdida de las esmeraldas, sería renuente a llegar al extremo de darle participación a las autoridades en lo que tenía todas las señales inequívocas de desatar un sensacional escándalo familiar. O por lo menos así lo había pensado Julian. Desafortunadamente, en eso, como en muchas otras cosas en su vida, se había equivocado.

Cuando subió por los escalones de la entrada principal y colocó la mano en el picaporte, no sospechó el peligro que lo esperaba. Luego se desató el infierno detrás de él.

—¡Ése es él!

—¡Está arrestado!

—¡Cuidado, dicen que está armado!

—¡No se mueva, malandrín, o le volaremos los sesos!

Julian giró al oír el primer grito. En el último, estaba inmóvil como una roca, con las manos levantadas. El cuarteto de hombres que había saltado como conejos de los arbustos podía ser burlesco, pero también estaba fuertemente armado.

—Debe haber algún error —comenzó Julian, con el corazón acelerado al reconocer a sus agresores como agentes de Bow Street. Por la forma en que sostenían sus armas cuando se le acercaron, hubiera bastado con un estornudo de su parte inesperado para que comenzaran a disparar.

Uno de los del cuarteto resopló mientras subían por los escalones con más cuidado de lo que su semblante no amenazador requería.

—Sí, por supuesto que lo hay. Ahora no haga ningún movimiento estúpido. Sería una lástima tener que volarle su elegante cabeza, ¿verdad?

Llegaron hasta él, y le colocaron las manos atrás. Julian ni siquiera trató de luchar. Evidentemente hubiera sido inútil, y también lo hubiera sido correr. Lo tenían atrapado. Su confianza en la renuencia de Graham a dar intervención a extraños en su pelea privada, aparentemente se había extraviado.

—¿Puedo preguntarle por qué me arrestan? —Aunque estaba seguro de que ya sabía la respuesta, de cualquier manera Julian preguntó, retrocediendo mientras le colocaban frías esposas en las muñecas.

—Revísalo, Mick —el hombre que habló parecía el líder del grupo. Otro hombre, presumiblemente Mick, le pasó las manos por el cuerpo a Julian, mientras el primer hombre le respondía la pregunta con mofa—. Está bien, hágase el inocente. Todos lo hacen. Lo estamos arrestando por el robo de ciertas esmeraldas, que le pertenecían a lord Ridley. Supongo que no sabe nada sobre ellas, ¿verdad?

—No fueron robadas —protestó Julian sorprendido. La única respuesta fue otro resoplido. Frunció el entrecejo mientras el hombre que lo revisaba se enderezó realizando un movimiento negativo con la cabeza.

Dios, ¿qué había sucedido? El odio y la furia de Graham finalmente lo habían enloquecido si había dado intervención a Bow Street en un engaño. Julian entrecerró los ojos al pensar en las ramificaciones. ¿Realmente Graham llegaría tan lejos como para acusarlo de haber robado las esmeraldas cuando, en realidad, estaban otra vez seguras en su posesión?

Si así era, Graham era más maquiavélico de lo que Julian había soñado.

Aunque si Graham tenía la mínima sospecha de que la identidad de Julian, la cual él había buscado durante la mayor parte de su vida, estaba ligada a las esmeraldas, él personalmente hubiera convertido las piedras en polvo a pesar de su valor, para mantenerlas alejadas de las despreciables manos de su medio hermano. Graham no se detendría ante nada para conservar el nombre, el título, y la fortuna que la legitimidad le transferiría a Julian. Nada, pensó Julian mientras lo llevaban a la prisión de Newgate, incluyendo el asesinato. Su asesinato.

Cuando Anna llegó a Colombo, Julian había sido reducido a un estado casi tan inhumano como los otros residentes de Newgate. Los gritos que retumbaban constantemente en las húmedas celdas, podían haber provenido de su garganta como de cualquier otra pobre alma atrapada allí. Estaba vestido con andrajos, tan sucios que apestaban, y lo suficientemente hambriento como para considerar comerse una de las docenas de ratas que infestaban el lugar. Si no estaba sediento, era porque el agua goteaba por las paredes. Al principio se había estremecido al pensar en apoyar la lengua en la piedra sucia, pero cuando transcurrió una semana no sintió ninguna renuencia. Había decidido que haría lo que fuera necesario para sobrevivir.

Al principio estaba convencido de que Graham tenía las esmeraldas y se había valido de su intento de robo para sacar a Julian de su camino. Pero se había desengañado rápidamente. Tres días después de su llegada, apareció un guardia en la puerta de la celda y lo llamó. Julian, aún inocente sobre los métodos de Newgate, respondió ansioso al llamado. Quizás habían descubierto que todo era un terrible error y lo dejarían ir...

Demasiado inocente. Lo escoltaron hasta una diminuta habitación interna donde hasta la puerta era de piedra, lo ataron de cara a la pared, y lo desnudaron hasta la cintura, desgarrándole la camisa desde atrás.

Cuando comprendió que no tenían intenciones de dejarlo ir, escuchó una voz detrás que le produjo escalofríos.

—Así que finalmente tienes lo que te mereces, gitano bastardo.

Graham. Julian lo identificó antes de girar la cabeza y alcanzar a verlo con un ojo.

—Hola, hermano —a pesar de la premonición de problemas que sentía, el tono de su voz era burlón. La única defensa que le quedaba era hacerse el valiente.

—No me llames así.

Graham le hizo un gesto abrupto a alguien... Julian supuso que era a uno de los guardias, aunque no los veía. El sonido de un silbido le advirtió lo que vendría; había escuchado suficientemente ese ruido en el *Sweet Anne*. El gato. Se encogió antes de que el cuero le golpeara la espalda.

Aunque el dolor intenso le corría hacia los hombros y le partía la carne, se negaba a gritar. Graham siempre lo había odiado; Julian no le brindaría la satisfacción de que también lo menospreciara.

Si lo mataban, no mostraría debilidad ante el pequeño hermano que se había convertido en su enemigo mortal.

—Quiero las esmeraldas. ¿Dónde están? —la voz de Graham revelaba cierto regocijo. ¡Cómo disfrutaba ser el ganador en este encuentro! La última vez que se encontraron, Julian tenía veinticuatro años y Graham veinte. Sus caminos se cruzaron una noche de invierno en uno de los infiernos de juego más notorio de Londres. Graham había estado recorriendo los lugares bajos, buscando diversión con un grupo de señoritos, que eran sus amigos, y lo encontró. Julian había concurrido al lugar y vio a su hermano en la mesa de un jugador a quien le agradaba desplumar incautos. Julian sintió un peculiar y doloroso placer en observar cómo Graham perdía en una simple carta una suma que a Julian le hubiera alcanzado para un año. Había sentido más placer aun cuando Graham, a quien no le gustaba perder, se levantó de la silla y volteó la mesa.

Los duros que mantenían el orden estuvieron instantáneamente sobre Graham. Julian permitió que le dieran algunos golpes antes de indicarles que se detuvieran.

—Déjenlo ir —les ordenó tranquilamente.

Graham observó a su alrededor y entrecerró los ojos al reconocerlo, mientras los hombres retrocedían. Su rostro golpeado y enrojecido por la bebida se enrojeció aún más.

—Debí imaginarme que me encontraría contigo en un lugar como éste —la aversión y el desprecio se mezclaban en la voz de Graham.

Julian se rió, aunque sin alegría.

—Te equivocas, hermano. Yo debía esperar encontrarte aquí. Sólo los tontos con más dinero que sesos concurren a este lugar.

—¿Me estás diciendo tonto, gitano bastardo? —Enfurecido, Graham se arrojó sobre él, y Julian sintió gran satisfacción en golpear a su hermano antes de ordenar a sus hombres que arrojaran afuera el tonto.

Ahora, en Newgate, los papeles se invertían con una venganza.

—Voy a preguntártelo una vez más: ¿dónde están las esmeraldas?

—No tengo la menor idea —respondió Julian sinceramente.

Los golpes siguientes fueron más severos. Los siguientes fueron peores. Graham estaba convencido de que Julian había robado las esmeraldas, y las había ocultado en algún lugar antes de ser capturado. Deseaba recuperar las esmeraldas casi tanto como deseaba la muerte de Julian.

Por eso Julian no contribuyó con nada durante las frecuentes tundas que soportó. Pensó que su silencio le había comprado un mes extra de vida mientras Graham lo torturaba para averiguar el paradero de las joyas. Ahora su tiempo se estaba terminando. Al día siguiente lo ahorcarían.

Todo debido a una muchacha de engañoso aspecto angelical quien, según dedujo finalmente, logró robar lo que él no pudo. ¡Cómo le gustaría colocarle las manos alrededor de su estilizado cuello y apretárselo!

Ella lo había colocado en un brete. Al pensar en el asunto, y no tenía otra que hacer más que pensar, le quedó claro que, si él no tenía las esmeraldas, y Graham tampoco, la brujita debía tenerlas. Aún tenía la sensación de que la había visto antes, y pasó mucho tiempo revisando su lista mental de rateros y ladrones que vagaban por las calles de Londres como él, o quizás una década mayores, buscando una vida más lícita. Pero no había encontrado nada y finalmente concluyó que, si ya la conocía, no era como una pequeña ladrona.

Aunque ciertamente era una ladrona. Después de todo, usó su capa y las esmeraldas estaban en el bolsillo. De alguna manera, Julian casi debía admirar la inteligencia que le permitió organizar un plan tan ingenioso. Sólo una muchacha muy inteligente se daría cuenta de que con sólo mantener la boca cerrada, podría desaparecer con una fortuna en esmeraldas mientras el supuesto ladrón frustrado pagaba la culpa.

Si le contaba la verdad a Graham no lograría nada más que su propia muerte. Julian no tenía duda de que, una vez que Graham estuviera convencido de que no podía devolver las esmeraldas, se aseguraría de que su odiado medio hermano encontrara un rápido fin. Con Julian en las entrañas de Newgate, un arreglo así sería risueñamente fácil. En Newgate, el dinero hablaba mucho más fuerte que la culpabilidad o la inocencia. Podía comprarle a un hombre una vida fácil... o una rápida muerte.

Julian sospechaba que Graham ya había untado algunas manos para conseguirle una sentencia que lo ahorcara en lugar de transportarlo, que era más común para el crimen del robo. Pero la sentencia había fracasado. Debía ser cumplida antes de que Julian le hubiera revelado lo que supuestamente sabía sobre el paradero de las esmeraldas. Graham debía estar rechinando los dientes por eso, aunque Julian creía que la perspectiva de que lo removieran permanentemente de este mundo era un consuelo para Graham. De cualquier manera, hasta donde Julian sabía, Graham no se había molestado en sobornar a nadie para mantenerlo vivo.

Por lo menos la pequeña ladrona no le había devuelto las gemas a Graham. Con suerte, las piedras, junto con cualquier prueba que pudieran ofrecer, estarían seguras de las maquinaciones de Graham hasta que Julian ideara una forma de recuperarlas.

Lo cual, por supuesto, era más fácil de decir que de hacer. Su situación era cada vez más lamentable. Le quedaban sólo seis o siete horas de vida para poder eludir al verdugo. La prueba en su contra, aun sin las esmeraldas, era abrumadora. El juicio había sido rápido, el veredicto veloz y duro. Al amanecer lo iban a ahorcar en el patio interno de Newgate; ni siquiera lo iban a llevar a Tyburn y así ofrecerle una última oportunidad de escapar.

Analizando su psiquis, Julian decidió que su emoción predominante era la furia, la cual por lo menos era un antídoto contra el miedo.

Furia porque él, Julian Chase, había soportado la ignominia de ser arrestado, el dolor y la humillación de ser torturado, y finalmente el miedo a ser ahorcado, por un robo que no había logrado realizar.

Mientras esa pequeña bruja de ojos verdes no había soportado nada y se había alejado con una fortuna en esmeraldas, sin otro testigo más que él.

Un buen truco. Tenía que reconocerlo.

Si alguna vez tenía la oportunidad, también le hubiera gustado darle algo más. Como una patada en el trasero.

El ruido de las llaves le advirtió que se acercaba el guardia.

Julian sólo tuvo tiempo de transformar su rostro en una máscara seria y pálida cuando la cerradura sonó y se abrió la puerta de la celda. Inmediatamente, la docena de pobres almas que llenaban la celda se alejaron de la entrada hacia la parte de atrás, y oscurecieron el rincón donde se sentaron.

Ésta era la celda donde los condenados esperaban su ejecución, y la visita de un guardia a una hora tan inusual provocaba terror. Más de uno había sido llevado sin aviso y nunca regresó. ¿Para ahorcar? Quién sabe... Quizá para ser torturado hasta la muerte. Quizá... pero especular era inútil.

Julian podía oler el miedo de sus compañeros de celda, incluso sobre el hedor de sus excrementos, que se encontraban en un rincón, pues no les habían brindado otra comodidad. Con la llegada del guardia, el olor a miedo se intensificó.

—¡Chase!

Dios, ¿lo iban a torturar en su última noche en la tierra? Pero seguro iban a hacerlo. No tendrían otra oportunidad de obtener su supuesto reconocimiento.

Los muertos guardaban sus secretos.

—¡Chase! ¡Sal de allí!

El guardia era un joven llamado Shivers, de un metro ochenta y cinco de altura y ciento treinta kilos. Julian estaba dispuesto a apostar que por su mal genio, nadie se le parecía incluso aquí en la Fila de los Asesinos.

—¿Me vas a hacer entrar a buscarte, Chase? —le señaló Shivers con un tono de represión. Julian se puso de pie, manteniendo su rostro en blanco y retrocediendo interiormente. Sus compañeros de celda, aliviados porque el llamado no era para ellos, le abrieron camino. Cuando se irguió por completo (aún era un poco más bajo que Shivers) sintió dolores en lugares que no sabía que poseía.

Su rostro no reflejaba el miedo que sentía.

—Ambos sabemos que sabes más que eso, ¿verdad, Shivers? —Julian sabía que pagaría la insolencia, pero el orgullo era todo lo que le quedaba. No permitiría que le arrebataran eso junto con todo lo demás.

—¡Ven aquí, maldito ladrón! ¡Y para ti soy el señor Shivers!

Con los movimientos impedidos por las cadenas que tenía en los tobillos, Julian no podía lograr el andar descuidado que se esforzaba en conseguir. Aun así, la lentitud en su andar provocó que Shivers lo golpeara en la cabeza con el garrote que llevaba.

A Julian le sonaron las orejas, pero ni siquiera retrocedió. A esta altura, pensó con amargura, ya casi se había acostumbrado a los golpes en la cabeza, que casi le partían el cráneo.

—¡Mereces que te ahorquen, y también que te descuarticen! —Con estas oscuras palabras, Shivers volvió a cerrar la puerta de la celda y se volvió para acicatear a Julian a lo largo del pasillo angosto. De ambos lados provenían silbidos y burlas de hombres desesperados. Ninguno desperdició una palabra de simpatía para Julian. En lugar de promover la camaradería entre los prisioneros, la brutalidad de la vida en Newgate los convertía casi en bestias. Si no podían alcanzar a los guardias, se atacaban unos a otros, física o verbalmente.

Se dirigían a algún lugar que Julian no conocía. El agujero donde generalmente lo torturaban estaba en la dirección opuesta.

Seguramente habían decidido no continuar y colgarlo esta noche...

El miedo le secó la boca, pero no permitió que se le notara en el rostro o en su porte.

Shivers se mofaba de él, y Julian le respondía de la misma manera, ganando otro golpe en la cabeza mientras caminaba lentamente delante del guardia. Una vez, tropezó en el suelo de piedra desparejo, y una mano lo tomó del cuello para levantarlo. La ropa gastada se rasgó en dos a lo largo de toda la espalda. Shivers se rio. Julian sintió una necesidad irresistible de volverse y colocarle la cadena que tenía en las muñecas alrededor del cuello.

Sólo lo detuvo la comprensión de que, en sus condiciones, no podía luchar contra Shivers.

Ésta podía ser la última noche de su vida, pero mientras tuviera vida, era dulce. Luchar con el corpulento guardia sería suicida.

Shivers lo guió hacia la izquierda, hacia un pasaje tan oscuro que Julian apenas podía ver dónde colocar los pies.

Le pasó por la mente la terrible posibilidad de que Shivers tuviera la intención de matarlo para divertirse.

¿Por qué otra cosa se estaban desplazando por este pasaje tan poco usado? Julian se tensionó, ignorando los dolores que le desgarraban los músculos. En cada minuto esperaba que Shivers le colocara una cuerda al cuello.

Al final del pasaje había una pequeña puerta de madera.

—Vuélvete —le ordenó Shivers. Julian, aún con sospechas, se volvió.

Shivers se arrodilló y con un movimiento rápido abrió las trabas de las piernas. A Julian se le aceleró el corazón. Lo iba a colgar, o...

Luego el guardia le quitó las trabas y se puso de pie para repetir la operación con la cadena que tenía Julian en las muñecas.

—¿Qué...? —comenzó a decir Julian mientras sus manos quedaban libres. Sin dejar de mirar a Shivers, comenzó a frotarse las muñecas lastimadas.

—Mantén la boca cerrada. Te compraron y pagaron por ti —respondió Shivers con una desagradable mueca en los labios—. Es una lástima. Hubiera disfrutado tu linchamiento.

Después, antes de que Julian pudiera pestañear, Shivers abrió la puerta.

Más allá de la misma, la cual según pudo ver Julian se encontraba en la formidable pared exterior de Newgate, había una zanja hedionda, un callejón desierto... y la libertad. Las estrellas brillaban en el terciopelo negro del cielo; un viento helado (no importaba que trajera consigo los olores nocivos de los barrios bajos de Londres) le despeinó el cabello. Casi involuntariamente, miró hacia atrás, hacia el pasillo por el cual había venido. La pequeña subida de los últimos metros y el recuerdo de la oscuridad y la humedad del resto lo hicieron comprender: había atravesado uno de los túneles secretos que se suponía abundaban en Newgate.

—Vete de mi vista —gruñó Shivers y empujó a Julian

hacia afuera. Antes de poder hacer algo más que recuperar el equilibrio, la puerta se cerró.

—Él nos avisó. Tome, póngase esta capa y vámonos.

—¡Jim! —Julian giró para ver la delgada figura de su establero, valet, lacayo y amigo que salía de la oscuridad de la base de la pared.

—Ningún otro —Jim le arrojó la capa sobre los hombros de Julian y se la ató como si fuera un bebé. Luego le tomó el brazo, conduciéndolo por el callejón hacia la única calle menos amenazadora que quedaba más allá. Por la forma en que Jim miraba ocasionalmente sobre su hombro, Julian dedujo que estaba ansioso por alejarse de las descollantes paredes de Newgate. A pesar de la sorprendente falta de fuerza de sus piernas, Julian le seguía el paso. También respiraría más tranquilo cuando estuvieran bien y realmente lejos.

—¿Cómo demonios hiciste eso? —mientras se aproximaban al final del callejón, Julian miró sorprendido a Jim. Era evidente que Jim había logrado lo imposible: ¡aseguró la libertad de Julian!

—Nos costó mucho. En realidad, ese forzudo tiene casi hasta la última moneda que teníamos en el mundo. Estaba enloquecido por ver que te ahorcaran, pero es un bastardo codicioso. Lo que finalmente te salvó fue que para él no valías nada muerto.

—Shivers puede ser un codicioso, pero no puedo creer que se arriesgara a ponerse en peligro por unas pocas libras. A la mañana cuando vengan para ahorcarme, me van a extrañar. Es probable que sospechen que tuvo que ver con mi desaparición. No porque vaya a lamentar su muerte. Pero son capaces de ahorcarlo en mi lugar.

Jim miró a Julian de ambos lados mientras conducía a su señor hacia una esquina oscura. Una lámpara de la calle brillaba débilmente en la otra cuadra. Todo lo demás estaba muy oscuro. Jim lo llevó hacia la lámpara, ignorando las figuras amenazadoras que se apartaban de su camino, mientras pasaban y también ignorando las miradas furtivas que observaban su avance desde puertas cerradas.

—La cárcel te pudrió el cerebro, joven Julie. Todo está arreglado. Cuando amanezca, colgarán a alguien. Ni a ellos ni a nosotros nos importa a quién.

Entonces Julian comprendió. Jim había sobornado a Shivers para que lo dejara escapar y colgara a otro en su lugar. Limpio, muy limpio.

—Pobre diablo —comentó sobre su remplazante, y lo sentía de veras.

—Sí, pero mejor él que tú, ¿verdad?

Julian apenas vio el oscuro carruaje cerrado que esperaba en la calle antes de que Jim abriera la puerta y lo empujara adentro. Después de subir detrás de él, Jim golpeó el techo. Inmediatamente el carruaje se puso en movimiento.

Reclinado hacia atrás en el asiento, Julian le comentó su asombro al lacayo.

—Me sorprendes. Hace media hora no hubiera apostado una moneda a mis oportunidades de ver otro anochecer.

Jim refunfuñó y se sentó a su lado. Julian no dijo nada durante algunos minutos, saboreando la idea de que realmente estaba libre. Sin un temor permanente por su vida más que mitigar males menores, lentamente comenzó a darse cuenta de la variedad de dolores. Sus costillas, que casi habían sido quebradas con un garrote por Shivers y sus compañeros, le dolían abdominalmente. Sus muñecas y tobillos, pelados por las esposas, le pinchaban. La cabeza le golpeaba, el estómago vacío rezongaba, la garganta le quemaba. ¡Pero estaba vivo... y libre!

—Será maravilloso llegar a casa. —Julian reclinó la cabeza contra el asiento. ¡Cristo, estaba muy cansado! Después de esta pesadilla, esperaba poder dormir una semana.

Jim resopló. Adentro, el carruaje estaba oscuro, pero con la luz de una lámpara de la calle que pasaron Julian pudo ver la expresión de Jim. El rostro delgado y adusto tenía un gesto triste.

—¿Qué sucede? —preguntó Julian con resignación. Ya había visto esa expresión en el rostro de Jim.

—Bueno, lo que sucede es que tuve que vender la casa. Tuve que vender todo lo que ambos teníamos y casi no fue suficiente. Tuve que regatear duro con ese maldito guardia.

—¿Y Samson? —preguntó Julian débilmente.

Jim volvió a resoplar.

—Ni siquiera tuve la oportunidad de venderlo. Se lo llevaron cuando te atraparon.

—¿Queda algo?

Jim negó con la cabeza.

—No mucho después de que pague una o dos noches de alojamiento y unas pocas cenas decentes.

Julian permaneció en silencio durante un momento, absorbiendo la enormidad de la pérdida. No porque fuera un hombre rico, pero había ganado lo suficiente en sus actividades de negocios (algunas legítimas y otras no) como para vivir muy cómodo.

Cuando era más joven, pudo acumular considerables ahorros de una serie de robos cada vez más arriesgados, lo cual según le había asegurado Jim, provocaría que algún día lo colgaran. Pero Julian, que no era tonto, había aprendido lo suficiente para saber cuándo retirarse. Tomó lo procedente de sus robos y compró una casa de apuestas, y con las ganancias compró otra. Hacer dinero no fue duro una vez que se estableció. En realidad, descubrió que tenía un don para hacerlo. Ahora tendría que comenzar otra vez. Pero por lo menos estaba vivo, y eso era suficiente por el momento.

—Podrías haberlos dejado que me colgaran y todo habría sido tuyo.

—Y tú podrías haber dejado que me desangrara en aquella zanja hace años, y no lo hiciste. Somos un par de corazones sangrantes —le recriminó Jim.

Al recordarlo, Julian sonrió aunque débil y tristemente. Conoció a Jim un año después de escapar de la Armada Real. Sabiendo que sin su abuela, no tenía lugar en la tribu gitana, que siempre lo había considerado un extraño por su sangre mestiza, partió para Londres desde

Portsmouth, donde había cambiado de barco. Uno de sus compañeros le había contado muchas historias sobre las glorias de Londres, y Julian decidió que parecía la clase de lugar donde un joven inteligente podía probar su suerte. En realidad, apenas tuvo éxito en no morirse de hambre, y eso de alguna manera lo hacía temblar al recordarlo. Después de extender la mano para ser carterista o mendigo, se unió a una banda de muchachos mayores que robaban a borrachos. Jim estaba en una zanja de Londres, tapado con tres hojas de papel para protegerse del viento, cuando la banda cayó sobre él, tratando de robarle el bolso. Borracho o no, Jim se defendió, y terminó cuando uno de los jóvenes lo apuñaló. La sangre se esparció por todos lados, Jim cayó en la calle, y el resto de los jóvenes huyó. Pero Julian, en otro de sus gestos quijotescos de los que debía cuidarse constantemente, se quedó para ayudar a la víctima sangrante. Desde entonces, de una u otra forma, estuvieron juntos.

—Estoy agradecido, lo sabes.

—Y debes estarlo. Debo decirte que fue una tentación terrible. Yo pensé, terco como eres, que probablemente me perseguirías. Y no estoy acostumbrado a que me persigan.

Julian no se molestó en contestarle. La verdad era que él y Jim sólo se tenían el uno al otro. Julian hubiera hecho lo mismo por Jim si la situación hubiera sido a la inversa.

—Supongo que Amabel podrá hospedarnos.

Amabel, una bella joven de cabello oscuro, había sido la *chère amie* de Julian durante seis meses, antes de que lo arrestaran. En realidad, la casa en la que vivía había pertenecido a Julian, pero una noche comenzó a llorar preocupada por su futuro cuando él se cansara de ella y Julian terminó transfiriéndole la casa. Otro de sus gestos quijotescos, pero no uno que lamentara particularmente.

Jim negó con la cabeza.

—Ahhh... está con otro caballero. Vendió la casa y se fue al Continente con él. Creo que no deberías volver a verla.

—Ramera sedienta de dinero —dijo Julian sin vehemencia. Bueno, de cualquier manera ya se estaba cansando de Amabel, aunque la pérdida de la casa lo enconaba—. Lo que podemos hacer es alojarnos en una posada durante esta noche y mañana viajar a Gordon Hall. Esa bruja de ojos verdes se llevará la sorpresa de su vida. Le quitaré esas esmeraldas aunque tenga que retorcerle el cuello.

A través de un mensaje camuflado (también había costado un paquete) Julian le había hecho llegar a Jim sus sospechas sobre lo que había sucedido con las esmeraldas. Le encargó a Jim que vigilara a la brujita para asegurarse de que no se deshiciera de las gemas. Aunque Julian estuviera en la cárcel, era dudoso que se viera en la necesidad. Si era inteligente, esperaría que terminara el calor, y luego dispondría de las piedras en sus horas libres. Y Julian creía que era muy, muy inteligente.

—Oh, Julie.

Había algo en el tono de voz de Jim que provocó que Julian lo mirara severamente.

—¿Qué sucede ahora?

Jim, con aspecto infeliz, buscó en el bolsillo de su camisa. Después de un momento, extrajo algo y se lo entregó a Julian. Al aceptarlo, no tuvo necesidad de mirar el objeto frío y duro para saber lo que era: el brazalete que pertenecía a las esmeraldas.

—¿Cómo conseguiste esto? —Julian tenía la voz tensa.

—Bueno, verás. Cuando llegué a Gordon Hall ella ya se había ido. Fue justo después de que me contaras, pero se había ido hacía una semana. Hice correr la voz sobre ella y las esmeraldas, por si trataba de venderlas. Un amigo mío me mandó decir que hacía unos días había comprado algo en lo que yo podría estar interesado, y cuando llegué ahí estaba el brazalete. Dijo que se lo compró a una persona muy gentil. Y yo se lo compré a él.

—¿Una dama? ¿Bonita, con cabello rubio y grandes ojos verdes?

—En realidad, por su descripción, era una prostituta pelirroja.

—¿Una prostituta pelirroja? —Julian no podía creerlo. Ni siquiera con mucha imaginación la brujita podía ser descrita así.

—Eso es lo que dijo Spider. Pero luego me dijo el nombre del caballero que la había enviado y lo verifiqué. Parece que la pelirroja tenía a alguien en la casa. Ésta era muy atractiva, con cabello rubio y ojos verdes, como tú dijiste. Y también había una niña.

—¿Y dónde está ahora mi dama Ojos Verdes? —Empeñado en su víctima, Julian indagaba la información que le interesaba y desechaba el resto.

—Oh... —Jim se frotó la nariz con el dedo, un hábito que tenía cuando estaba angustiado—. No te va a gustar esta parte.

—Entonces, cuéntame.

—Parece que la ramera, la bruja y la niña vendieron el brazalete para obtener un poco de dinero. Al día siguiente estaban en un barco. Rumbo a Ceilán.

—¡Ceilán! —Durante un momento Julian sintió como si le hubieran pateado el estómago.

—Te dije que no te iba a gustar.

—¿Y las esmeraldas? ¿Vendió el resto antes de partir? Jim negó con la cabeza.

—No pude averiguar el resto. Y si yo no pude encontrarlas, no están en Londres.

—¡Maldición! —Julian golpeó el puño contra el costado del carruaje. Dolía, lo cual no lo hizo sentir mejor. Durante un momento prolongado permaneció allí sentado, acariciando su mano golpeada y pensando furioso.

—Debes decidirte, Julie. Tenemos que salir de Londres por un tiempo. Se supone que estás muerto, ¿recuerdas? Tenemos suficiente como para irnos a Francia...

—¡Francia, demonios! Vamos a ir detrás de esas esmeraldas.

Jim resopló y sacudió la cabeza.

—Sabía que ibas a decir eso. ¿No puedes dejar que esas malditas cosas se vayan? Hasta ahora sólo te han causado problemas.

Julian lo miró rápidamente.

—No tienes que venir conmigo.

—Si tú vas, yo voy. Pero no tenemos suficiente dinero.

Julian sonrió inflexible.

—Venderemos el brazalete. Eso nos dará más que suficiente para llevarnos a Ceilán.

10

Srinagar... tierra verde. Anna pensó que nunca un nombre había sido tan apropiado como cuando volvió a ver la propiedad después de tres cuartos de año. A pesar de la humedad, la cual provocaba que el aire fuera casi irrespirable, se puso de pie y se quitó el sombrero para poder ver mejor, mientras la carreta tirada por bueyes en la que viajaban se acercaba a Big House.

—Señorita, siéntese. Señorita se caerá —el culí que las llevaba la retó, pero Anna no le prestó atención Ruby con un chistido impaciente, la sentó otra vez, pero Anna no dejó de mirar la casa.

Era una casa grande, de estilo inglés, y parecía más grande por las galerías que la rodeaban. Las deslumbrantes paredes blancas contrastaban con las frías persianas verdes. Cuando Anna y Paul estaban en la residencia, muchas de las ventanas tenían toldos rayados verdes. Ahora los toldos ya no estaban, y el parque que alguna vez estuvo bien cuidado, se hahía convertido en una selva de malezas altas hasta la cintura. La propiedad estuvo en venta desde que Graham la adquirió. Anna, temerosa de que Graham pudiera enterarse de la identidad del comprador de Srinagar, le encargó a Ruby que, utilizando su apellido de soltera y dinero de la venta del resto de las esmeraldas, le comprara la propiedad al corredor. Entonces Ruby, en una transacción privada de la que Graham no podía enterarse, le transfirió la propiedad a Anna. Los fondos que quedaron de la compra serían suficientes para arreglar Srinagar, y también para brindar un buen pasar para ella y para Chelsea.

—Mamá, ¿hay alguien aquí? —preguntó Chelsea en voz baja, tomando de la mano a Anna. Anna miró a su hija y le apretó la mano.

—¿Cómo podría haber alguien si no sabían que veníamos? —le preguntó Anna razonablemente—. Muy pronto tendremos todos los sirvientes otra vez, no te preocupes.

Chelsea no dijo nada más, pero continuó mirando asombrada la casa. La carreta se detuvo ante la puerta principal.

—Vamos, pollito, llegamos a casa —el tono de Anna era alentador mientras saltó al suelo. Después del viaje de casi un día desde Colombo, era agradable estirar las piernas. Al ver que Chelsea continuaba mirando la casa sin moverse, Anna subió para bajar a la niña de la carreta.

—Adentro estará más fresco.

Ruby le hizo una mueca a Anna por detrás de Chelsea.

—El lugar es fantasmagórico —murmuró. Anna le envió una mirada represora y trató de no advertir la fuerza con la que Chelsea se colgó de su mano mientras entraban en la casa.

Como Anna lo había predicho, allí estaba mucho más fresco. Las grandes ventanas estaban construidas en nichos, lo cual provocaba que el interior estuviera sorprendentemente oscuro. Había una gruesa capa de polvo sobre todo, y el insidioso moho, que era enemigo de todas las cosas remotamente perecederas de Ceilán, había comenzado a atacar los muebles y la casa. Las cortinas y las alfombras estaban llenas de tierra, y en los rincones de las habitaciones, cerca de los cielo rasos, había manchas verdusco grisáceas de moho. Para empeorar las cosas, un ejército de arañas del tamaño del puño de Anna había colonizado los dormitorios. Ruby miró y eso fue todo lo que necesitó para querer regresar con el capitán Rob y su barco, y de allí a Inglaterra. Anna tuvo que convencerla de que todas esas deficiencias podían ser corregidas, en un tiempo relativamente corto. Chelsea permaneció junto a la falda de su madre. Anna estaba perturbada por el silencio y el asombro de la niña, pero pensó que era natural que Chelsea se viera avasallada por las circunstancias. Una vez que Big House estuviera en orden y Chelsea se acostumbrara a estar en casa, la niña gradualmente volvería a ser la pequeña entusiasta cuya risa alguna vez retumbara en estas paredes.

Demandó un gran esfuerzo, pero en el curso de las semanas siguientes las cosas en Srinagar mejoraron de manera sorprendente. A la mañana siguiente de su llegada, Kirti apareció de la nada, pues sintió, a la misteriosa manera de los Tamils, que su familia inglesa había regresado. Kirti y Chelsea se saludaron con fuertes gritos. Las lágrimas rodaron por las mejillas regordetas de Kirti cuando abrazó a su amada niña.

—¡Niña, niña, oh mi pequeña niña! —Kirti, abrazando a Chelsea, levantó sus ojos mojados por las lágrimas y miró a Anna—. La bendigo, memsahib, por haberla traído de regreso.

—¡Kirti, te extrañé! —Chelsea abrazó a la vieja aya como si no fuera a dejarla ir nunca. Anna sintió que se le humedecían los ojos al observarlas. En ese momento, Anna comprendió lo despojada que había sido Chelsea. Su regreso a Inglaterra había coincidido con la pérdida de todo lo que la niña había amado, excepto su madre: papá, aya, hogar. Repentinamente, Anna se sintió contenta de haber podido devolverle a Chelsea un poquito de lo que había perdido. De pronto, el robo de las esmeraldas no pareció tan reprensible. ¿No había un dicho por allí que decía que el fin justifica los medios? Chelsea necesitaba regresar a casa.

Con Kirti para encargarse de Chelsea, Anna estuvo libre para atacar lo peor del abandono, con ayuda de Ruby. Grandes insectos alados fueron barridos de la casa junto con polvo y hojas; la ropa de cama y las cortinas fueron ventiladas o reemplazadas; pisos, paredes y ventanas fueron limpiados. En la forma misteriosa en que las noticias siempre se divulgaban por la isla (Anna nunca estaba segura si era clarividencia o algo más parecido a tambores de la selva) el resto del personal de la residencia comenzó a regresar de a uno o dos.

Una semana después de su llegada, el Raja Singha, el imperturbable mago al que Paul siempre se había referido como el niño de su casa, apareció sobre su elefante con todas sus mercancías atadas detrás de él. Anna, rara vez se sintió tan contenta de ver a alguien en su vida. El Raja Singha era el equivalente ceilanés de un mayordomo inglés, con un toque de magia negra. Como si fuera la cosa más natural del mundo llegar de ninguna parte, respondió al alegre saludo de Anna con una solemne afirmación con la cabeza. Luego procedió a transferir sus pertenencias a la cabaña de barro y paja, que se encontraba más allá del jardín, y que había sido su hogar desde que Paul y Anna llegaron a Ceilán. A la hora de su llegada ya se había hecho cargo de la casa. Con su propia manera silenciosa e inexcrutable, el Raja Singha manejaba al resto del personal sin misericordia. Como resultado, el trabajo se terminó en la mitad del tiempo que Anna pensó que podría llevar.

Parecía imposible dormir sola en el dormitorio que ella y Paul habían compartido. Por la noche, Anna caía exhausta en la cama y permanecía despierta mientras las imágenes de Paul cruzaban por su mente. Aunque odiaba admitirlo, un poco de culpa podía formar parte de la razón por la que estaba tan afligida. Porque a veces, en la madrugada, el rostro e imagen queridas de Paul se borroneaban en su mente. En su lugar veía un atractivo rostro oscuro con perversos ojos celestes; sentía la fuerza de un cuerpo masculino alto, musculoso, sorprendente, abrazado al suyo; experimentaba otra vez la devastación del atrevido beso y las caricias de un extraño. Luego, para su secreta mortificación, su cuerpo ardería por más de lo mismo. Se daría vuelta, luchando contra la vergonzosa sensación que aumentaba con el correr del tiempo, negándose a soñar con un extraño que se había atrevido a tratarla como a una mujer, y no como a una dama.

En más de una ocasión, se levantó antes del amanecer y visitó la tumba, en la loma detrás de la casa, donde pasaba una solitaria vigilia hasta que comenzaba a salir el sol sobre el horizonte. Después, como una ladrona en la noche, volvía a entrar en la casa.

Aún la imagen del ladrón se negaba a desaparecer. Durante la noche, su sombra aparecía para atormentarla, tan a menudo como la de Paul, apartando el amable rostro sonriente de su esposo con el recuerdo de cómo su boca había buscado la de ella, de cómo su sangre hirvió cuando la tocó con sus manos. Mientras el fantasma de Paul atormentaba su corazón, el del ladrón atormentaba su cuerpo. Atormentada y avergonzada, Anna no podía reprimir los deseos que la invadían. Desatendiendo su mente, su saludable y joven cuerpo femenino anhelaba. Trataba pero no podía alejar de sus sueños la forma en que el ladrón la había hecho sentir. El poder fantasear sobre otro hombre, y no cualquiera sino un extraño, un criminal, con Paul con menos de un año en su tumba, la aterraba.

Descompuesta y culpable, dio los pasos que podía para aliviar su sufrimiento nocturno. Con ese fin se cambió a uno de los otros dormitorios, una habitación grande y soleada que daba hacia atrás en lugar de al jardín de adelante. La cama era pequeña y angosta, casi austera; diseñada para una, no para dos personas. El dormitorio de los niños se encontraba al lado del vestíbulo. Anna se sentía tranquila al saber que Chelsea estaba cerca. En esta nueva habitación, libre de los recuerdos de los días y las noches que había compartido con su esposo, la sombra de Paul la acechaba menos. Pero con disminución de la presión de Paul en sus sueños, el ladrón ganó fuerza. Se le aparecía casi todas las noches, y la besaba como lo hizo en Gordon Hall, presionándole fuertemente el busto con la mano. Y ella, avergonzada, se retorcía y ardía.

Con el Raja Singha ocupándose de la casa, la única preocupación que le quedaba a Anna era encontrar a alguien para que controlara el crecimiento del té. Más por necesidad que por elección, Paul siempre realizó esa tarea. A veces sus esfuerzos no habían tenido éxito, aunque Anna se sintiera desleal aun admitiéndolo para sí misma. Paul había sido un caballero, no un cultivador. Cuando llegaron a Ceilán, ella una desposada de dieciocho años y él apenas un poco mayor, Paul no sabía casi nada sobre el cultivo de plantas de té. A través de los años leyó mucho y aprendió un poco, aunque por una razón u otra Srinagar nunca fue una ganancia segura. Pero ahora que, gracias a las esmeraldas, podía hacerlo, Anna estaba decidida a contratar al mejor capataz que pudiera encontrar. Esta vez iba a convertir a Srinagar en un éxito.

Con ese fin, alrededor de un mes después de su llegada, Anna le envió una nota al mayor Dumesne pidiéndole que viniera a Srinagar lo más pronto posible. El mayor y su esposa Margaret, no sólo eran los líderes sociales indiscutibles de la colonia inglesa en Ceilán. Su plantación, Ramaya, era la más próspera de la isla.

El mayor vino dos días más tarde. El Raja Singha lo instaló en la sala de recibo y fue a buscar a Anna. Ella estaba en el jardín con Chelsea y Kirti, utilizando tijeras de podar para atacar vigorosamente las enredaderas que se habían extendido sobre su jardín de vegetales. Mantener buenos vegetales ingleses vivos y bien en el calor y la humedad de Ceilán requería un constante trabajo duro. Entre las enredaderas y los hongos, la batalla nunca terminaba.

—Memsahib, el mayor Dumesne ha llegado.

Anna miró a su alrededor. El Raja Singha, con su sarong y su turbante que, junto con su camisa sin cuello, constituía su vestimenta habitual, permaneció esperándola impasible más allá de la puerta del jardín. Como siempre, era inexpresivo, pero algo en su postura le indicaba que estaba perturbado.

—¿Sucede algo malo, Raja Singha? —le preguntó, al

sentirse un poco preocupada. El Raja Singha no era alguien que permitiera que las pequeñeces lo perturbaran.

Negó con la cabeza de una manera abrupta que era característica en él. Pero permaneció esperándola en lugar de irse, por lo tanto Anna adivinó que deseaba que se apurara. Se quitó los guantes y el sombrero de jardinería, le prometió a Chelsea que regresaría tan pronto como pudiera para jugar a las escondidas, y entró. El Raja Singha la siguió.

Anna se detuvo para lavarse las manos en el lavamanos que se encontraba cerca de la puerta trasera, tarea que impacientó al Raja Singha, y luego continuó hacia la sala de recibo. Aunque un mes atrás tenía un aspecto terrible, ahora lucía casi como antes de la muerte de Paul. Las paredes fueron cepilladas y blanqueadas, los muebles y pisos lustrados, y la tapicería sacudida. En realidad, la sala de cielo raso alto lucía bastante bien, pensó Anna al entrar seguida del Raja Singha. Al igual que su alcoba, tenía cortinas de muselina blanca que podían ser ajustadas para impedir la entrada del peor sol de la tarde. Un cuadro de la madre de Paul estaba colgado en un lugar de honor, y sus suaves rosas y celestes levantaban los colores de las alfombras y la tapicería. Una biblioteca de caoba llena con los amados libros de Paul ocupaba el mayor espacio a lo largo de una pared, y pequeñas mesas de caoba brillaban con una rica pátina. Sentada en un sofá de brocado rosa estaba Ruby, resplandeciente con uno de sus brillantes vestidos de seda, que ni siquiera el calor la persuadía de usar. Ruby ya se había ocupado de entretener al mayor. Estaba inclinada hacia adelante ofreciéndole al mayor, que sonreía ampliamente, lo que Anna creía era una vista superabundante de su *décolletage*, mientras le alcanzaba una taza de té. De inmediato, Anna comprendió la razón de la agitación del Raja Singha. Los ceilaneses eran puritanos, y Ruby estaba fuera de su percepción mental.

—Gracias, Raja Singha, llamaré si lo necesito —le dijo Anna tranquilamente a su sombra. Con una reverencia, el Raja Singha se retiró. En ese momento, Dumesne y

Ruby advirtieron la presencia de Anna. El mayor Dumesne se puso de pie, un poco confundido por haber sido descubierto disfrutando la vista. Ruby le hizo una mueca impenitente a Anna.

—Señora Traverne, estamos muy complacidos de que pudiera regresar. La vida por aquí estaba demasiado triste sin el brillo de su presencia.

—Gracias, mayor —mientras se le acercaba, Anna extendió la mano. Él se la estrechó y luego se la besó. Realmente, a pesar de su apreciación de Ruby, él era un hombre muy amable. Anna lo apreciaba mucho, al igual que a su esposa, y ellos la habían ayudado inmensamente en los terribles días posteriores a la muerte de Paul, en los cuales se sintió casi demente por la desesperación—. Chelsea y yo nos sentimos muy felices de estar de regreso. Veo que conoció a la señora Fisher, que fue muy amable en acompañarnos en nuestro viaje.

—Ah... sí. Es encantador que haya traído una rosa para agregar a nuestro adorable jardín de pimpollos ingleses.

—Una rosa... eso es lo que yo llamo un bello cumplido. Por cierto, usted maneja muy bien las palabras —comentó Ruby, rebosando de alegría, mientras el mayor volvía a sentarse.

Él se rió, luego miró casi con culpabilidad a Anna. Ella no sabía si la culpa era porque se había reído en su presencia (sus ropas de viuda podrían haberle hecho sentir que su júbilo era inapropiado) o porque se estaba divirtiendo demasiado con Ruby, y era un hombre con una bella esposa.

—¿Y cómo está la querida Margaret? —la pregunta no intentaba ser mordaz, aunque al formularla la sonrisa del mayor desapareció. Miró con seriedad a Anna.

—Temo que tengo malas noticias. Margaret murió hace seis meses. Tuvo fiebre igual que su esposo y murió en tres días.

—¡Oh, no! ¡Oh, mayor, lo lamento! Era una mujer tan maravillosa... la quería tanto. ¡Qué horrible para usted! ¡Qué tragedia!

Dumesne asintió con la cabeza. Durante un momento pareció mayor de cuarenta años, ya que las líneas de dolor se profundizaban en su rostro.

—Para los niños fue duro. Gideon y Simon están estudiando en Inglaterra, y por eso no sufren tanto. Pero Laura extraña mucho a su madre. Apreciaría mucho si llevara a Chelsea a visitarla. Quizá, dada la similitud de sus pérdidas, puedan consolarse mutuamente.

Laura era la hija de siete años de los Dumesne. Ella y Chelsea habían sido amigas desde que comenzaron a caminar.

—Por supuesto que lo haré. Y usted debe traerla a visitarnos. Nos alegrará recibirla en cualquier momento. Y a usted también, por supuesto. Sé lo terrible que es cuando se pierde al compañero.

—Es muy amable de su parte. Quizá, como nuestros niños, podamos consolarnos mutuamente —le sonrió y algunas de sus arrugas se relajaron—. Y ahora hablemos de otras cosas. No deseaba ser tan desalentador en tan buena compañía.

Anna lo miró con compasión. Él y su esposa habían tenido un buen matrimonio, y sus tres hijos adoraban a su madre. A veces la vida era horrible, reflexionó. Terriblemente injusta.

—¿Desea otra taza de té, mayor? —la voz de Ruby era suave y compasiva, aunque Anna reconocía el brillo en su mirada como un mero interés femenino en un hombre atractivo. Y él era atractivo, pensó Anna. Con su cabello rubio canoso y su postura militar erecta, tenía un aspecto distinguido. Sabía que Ruby no era más que una oportunista. Y con la noticia de que el mayor era un viudo reciente, seguramente había atisbado una excelente oportunidad. Lo llevaba escrito en todo el rostro.

—Gracias, creo que tomaré otra —el mayor aceptó que Ruby le volviera a llenar la taza, le sonrió amablemente, y luego se volvió hacia Anna—: ¿Hay alguna razón especial por la que me mandó llamar, señora Traverne?

—Sí, por supuesto.

Anna le explicó su problema lo más sucintamente que pudo. Dumesne frunció el entrecejo.

—Francamente, le diré que los hombres que usted necesita no crecen en la tierra —respondió pensativo—. Sin embargo, preguntaré por aquí. Escuché el rumor de que los Carnegan pronto regresarían a casa, ya hace casi siete años que están aquí, y la salud de la señora Carnegan nunca fue muy robusta. Si es así, su administrador, Hillmore, es un hombre muy recto. Él le vendría bien.

—Eso sería fantástico. Gracias.

—Hasta que encuentre a alguien, me complacería venir y ayudarla a vigilar cómo van las cosas. Darle a sus hombres algunas ideas sobre cómo continuar.

—¿Lo haría? Es muy amable de su parte. Lo apreciaría mucho.

El mayor movió la cabeza, dejó la taza sobre la bandeja, y se puso de pie.

—Es lo menos que puedo hacer por una amiga. Y quizás usted y Chelsea visitarán a Laura.

—Por supuesto que lo haremos, tan pronto como podamos. Gracias.

—De nada, señora Traverne. Y ahora debo irme. Fue un placer conocerla, señora Fisher.

—Encantada —Ruby pestañeó mientras se ponía de pie. Junto con Anna acompañó al mayor hasta la puerta. Aunque probablemente no fuera obvio para alguien que no le conocía, la expresión de su rostro era la de un pillo.

Después de la visita del mayor, Anna comenzó a salir más. Empezó con la visita a Laura Dumesne que había prometido. Laura, una niña fuerte, de cabello castaño, que se parecía a su padre, estaba disgustada porque su aya le estaba pidiendo que aceptara la invitación de Rosellen Childer, para festejar su décimo cumpleaños. Laura, sollozando, insistía en que no deseaba ir. Anna, con su conocimiento de lo que era el dolor, sospechaba que la perspectiva de divertirse tan pronto después de la muerte de su madre, hacía sentir culpable a Laura, y la culpa era la razón del rechazo de la niña. Pero al explicarle lo amable que sería de su parte acompañar a Chelsea en su primera salida después de la muerte de su padre, Anna convenció a Laura para que fuera y se ganó el eterno agradecimiento del mayor Dumesne. Una de las condiciones de la excursión fue que acompañara a las niñas y a sus ayas en el carruaje que las llevaría desde Srinagar hasta lo de los Childer, donde Laura pasaría la noche y luego regresaría a casa. Por supuesto que Mary Childer, al enterarse de que Anna estaba en el carruaje, la invitó a bajar, agasajando a una amiga que no veía desde hacía casi un año. También estaban presentes otras damas, viejas amigas de Anna, y así pasó una agradable tarde rehaciendo conocimientos. Cuando la fiesta de los niños terminó, Anna tenía una docena de invitaciones.

—Paul murió hace casi un año. No puedes enterrarte con él —le aconsejó bruscamente Mary Childer cuando Anna le señaló que aún estaba de duelo por su esposo. Aunque Anna se negó a dejar de usar sus ropas de duelo, estuvo de acuerdo en asistir a algunas de las cenas. Y descubrió que la compañía la ayudaba a olvidar su dolor.

Al aumentar su vida social, Anna se sintió más feliz. No era que estuviera olvidando a Paul, nunca lo olvidaría. Era que lentamente se estaba acostumbrando a su ausencia. Chelsea también se estaba adaptando, aunque todavía estaba muy lejos de ser aquella niña feliz que era antes de la muerte de su padre.

Una tarde, dos meses después de su llegada, Anna decidió deshacerse de la basura acumulada en el ático. Cuando llegó comprendió que había sido un error, mientras se secaba la transpiración de la frente con la mano sucia. Aunque el verano, con su aire refrescante, ya estaba por comenzar, arriba debajo del alero el aire estaba caliente y denso que casi era visible. Seleccionó sólo dos baúles con papeles viejos, y ya sentía que debía descansar.

—Memsahib, llamó un caballero.

El Raja Singha, que siempre se desplazaba tan silencioso como un fantasma, la observaba impasible desde la punta de la escalera del ático. Anna se sorprendió un poco al escuchar su voz, miró a su alrededor, y sonrió.

—¿El mayor Dumesne? —El mayor, cuyo nombre era Charles, se había convertido en una visita frecuente. Bajo el pretexto de controlar los cultivos de sus campos, cenaba con ellas dos o tres noches a la semana. Anna recibía con agrado sus visitas. Se había convertido en un buen amigo y, aunque nunca había dicho nada, sus actitudes le daban la impresión de que algún día le agradaría ser algo más. Pero no había apuro para su cortejo, y Anna se sentía contenta de que las cosas se desarrollaran como debían.

—No, memsahib. Otro caballero. No dio su nombre.

—¿Oh? —Anna se sorprendió, pero luego pensó que podía ser el capataz... Hillmore, sobre el que le había hablado Charles. Los Carnegan se irían en dos semanas y Charles había mencionado que su capataz vendría a hablar con ella antes de que ellos se fueran.

—Iré de inmediato —respondió, y el Raja Singha se retiró con una reverencia.

Anna se detuvo en su dormitorio durante algunos minutos para lavarse la cara y las manos y quitarse el pañuelo del cabello. Se levantó la rubia cabellera y se lo sujetó en la nuca, pero no tuvo tiempo para cambiarse el vestido. Si el hombre era el capataz de los Carnegan, no deseaba hacerlo esperar más de lo que debía. Srinagar lo necesitaba.

Cuando entró en el vestíbulo, Anna estaba sonriendo. Un hombre alto con hombros muy amplios, cabellos gruesos del color de las alas de un cuervo, le daba la espalda mirando hacia afuera por la ventana. Estaba pobremente vestido con pantalones negros y una levita color verde botella, ambos muy usados. Sus botas negras estaban polvorientas, y los tacos gastados.

Anna pestañeó y se detuvo al entrar y observar a su visitante desde su negra cabeza hasta los pies. Al parecer, los Carnegan no le habían pagado muy bien al hombre, ciertamente no la enorme cantidad que Charles le había informado que era necesaria para obtener los servicios de un capataz de primera clase. O quizás el hombre simplemente no creía en gastar todos sus ingresos en ropa.

De cualquier manera, ella no lo estaba contratando por su elegancia. Deseaba el mejor hombre para Srinagar, y Charles le había asegurado que Hillmore lo era.

—¿Señor Hillmore? —preguntó, habiendo recobrado su porte para avanzar con una sonrisa—. Soy la señora Traverne. Es muy amable al haber venido.

El hombre se volvió para mirarla. Anna contuvo la respiración. Se detuvo de inmediato, y colocó las manos sobre su boca.

—Señora Traverne, ¿verdad? —le preguntó casi amablemente, pero ella hubiera jurado que el brillo de sus ojos celestes era amenazador—. Y todo este tiempo yo pensé en ti como mi dama de los Ojos Verdes. ¿Me recuerdas?

11

—¡Dios mío! —Lo miró como si hubiera sido una aparición. No podía ser, pero lo era: el ladrón. No había error.

—Veo que sí —el tono de su voz tenía una horrible satisfacción ante su aparente horror. Anna no podía hacer otra cosa más que observar mientras él cruzaba los brazos sobre el pecho y erguía la cabeza—. Dime algo —continuó— ¿cuál es nuestra relación? Si en realidad eres la señora Traverne.

—Por supuesto que soy la señora Traverne —Anna aún se sentía sofocada, pero había recobrado lo suficiente su presencia de ánimo como para quitarse las manos de la boca y enderezar la columna. Él no era un fantasma ni una figura salida de sus sueños febriles, sino el hombre en persona, lo cual era aún más terrible que la posibilidad de que hubiera enloquecido—. ¿Qué desea? ¿Qué está haciendo aquí?

Él sonrió, con una sonrisa burlona que dejó al descubierto sus sorprendentes dientes blancos, pero no respondió directamente a su pregunta. En lugar de ello, le dijo:

—Si en realidad eres la señora Traverne, entonces debes ser la viuda de mi medio hermano más joven. Debí haberlo adivinado durante nuestro primer encuentro, supongo, pero en aquella ocasión mis pensamientos estaban ocupados en otra cosa. Por favor acepta mis condolencias por tu pérdida. Julian Chase, a tus órdenes.

Realizó una reverencia incompleta, con la mano apoyada sobre el corazón de manera conmovedora. Anna sintió que estaba jugando con ella, como un gato con un ratón antes de saltar, pero estaba tan desalentada con su presencia como para sentir enojo.

—¿Qué desea? —le volvió a preguntar. Su voz le retumbó en sus oídos.

Su sonrisa premeditadamente encantadora no mitigó el duro brillo de sus ojos.

—Creo que ambos sabemos la respuesta. Vine por mis esmeraldas.

—No sé de qué está hablando.

—Vamos, Ojos Verdes, esa carta no juega. Seguramente, no supondrás que viajé desde Inglaterra ante la imposibilidad de que tuvieras las gemas. Sé perfectamente que las tienes y las quiero. Podríamos decir que insisto en tenerlas.

Luego avanzó hacia ella, con la rápida gracia que Anna recordaba tan bien. Apenas tuvo tiempo de registrar su intento cuando ya estaba sobre ella. Y le había tomado los brazos con las manos. Anna chilló y él la apoyó sobre sus pies y se inclinó sobre ella amenazadoramente.

—No juegues conmigo —le advirtió con el rostro tan cerca que pudo verle las diminutas arrugas alrededor de los ojos—. No me agrada que me lleven a Newgate y que casi me cuelguen por un crimen que, en realidad, no cometí. No me agrada tener que recorrer medio mundo para recuperar lo que correctamente me pertenece. Y odio las mujeres que mienten. Cualquiera de estas cosas es suficiente para hacerme enojar. Todas juntas... bueno, digamos que en este momento no estoy de muy buen temperamento. Quiero esas esmeraldas, y si tienes el sentido que quizá te adjudiqué erróneamente, me las darás ahora. De otro modo...

Dejó la amenaza sin terminar, pero la tensión de sus manos sobre sus brazos y la mueca de su boca eran suficientes. Anna prácticamente colgando de sus manos, miró esos ojos penetrantes y comprendió que era inútil mentir. La verdad lo iba a enfurecer lo suficiente.

—Por favor, déjeme ir.

Su voz era baja. Trataba de lograr una apariencia de calma, pero dudaba que estuviera logrando su objetivo. Sus manos le quemaban la carne aun a través de las mangas largas de tafeta de su vestido de luto. Debido al calor, su vestido era fino, y debajo sólo llevaba una enagua. A través de él podía sentir los poderosos músculos de sus muslos que la rozaban, y la sensación la hizo temblar. La sostenía muy cerca de él, demasiado cerca, tan cerca que tuvo que alejar la cabeza hacia atrás para verle los ojos. No ayudaba que la boca que ahora la rechazaba fuera la misma boca la había besado tantas veces en sus sueños, o que su imaginación hubiera revivido casi todas las noches la forma en que su mano le había tomado el pelo; aquella noche inolvidable en Gordon Hall. El recuerdo de las fantasías que había tenido sobre él la hicieron sonrojar y bajó la mirada.

—Cuando me devuelvas las esmeraldas.

—No tengo las esmeraldas.

La sacudió un poco.

—No me mientas.

—Es verdad. No las tengo... las vendí. —Se atrevió a volver a mirarlo. Ella miró con una dura y desagradable expresión.

—Vendiste el brazalete, verdad. Pero el resto no. Eso no lo creeré.

—¡Lo hice, lo hice! Tenía que conseguir el dinero. Para Srinagar.

—Pequeña mentirosa. Si hubieras vendido el resto, me habría enterado. Hice averiguaciones en todo Londres.

Sus dedos se estaban hundiendo en la parte superior de sus brazos. Estaba en puntas de pie y la parte de arriba de la cabeza apenas llegaba hasta su mentón. A pesar de que estaba afeitado, podía ver la sombra de la barba. Con la cabeza hacia atrás, comenzaba a dolerle el cuello, pero ése era el menor de sus problemas. De pronto, Anna advirtió que si deseaba hacerle daño, no podría detenerlo. Julian Chase era dos veces más grande que ella, y con hombros tan anchos que le impedían ver el resto de la habitación que se encontraba detrás de él. Su mandíbula estaba rígida, con un mal genio apenas controlado, y su boca se había afinado. Esos ojos celestes brillaban cuando acorralaron los suyos. Parecía capaz de cualquier grado de violencia. La imagen romántica del amante de sus sueños que tan vergonzosamente frecuentaba sus noches se despedazó allí y en ese momento. Este hombre era duro, frío, y peligroso.

—Las vendí en Colombo. —Era una admisión desesperada, y tuvo el efecto que esperaba y temía. Al parecer comenzaba a considerar la posibilidad de que pudiera estar diciéndole la verdad.

—¿Qué? —Se irguió, atravesándola con la mirada.

—Es verdad, lo juro. En el mercado... necesitaba el dinero.

—¿Vendiste las esmeraldas? —Su voz era horrible.

—Sí...

—Pequeña bruja —le dijo y prácticamente la arrojó separándola de él. Anna tambaleó hacia atrás, y recobró el equilibrio sosteniéndose del respaldo de una silla. Mirando subrepticiamente hacia la puerta parcialmente abierta que se encontraba detrás de él, se frotó los brazos en los lugares en que sus dedos la habían apretado. Seguramente alguien aparecería en cualquier momento para venir a ayudarla. O podría correr... Él parecía estar pensando furioso. De pronto la miró.

—Dices que las vendiste. ¿Cuánto te dieron por ellas?

—Mmm...

—¿Cuánto?

Anna mencionó una suma que provocó que frunciera el entrecejo.

—¿Quién las compró?

—Fue en un puesto del mercado. Un hombre... negocia con joyas. Probablemente podría volver a encontrarlo... si aún está allí.

—Mejor reza para que esté. —Con esa gruñida afirmación aceptaba la posibilidad de que ella estaba diciendo la verdad. Dio un paso hacia ella, se detuvo, y colocó las manos en los bolsillos de su chaqueta.

—Prepara una maleta. Vamos a ir a Colombo.

—¿Qué?

—Ya me escuchaste. Muévete.

—Pero... no me puedo ir. Está Chelsea.

—¿Quién diablos es Chelsea?

—Mi hija.

—Si no puedes dejarla, tráela.

—¡No!

—No me vuelvas a decir que no. Quizá no te diste cuenta, pero no estás exactamente en condiciones de dictar términos. Eres una ladrona, querida, y en Inglaterra cuelgan a los ladrones. La última vez que vi a mi vengativo hermano Graham, echaba humo por la boca por la pérdida de esas esmeraldas. Puedes estar muy segura de que le encantaría averiguar qué sucedió realmente con ellas.

Eso silenció a Anna. Satisfecho por el efecto de su amenaza, giró la cabeza hacia la puerta.

—Entonces, ve a traer tus cosas, tu hija, lo que sea. Quiero estar en camino dentro de una hora. Ah, y trae el dinero. Si podemos encontrar al vendedor que te compró las esmeraldas, y reza para que lo hagamos, supongo que no te las devolverá sólo por la fuerza de tu dulce sonrisa.

Se produjo un momento de silencio. Anna permaneció como paralizada, con las manos aferradas al respaldo de la silla, mientras él la miraba fijo.

—Dije que te apuraras.

—No lo tengo.

—¿Qué dijiste?

—No tengo el dinero. Lo gasté —su confesión tenía un ribete de desesperación. Así como lo esperaba, el efecto fue dramático. Apretó la mandíbula, tensionó la boca, y sus ojos resplandecieron. Los bolsillos se notaban más pues cerró los puños. Sacó las manos de ellos, y se dirigió hacia ella tratando de alcanzarla. Anna escapó cuando trató de atraparla desde atrás de la silla.

—Repite eso —su voz era siniestra. Sus manos le sostenían otra vez la parte superior de los brazos, y otra vez Anna estaba en puntas de pies. Sintió miedo al mirar su rostro furioso.

—Gasté el dinero.

—Vendiste las esmeraldas y gastaste el dinero. Gastaste una pequeña fortuna en dos meses. ¿Me tomas por un tonto? —Prácticamente le silbaba las palabras en el rostro—. No hay forma de que puedas haber gastado todo ese dinero en tan corto tiempo. Mi señora, estás insultando mi inteligencia.

—Compré Srinagar... este lugar. Y debo gastar gran parte de lo que quedó para ponerlo en condiciones. Estuvo cerrado durante casi un año. Las enredaderas mataron las plantas que teníamos... y tengo que comprar nuevos retoños y limpiar todos los campos. También está el sistema de irrigación...

Curvó la boca. La tiró contra él, sosteniéndola con las manos de los brazos, y levantándola de manera que su cuerpo quedó íntimamente presionado contra el de él.

—Robaste mis esmeraldas, las vendiste, y gastaste el dinero en este maldito lugar. Mi señora, si eso es verdad, entonces el lugar es mío. Y...

—No eran sus esmeraldas.

Nunca supo de dónde sacó coraje para protestar. Parecía un hombre resuelto a matar, resuelto a matarla. Le apretaba con fuerza los brazos con las manos, su cuerpo era sorprendentemente fuerte cuando se inclinaba sobre ella. Sus ojos centelleaban. Su aliento era caliente sobre su rostro.

Continuó como si ella no hubiese hablado.

—Y tú eres mía. Tú me debes y voy a tomar lo que me debes de tu suave escondite blanco.

—Tú...

Antes de que Anna pudiera protestar más, la había empujado aun más contra él e inclinó la cabeza para atrapar su boca. Al sentir esos labios calientes sobre los suyos, Anna emitió un quejido y trató de liberarse. Le soltó los brazos para sostenerle las manos en la espalda. Anna podía sentir que cada milímetro de su cuerpo le quemaba la piel. Como no abrió la boca, con una mano le tomó el cabello que tenía prolijamente recogido en la nuca. Introdujo los dedos en el cabello y tiró de las raíces haciéndola gritar. Victorioso, le colocó la lengua adentro de la boca, saqueando su suave interior, y sosteniéndole la cabeza para que no pudiera alejarse.

Su beso tenía la intención de un castigo, y la castigaba. Porque pese a la violencia, pese a la vergonzosa desesperación de que su cuerpo pudiera traicionarla, sus senos se entumecieron contra su pecho, y sintió ese terrible temblor, que recordaba desde antes de dar a luz, en el profundo interior del abdomen. Su cuerpo femenino respondió a la fuerza de su masculinidad. Le temblaron los labios, y la mano que le había estado golpeando el hombro, permaneció quieta.

—Deseas esto, ¿verdad? Yo también.

Antes de que Anna pudiera registrar el sentido de lo que le había murmurado, la había colocado contra la pared, besándola otra vez, mientras sus manos descendían para recoger la falda y colocarla alrededor de su cintura.

Hasta que no lo sintió contra ella, con las rodillas entre las suyas, el tenso bulto de su masculinidad rozándole los muslos, y sólo su pantalón separando su carne de la de él, no se dio cuenta de lo que intentaba.

—¡No! —le empujó la mandíbula y logró liberar su boca del devastador calor de su beso, y trató de luchar para soltarse. Pero la tenía contra la pared, y todo el peso de su cuerpo la mantuvo en su lugar. Anna comprendió horrorizada que, con la falda levantada y los muslos separados, no podía evitar que penetrara su carne desnuda. La fricción intensa y caliente contra esa parte tan íntima le aflojó las rodillas. La parte más suave del interior de los muslos estaba irritada por el roce de sus pantalones de lana, los botones se le hundieron en el estómago, y la pared le lastimaba la espalda. Pero no sentía ni molestia ni miedo o pánico, sino un deseo ardiente que la llenaba de vergüenza.

—¡Basta! ¿Cómo se atreve? ¡Déjeme ir!

—No te preocupes, no pensaré menos de ti cuando hayamos terminado.

Ese malicioso susurro en el oído mientras su boca se deslizaba por su mejilla y el cuello provocaron que Anna contuviera el aliento. Lo que le estaba haciendo era lo que había hecho en sus sueños durante innumerables noches, y su cuerpo se estremecía al recordarlo. Pero esto... esto era real, y este hombre no era el amante de sus sueños sino un peligroso extraño. Se encontraban en el vestíbulo de Srinagar, era de día, con la puerta que daba hacia la sala medio abierta, y Ruby, el Raja Singha o incluso Chelsea podrían entrar en cualquier momento. ¡Y la estaba tratando como a una prostituta!

—¡Déjeme ir! —Su voz aumentó aun cuando su boca se deslizaba por el frente de su cuerpo buscando sus senos. Anna jadeó, estremeciéndose mientras el calor húmedo de su boca atravesaba la fina tela hasta sus pezones, quemándole la carne. Los diminutos botones se endurecieron dolorosamente. Anna arqueó la espalda en una instintiva respuesta... y luego sintió sus manos entre sus piernas, tocándole su intimidad.

—Estás tan caliente como pensé que lo estarías —fue un murmullo ronco.

—¡Quíteme las manos de encima!

No le prestó atención. Sus dedos le acariciaron el cuerpo húmedo, encendiéndolo al explorar suavemente sus hendiduras, mientras ella permanecía inmóvil con una terrible mezcla de humillación y deseo. Luego, sintió que trataba de desabotonarse el pantalón.

Una parte de ella, la vergonzosa, la parte animal, temblaba, se estremecía y sufría por él, murmurándole que le permitiera terminar esta perversidad que él había comenzado. Se le humedeció la boca y se le aceleró el corazón. El fuego abrasador que había encendido en su interior con sus primeros besos permaneció latente durante meses, y sólo necesitó su toque para volver a encenderlo. Ahora lo necesitaba, lo deseaba, para apagar el incendio. Dios, su cuerpo lo anhelaba.

Pero la otra parte de ella, la decente, la parte que había nacido y se había criado como una dama, se horrorizaba ante su propia depravación. Esa parte buscó a tientas el objeto sólido más cercano. Era un florero que se encontraba en un nicho de la pared. Anna lo tomó, lo levantó alto, cerró los ojos y se lo estrelló en un costado de la cabeza.

12

Era un método cruel de asegurarse la liberación, pero funcionó. Retrocedió tambaleando uno o dos pasos, tomándose la cabeza con la mano. Luego se irguió lentamente. Aquellos ojos celestes la miraron con dolorosa incredulidad. Anna vio que lo había cortado. Un hilo de sangre le salía de un corte en la sien. Alejó la mano de la cabeza, vio la sangre en sus dedos y maldijo furioso. Después la volvió a mirar. Sus ojos proclamaban muerte.

—¿Por qué diablos me golpeaste?

—Lo lamento.

Anna no se había movido del lugar en el que él la tenía. Cuando él se apartó, su falda cayó dándole un aspecto de decencia y permanecía con ambas manos apoyadas sobre ella como para sostenerla. Sintió que iba a desmayarse. Le temblaban las piernas como consecuencia de lo que había sucedido.

Su expresión era horrible.

—¡Pequeña hipócrita, deja de mirarme así! No eres virgen. Lo deseabas. No trates de decirme que no. Lo deseabas aquella noche en Gordon Hall, y también lo deseabas ahora. Lo deseabas tanto que estabas toda mojada.

—¡Basta!

Anna tembló avergonzada y se tapó los oídos con las manos para no escuchar sus escarnecedoras palabras. Se sonrió y luego sacó un pañuelo de su chaqueta, y se lo colocó en la herida de la sien. Después de un momento, durante el cual la observó en forma maliciosa, hizo una mueca con la boca.

—Deja de agacharte, no te voy a tocar —las palabras fueron terminantes.

Con el orgullo herido, Anna bajó las manos y se irguió. Levantó el mentón y lo miró fijamente. No podía evitar que las mejillas se le sonrojaran de humillación.

—¿Podría marcharse, por favor? —le pidió con firmeza.

Él se rió. El sonido fue cruel, brutal. Sus ojos eran hostiles.

—No debes haber escuchado lo que te dije antes. Hasta que no recupere esas esmeraldas, este maldito lugar es mío. ¿Comprendes?

—No puede venir aquí y...

—Oh, ¿no puedo? —la interrumpió—. ¿Por qué no? ¿Qué vas a hacer para detenerme? ¿Denunciarme a las autoridades? ¿Nunca te dijeron lo que les sucede a las damas jóvenes y bonitas en los invernaderos? Adelante, señora Traverne, arrójame tus ladrillos y verás cuánto tardas en ir a la cárcel por ladrona.

—¡Este es nuestro hogar! No puede...

—En estas circunstancias puedo hacer lo que desee. Tú, querida, eres una ladrona, y yo lo sé. Si no quieres que diga lo que sé, entonces tendrás que estar de acuerdo con lo que yo decida hacer. Y en mi posición, el mejor curso de acción es vender este lugar, tomar el dinero, y volver a comprar las esmeraldas. ¿Tienes alguna sugerencia mejor?

—Nunca podré venderla. Estuvo en el mercado durante casi un año antes de que yo la comprara...

—Pero le has hecho tremendas mejoras desde entonces —replicó y se volvió hacia la puerta. Mientras observaba esas espaldas anchas con horror, Anna de pronto recordó algo que él había dicho hacía un rato.

—¡Alto!

Lo hizo y se volvió mirándola con las cejas levantadas.

—¿Y bien?

—¿Cómo salió de Newgate? Dijo que en Inglaterra colgaban a los ladrones.

—No es asunto suyo.

Anna miró esos ojos duros con un coraje nacido de la desesperación.

—Mientras nos amenazamos el uno al otro, me pregunto, ¿qué dirían las autoridades en Inglaterra si descubrieran dónde está? Creo que realmente estarían muy interesados.

Sus ojos se achicaron hasta parecer dos tajos brillantes.

—Si tienes cerebro en esa bella cabeza, no me amenazarías. Por la forma en que me siento ahora, no se necesitaría mucho para inducirme a retorcerte el cuello.

Por fin se volvió y salió de la habitación.

13

Asustada, furiosa, Anna lo siguió. Su andar tenía una arrogancia que disgustaba, y la inclinación de su cabeza evidenciaba un irritante engreimiento que la hacían desear golpearlo otra vez. ¿Cómo se atrevía a entrar en su hogar y comportarse como lo había hecho? ¿Quién se creía que era? Entonces la respuesta le hizo temer otra vez: la única persona en la tierra además de Ruby que sabía que ella había robado las esmeraldas. Él poseía su libertad, su seguridad, en realidad, toda su vida se encontraba en sus manos. El pensar qué sucedería con Chelsea, por no decir nada de ella misma, si la enviaban a la cárcel, la trastornaba.

El sendero que iba desde el camino hasta el frente de la casa había sido recientemente sembrado y cubierto con una gruesa capa de conchillas. El césped que rodeaba la casa había sido cortado y lucía lozano. Hacia el este y el oeste, florecían acres de plantas de té con capullos blancos, bajo el cuidado de isleños con turbantes, reclutados sin esfuerzo por el Raja Singha. El aroma dulce de las flores embriagaba el calor de la tarde. A lo lejos se encontraba el denso límite verde azulado de la selva, con un aspecto engañosamente frío. Más allá de la selva se encontraba la montaña conocida como el Pico de Adán, porque supuestamente ésa fue la montaña a la que se dirigió Adán cuando fue echado del Jardín del Edén. En el gran árbol que se encontraba en un rincón del patio un par de monos jugaba y chillaba. Un pavo real desplegaba su cola y se pavoneaba para beneficio de un grupo de pavas reales que lo admiraban a lo largo del parque.

Anna no prestó atención a nada de esto. Toda su atención era para Julian Chase. ¿Qué intentaba hacer?

Dos caballos agotados se encontraban en la curva del camino, comiendo su pasto sin entusiasmo. Julian Chase se dirigió hacia ellos y le habló tranquilamente al hombre mustio que sostenía las riendas. El segundo hombre achicó sus ojos cuando vio la herida en la sien de su cohorte y el pañuelo manchado de sangre que tenía en la mano. Julian gesticuló y guardó el pañuelo en el bolsillo. El segundo hombre dijo algo, su expresión era agria. Su ropa estaba aún más gastada que la del ladrón.

Julian comenzó a desatar los bultos atados atrás de una de las sillas de los caballos, dejándolos caer uno por uno al suelo. Dios, ¿eso significaba que realmente se iba a quedar en Srinagar? Seguramente, su amenaza lo haría pensar dos veces sobre ello.

Entonces, escuchó el ruido de las ruedas de un carruaje que se aproximaba. Anna contuvo el aliento. El digno carruaje negro de Charles, o el porte erguido de su cochero eran inconfundibles. Oh, Dios, ¿cómo iba a explicar su invitado? ¿Qué diría?

El corazón le golpeaba el pecho, saludó con la mano a Charles, y luego se dirigió a Julian y a su aun más deshonroso compañero.

—¿Visitas? —le preguntó su agente de justicia, elevando las cejas de manera irritante.

El otro hombre volvió a salivar, errándole al dedo de su zapato. Anna retrocedió.

—Es un vecino, el mayor Dumesne. Es quien ha estado vigilando los campos... oh, por el amor de Dios, ¿por favor, no se iría?

Su desarticulado discurso fue interrumpido por la llegada del carruaje de Charles, el cual se detuvo directamente frente a ella y a no más de tres pies de distancia. Anna se volvió con una falsa sonrisa de recibimiento. Sentía que el rubor la invadía.

—Buenas tardes, Anna. —Charles la saludó jovialmente, mientras bajaba y ataba las riendas de sus caballos al poste de hierro que se encontraba al pie de los escalones. Otro hombre descendió por el lado opuesto, pero Anna no advirtió su presencia. Estaba demasiado ocupada tratando de pensar qué decir.

—Hola, Charles —respondió, buscando desesperadamente detrás de ella, la figura alta y fornida de Julian Chase, con la esperanza de que él simplemente hubiera desaparecido. Pero por supuesto no lo había hecho, y estaba bajando los últimos bultos de su caballo. Miró de reojo a Anna, y ella hubiera jurado que era una mirada llena de maliciosa diversión y después realizó un gesto de negación con la cabeza. Con eso dedujo que no tenía intenciones de irse. Sonrojándose más aún, se volvió hacia Charles.

—Veo que tienes visitas —había un tono de moderada sorpresa en la voz de Charles, mientras se dirigía hacia ella—. Qué agradable para ti.

—Sí —respondió Anna observando a Julian Chase durante un interminable segundo. ¿Cómo podría explicárselo? Charles le tomó la mano, que pensó que había extendido para él, y se la besó.

Al verlo, Julian arrojó el último de los bultos al suelo y se volvió hacia Charles, sin sonreír. Charles, al ver su altura y contextura, y su mirada inflexible, le soltó la mano a Anna sorprendido.

—¿Quién...? —comenzó a decir.

—Julian Chase —aclaró Julian, presentándose lacónicamente—. Y usted es...

—Charles Dumesne —contestó Charles, examinando al otro hombre con cierto grado de precaución—. No recibimos visitantes de Inglaterra muy a menudo, ¿verdad? —Julian asintió confirmando con la cabeza—. ¿Planea quedarse mucho?

Mientras escuchaba, Anna se sentía descompuesta.

¿Quién sabía qué tenía el demonio en su cabeza para responder?

—La dama es mi cuñada —respondió Julian antes de que ella pudiera hablar—. Me quedaré el tiempo que sea necesario para ayudarla a poner sus asuntos en orden.

¡Su cuñada! Anna se sorprendió ante la mentira. Luego recordó que Graham le había hablado sobre el parentesco de este hombre. Si la pretensión de Julian Chase era válida, entonces en verdad era su cuñado.

—Muy amable —acotó Charles sorprendido—. ¿Dijo su cuñado? ¿Chase? Creí que el apellido de la familia era Traverne.

Julian se puso peligrosamente impaciente ante lo que consideró una pregunta imprudente. Antes de que pudiera decir algo demasiado rudo, Anna intervino, desesperada por evitar una desavenencia.

—Lo es, por supuesto. Ju-Julian es mi medio cuñado. —Aunque la explicación no era completa, y no satisfizo a Charles, él tuvo la buena educación de no preguntar más sobre el tema.

—Oh, bien, qué bueno para ti tener familia aquí que se preocupe por ti. Sabes, en realidad nunca estuve tranquilo de que estuvieras sola en esta casa. Ese hindú... Raja. ¿Cuál es su nombre? Todo está muy bien, pero...

—Raja Singha nos cuida muy bien —respondió Anna inflexible.

—Estoy seguro de que lo hace, por cierto que sí. Pero... bueno eso no importa ahora que tu cuñado está aquí. Debo decirle, señor, que por aquí queremos mucho a su cuñada. Ella es un rayo de sol para todos nosotros.

—Estoy seguro de que lo es. Para mí también es un pequeño rayo de sol.

Anna esperaba ser la única que detectaba la aridez de la voz de Julian.

—Charles, veo que tú también trajiste a un visitante —desesperada por cambiar de tema, tomó lo que tenía más a mano. Charles se sorprendió durante un momento, luego se palmeó el muslo.

—Así es. Hillmore, ven a conocer a la señora Traverne. Y a su cuñado, el señor Chase.

Hillmore se adelantó, le dio la mano a Julian, y saludó con la cabeza a Anna.

—Encantado de conocerlos, señora Traverne, señor Chase.

—Como te conté Hillmore, la señora Traverne necesita urgente un capataz. Ella desea convertir a Srinagar en la mejor plantación productora de té de Ceilán.

—Realmente, me interesaría ayudarla, madame. Ya que los Carnegan se van a casa, me vendría bien el trabajo.

—Si lo desea es suyo, señor Hillmore. El mayor Dumesne lo ha elogiado tanto que realmente no necesitamos cumplir con las formalidades acostumbradas.

—Gracias, madame —Hillmore vaciló. Era un hombre pequeño, delgado, y marrón como un grano de café. Sus ojos grises claros quedaron perplejos cuando miraron al hombre alto, de cabello oscuro que se encontraba junto a Anna—. ¿Señor Chase?

Anna sintió una furia repentina tan intensa que se sorprendió de que no le saliera vapor por las orejas. ¡Srinagar no era asunto de Julian Chase! A pesar de sus amenazas, era de ella. Pero no podía hacer nada más que permanecer allí, sonriendo falsamente, mientras su «cuñado» se encogía de hombros.

—Como un trabajo permanente, tendremos que ver. No sé si esta clase de vida es conveniente para una mujer sola, y yo tengo negocios en Inglaterra. No puedo quedarme indefinidamente. Debería aconsejar a mi cuñada que vendiera y regresara a casa.

—Sabes que yo no deseo eso —protestó Anna, forzando una dura sonrisa para el hombre que, rápidamente, comenzaba a odiar más que a ninguna otra criatura de la tierra.

—Sé que no lo deseas, pero no obstante deberás hacerlo. Pero, ya veremos, querida, ya veremos.

Por último, agregando insulto al daño, el desvergonzado le colocó un brazo musculoso alrededor de los hombros y la estrechó fraternalmente.

14

Minutos más tarde, el grupo se dispersó. Cuando Charles llevó a Hillmore a ver los campos, el odioso Julian se ofreció casualmente para acompañarlos. Después de todo, comentó suavemente, si iba a ayudar a su querida cuñada a tomar una decisión sobre la plantación, tendría que saber de qué hablaba, y éste era un buen momento para comenzar a aprender. Por supuesto que lo que realmente deseaba era tener alguna idea sobre la dimensión y el valor de la propiedad, y sin duda les sonsacaría esa información. Por el momento Anna no podía hacer nada para detenerlo. Silenciosamente enojada, se vio forzada a saludar sonriendo a los caballeros. El desagradable amigo de Julian, luego de volver a escupir el parque y sin decirle una palabra, se dirigió con los caballos hacia la parte de atrás de la casa, presumiblemente buscando el establo. Anna, sintiendo que en cualquier momento podría tener fuertes arrebatos nerviosos, se apoyó una de las manos en el abdomen y corrió de regreso a la casa.

Ruby ya estaba bajando por la escalera. Estaba vestida de seda verde esmeralda, un vestido demasiado elegante para una simple tarde en casa. Pero, por supuesto, Ruby había visto el carruaje de Charles y se cambió el vestido.

—¿Dónde está Charles? —preguntó Ruby, deteniéndose al pie de la escalera y observando sorprendida a su alrededor.

—Fue a mostrarle los campos al nuevo capataz. ¡Oh, Ruby, ha sucedido algo terrible! Ven rápido a la sala de recibo antes de que vuelvan.

Ruby, ansiosa, siguió a Anna y se detuvo en la entrada de la sala de recibo, observando los restos de lo que había sido un jarrón valioso.

—¿Qué le sucedió a eso? —preguntó. Anna, incapaz de controlar su rubor, negó con la cabeza.

—Yo... lo tiré —murmuró, sin mirar a Ruby.

Ruby levantó las cejas, pero cuando iba a interrogar más a Anna, ésta la detuvo haciendo un gesto de silencio. Por primera vez en años, cerró las puertas para poder estar en privado. Luego, casi murmurando, las palabras se agolpaban por su apuro para contarle a Ruby la horrible calamidad que había caído sobre ellas. Lo único que no le contó fue el inolvidable ataque de Julian Chase a su persona. En eso, y en su degradante respuesta, no se atrevía a pensar.

Cuando Anna terminó de hablar, Ruby ya se había sentado en un sofá, con la frente apoyada sobre sus manos.

—Y entonces le arrojaste el florero. No sabía que podías hacerlo, querida.

Anna, escarlata, murmuró algo incomprensible. Pero los pensamientos de Ruby se habían ido por su propia tangente.

—Tenemos que pedirle al Raja Singha que lo mate —agregó Ruby.

—¿Qué? —Anna miró a su amiga, incrédula de lo que escuchaba.

—Ya me escuchaste. Si tienes alguna idea mejor dímela.

—¡Pero eso es un asesinato!

—¿Y qué? Lo que él está tratando de hacer es tan malo como eso.

—No me importa. ¡No puedo hacer que lo maten! —Aunque Anna pensó que la idea era tentadora.

—Entonces tendrás que decidirte a hacer lo que él desee durante el resto de tu vida. Nunca te librarás de él, y nunca te librarás del temor a que diga lo que sabe.

Anna se puso pálida al pensar en eso. Considerada con tanta claridad, la situación era peor de lo que ella había pensado.

—Pero quizá comprenda que vender Srinagar no es tan fácil como parece. No hay un gran mercado interesado en adquirir plantaciones de té, como él está seguro de que encontrará. Quizá... quizá desista y se vaya.

—Y quizá los cerdos puedan volar —replicó Ruby de manera lóbrega—. Aún creo que la solución más simple sería que lo mataran.

—¿Y su amigo?

—A él también.

—¡No! —Anna desechó firmemente la tentación—. Ruby, no te atrevas ni siquiera a sugerirle una idea así al Raja Singha. Eso sería un asesinato. Sé que robé y eso es un pecado. Pero matar... Aunque él lo merece, no podemos hacer eso.

—Eres demasiado blanda. Ya te lo he dicho antes. —Ruby negó con la cabeza.

—¡No me importa! El asesinato es donde me detengo. Ruby, escúchame: este hombre... se llama Julian Chase, se va a presentar como mi cuñado. Hasta que no pensemos en otra forma de deshacernos de él, actuarás como si realmente lo fuera, incluso en la casa. Si el Raja Singha se enterara de cuál es la situación real, probablemente le echaría veneno al té del canalla. Sin mencionar el escándalo que se produciría si alguien más descubriera que no es familiar mío.

—Veneno —repitió Ruby pensativa—. Esa es una idea.

—¡Ruby!

—Oh, está bien. Por ahora. ¿Y Chelsea?

—Oh, Dios mío. No había pensado en eso. —Anna cerró los ojos durante un minuto, pero los volvió a abrir—. Supongo que tendremos que decirle que realmente es su tío. Odio tener que hacer eso, pero no sé qué otra cosa puedo hacer.

—No me, refería a eso. Me refiero a que últimamente ella está más feliz. ¿Vas a dejar que la trastorne otra vez con el tema de la venta?

—No, no. No puedo hacer eso. Pero...

—Tendremos que encontrar una solución —le advirtió Ruby inflexible—. Será mejor que lo resuelvas —se puso de pie y se acomodó la falda—. Supongo que se quedarán a pasar la noche. Será mejor que prepare las habitaciones. En el ala este.

El ala este era un agregado grande, de madera en un solo piso que algún despistado propietario anterior había construido detrás del prolijo rectángulo de la estructura original. En un principio estaba destinado para las habitaciones de los sirvientes, pero los de Anna, excepto Kirti que dormía en la habitación de al lado de la de Chelsea, preferían las aireadas barracas de paja y barro que se encontraban más allá del jardín. El entablado de los costados se había comenzado a pudrir hacía mucho tiempo, como sucedía inevitablemente con la madera en el clima caluroso y húmedo de la isla. Los pisos, también de madera, estaban levantados; en algunos lugares se ondulaban como olas en el mar, y era peligroso para los incautos. Los muebles, sacados del resto de la casa, también estaban en mal estado. A través de los años, los acolchados y tapizados habían adquirido un olor rancio que no se podía erradicar ni con golpes ni con aire. Anna decidió que era un albergue adecuado para este huésped desagradable y para su compañero. Anna sonrió renuente.

—Ruby, ¿qué haría sin ti? —le preguntó cariñosamente.

—Espero que sea algo que nunca tengamos que averiguar —le respondió Ruby, y con un giro belicoso de su falda salió de la habitación.

15

Ya era tarde cuando los hombres regresaron de los campos. Ya se habían realizado las preparaciones necesarias en el ala este, y Chelsea, para sorpresa de Anna, estaba positivamente entusiasmada ante la perspectiva de que un tío desconocido, que no fuera el tío Graham, a quien temía, viniera a quedarse con ellas. El Raja Singha, imperturbable como siempre, pareció aceptar la llegada de un familiar nuevo sin objeciones, aunque con el Raja Singha uno nunca podía estar seguro. Si sospechaba o no, su rostro no lo expresaba.

Exhausta por las tensiones emocionales del día, Anna no estaba de humor para compartir el té de la tarde. Finalmente, ante el pedido de Ruby, se sentó en un extremo del sofá y se esforzó para beber algunos sorbos del confortante brebaje. Los trozos del jarrón que le había roto en la cabeza a Julian Chase habían desaparecido, y suponía que el Raja Singha, con su acostumbrada eficiencia, se había ocupado de la limpieza. Durante un momento se preguntó qué habría pensado el sirviente, pero tenía demasiadas preocupaciones para meditar mucho sobre eso. Al escuchar el sonido de pisadas con botas en la galería de adelante, su corazón saltó. Se había llevado la taza a la boca y le tembló la mano al ver que los hombres regresaban. La mitad del contenido de su taza se derramó sobre su falda.

Anna se puso de pie de inmediato, con una exclamación de enojo, y golpeó con una servilleta el líquido caliente, que se estaba esparciendo peligrosamente sobre su falda y su enagua.

—¿Se lastimó? —preguntó la voz demasiado familiar de Julian Chase con falsa simpatía. Anna, furiosa y consternada, vio que tomaba la servilleta de su mano y le secaba detenidamente la falda. Debajo del vestido llevaba sólo una enagua, y ambas capas de tela estaban mojadas. Anna sintió cómo sus manos le apretaban los muslos con el pretexto de arreglar el problema. Rechinando los dientes, e incapaz de dejar de sonrojarse ante los horribles recuerdos que esta acción evocaba, retrocedió rápidamente. Cuando le hizo una mueca maliciosa, ella le respondió con una mirada de disgusto, y por el bien de sus invitados, con una sonrisa forzada.

—Estoy bien —comentó manteniendo un tono agradable mientras le sonreía al resto del grupo y se sacudía la falda—. Sólo un poco húmeda. Charles, señor Hillmore, ¿desean un poco de té?

—Yo sí, gracias, ¿Hillmore?

—Es muy amable de su parte, señora Traverne. Sí, por supuesto.

—¿J-Julian? —aunque no deseaba hablarle, y menos con esa repugnante familiaridad, no se atrevía a dejar afuera al sonriente villano. Si no deseaba despertar sospechas entre sus amigos y vecinos hasta que pudiera librarse de él, tendría que tratar al reptil con todas las consideraciones que le brindaría a un familiar cercano.

—Gracias, Anna. Te has convertido en una encantadora anfitriona. Cuando recuerdo lo tímida que eras al casarte con Paul, me maravillo.

Anna, con otra falsa sonrisa, le dirigió una mirada que debería haberlo matado. Sus ojos azules se rieron. Charles, mirando a uno y a otro, sacudió la cabeza.

—Es difícil imaginar a Anna siendo tímida —comentó, frunciendo un poco el entrecejo.

—Oh, lo era, le doy mi palabra. En su casamiento no pudo decirme una sola palabra.

—Julian, me estás poniendo en un aprieto —le dijo Anna con los dientes apretados—. Y hemos dejado a Ruby sola con sus tazas demasiado tiempo. Recuerdas a Ruby Fisher, ¿verdad? ¿O tu terrible memoria te traicionó otra vez?

«Touché.» Julian reconoció el golpe con un murmullo que sólo él pudo escuchar, y luego se volvió hacia Ruby con una impenetrable mirada.

—Por supuesto que la recuerdo. ¿Cómo está usted?

Ruby, admirándolo de pies a cabeza, asintió con la cabeza. Anna volvió a sentir una tensión en su estómago. ¡Todo lo que necesitaba era que Ruby deseara a su desagradable huésped! Realmente, cuando surgen problemas, surgen todos juntos.

Anna les indicó a los caballeros que podían sentarse, volvió a ubicarse en el sofá y procedió a servir las tazas con manos firmes.

—¿Y cómo encontró las cosas, señor Hillmore? —le preguntó al capataz mientras le alcanzaba su taza.

—En buena forma. Por supuesto que, considerando que el mayor Dumesne ha estado vigilando las cosas, no es sorprendente. Pero tengo una sugerencia que también le presenté al señor Chase. Si en realidad desea convertir a Srinagar en uno de los mejores productores de té de la isla, yo comenzaría a abonar a algunas plantas buenas, plantas capaces de producir té negro. Limpiaría un cuarto de sus campos para esto, y dentro de tres años tendría la mejor cosecha. Después de que esa siembra estuviera madura, podríamos repetir gradualmente el proceso hasta que Srinagar produjera nada más que té negro. En ese momento, sería conocida por tener el mejor té y por esa razón fijaría su propio precio. Por supuesto que, si decidiera vender... —arrastró la voz.

Anna miró rápida y venenosamente a Julian Chase. Ella miró suavemente.

—No tengo planes de vender. Es una idea de mi cuñado —aclaró.

—Bueno, es natural que desee hacer lo que siente que

es mejor para ti —comentó Charles diplomáticamente—. Aunque, esperamos que no nos dejes.

—Es algo que Anna y yo tendremos que decidir. Mientras tanto, Hillmore, puede considerar suyo el puesto. —Julian habló con tanta autoridad como si tuviese el derecho de tomar decisiones en Srinagar. Anna lo observó con una furia apenas velada. Él la miró con una sonrisa burlona y bebió un sorbo de té. Debía admitir que por ser un hombre tan grande, tomaba la delicada taza de porcelana con sorprendente gracia. En realidad, parecía estar en su casa, sentado en una de las refinadas sillas francesas que flanqueaban el sofá. El corte que le había abierto en la sien había dejado de sangrar hacía rato, pero el verlo la complacía. Si tuviera que volver a hacerlo, lo golpearía con más fuerza.

Charles terminó su té y se puso de pie.

—Gracias por el té, pero debo ir a casa. Laura se pone absurdamente ansiosa si estoy lejos después que oscureció.

Anna dejó su taza y también se puso de pie.

—Por supuesto, entiendo. Pobre niña. Debe temer perderte a ti también.

—Sí —suspiró y se volvió hacia el resto del grupo, quienes también se habían puesto de pie.

—Fue un placer conocerlo, señor Chase. Todos nos preocupamos por Anna, pero ahora que está usted para protegerla y guiarla podremos descansar. La comunidad entera se alegrará de su llegada.

—Qué afortunada es Anna de tener amigos tan interesados —murmuró Julian, estrechando la mano que Charles le había extendido. Anna esperaba ser la única que hubiera advertido el tono satírico de sus palabras.

—Sí. Bueno, Hillmore, ¿nos vamos?

—Ciertamente, mayor. Regresaré y me instalaré dentro de quince días, señor Chase, si es satisfactorio para usted.

—Muy satisfactorio —respondió Julian, mientras Anna, ignorada, se encolerizaba.

Sonriendo hasta que le dolieron las mejillas por el esfuerzo, Anna acompañó a sus invitados hasta la puerta. Los saludó y los vio partir, y continuó sonriendo hasta que el carruaje tomó el camino. Después se volvió colérica hacia el hombre que estaba a su lado.

—Me gustaría hablar una palabra contigo, si me permites —dijo inflexible, recordando que no podía pelear con él en el vestíbulo. Demasiados oídos para oír, demasiados ojos para ver. Por primera vez Anna comprendió lo que realmente significaba este proverbio.

—Seguro, mi querida cuñada. Tantas palabras como desees. Pero primero, necesito lavarme. Quizá podrías pedirle a alguien que me llevara hasta mi habitación —la miró de arriba a abajo—. O podrías llevarme tú misma. Entonces podríamos... hablar... en completa privacidad. Hace un rato faltó ese elemento —no había duda del significado lascivo más allá de sus palabras.

A Anna se le sonrojaron dolorosamente las mejillas. Apretó los dientes y miró temerosamente de aquí para allá para ver si lo habían escuchado. Afortunadamente, no había nadie cerca como para escuchar.

—Eres despreciable —murmuró a través de los dientes.

—No, sólo *caigy* —respondió con un brillo perverso.

Anna titubeó. *Caigy* era una palabra del bajo mundo, pero Ruby le había dicho lo que significaba: concupiscente, turgente, hambriento de sexo.

—Y tú, querida, también lo eres —continuó, inclinándose hacia adelante confidencialmente.

Anna retrocedió como si el calor de su cuerpo la quemara.

Lo miró horrorizada. Fue todo lo que pudo hacer para no colocarse las manos sobre las mejillas ardientes.

Él la miró disfrutando su desconcierto. Pero había algo allí... algo en lo profundo de su mirada que le decía que sus palabras no sólo deseaban humillarla: realmente sentía lo que le había dicho.

—¿Memsahib? —como siempre, el Raja Singha parecía materializarse de la nada.

—Este es mi... mi cuñado, del que te hablé. Él... por

favor llévalo hasta las habitaciones que fueron preparadas.

El Raja Singha inclinó la cabeza.

—Si me sigue, sahib.

Con un rostro solemne como si sus comentarios obscenos no hubieran llegado a los oídos de Anna, Julian hizo lo que el Raja Singha le pidió. Pero antes de desaparecer por la esquina que conducía a las galerías de atrás, miró sonriente a Anna sobre su hombro.

Entonces lo comprendió: el descarado puerco se había burlado de ella durante todo el tiempo.

Anna apretó los dientes con una furia impotente.

16

—¡Ese sí que es un hombre buen mozo!

—Es rudo, tosco, y arrogante, y es sólo para principiantes. —Anna, aún observando el pasillo miró inflexible a Ruby, quien se encontraba sólo a unos pasos. Ruby pestañeó ante la vehemencia de Anna, y ésta se encogió de hombros disculpándose. Pero su mirada, observando el lugar por donde había desaparecido Julian Chase, permanecía sospechosamente brillante.

—Oh, lo lamento, Anna, seguro que lo es. Sé que es una comadreja, pero eso no significa que mis ojos no puedan ver. Al mirarlo se me hace agua la boca.

—¡Ruby! —Miró a su alrededor para ver si había posibles fisgones, pero afortunadamente, el pasillo estaba desierto. Anna empujó a la otra mujer hacia el vestíbulo antes de continuar—: ¿Cómo puedes pensar así?

—¡No me digas que no lo notaste!

—¡No!

—Entonces debes ser ciega. Tan alto, y con todos esos músculos, y esos ojos... —Ruby tembló teatralmente—. Apuesto a que tiene el pecho cubierto de vello negro. Mucho vello negro. ¡Oh, podría comérmelo!

—¡Ruby! —Anna prácticamente ladró el reproche. Incapaz de detenerla, su mente evocó las imágenes que Ruby describía, y sintió que las mejillas se le volvían a sonrojar.

—¡Oh, deja de horrorizarte tanto! Ambas somos mujeres grandes, ¿verdad? Cuando un caballero así se pone al alcance de una mujer, debe estar muerta para no advertirlo. O tan seca que esté próxima a estarlo —agregó Ruby después de una pausa, con una significativa mirada a Anna.

—No estoy seca —replicó Anna, tocada—. Es que yo no voy por allí babeándome sobre todo lo que lleva pantalones. Tú eres incorregible, Ruby.

—No lo soy —respondió Ruby con dignidad—. Sea lo que fuere lo que eso significa, no lo soy. No vas a decirme, que aunque sea una vez cuando lo conociste, antes de saber que era una comadreja, no te preguntaste cómo sería entre las sábanas.

—¡No, por supuesto que no! —A pesar de sus mejores esfuerzos, Anna podía apostar que estaba más roja que los cabellos de Ruby. Mentir no le resultaba fácil, pero de ninguna manera iba a revelar el devastador efecto que Julian Chase tenía sobre ella, ni tampoco lo que había sucedido entre ellos en Gordon Hall, y aquí en la sala un poco más temprano. Esos vergonzosos momentos eran oscuros secretos que llevaría hasta su tumba.

—Entonces debes estar muerta —acotó Ruby, y sacudió la cabeza en un gesto de desaprobación.

—Memsahib.

Anna giró, sintiéndose tontamente culpable, al escuchar que el Raja Singha le habló desde atrás.

—¿Sí?

—El sahib... desea que vaya a verlo. Dijo urgentemente. Está en el ala este, memsahib. —Gracias, Raja Singha.

El Raja Singha se inclinó y se retiró.

—Iré contigo —dijo Ruby muy entusiasmada.

—Hace unas horas deseabas matarlo —le recordó Anna agriamente.

—Eso fue antes de que lo viera. Ahora creo que tener un hombre por aquí podría ser interesante. Me pregunto cuántos años tendrá... no porque importe. Suficientemente grande como para saber qué hace, y suficientemente joven para hacerlo.

—¡Ruby!

—Oh, deja de retarme y vamos a ver qué quiere.

No habían pasado más de la mitad del pasillo cuando Chelsea gritó. El grito retumbó en las paredes, y fue seguido de un disparo de pistola.

Durante un momento ambas mujeres se paralizaron.

Luego con los corazones latiendo fuerte, se miraron y comenzaron a correr.

Anna, más delgada y rápida, fue la primera en llegar al largo corredor al que daban todas las puertas de las habitaciones del ala este. La segunda puerta estaba abierta, y de ella salía el sonido del sollozo de una niña, acompañado de una letanía de maldiciones. Dios, si ese hombre despreciable lastimó a su niña...

Anna entró en el dormitorio de la suite que Ruby le había asignado a Julian Chase. Vio que era Julian el que sostenía el arma de fuego aún humeante, mientras que su secuaz maldecía y golpeaba la cama con un palo. Se levantó una nube de polvo de la cama y se dispersó en la luz que entraba por las grandes ventanas, y el olor a pólvora invadía el aire. Al principio no vio a Chelsea. Después Julian se dirigió hacia atrás de la cama y se arrodilló ante una diminuta figura acurrucada en el rincón. ¡Chelsea! La niña estaba hecha una pelota, sollozando sobre su falda. Mientras Anna observaba inmóvil durante un instante, Julian extendió su mano y la apoyó gentilmente sobre la cabeza doblada de la niña.

—¡Chelsea! —Anna corrió hasta el extremo de la cama para tomar a Chelsea en sus brazos—. Shhh, jovencita, está bien. Mamá está aquí.

Los pequeños brazos de la niña se aferraron fuertemente al cuello de Anna mientras apoyaba su rostro en el hombro de su madre. Cuando levantó a Chelsea, Anna sintió que la niña estaba temblando, y miró furiosa a Julian Chase.

—En el nombre de Dios, ¿qué le hiciste? —demandó Anna ferozmente, abrazando fuerte a su hija. Entrecerró los ojos ante la acusación, y él también se puso de pie. Su estatura y contextura en un lugar tan pequeño deberían haber sido perturbadores, pero Anna estaba demasiado enardecida defendiendo a su hija como para sentirse intimidada. Lo enfrentó como una gallinilla de Bantam erizada, lista para pelear.

—Jim, déjalo. Ya estará muerta o se habrá ido —le pidió Julian a su secuaz, antes de volver a mirar a Anna. Sus ojos brillaban de manera desagradable—. ¿Qué crees que le hice?

Jim dejó de maldecir y de golpear el acolchado obedientemente. En lugar de ello miró de manera acusadora a Ruby, quien había corrido junto a Anna y estaba tratando, con caricias y susurros, de consolar a la pequeña.

—¡Mamá, casi me alcanza! —la voz de Chelsea, apagada por el hombro de Anna, era casi inaudible.

—¿Qué, jovencita?

—Había una víbora... una cobra, creo. No la tocó —la voz de Julian era apacible, pero aún tenía ese brillo en los ojos. Señaló una de las ventanas de la habitación.

—¡Y una maldita y gran rata! —agregó Jim, temblando.

—¿Una rata? —preguntó Ruby con la voz entrecortada, mientras Anna miraba en la dirección que Julian había señalado. Sobre el piso, debajo de una de las ventanas más cercanas se encontraba el cuerpo negro de una cobra. Le faltaba la cabeza. Al recordar el disparo que había escuchado, y la pistola humeante que sostenía Julian cuando ella entró en la habitación (desde ese momento la llevaba en el cinturón) era evidente cómo había encontrado la muerte la víbora. Lo curioso era cómo había entrado la criatura al primer piso. Las ventanas estaban cerradas y era difícil imaginar que la víbora se deslizara dentro de la habitación desde otro lugar de la casa. Además, las cobras generalmente evitaban la gente y permanecían bien alejadas de la casa.

—Estaba asustada, mamá —sollozó Chelsea.

—Está bien, jovencita. —Anna la consoló acariciando el sedoso cabello de su hija. Se volvió hacia Julian—. Supongo que debo darte las gracias —le dijo a regañadientes.

La miró con un brillo burlón en la mirada. Abrió la boca para responderle, pero antes de que pudiera hablar, Jim emitió un chillido ronco.

—¡Allí está! —gritó Jim mientras la delgada criatura marrón salía de abajo de la cama hacia la puerta. Jim tomó el palo y saltó sobre la cama para perseguirla, mientras Julian tomaba su pistola.

—¡No, sahib! —se escuchó una voz aguda desde atrás de la puerta. Apareció el Raja Singha, y para sorpresa de todos, excepto de Anna, la criatura trepó por su sarong y desapareció debajo de su camisa. Un momento después, una nariz negra seguida por dos ojos negros se asomaron por el cuello de la camisa del Raja Singha. Luego la criatura, que parecía una cruza entre una rata y una víbora, se deslizó para agazaparse en el hombro del sirviente.

—¿Qué demonios...? —Julian, con la mano aún en la pistola, miraba asombrado.

—Es Moti —le explicó Anna, sintiendo que estaba a punto de sonreír. Realmente, ver a dos hombres grandes tan nerviosos por una criatura tan pequeña, peluda... Era algo pequeño, pero hizo que Julian Chase pareciera vulnerable, y más humano.

—¿Y qué es Moti? —preguntó Julian ansioso.

—Moti es una mangosta, sahib —le explicó el Raja Singha con inexpugnable dignidad—. Está en la casa para matar las víboras. Sin duda hubiera matado la que asustó a la pequeña si el sahib no hubiera intervenido.

—Dios mío —comentó Ruby lánguidamente—. No tenía idea.

Jim y Julian parecían tan desconcertados como Ruby. Con una mirada avergonzada, Jim bajó el palo mientras Julian sacaba la mano de la pistola.

—Me lo llevaré y le daré de comer, si usted no me necesita, memsahib. Indudablemente se asustó mucho.

Ante el asentimiento de despedida de Anna, el Raja Singha desapareció, con Moti aún sentado en su hombro.

—Nunca me dijiste que había una rata en la casa, y mucho menos víboras —comentó Ruby acusadoramente antes de que nadie más pudiera hablar.

—Moti es una mangosta, no una rata, y en cuanto a las víboras, generalmente no hay ninguna pues él las mantiene alejadas. Ellas saben que está en la casa y no entran.

—¿Entonces por qué —preguntó Julian con aguzada lógica— estaba esa víbora en la habitación que ese maldito sirviente dijo que habías preparado para mí?

Anna lo miró fríamente como él la estaba mirando. Era evidente que estaba preparado para acusarla de haber preparado la presencia de la cobra.

—No tengo idea —le respondió.

—¿Quiere decir que esa rata... —comenzó Ruby.

—Mangosta —la corrigió Anna.

—Mangosta. ¿Quieres decir que la criatura ha estado aquí en esta casa desde que llegamos?

Anna negó con la cabeza.

—Moti es del Raja Singha, al igual que el elefante Vishnu. Vienen cuando él viene y se van cuando él se va.

—Maldita isla devoradora. —Ruby tembló.

—Dijo una gran verdad, hermana —murmuró Jim y tembló.

Julian realizó una mueca con la boca y se volvió para dirigirse hacia donde se encontraba la víbora muerta. Un momento después había abierto la ventana que daba al jardín.

—Dame tu palo, Jim —le pidió Julian.

—¿Para qué? —Jim aún sostenía el palo como para detener a todos los que ingresaran.

—Sólo dámelo.

Jim, evidentemente renuente se acercó para entregarle el palo a Julian. Julian lo utilizó para levantar el cuerpo de la cobra y tirarlo cuidadosamente por la ventana.

—Yo no voy a dormir en esta habitación —exclamó Jim con firmeza, cuando los restos de la cabeza siguieron el camino del cuerpo.

—Bueno —replicó Julian, cerrando la ventana y volviéndose hacia la habitación— en eso estamos totalmente de acuerdo. Buscaremos nuestro propio alojamiento, si no te importa.

Si a Anna le importaba o no era indiferente. Casi antes de terminar de hablar, Julian ya había pasado a su lado en dirección a la puerta. Jim iba detrás.

—¡No me dejes, compañero!

Anna, sorprendida y afrentada, no tuvo otra cosa que hacer más que seguirlos apurada, con Chelsea en los brazos y Ruby en los talones.

17

—¿Dónde duermes, querida cuñada? —le preguntó Julian, con un pronunciado tono de burla en la última palabra. Había encontrado la escalera principal y bajaba de a dos los escalones a la vez—. Me imagino que un lugar un poco más limpio.

—Dónde duermo es algo que no te importa, ¿y dónde crees que vas? Esta parte de la casa es privada... para la familia.

—Soy de la familia, recuerdas?

Llegó hasta el descanso y dudó durante un momento. La escalera estaba ubicada en el centro de la casa. Un largo pasillo se extendía hacia la derecha y hacia la izquierda. Cuando Anna llegó al descanso, eligió el de la izquierda y avanzó otra vez, abriendo las puertas mientras lo hacía.

—No, no debes... —las protestas de Anna fueron en vano, cuando llegó a la gran habitación que una vez había compartido con Paul. Retrocedió, mientras él abría la puerta como lo había hecho con la del pequeño gabinete y de la sala de costura que había pasado. Permaneció durante un momento en la entrada, observando la habitación. Detrás de él, Anna no podía ver nada debido al ancho de sus hombros. Pero podía recitar los detalles de ese lugar en particular con los ojos cerrados: cuatro ventanas del piso al techo daban al suntuoso jardín del frente de la casa, una alfombra Aubusson color rosa suave que ella y

Paul habían traído de Inglaterra, el guardarropa alto de caoba, la enorme cama con cuatro pilares. Las paredes blanqueadas brillaban con la luz del sol prístinas excepto por una mancha de moho que había comenzado a formarse en un rincón del cielo raso. Alguien, probablemente el Raja Singha, se había ocupado de que la habitación estuviera en orden y se mantuviera así.

—¿Quién duerme aquí? —demandó bruscamente Julian, mirando a Anna, quien con el resto de la compañía se había detenido en el pasillo.

—Yo... ahora nadie —balbuceó. Él asintió con la cabeza satisfecho.

—Entonces ésta vendrá muy bien. Jim, ve a buscar nuestras cosas y fíjate si hay otra habitación por aquí para ti.

—No, no puedes —le advirtió Anna débilmente, sintiendo que le dolía el estómago. La idea de que él ocupara esta habitación que ella había compartido con Paul, donde vivió con él y donde él murió, la enfermaba físicamente. Él ya había invadido la habitación con su despreciable presencia en aquellas largas noches cuando no podía dormir, afligida por su esposo mientras la imagen de Julian Chase invadía vergonzosamente sus sueños. No podía apoderarse de este lugar donde el recuerdo de Paul era más intenso.

Desoyendo las protestas de Anna, Julian se desplazó de una ventana a otra admirando la vista.

—Esta es una vista más agradable que la del alojamiento que nos ibas a dar —miró sobre su hombro a Anna, quien lo había seguido dentro de la habitación, con una mirada de advertencia— estoy dispuesto a olvidar las habitaciones con víboras y moho, pero te advierto: no más trucos. Si intentas algo más, me obligarás a responderte de una manera que te garantizo que no te agradará.

—¡Trucos! —balbuceó Anna. La indignación ocultaba parcialmente el dolor que sentía al ver que había invadido esta habitación. Con un murmullo de tranquilidad, quitó los brazos de Chelsea de alrededor de su cuello y colocó a la pequeña sobre la cama. Salió de atrás de donde él estaba abriendo las puertas del guardarropas como si le perteneciera y le dijo:

—Al parecer señor, usted tiene una idea equivocada sobre cómo funcionan las cosas aquí: yo soy la señora de Srinagar, y usted no es un huésped bienvenido. ¡No toque eso! ¡Déjelo!

«Eso» era un cepillo para el cabello que formaba parte de un conjunto de tocador de plata que Paul le había regalado para su primer aniversario, el cual Julian había levantado de la pequeña mesa de tocador que se encontraba entre las dos ventanas. Al ver el delicado cepillo en su mano tan grande, Anna sintió un dolor casi insoportable. Él no tenía derecho a estar en esta habitación, no tenía derecho a tocar sus cosas, no tenía derecho a superponerse a sus recuerdos de Paul. Pero la odiosa bestia que profanaba su mesa de tocador no le prestó atención a sus palabras, y continuó tocando el cepillo, el peine, el espejo, y el perfumero de cristal, levantándolos para mirar las iniciales grabadas en la parte de atrás.

Sus iniciales entrelazadas con las de Paul dentro de un florero la acongojaron.

—¡Dije que dejes eso! —gritó Anna, y al ver que aún no le prestaba atención y continuaba mirándose en el elegante espejo con una sonrisa burlona para mofarse de ella, perdió completamente el control y le arrebató el espejo de las manos.

En el apuro, no controló su fuerza. El espejo cayó al suelo y se rompió. Anna lo miró horrorizada mientras levantaba lentamente las manos hacia sus mejillas. Los ojos se le llenaron de lágrimas y suspiró profundamente.

—Bueno, vamos —le dijo sorprendido, mientras dos grandes lágrimas le rodaban por las mejillas.

—Te odio y te desprecio —murmuró. Se volvió y se dirigió hacia la ventana para mirar el jardín de abajo. No permitiría por nada del mundo que Chelsea la viera llorar.

Julian la siguió, y al ver que sus hombros se sacudían se sintió la mayor bestia de la naturaleza. La dorada cabellera que llevaba atada en la nuca, brillaba con hilos de oro y plata con el último sol del atardecer que la envolvía. Su espalda lucía muy angosta y frágil con el vestido severamente negro, y su cintura increíblemente diminuta. Entonces advirtió lo pequeña y joven que era. Su imagen de ella de una simple aventurera se rompió como el espejo. Al observar cómo luchaba valientemente por no llorar, volvió a sentir esa sensación de familiaridad. Como un insecto zumbador, la sensación lo fastidió hasta que la apartó enojado. La muchachita enloquecedora estaba llorando. No había tiempo para una búsqueda exhaustiva en su pasado.

—Bueno, vamos —le volvió a decir, sintiéndose inútil ante sus lágrimas. Le colocó las manos sobre los hombros con torpeza. La hubiera apoyado sobre su pecho para consolarla, pero ella se endureció y lo apartó. Julian, con los labios apretados, sacó las manos. Al separar su rostro pudo observar su delicado perfil: boca severamente apretada; pestañas como abanicos sobre sus mejillas pálidas que no detenían las lágrimas que brotaban; pequeña nariz recta enrojecida de tanto llorar: era adorable. Luego suspiró profundamente y abrió esos enormes ojos verdes: bellos, grandes y mojados por las lágrimas, lo impactaron como si hubiera recibido un golpe. La observó durante un momento prolongado, y mientras lo hacía pensó cauteloso: ojos como ésos podían atrapar a un hombre para el resto de su vida.

—¡Mamá! —la pequeña niña se había acercado en silencio y le tiraba ansiosa de la falda a su madre—. Mamá, ¿estás llorando?

—No, jovencita —respondió Anna, y se limpió rápidamente las lágrimas de los ojos para que no delataran la mentira de sus palabras—. Por supuesto que no.

—Sí, tú también. ¿Por qué lastimaste a mi mamá? —La niña observó de manera acusadora con su pequeño rostro sedicioso. Con el cabello rubio y las facciones diminutas se parecía mucho a su madre. Lo único diferente eran los ojos: los de la niña eran celestes claros. A pesar de la feroz defensa de su madre, le temblaba el labio superior. Julian nunca tuvo atracción por los niños, pero se sintió absurdamente tocado.

—No lastimé a tu madre —le explicó gentilmente, agachándose para quedar a su altura—. Algo la entristeció y comenzó a llorar.

—¡Oh! —exclamó la pequeña y la ira desapareció de su rostro. Luego asintió con la cabeza—. Entonces le pido perdón. Debe haber sido porque no le gusta estar en esta habitación. Aquí murió mi papá.

—¡Chelsea! —Anna descendió para arrodillarse junto a la niña. La abrazó protectoramente y observó a Julian sobre la cabeza de su hija. Julian la ignoró, dirigiendo su atención al pequeño y dulce rostro que lo miraba tan solemnemente.

—No sabía eso. Lamento mucho lo de tu papá.

—Gracias. Mi mamá y yo también lo lamentamos. —Lo miró y examinó sus rasgos con ojos claros y directos, y luego asintió satisfecha con la cabeza—. ¿Eres mi tío?

Julian se sorprendió. Nunca había pensado en sí mismo como tío de alguien. Y respondió.

—Supongo que debo serlo.

—¿Tío... qué?

—Julian —contestó y sonrió—. ¿Y tú eres Chelsea?

—¿Podemos ir a buscar a Kirti? —preguntó Anna cuando por fin pudo levantar a su hija—. Debe estar preguntándose dónde estás. ¿Te escapaste otra vez?

Chelsea bajó la cabeza, la respuesta era evidente.

—No debes hacer eso —le advirtió Anna con firmeza acariciándole la espalda, apaciguando la severidad de las palabras—. Y lo sabes. Si hubieras estado con Kirti, no te hubieras encontrado con la víbora, ¿verdad?

—Lo lamento, mamá. Pero tenía hambre y ella fue a buscar un budín. Tardaba mucho.

—Comprendo. Y supongo que debías esperar en el cuarto para niños, ¿verdad?

—Sí, mamá.

—Bueno, la próxima vez que Kirti te pida que la esperes, la esperas, ¿comprendes? Vamos, veamos si la podemos encontrar. Probablemente regresó al cuarto con tu budín y está buscando debajo de tu cama y en tu armario y por todos lados, preguntándose dónde estás.

Esto provocó que Chelsea sonriera tentativamente. Anna le sonrió y mirando fríamente a Julian, se dirigió hacia la puerta.

Jim estaba allí, pues al parecer había vuelto a entrar desde el pasillo. Cuando Anna se aproximó, subió y bajó la cabeza y se apartó. Ruby estaba observándolo, y al parecer habían intercambiado sus hostilidades mientras Anna estaba ocupada.

—Encontré otras habitaciones más adelante que estarían mejor en lugar de ésta. Si no es problema para usted, señora, ésas servirán —el nuevo respeto en la actitud de Jim sorprendió a Anna. Lo observó cautelosamente.

—Esas habitaciones estarán bien —le respondió.

—Tú no eres otro tío, ¿verdad? —preguntó Chelsea.

—No, señorita. Mi nombre es Jim —le contestó.

—Gracias a Dios. Un tío por vez es suficiente para armonizar, ¿verdad? —preguntó Chelsea, provocando que Julian, detrás de ellos, reprimiera una carcajada por temor a herir los sentimientos de la niña.

Anna avanzó tiesa y cruzó por la puerta. La niña miró sobre su hombro a su nuevo pariente.

—Me agradas, tío Julian. Y a mi mamá también. ¿Verdad, mamá?

Anna, murmurando algo ininteligible, desapareció.

18

Era más de la medianoche cuando el grito quebró el silencio. Anna se sentó en la cama, y en unos segundos comprendió lo que estaba sucediendo. Cuando ese primer grito fue seguido por otro y otro en una sucesión que parecía interminable, saltó de la cama, tomó la bata que se encontraba a los pies del acolchado y salió de la habitación, colocándose la bata mientras corría.

Chelsea tenía otra pesadilla.

Surgieron con frecuencia después de la muerte de Paul, asustando a Anna por su intensidad. En Gordon Hall eran menos frecuentes, y desde que regresaron a Srinagar, Chelsea no había tenido ninguna. Anna tenía la esperanza de que fueran algo del pasado, cuando su hija se ajustara a la pérdida de su padre.

Su esperanza había sido prematura.

La puerta de la habitación de Chelsea estaba abierta. Kirti ya estaba allí con la niña, con cara angustiada. Una lámpara de aceite chisporroteaba sobre una mesa cerca de la cama, emitiendo un incierto círculo de iluminación. Anna observó la escena demasiado familiar: Chelsea estaba sentada, los brazos tiesos a ambos lados con los puños cerrados y golpeando el colchón, los ojos muy abiertos y la boca también por los gritos que emitía.

Anna sabía por triste experiencia que, aunque los ojos de la niña estaban abiertos, no veía nada más allá de la pesadilla en la que estaba atrapada. No se podía llegar a ella en este estado; la pesadilla debía seguir su curso. Luego Chelsea, exhausta, caería en un sueño profundo. Por la mañana no recordaría los acontecimientos de la noche.

—Memsahib, ahí viene otra vez —el tono de Kirti era tenso.

—Está bien, Kirti. Yo la atenderé —le dijo Anna con tranquilidad, y se sentó en el borde de la cama de su hija. Cuando Anna le acomodó el cabello hacia atrás, disminuyó la intensidad de los gritos.

—Shhh, jovencita. Mamá está aquí —murmuró Anna. Se sorprendió al ver que Chelsea la miraba. De pronto, advirtió la presencia de Anna.

—Tuve un mal sueño —le comentó.

—Lo sé, querida. ¿Quieres hablar de él?

Chelsea escondió la cabeza en el hombro de Anna.

—Era el Raja Singha... estaba sobre mí, mirándome, mamá. Anna sintió que su hija temblaba.

—Eso no parece tan terrible —su voz era deliberadamente suave.

—¡Lo era! ¡Lo era! Parecía tan... malo. Como si me odiara. —Chelsea levantó la cabeza del hombro de Anna y miró suplicante a su madre—. Y me dijo: «Pronto, pequeña.»

La voz temblorosa conmovió a Anna. Abrazó a su hija, le bajó la cabeza otra vez sobre el hombro, y comenzó a mecerla hacia atrás y hacia adelante.

—Fue sólo un mal sueño —le explicó consolándola—. Todo está bien. Vuelve a dormir.

—¿Por qué el Raja Singha me odia? —Chelsea ya se estaba relajando contra Anna. Anna la abrazó con más fuerza.

—Él no te odia, Chelsea. Está muy encariñado contigo. Los malos sueños no son reales.

—Este parecía real.

—Siempre parecen. Shhh, ahora cierra los ojos —Anna le besó la sien.

—Cántame, mamá. Como acostumbrabas a hacerlo

—la voz de la pequeña era soñolienta, su cuerpo pesado y relajado. A Anna se le estrujó el corazón al recordar cómo le cantaba a Chelsea para que se durmiera antes de la muerte de Paul. No lo había hecho en todos estos últimos meses. ¿Cómo pudo permitir que el dolor la enegueciera ante las necesidades de su hija? Con un nudo en la garganta, Anna comenzó a tararear una canción de cuna muy conocida. Luego recordó la letra y la cantó suavemente, meciendo a Chelsea hacia atrás y hacia adelante. En un momento, la respiración tranquila de Chelsea le indicó que ya estaba dormida. La colocó suavemente sobre su almohada. Chelsea suspiró y se puso de costado. Pestañeó una o dos veces y cerró los ojos otra vez. Unos instantes después estaba profundamente dormida.

—¿Qué demonios...? —Anna saltó al escuchar esa voz profunda detrás de ella. Julian Chase, vestido sólo con un par de pantalones que, por la evidencia de los botones parcialmente abotonados, habían sido colocados en forma apresurada, observaba la habitación con un brazo levantado, apoyado contra el marco de la puerta. Anna vio músculos bronceados y cabello oscuro antes de desviar la mirada. Se puso de pie con movimientos deliberadamente lentos, tapó a su hija con los cobertores y se irguió.

—¿Te quedarás con ella, Kirti? —le preguntó tranquilamente a la vieja aya.

—Por supuesto, memsahib.

Anna comenzó a alejarse y titubeó.

—Kirti, nadie estuvo aquí, ¿verdad? ¿Tampoco el Raja Singha? —La pregunta era tan ridícula que Anna se sintió una tonta al formularla. Pero Chelsea parecía tan convencida. Quizás el Raja Singha había entrado a observar a la niña. Aunque, según sabía Anna, nunca antes había hecho una cosa así.

—No, memsahib, nadie. —Kirti desvió la mirada. Cuando la volvió a mirar había una tenue sombra en sus ojos almendrados.

—¿Sucede algo? —preguntó Anna lacónicamente. La expresión problemática desapareció.

—Qué podría suceder, memsahib. No necesita preocuparse por la pequeña. Me quedaré con ella, no estará sola.

Las vagas sospechas de Anna quedaron relegadas. Sabía que Kirti amaba a Chelsea como si fuera de ella. La situación era exactamente lo que parecía. Chelsea simplemente había tenido otro de sus malos sueños recurrentes. En realidad, probablemente era una buena señal que la niña se hubiera despertado y pudiera recordar éste. Seguramente, significaba que las pesadillas estaban perdiendo algo de su poder.

—Vigílala, Kirti —le pidió Anna suavemente. Descartando la idea de que el sueño de Chelsea tuviera alguna base de realidad, se volvió hacia la puerta... y hacia Julian Chase.

—Lamento que se despertara —le dijo con firmeza, esforzándose para ignorar su cuerpo medio desnudo mientras Julian se apartaba para dejarla pasar—. Chelsea tuvo una pesadilla.

—Dios —miró por última vez la diminuta niña que ahora dormía pacíficamente en su cama, mientras Anna cerraba la puerta—. Al parecer mataban a alguien. ¿Las tiene a menudo?

—De vez en cuando, desde que Paul murió. Chelsea era muy unida a su papá.

—Pobre pequeña —tenía el entrecejo fruncido, las cejas juntas sobre los ojos que parecían negros en el pasillo oscuro. Sólo la luz que salía por la puerta abierta de la habitación verde, que él había pedido para sí, y la diminuta luz en un extremo del pasillo evitaban que pareciera una tumba oscura como el resto de la casa.

—Sí. —Anna era consciente de lo solos que estaban en la noche. Él se encontraba tan cerca que ella podía sentir el calor de su cuerpo, oler su indefinible olor. Como Ruby lo había predicho su pecho estaba cubierto con una gruesa capa de vello negro. Sus hombros eran anchos y musculosos. La parte superior de sus brazos era fuerte, lo cual antes ella sólo podía adivinar. El abdomen sobre los pantalones apenas abotonados era duro como una tabla.

Anna recordó las cosas atroces que le había hecho... ¿fue esa misma tarde?... y el desenfreno de su respuesta. El pensar cómo la había hecho sentir le secaba la garganta. Separó los labios para absorber aire, su mirada recorrió ese pecho desnudo, y se preguntó sin aliento si él aún era... «vehemente».

Dios, perdónala, ella lo era.

Su corazón se aceleró y se le cortó el aliento. No le permitiría sentir lo sometida que estaba a los anhelos de su propio cuerpo. Si lo sabía, sacaría una ventaja instantánea. Ya la estaba mirando como una bestia a su presa...

—Yo acostumbraba a tener pesadillas —le comentó.

—¿Tú? —Ella pestañeó tan sorprendida que momentáneamente olvidó el perturbador estado de su desnudez.

Julian asintió con la cabeza.

—Una vez fui niño.

—Eso es difícil de creer —a pesar del malestar de su presencia, Anna sonrió al pensar en Julian como en un niño—. ¿Sobre qué eran?

—¿Las pesadillas? —Se encogió de hombros. Anna tuvo la impresión de que estaba siendo deliberadamente indiferente sobre algo que alguna vez lo molestó mucho—. La mayoría sobre estar en la Armada Real.

—¿Estuviste en la Armada? —le preguntó repentinamente fascinada.

Asintió con la cabeza y luego hizo una mueca.

—Aunque no por elección, puedes estar segura.

—Cuéntame al respecto. ¿Cuántos años tenías?

Julian apoyó un hombro contra la pared y cruzó los brazos sobre el pecho.

—Ocho cuando entré y diez cuando huí. Estuve dos malditos años en el mar.

—¿Fuiste reclutado? —las historias de niños robados de sus hogares y obligados a servir en la Armada Real eran comunes en Inglaterra.

Julian negó con la cabeza.

—No exactamente. Mi amado padre simplemente me entregó.

—¿Tu padre... te refieres a lord Ridley?

—El mismo. La abuela que me había criado murió, y mi tío, el hermano de mi madre, me llevó a Gordon Hall. Los gitanos, la familia de mi madre eran gitanos, no me querían. Me despreciaron porque tenía sangre inglesa. Y, por supuesto, estaban las esmeraldas. Mi tío sabía que mi padre las tenía, entonces pensó en cambiarme por una fortuna en joyas. Las esmeraldas pertenecieron a la familia de mi madre; mi padre las adquirió a través de ella. Desafortunadamente para mi tío, no tenía idea de lo rudo que podía ser mi padre. El anciano fingió estar de acuerdo, me aceptó, entregó las esmeraldas... y luego al día siguiente el cuerpo de mi tío fue descubierto no muy lejos de Gordon Hall. Las esmeraldas, como ambos sabemos, regresaron de alguna manera a manos del anciano. En cuanto a mí, su hijo no deseado, no sabía que existía hasta que aparecí en Gordon Hall... tuve casi una semana para imaginar que había encontrado un hogar. Luego, sin ningún aviso, su señoría me envió a Londres donde fui escoltado a bordo de un barco. El sirviente que me llevó a Londres desapareció. Descubrí que iba a servir como camarero en un barco de la Armada Real. Había dos camareros cuando partimos de Londres. El otro no sobrevivió al viaje.

Se detuvo y observó la mirada sorprendida de Anna; y de pronto hizo una mueca.

—Oh, no te horrorices. A pesar de algunas experiencias mucho menos que placenteras, yo sobreviví y muy diestramente.

—Pero tienes pesadillas —comentó Anna suavemente.

Le observó el rostro en silencio durante un momento, con ojos inescrutables.

—Por casualidad, ¿sientes lástima por mí? —le preguntó con tono divertido—. Es como si el cordero tuviera lástima por el lobo, ¿verdad?

Le tomó la mano y se la llevó a la boca, antes de que Anna supiera de qué se trataba. Cuando presionó sus labios tibios contra sus nudillos, Anna advirtió lo vulnerable que era. Estaba vestida sólo con el fino camisón y la bata, y Julian estaba positivamente indecente. Y la boca sobre su mano la hacía temblar hasta los pies.

—¿Asustada, corderita? —le preguntó dándole vuelta la mano para besarle la palma.

Durante un momento prolongado, Anna permaneció transfigurada por el efecto vertiginoso de su boca. Después, se recobró, cerró el puño y apartó la mano.

La observó burlonamente, pero no intentó volver a tocarla.

—Buenas noches —pudo decirle con un poco de dignidad. Pero cuando iba a dirigirse a su habitación, le tomó el codo con la mano y la detuvo.

—Anna...

Aún ese contacto inocuo la perturbaba. No pudo alejar su brazo.

—¿Qué sucede? —le preguntó sin aliento, negándose a levantar la mirada más arriba de su mentón, mientras luchaba con los desvergonzados demonios internos. Aun a través de la bata y el camisón, su mano parecía quemarle el brazo.

—En el caso de que estés preocupada, quiero tranquilizarte: he decidido no vender Srinagar.

—¿Por qué? —le preguntó mirándolo sorprendida. Repentinamente se sintió incómodo. Le apretó el brazo antes de soltárselo.

—No te sacaré a ti y a tu hija de su hogar —le aclaró diciéndole algo más que lo que las palabras expresaban—. No debes preocuparte por eso.

—¿Y las esmeraldas? —parecía demasiado bueno para ser verdad y era cautelosa.

—Encontraré alguna otra forma de recuperarlas. Y cuando lo haga, me iré y podrás tener este anochecido lugar para ti sola.

Anna permaneció en silencio observando su rostro mientras meditaba sus palabras. Lucía muy atractivo y abrumadoramente masculino con la cabeza un poco inclinada para que sus palabras fueran más accesibles para alguien con su falta de centímetros. La luz lejana que se encontraba detrás de él esparcía reflejos negro azulados sobre su cabello despeinado. Le brillaban los ojos, y su piel estaba bronceada.

Anna sintió que casi le agradaba. La sensación la asustaba, y prometió luchar contra ella con todas sus fuerzas.

—Entonces espero que recuperes las esmeraldas muy pronto —le deseó, se volvió y caminó con dignidad real por el pasillo hacia su habitación.

En cada paso podía sentir su mirada penetrante en la espalda.

19

Durante las semanas siguientes, Srinagar estuvo inundado de visitantes. Seguramente Charles, o posiblemente Hillmore, habían esparcido la noticia de que el cuñado de Anna había llegado de Inglaterra. Anhelando noticias de casa, familias enteras vinieron de visita. Anna los atendió sonriendo falsamente mientras presentaba a Julian como un familiar cercano, lo cual suponía que, si la historia de su nacimiento era verdadera, sí lo era. Era casi imposible imaginar que pudiera ser medio hermano de Paul. Su altura, su estilo, su bramante masculinidad no podían ser más diferentes que los de Paul.

A la mañana siguiente de la pesadilla de Chelsea, la interrogó minuciosamente sobre la venta de las esmeraldas. Anna le dijo lo que recordaba sobre el vendedor y su negocio, aliviada de que no repitiera su demanda para que lo acompañara a identificar al comprador. Julian partió ese día y regresó unos días más tarde, con las manos vacías. Evidentemente, el vendedor había levantado su negocio y se había ido.

Después de eso, él y Jim estaban ausentes gran parte del tiempo, pues viajaban a varias ciudades juntos y separados, en busca de las esmeraldas. Anna comenzó a sentir que no era el valor monetario lo que le interesaba, pero decidió no preguntarle, e incluso no pensar en él más que como un huésped no muy bienvenido.

La noche en que Chelsea había tenido la pesadilla, él le había revelado muy poco de su pasado, y al principio sintió lástima por él y luego le agradó. Saber más sobre él la ablandaría más hacia él y eso podría ser peligroso para la tranquilidad de su mente. Ya tenía que recordar que no era un caballero, sino un pícaro y un ladrón, y muy probablemente alguien que trataba mal a las mujeres. Si su descarriado cuerpo a veces tenía otras ideas sobre él, ignoraba sus necesidades. Ella era una viuda, una madre y había sido criada como una dama. ¡No suspiraría por Julian Chase!

A veces, cuando Julian no salía en lo que Anna secretamente llamaba su búsqueda, se reunía con ella y sus visitantes en la sala, para compartir el té de la tarde. En su ausencia se veía obligada a responder preguntas sobre él, las cuales ocasionalmente no eran ciertas pues, en realidad, sabía muy poco sobre él. Pero cuando estaba en casa la situación era peor.

Una tarde, quince días después de la aparición de Julian, Antoinette Noarck, la rica viuda de un poderoso cultivador de canela, estaba sentada junto a ella en el sofá, bebiendo delicados sorbos de té mientras le sonsacaba información a su anfitriona sobre el recién llegado. Enfrente estaba sentada Helen Chasen con Eleanor, su hija de dieciocho años. Eleanor estaba conversando con Charles, mientras Helen observaba benignamente. Con sus rulos castaños y sus enormes ojos marrones, Eleanor era adorable. También era extremadamente deseable, ya que era hija única y su padre poseía una vasta plantación de canela. Pero los hombres adecuados eran escasos en Ceilán. Al igual que la señora Noack, Eleanor y su madre se habían precipitado a Srinagar para conocer al cuñado de Anna, tan pronto como se enteraron de su llegada.

Anna trató de no quejarse cuando la señora Noack le formuló otra pregunta sobre Julian.

—Su cuñado es tan encantador... ¿cómo es que no está casado? Oh, quizá fui demasiado insensible y es viudo o...

Anna, que había soportado preguntas impertinentes similares durante casi un cuarto de hora, eludió la repentina necesidad de inventar una esposa y cinco hijos en Inglaterra para Julian.

—Mi cuñado ha tenido demasiado éxito con las mujeres para elegir una en particular con quien compartir su vida. Dudo en afirmarlo de un familiar cercano, pero temo que es un poco libertino —bebió un sorbo de té con la esperanza de haber dado una estocada en el rayo de la rueda de Julian. No tuvo tanta suerte. Los ojos grises de la señora Noack se iluminaron ante la idea.

—¿Un libertino? ¡Seguramente no! Más bien un caballero extremadamente encantador.

—Qué amable al decirlo así —la respuesta de Anna rayaba en la aridez.

—No se parece mucho a su difunto esposo, ¿verdad? Oh, discúlpeme si el tema le provoca dolor, pero después de todo ya hace casi un año que enviudó y seguramente se está recuperando. El señor Chase es un poco mayor que él, ¿verdad? ¿Por qué no es lord Ridley?

La señora Noack se inclinó hacia adelante, ávida de información, y el cuello de encaje que le bordeaba el pecho estuvo en peligro de ser sumergido en la taza de humeante té. Su vestido de seda color café era demasiado elaborado para una simple visita de vecinos, pero como Anna comprendía perfectamente bien, el mismo era un cebo. Y Julian era el pez para él. Anna bebió un sorbo de té, sintiéndose desesperada. Su habilidad para mentir no era tan buena como para mantener una conversación prolongada. Pero no tenía más remedio que responder lo mejor que pudiera.

—Él es medio hermano de Paul, y el título desciende de su padre —respondió, esperando evidenciar, sin decirlo, que Julian era el producto de un matrimonio anterior de la madre de Paul. Sin embargo, por más que le desagradara, no era conveniente colocarle a Julian la etiqueta de bastardo. Además, los comentarios que provocaría tendrían un efecto negativo no sólo sobre Julian sino sobre ella y sobre Chelsea. Después de todo, ¿no estaba viviendo en su casa como uno de la familia?

—¿Cuántos años tiene el señor Chase?

La pregunta directa encontró a Anna desprevenida. Le produjo una conmoción el darse cuenta de que no lo sabía.

—Ah... tiene... um... es muy tonto de mi parte pero me cuesta recordar mi edad, mucho más la de otro. Julian debe tener... um...

—Tengo treinta y cinco —dijo una voz profunda desde atrás. Agradecida por haber sido rescatada, Anna se volvió y encontró a Julian, aún con su ropa de viaje polvorienta, con su sombrero en la mano, girando en el extremo del sofá. Le sonrió encantadoramente a la señora Noack, quien sonrió y le extendió la mano.

—Señora Noack, éste es Julian Chase. Julian, Antoinette Noack.

Julian le dio la mano brevemente, y luego recibió las otras presentaciones con una palabra y una sonrisa encantadora. Finalmente se volvió hacia Anna.

—Me hiere que no sepas mi edad. La próxima vez me dirás que no recuerdas la fecha de mi nacimiento.

Anna sonrió amargamente ante esta humorada.

—¿Deseas sentarte y reunirte con nosotros? —si su tono carecía de entusiasmo era porque sus ropas estaban sucias y de cualquier manera no le agradaba mucho. Seguramente no era porque Antoinette y Eleanor lo estuvieron mirando con tanto deleite como lo harían dos ratones con un trozo de queso.

—Gracias, lo haré. Es decir, si a las damas no les importa mi suciedad —acompañó esta pregunta con una ceja levantada. El silencio de Anna fue contrarrestado por entusiastas negaciones de los demás. Con una simple mirada de costado a Anna (se estaba riendo de ella) levantó una silla y la colocó junto al sofá; y procedió a encantar a las damas sin esfuerzo. Anna no estaba segura de cómo había sucedido, pero en seguida Eleanor había ocupado su lugar en el sofá. Ella se había puesto de pie durante un momento para ofrecer más té a Helen y a Charles.

—A tu cuñado lo atraparán pronto si no tiene cuidado —comentó Charles jovialmente mientras Anna le llenaba la taza. Helen le tocó elegantemente el brazo.

—Ustedes caballeros creen que nosotras las mujeres no tenemos otra cosa en nuestras mentes más que el casamiento —lo reprobó, mientras Anna también le llenaba la taza a ella, antes de regresar a lo inevitable y ocupar el asiento vacío de Eleanor. Luego Helen se volvió hacia Anna.

—Dime, ¿cómo es que el señor Chase no es un Traverne? Sé que es hermano de Paul, pero no comprendo la exacta naturaleza de la relación.

Anna sintió que se le aceleraba el corazón. Iba a tener que mentir; no podía evitarlo. Y mentir era algo que odiaba absolutamente tener que hacer...

—Anna ¿serías tan amable de llenarme la taza? Discúlpame por interrumpir tu conversación, pero mi garganta está seca —del otro lado de la habitación Julian levantó su taza.

—Por supuesto —Anna se puso de pie con más presteza que lo que el pedido requería. Estaba tan agradecida por haber sido rescatada, que no pudo evitar sonreírle mientras le servía el té. Él también le sonrió con una mirada diabólica. Durante un momento pareció que compartían un delicioso secreto: Luego Antoinette le dijo algo a Julian y el encanto se rompió. Pero, al igual que sus confidencias la noche de la pesadilla de Chelsea, ese momento de comunión le llegó profundamente. Durante ese breve momento fue casi como si fueran amigos.

Sus sentimientos amistosos por Julian se disiparon rápidamente durante el transcurso de las dos semanas siguientes. La corriente de visitantes era interminable. Las más fastidiosas eran Eleanor Chasen y Antoinette Noack quienes, en la búsqueda de un hombre elegible, venían casi todos los días. Lo que realmente fastidiaba a Anna era que Julian no hacía el menor esfuerzo para desalentar las atenciones de las damas. En realidad, parecía disfrutar al verlas comportarse como tontas con él.

Una tarde, después de una estruendosa exhibición, se fastidió del todo.

—¡Estás buscando una esposa rica! —lo acusó después de que Antoinette realizara su prolongada despedida.

—¿Lo estoy?

Julian estaba en el vestíbulo después de acompañar a la gentil visitante a su carruaje, cuando Anna, enojada por el meloso intercambio del que había sido obligada a ser testigo, lo enfrentó. La miró de manera inescrutable, amable pero distante. El pícaro, que había admitido ser anhelante y la había acusado de lo mismo, había desaparecido para ser reemplazado por un frío extraño.

Anna, tan desconfiada de su modo de actuar como lo había sido cuando él no se preocupó por mantener sus manos alejadas de ella, trató de convencerse de que éste era un regalo de los dioses y de que debía estar agradecida. Por lo menos, ya no estaba en peligro de ser abatida por su encanto. Pero su fastidio por la forma en que obviamente disfrutaba de las visitas de damas solteras a Srinagar, era tan grande que no pudo mantener la boca cerrada.

Por qué le disgustaba tanto su comportamiento era algo que prefería no enfrentar. Se dijo a sí misma que era porque él, de quien ella sabía que era un fraude y un ladrón, estaba sacando ventaja de los huéspedes debajo de su techo. Se negaba a considerar cualquier otro motivo.

—¡Deberías estar avergonzado! ¡Por lo menos la señora Noack tiene una edad razonable, pero Eleanor Chasen sólo tiene dieciocho años!

Al ver este ataque, Julian levantó las cejas, su expresión era de asombro mientras observaba el rostro indignado de Anna. Su tono era suave, lo cual encendió más aún el enojo de Anna.

—Pero debes admitir que la señorita Chasen es adorable. Con ese cabello emulado y esos ojos almendrados, y qué decir de su figura, no necesita ser rica para que un hombre le preste atención. En cuanto a Antoinette, está lejos de mi ánimo difamar a una dama. Sólo diré, y soy muy sincero porque tú también eres viuda, que la dama definitivamente necesita que la desplumen.

Anna se sorprendió ante su franqueza. Después cerró la boca y lo observó.

—No hay necesidad de ser vulgar —su tono tenía la suficiente dignidad como para deprimir al más presuntuoso. Desafortunadamente, a él parecía que no. Esos ojos azules oscuros le sonrieron y luego lo hizo su boca. El grosero ni siquiera se molestaba en ocultar su diversión.

—No soy vulgar, soy honesto. La dama necesita un hombre, y alguien de quien no se avergüence admitirlo. La mayoría de las mujeres que estuvieron casadas y enviudaron, y son de carne y hueso, prefieren un hombre de carne y hueso y no recuerdos. Un recuerdo no es algo satisfactorio para llevar a la cama, como estoy seguro que has descubierto después de un año sin sexo.

—¡Cómo te atreves a hablarme así! —gritó.

—Te ofendes por un poco de sinceridad, ¿verdad? —le preguntó dulcemente—. Entonces quizá la próxima vez lo pensarás dos veces antes de cuestionar mis motivos. Sean cuales fuesen mis planes, no son de tu incumbencia... mi querida hermanita.

—No soy tu hermana —replicó Anna con los dientes apretados—. Tampoco tu cuñada. Aunque seas el medio hermano de Paul, lo cual dudo mucho, me niego a reconocer un parentesco con un acérrimo truhán.

—¿En verdad, dama de Ojos Verdes? —le respondió suavemente. Pero el nombre menospreciado le recordó a Anna sus propios delitos, y de inmediato se sintió recatada. Él tomó su derrota con diversión y de pronto le sonrió.

Debido a su enojo, Anna no estaba preparada para el encanto de esa sonrisa. Los ojos azules tenían un brillo que desarmaba, como si la invitaran a compartir la broma, y con su boca le hizo una mueca pícara. Estaban tan cerca que parecía que la envolvía. Le dolía el cuello de mirar hacia arriba. Su cabello negro y gitano estaba despeinado, su piel más morena que nunca desde que la exponía al sol sinhalés, y su ropa, camisa y pantalones, estaba tan descuidada que invitaba al reproche. Pero a pesar de todos estos defectos, no se podía negar que era un hombre magnéticamente atractivo. Tan pronto como apareció, Anna borró el pensamiento, pero se alojó en algún lugar con un zumbido tenaz.

—¿Por qué no relajas esa columna tiesa y disfrutas un poco de la vida? —le preguntó de manera inesperada, pasándole los dedos por los huesos que le difamó. Anna suspiró sorprendida y se alejó. No realizó ningún movimiento para seguirla, pero permaneció de pie con las manos en las caderas, observándola con la cabeza inclinada hacia un costado.

—Ya que intercambiamos estas observaciones personales, ¿no crees que es hora de que dejes esos horribles vestidos de cuervo? A mí me tienen harto, y no creo que a tu niña le haga muy bien que le estés recordando constantemente que su papá está muerto. Por el amor de Dios, ponte algo bonito y continúa con tu vida.

—¡Mi esposo murió hace menos de un año!

—Él está muerto. Tú no —respondió Julian, y su sonrisa casi había desaparecido—. Demonios, ¿por qué no saltaste a la tumba con él y terminaste con todo? En realidad, si piensas al respecto, hubiera sido preferible a la muerte en vida que te has impuesto durante todos estos meses.

—¡Tú no sabes nada al respecto! —gritó Anna—. Amaba a Paul...

—Gracias a Dios yo no —la interrumpió cruelmente—. No desearía saber nada sobre la clase de amor que condena a una bella mujer a una vida tan fría y estéril como la tumba de su esposo.

Antes de que Anna pudiera responder, se dirigió a la escalera sin decir una palabra de disculpa.

Se volvió y observó cómo se retiraba. Tenía que arreglarse el cabello, pero sus hombros en la fina camisa blanca eran sorprendentemente anchos, las caderas en los pantalones negros eran angostas en comparación, las piernas largas y poderosas, y su trasero, Anna se sonrojó al advertir tal cosa, era firme y musculoso.

En conjunto, un hombre muy atractivo, si a una mujer le interesaba la descarnada masculinidad. Afortunadamente, a Anna no. Ella prefería un caballero sensible y galante como lo había sido Paul.

Lo prefería. ¡Realmente lo prefería!

Y no importaba lo que Julian dijo, no tenía intenciones de abandonar sus ropas de luto. Si Julian Chase pensaba que parecía un cuervo con sus vestidos de cuello alto y mangas largas, era mejor. No deseaba que pensara que era bonita. No deseaba que pensara para nada en ella.

Pero una pequeña voz le susurró, ¿era posible que el negro realmente pudiera ser un recuerdo constante para Chelsea?

Anna descartó la posibilidad. Estaba haciendo lo correcto... no, lo que le dictaba el corazón, al llevar luto por su esposo, y lo seguiría haciendo.

Por una repentina curiosidad de descubrir adónde iba, lo siguió hasta la puerta trasera de la casa, y luego lo escuchó que venía por el pasillo. Anna se detuvo en la galería de atrás y observó que se dirigía por el sendero hacia el jardín, donde Chelsea lo recibía con gritos de alegría. Kirti, quien le había estado arrojando la pelota a la niña para que la atajara, fue inmediatamente suplantada como compañera de juego por el «tío Julie». Por la expresión indulgente de Kirti, y la falta de inhibición de Chelsea en presencia de su tío, Anna llegó a la conclusión de que había sido una ocurrencia familiar.

—La pequeña está encariñada con el sahib —la voz, que procedía de ninguna parte cuando Anna pensó que estaba sola, la hizo saltar. Miró a su alrededor y vio al Raja Singha detrás de ella, observando pensativo al tío en el jardín.

—Sí —respondió Anna, sintiéndose absurdamente desconcertada. El Raja Singha siempre daba la impresión de saber más de lo que se suponía que debía. Anna sabía que era tonto, pero casi sintió que podía leerle la mente. Y justo cuando la tenía ocupada con pensamientos que ella misma no admitiría.

—Es bueno para ella tener un hombre en la Gran Casa otra vez —la mirada del Raja Singha se deslizó del trío sonriente hacia Anna.

—Sí —acordó Anna, y espontáneamente le surgió el pensamiento de que lo mismo podría afirmarse de ella. Aunque Julian Chase la hiciera enojar, tenía que admitir que desde que él apareció en su puerta, volvió a sentirse viva.

Antes de que pudiera pensar más al respecto, Chelsea vio a su madre en la galería.

—¡Mamá, ven a jugar! —la llamó.

—Oh, no, yo... —comenzó a decir Anna confundida ante la idea.

—¡Por favor! —le suplicó Chelsea, mientras Julian, sosteniendo negligentemente la pelota, le hacía una mueca.

Pensó que se negaría a jugar porque él estaba allí. Con el mentón levantado, Anna bajó por los escalones y marchó hacia el jardín, donde Chelsea la recibió con un chillido y un abrazo.

—Ahora podemos jugar a que mamá no la atrapa, tío Julie —Chelsea se alejó saltando. Julian, riéndose, le arrojó obedientemente la pelota a la niña.

—Se supone que debes tratar de atraparla —Chelsea reprobó a su madre, que no hizo nada más que observar mientras la pelota caía en manos de la pequeña.

—Lo lamento —se disculpó Anna, y después de eso trató de compenetrarse en el juego.

Un cuarto de hora más tarde, riéndose y jadeando, se sentó a la sombra de un árbol.

—¡Mamá, no te detengas! —protestó Chelsea, tirando de la mano de su madre en un vano intento para que se pusiera de pie.

—Jovencita, necesito descansar —le dijo Anna y se tiró hacia atrás para ilustrar su agotamiento.

—Deja descansar a tu madre. —Kirti, que había observado la gracia con una sonrisa indulgente, le tocó el hombro a Chelsea—. Está cansada. Tú y yo le haremos un collar de flores. Debes buscar los pimpollos más hermosos y yo te ayudaré a unirlos.

—¿Te gustaría eso, mamá?

Anna asintió con la cabeza y se sentó. Chelsea se alejó corriendo y Kirti la siguió con un paso moderado. Julian, que estaba recuperando la pelota, la cual había terminado el juego perdiéndose en un sector particularmente denso de la maleza, llegó y se sentó junto a Anna.

—Me alegra saber que no eres una cobarde —estaba sentado con las piernas cruzadas, inclinado hacia ella y sonriéndole. Estaba muy atractivo con el cabello despeinado y las mangas de la camisa levantadas, las cuales permitían ver sus antebrazos bronceados.

—No te temo, tío Julie —se burló utilizando el incongruente diminutivo femenino que Chelsea le había puesto.

—No, ¿verdad? Pareces hecha de nieve, pero tienes cimientos inesperados. Me gusta eso en una mujer.

—Me sentiría halagada si no supiera que hay un insulto en alguna parte.

—Es un cumplido, créeme —le respondió riendo. Al igual que lo había hecho Anna antes, se apoyó sobre su espalda, con las manos cruzadas debajo de la cabeza. Durante un momento, observó pensativo las ramas entrelazadas que se encontraban sobre él. Luego volvió a mirar a Anna.

—Dime algo: ¿cómo te casaste con Paul?

Anna se sorprendió ante la pregunta.

—Nos conocíamos de toda la vida. Parecía natural casarnos.

—En aquel momento, ¿no eran demasiado jóvenes?

—Teníamos dieciocho años. Mi padre recién había muerto, y la vicaría iba a pasar a su sucesor. Y el padre de Paul había decidido enviarlo en un Gran Tour. Paul no deseaba ir.

—Entonces, en lugar de eso se casó contigo —el tono

de Julian tenía un toque de aridez que inmediatamente puso a Anna a la defensiva.

—¡Éramos muy felices!

Atrapada, deseaba revertir el tablero.

—Ya que estamos intercambiando historias de vida, quizá te gustaría continuar donde lo dejaste la otra noche. Después que huiste de la Armada.

—Lo que hice después te conmoverá —giró hacia un costado y se apoyó sobe un codo.

—Cuéntamelo igual.

—Está bien —tomó una hoja del césped y la masticó en un extremo—. Fui criado como gitano. Mi abuela lo hizo. Era una gran anciana, y me protegía mucho. Hasta el día de su muerte juró que mi madre no se había acostado con un hombre fuera del matrimonio, lo cual significaba que mis padres debían haber estado casados para concebirme. Equivocada o no, como niño creí en su palabra. Pensaba que aquellos de la tribu que me llamaban «bastardo inglés» se referían a la parte bastarda en términos generales. Los gitanos desprecian a los niños con sangre mestiza tanto como lo hacen los ingleses, y siempre se mofaban de mi ascendencia. La abuela me decía, para que me sintiera orgulloso, que yo era noble y los que me atormentaban eran peores que los perros. No tenía idea de que realmente era ilegítimo. Puedes imaginarte mi desazón cuando mi tío me llevó a Gordon Hall y descubrí que, no sólo mi padre no sabía que yo existía sino que mi madre había sido su querida y no su esposa. Tenía una esposa, y un hijo legítimo a quien legar, y era evidente que sólo deseaba deshacerse de mí.

—¡Era un anciano terrible! —comentó Anna.

—Lo era, ¿verdad? —Julian le sonrió—. De cualquier manera, después que murió mi abuela, no había lugar para mí con los Rachminovs. Tampoco con mi padre y su familia. Por eso cuando escapé de las garras de la Armada, me fui a Londres. Me decepcioné al descubrir que la pasaba casi tan mal allí como en el servicio de Su Majestad. Excepto que era libre.

La observó y pareció titubear.

—Continúa —lo alentó Anna, fascinada.

Masticó la hoja de pasto.

—Era hábil y rápido con mis manos, y lo más importante de todo, tenía hambre: me convertí en ladrón. Al principio robé comida, y más tarde bolsillos. Incluso traté de robar a los borrachos, y así fue como conocí a Jim. Pero había visto demasiada violencia en la Armada como para tener estómago para eso, entonces decidí robar en las casas de hombres ricos.

Le observó el rostro a Anna, tratando de juzgar su reacción. Después de un momento, continuó:

—Durante el día trabajaba como lacayo para cierta condesa, cuyo nombre no voy a mencionar. A la noche robaba a sus amigos. Eventualmente la condesa y yo compartíamos nuestra compañía e invertí el dinero que había acumulado en casas de apuestas. Terminé siendo dueño de media docena. Luego mi padre murió, y traté de recuperar las esmeraldas que se suponía que mi madre había tomado de su familia como dote, y el resto ya lo sabes. Puras tonterías.

Ella sabía que había omitido mucho. Aunque lo había pulido, era evidente el dolor que había experimentado ante el rechazo de su padre. Al igual que la noche en que le reveló algo de su pasado, Anna sintió lástima por el niño que había sido. Debe haberle herido terriblemente el sentir que no tenía lugar en el mundo, y nadie que lo quisiera.

—Otra vez sientes lástima por mí —Julian se sentó y le frotó la nariz con la hoja del césped—. Tienes un corazón blando, Ojos Verdes. Estás expuesta a tener problemas.

—Debe haber sido duro ver que Graham y Paul, tus hermanos, crecían con cosas que nunca tuviste —como el amor de su padre, pensó Anna aunque no lo dijo.

—Créeme, me rompió el corazón. ¿Quieres besarme para aliviarlo? —Su tono era petulante, quizá para ocultar el hecho de que había tocado una gran verdad.

Luego se inclinó hacia adelante, con los ojos cerrados y los labios hacia adelante como para besar. Lucía tan ridículo que Anna tuvo que reírse. Tomó un puñado de hierba y se lo arrojó, luego se puso de pie antes de que él pudiera desquitarse.

—¿Qué, no hay beso? —se lamentó y se colocó junto a ella. La miró con expresión de burla, pero sea lo que fuere lo que iba a hacer o decir, no pudo pues Chelsea corrió hacia ellos agitando la corona de flores.

—Para ti, mamá.

—Gracias, jovencita —Anna aceptó el obsequio y se lo colocó en la cabeza. Después de todo, ya no había más oportunidad para continuar conversando en privado con Julian.

20

Varias semanas antes, Hillmore se había instalado en la cabaña del capataz, la cual necesitó muchos arreglos ya que había estado cerrada durante años. Al principio se reunía diariamente con Anna para discutir sus planes para Srinagar y sus progresos para ocuparse de los muchos problemas que surgían al tratar de que la plantación volviera a funcionar. Pero después de quince días, durante los cuales la visitó una sola vez, Anna lo envió a buscar. Apareció en el comedor, con el sombrero en la mano, después de que la familia terminó de comer. Julian que odiaba el curry, que era la porción principal que se servía casi siempre durante la comida de la noche, ya se había retirado. Jim nunca compartía las comidas con ellos, prefería comer solo en su habitación, y Chelsea y Kirti habían comido más temprano en el cuarto para niños, entonces sólo Anna y Ruby, que estaban charlando compartiendo una taza de té, estaban presentes cuando el Raja Singha acompañó a Hillmore. Permaneció en la puerta, un poco inquieto, mientras el Raja Singha anunciaba su presencia. Después, cuando el Raja Singha desapareció después de haber cumplido con su deber, avanzó.

—Buenas noches, señora Traverne, señora Fisher.

—Buenas noches, señor Hillmore. ¿Deseaba una taza de té? —Anna le sonrió al capataz, que parecía sólo un poco menos incómodo que antes mientras negaba con la cabeza.

—Gracias, señora, pero no.

Anna sabía que la razón de su inquietud era simple: Ceilán era una sociedad con clases sociales bien marcadas. Los Hindúes, los Musulmanes, los Veddahs, los Tamils, todos tenían sus propias reglas sobre la casta, las cuales respetaban estrictamente. La comunidad inglesa, aunque no tan rígida como los nativos, no obstante, trazaba líneas invisibles entre los capataces, ayas, tutores, y la clase media. Hillmore bebió una taza de té en la sala durante su primera visita a Srinagar, pero sentarse a la mesa con la dama de la casa, era demasiado familiar. Anna, comprendió y se puso de pie.

—Discúlpame, Ruby.

—No te preocupes. Terminaré mi té y subiré. Ese pícaro de Jim me apostó un mono que podía ganarme a las cartas. —Ruby sonrió con picardía—. Tengo intenciones de derrotarlo. Después de todo, un poco de desafío no viene mal.

—No lo esquiles demasiado —bromeó Anna, tratando de ignorar la vocecita que le murmuraba que Ruby, al igual que Chelsea, a quien Julian al parecer había avasallado completamente, estaban uniéndose al enemigo. Y esto a pesar de todas las protestas o desagrados de Ruby porque los intrusos estuvieran en medio de ellas. Ella y Jim discutían como niños, pero Anna había advertido que pasaba muchas tardes compartiendo juegos de azar con el lacayo de Julian. En realidad, para ser sincera, Anna suponía que Jim y Ruby tenían mucho en común, ya que ambos eran nacidos y criados en Cockney, y conocían muy bien las calles de Londres, en aspectos que Anna sólo podía imaginar. Por supuesto que era natural que Ruby, que se encontraba en la incómoda posición de estar un paso más arriba que los sirvientes, pero no pertenecía a la clase media, a veces se sintiera sola. Ruby era su única aliada, y era triste ver que, por un lado la perdía por un rostro atractivo y una sonrisa encantadora, y por unas manos hábiles para las cartas por el otro.

No había más tiempo para reflexionar sobre el tema.

Anna desechó el pensamiento que la disgustaba, y se dirigió hacia la sala, seguida por Hillmore.

—¿Desea sentarse, señor Hillmore?

El Raja Singha, eficiente como siempre, ya había encendido las lámparas. Señalando una silla, Anna fue hasta el sofá y se sentó. Hillmore también se sentó y la miró intrigado.

—¿Deseaba verme, señora Traverne?

Anna sonrió, esperando tranquilizar al hombre. Últimamente había sido remiso en informarla, pero si trabajaba tan duro y sentía que no podía perder media hora al finalizar el día para conversar con su jefa, entonces ella no iba a regañarlo. Deseaba un capataz trabajador y esperaba que algún día le informaría y discutiría las decisiones más importantes con ella. Pero no esperaba que ese día llegara tan pronto.

—Sólo me preguntaba cómo van las cosas, señor Hillmore. Se sintió aliviado.

—Muy bien, señora. Hice limpiar los terrenos como habíamos hablado, y encargué las plantas de té...

—Un momento, señor Hillmore —el tono de Anna era repentinamente severo—. La última vez que hablamos creí que acordamos pensar al respecto antes de tomar una decisión. Espero que no haya avanzado sin mi aprobación.

—Con respecto a eso, señora Traverne, el señor Chase dio su aprobación —respondió Hillmore con el entrecejo fruncido—. Yo... no se me ocurrió pensar que ustedes dos no estaban de acuerdo.

Anna se quedó sin palabras, durante unos segundos, ante esta revelación.

—¿Le ha estado informando al señor Chase durante estos últimos quince días? —le preguntó, cuidándose de no demostrar su indignación. Después de todo, no era culpa del capataz que ese arrogante intruso hubiera usurpado su autoridad. Pero que Julian Chase se hubiera atrevido a interferir... Anna sintió que su indignación se convertía en ira. ¡Srinagar no era de él!

—Sí, señora. Cuando está disponible, por supuesto —Hillmore parecía infeliz—. Él... dijo que no debía molestarla con problemas sobre la propiedad, que mientras él estuviera aquí, tenía la intención de aliviarle tantas cargas como pudiera de sus hombros.

—Oh, ¿lo hizo? —A pesar de los mejores esfuerzos de Anna, sus palabras tenían un tono ácido. Antes de que desaparecieran las restricciones que le estaba poniendo a su carácter, se puso de pie. Hillmore también lo hizo, dando vuelta el sombrero en sus manos.

—Lo lamento, señora Traverne, si me equivoqué, pero creí...

—Está bien, señor Hillmore. Ha habido un malentendido sobre quién está encargado de Srinagar, pero de ninguna manera es su culpa. Y por supuesto, mi cuñado sólo deseaba aliviarme. No obstante, en el futuro me agradaría estar bien informada. ¿Podríamos reunirnos dos tardes por semana en la oficina? ¿Usted estaría de acuerdo?

—Sí, señora. Y como le dije, lamento el problema.

Anna sonrió. Estaba aprendiendo muy bien a sonreír cuando, en realidad, no tenía ganas.

—No se preocupe, señor Hillmore. Como ya comenzó a limpiar los campos para las plantas de té, debe proseguir. Pero lo discutiremos más... el próximo martes, ¿está bien? A las diecinueve en la oficina.

—Sí, señora.

Hillmore, al ver que estaba siendo despedido, se sintió aliviado. Anna llamó al Raja Singha para que lo acompañara.

Cuando el capataz se había ido, el enojo que había controlado hizo erupción.

—¡Lo mataré! —murmuró.

El Raja Singha que iba pasando se detuvo:

—¿Memsahib?

—Nada, Raja Singha —le aseguró Anna en seguida; y se sintió aliviada al ver que pareció aceptar eso, y continuó con sus deberes. Realmente, a pesar de que sabía que era totalmente fiel a ella y a Chelsea, a veces el Raja Singha podía ser casi fantasmagórico.

Pero eso era irrelevante. Anna se irguió, levantó el mentón y fue a buscar a Julian Chase.

21

La puerta de su dormitorio estaba cerrada. Anna golpeó elegantemente sobre el pesado panel de teca. Ninguna respuesta. Volvió a golpear, más fuerte. Aún no había respuesta. Entonces hizo algo que normalmente ni siquiera hubiera pensado: abrió la puerta e introdujo la cabeza.

La habitación estaba vacía. Las lámparas de aceite estaban encendidas y las cortinas verdes de seda corridas. La cama, con sus elaboradas cortinas en la misma gama de verde que las de la ventana, estaba abierta, lista para ser usada. Por supuesto, las sirvientas habían hecho esto, y cerrado las cortinas, como lo hacían todas las noches, por cada residente de la casa. No había señales de Julian.

La habitación estaba ordenada, sólo un par de botas empolvadas al costado de la cama, estropeaban su pulcritud. Las puertas del enorme armario de caoba estaban bien cerradas. El estante de afeitarse no tenía ningún residuo de jabón, y la silla, que se encontraba en el rincón, no tenía ropa. Anna tuvo que admitir fastidiada, que no podía criticar a Julian en sus hábitos personales.

Sintió olor a algo: ¿humo de cigarrillo? Olfateó, y volvió a olfatear.

—¿Hay alguien aquí? —preguntó entrando. Sus ojos le decían que la respuesta era no, pero casi podía sentir su presencia.

Cuando él respondió, ella saltó.

—¿Anna? ¿Eres tú?

La respuesta provenía de otra habitación. Por supuesto; el cuarto de baño. Aunque no lo había notado antes, porque estaba parcialmente escondida detrás del armario, la puerta estaba entreabierta. ¡Bien! Deseaba decir su parte mientras estaba enojada.

Anna cerró la habitación del dormitorio con un golpe y cruzó la habitación con paso militar, y abrió con violencia la puerta del cuarto de baño.

Se paralizó, y abrió la boca y los ojos sorprendida.

Julian Chase estaba delante de ella, desnudo como vino al mundo, a punto de entrar en la bañera.

—¡Dios mío! —exclamó Anna asombrada ante lo que veía y cerró los ojos—. ¿Cómo te atreves a decirme que entre? Tú...

—No lo hice —Julian la interrumpió plácidamente. Se escuchó el sonido de un chapoteo en el agua. Evidentemente se había introducido en la bañera.

—¡Sí lo hiciste! Dijiste... —Anna se detuvo al recordar exactamente lo que había dicho. Para ser justo hasta con el diablo, no le había dicho precisamente que entrara. Por otra parte, seguramente no le había dicho que no lo hiciera.

—Dije: «¿Eres tú?»

Sólo porque tenía razón, Anna no se sintió más caritativa con él.

—Cualquier caballero...

—Ahhh, pero yo no soy un caballero. Pensé que estábamos de acuerdo en eso.

Anna lo ignoró.

—... hubiera advertido que no estaba decente.

—Pero entonces, no podría haber esperado que entraras en mi cuarto de baño. Y por el amor de Dios, abre los ojos o vete. No eres una niña inocente. Seguramente viste a tu esposo desnudo, y básicamente somos todos iguales. Sólo pequeñas variaciones de forma y tamaño.

Se puso a pensar que, en el caso de Paul y este hombre, las diferencias eran grandes. Anna sintió que se ruborizaba ante sus díscolos pensamientos. Julian era físicamente un hombre mucho más grande que Paul. Por supuesto su... pero rechazó llevar la comparación a su obvia conclusión. Incluso pensar en el apéndice de un hombre era vergonzoso. ¡Aunque por su tamaño...!

—¿Entonces por qué te sonrojas? —parecía disfrutar enormemente de su incomodidad. Anna comprendió que se estaba burlando de ella, y al advertirlo sintió valor para abrir los ojos.

Al mirarlo cautelosamente vio que sus partes vitales estaban modestamente oscurecidas por el agua. Si hacía un esfuerzo podría ver sus... sus miembros a través de la superficie transparente, pero no tenía intenciones de hacerlo. De cualquier manera, pronto la espuma lo cubriría más; ya que estaba frotando un pan de jabón entre sus manos y formaba una gruesa capa de espuma blanca.

—¿Quieres decir que no vas a huir? Mi querida cuñada, tú me sorprendes —la miró con burla. Sus ojos azules oscuros se reían de ella aunque su boca nunca sonrió. Los músculos de sus brazos sobresalían mientras frotaba el jabón; Anna se distrajo momentáneamente por lo grandes y flexibles que eran. Aunque la parte inferior de sus brazos estaba en el agua desde el codo hasta la muñeca, la parte superior sobresalía con cada movimiento de sus manos. Deslizó la mirada hacia sus hombros, los cuales parecían tan anchos cuando estaba vestido. Desnudo, eran aún más anchos, gruesos y sólidos sobre un pecho amplio que, como Anna había advertido la noche de la pesadilla de Chelsea, estaba cubierto de una gruesa capa de vello negro.

Anna sintió una necesidad repentina, casi abrumadora de tocar esa piel mojada, para ver si la sentía tosca o suave, para descubrir por sí misma si podía ser tan esponjosa como lucía.

Cuando advirtió lo que le estaba sucediendo y que le estaba mirando el pecho desnudo como hipnotizada, desvió la mirada. Se le sonrojaron las mejillas, y se dio cuenta de que debían estar color escarlata.

Si no le hubiera sonreído, con una sonrisa indecente, habría salido de la habitación.

—Mira todo lo que desees —le dijo completando su mortificación—. No me importa.

Sentía fuego en las mejillas. Julian se reclinó hacia atrás en la bañera, frotándose el pan de jabón sobre el pecho, y le hizo una mueca.

—Puedes bañarte conmigo, si lo deseas —le sugirió suavemente, sin dejar de mirarla—. Hay mucho lugar.

A Anna no le importaba si la llamaba cobarde o no. De pronto comprendió que debía alejarse en ese mismo instante. La atracción de ese hombre desnudo en la bañera, era tan fuerte, que la sentía como algo que le dolía en su interior.

¿Seguramente no estaba tentada de hacer lo que la invitó a hacer? Sólo pensarlo era horroroso.

Pero también había una voz diminuta que le murmuraba la idea erótica más perturbadora, que jamás había tenido en su vida.

—Tengo algo importante que discutir contigo. Por favor, cuando termines aquí, baja a la oficina. Allí podemos hablar —comenzó a volverse.

—Cuando termine aquí me voy a la cama —le explicó deteniéndola. Lo miró sobre su hombro, y luego deseó no haberlo hecho. Se estaba enjabonando una de sus musculosas piernas; la rodilla y el poderoso muslo cubierto de vello, se veían sobre el agua.

—Es muy importante —le advirtió con firmeza, apartando la mirada de lo que él hacía con esfuerzo. Realmente, ¿qué sucedía con ella? Paul había sido modesto, pero lo había visto en su baño. Nunca se le secó la garganta al hacerlo ni se le aceleró el corazón ni su mente tuvo imágenes lascivas de placeres prohibidos. Pero Paul había sido su esposo y un caballero. Y Julian Chase no era ninguna de las dos cosas.

—Si es realmente importante puedes esperarme en mi

dormitorio. De otro modo, tendrá que esperar hasta mañana.

Parecía despreocupado. Anna se mordió el labio, cuidadosa de mantener su mirada alejada de cualquier parte de él que se encontrara debajo del mentón, y decidió:

—Entonces esperaré. Pero, por favor, apúrate. Y...

—¿Cómo pedirle que estuviera decentemente vestido cuando saliera? No podía pensar en una manera digna de decirlo.

—¿Y?

—Nada —replicó Anna con enfado—. Apúrate. Se volvió y entró en el dormitorio, donde se sentó en el borde de la silla y trató de no pensar en lo que él estaba haciendo en el cuarto de baño.

Cuando salió diez minutos después, Anna se sintió aliviada al ver que, por lo menos, había tenido la decencia de ponerse una bata. Era más elegante que la ropa que usaba de día, de seda marrón oscuro y con cordones dorados. Lo cubría casi hasta los tobillos. Una gran V del pecho cubierto de vello negro quedaba a la vista, al igual que sus tobillos y pies descalzos, pero aun así, Anna se sintió afortunada. Estaba preocupada de que hubiera entrado desnudo como un bebé.

—Ahora, ¿qué era tan importante que no podía esperar hasta mañana? —Traía un cigarro encendido, el cual se colocó en la boca. Anna advirtió que había otro apagado sobre un plato junto al baño, aunque la situación la había ofuscado tanto que apenas lo había advertido. Nunca antes lo había visto fumar. Quizás era algo que hacía sólo de noche.

Recordó su motivo de queja y se sentó más derecha en la silla.

—Le dijiste al señor Hillmore que continuara con sus planes de plantar plantas de té sin mi aprobación —su voz temblaba de indignación.

—Lo hice —respondió levantando las cejas.

Anna estaba perpleja. Esperaba cualquier respuesta a su acusación, pero no un frío: «Lo hice.»

—Srinagar me pertenece. Yo doy las órdenes aquí. En realidad, creo que probablemente es un error limpiar tanta tierra. En tres años tendremos una ganancia extra, pero mientras tanto...

—Mientras tanto las plantas que están allí son demasiado grandes para producir más que un mínimo de té. De cualquier manera, los campos están ociosos, así que tiene sentido convertirlos en algo que eventualmente pagará.

Otra vez la tomó por sorpresa.

—¡No sabes nada de té!

Pitó el cigarrillo, luego se lo quitó de la boca.

—En eso estás equivocada. No sabía mucho sobre el cultivo de té cuando llegué, pero soy un estudioso rápido, y me preocupé por aprender. Por lo que aprendí de Hillmore, y de tu querido amigo Dumesne, y de los libros de tu biblioteca, creo que tengo un conocimiento de lo que necesita Srinagar por lo menos tan bueno como el tuyo.

—Tú...

—Y en cuanto a que Srinagar te pertenece, te recuerdo que mi pellejo pagó por el lugar. Sé que te dije que me iría cuando recuperara las esmeraldas, y lo haré. Todo lo que tienes que hacer es esperar hasta ese momento y podrás hacer lo que desees. Pero mientras tanto, voy a hacer lo que crea más conveniente. Si no te gusta, lo lamento —se acercó al rincón donde ella se encontraba, se detuvo cerca de donde estaba sentada, y apagó el cigarrillo en el plato de porcelana que se encontraba sobre la mesa—. Y ahora que ya dijiste tu parte, creo que es justo que yo tenga oportunidad de decir la mía.

Ante el inflexible tono de su voz, Anna lo miró sorprendida.

—Si invades otra vez mi dormitorio, lo voy a tomar como una invitación. Te deseo desde la primera vez que te vi en Gordon Hall, y sé que tú también me deseas. Por lo tanto sugiero que, a menos que tu intención sea terminar en mi cama, salgas de aquí y permanezcas afuera. ¿Fui claro?

Mientras escuchaba sus brutales palabras, Anna se quedó con la boca abierta. Cuando terminó, la cerró con ruido y violencia. ¡Cómo se atrevía a hablarle a ella así! Se puso de pie. Su movimiento la llevó a unos centímetros de donde él se hallaba observándola, pero estaba demasiado enojada para advertirlo o importarle.

—¡Bestia engreída! Yo no... te deseo, para usar tu ofensiva frase. Yo para...

La interrumpió cruelmente.

—Puedes mentirte a ti misma si así lo deseas, mi dulce Anna, pero a mí no puedes mentirme. Eres una mujer de carne y hueso, con buena sangre roja caliente, y estás deseando tan vehementemente que te posean que casi no puedes mantener tus manos alejadas de mí. Me miras como una mujer mira a un hombre que desea para la cama. Me besas como una mujer besa a un hombre que desea para la cama. Tus pechos se entumecen en mis manos, y tu...

—¡Basta! —gritó Anna, casi chillando—. ¡Ya basta!

—Oh, no, mi adorable y pequeña hipócrita, es demasiado tarde para eso. Tuviste tu oportunidad.

Después de decirle eso la tomó de la parte superior de sus brazos. A pesar de sus furiosos forcejeos, la atrajo contra él, hasta que sus senos quedaron contra su pecho. Luego, mientras Anna lo miraba lanzándole insultos como si fueran piedras, bajó la boca hacia la de ella.

La besó y ella estaba perdida. Su cabeza se dejó llevar por la ruda tutela de esa boca recia, y de pronto se le aflojaron las rodillas. Sus manos, que le habían estado golpeando el pecho, se detuvieron y se apoyaron sobre las frías solapas de seda de su bata. Debajo de la frialdad de la tela, sus dedos rozaron el calor de su pecho.

Sus labios temblaron y se abrieron; su lengua respondió a la vehemente demanda de la de él. Ya no tenía que sostenerla contra él; ella se acercaba más y más, sus senos buscaban la dureza de su pecho para aliviar el dolor que traspasaba su blandura. Sus manos se deslizaron y le tomaron el cuello.

—Ahora —murmuró con feroz satisfacción en su boca, mientras sus manos buscaban el primer botón en la parte trasera de su vestido—. Ahora dime que no me deseas.

Las palabras hirieron a Anna como un balde de agua fría. ¿Qué estaba haciendo?... ¿Cómo pudo dejarlo?... ¿No tenía orgullo? Alejó su boca de abajo de la de él con furia y se soltó de sus brazos.

Después, sin decir una palabra, le dio una bofetada que le sacudió la cabeza.

Durante un momento permaneció allí simplemente mirándola, mientras la huella de la mano en su mejilla se llenaba lentamente de sangre roja oscura. Luego levantó la mano hacia el golpe, y sus ojos se pusieron negros como el azabache.

—Si sabes lo que te conviene, sal de mi vista.

Anna respiró profundo, miró esos ojos negros encendidos, giró y se alejó rápidamente.

22

El monzón comenzó el dos de agosto, cuatro días más tarde de lo acostumbrado. Anna estaba en la cama escuchando soplar el viento y tembló. Así lo había hecho hacía un año para esta misma época.

En esta misma época, había estado sentada junto a la cama de Paul, tomándole la mano tibia, con su respiración moribunda en los oídos, escuchando el rugido del viento.

Sonaba igual que ahora. Sólo que la última vez que vino, se había llevado el alma de Paul con él.

Anna no podía tolerar el ruido.

Se levantó de la cama y se dirigió hacia la ventana, y corrió las cortinas de muselina. Era más de la medianoche, y estaba en la cama desde hacía horas. Pero no podía dormir, y ahora sabía que no lo haría. No esta noche.

Hacía un año que Paul había muerto.

Las sombras cubrían el jardín, bailando misteriosamente bajo la pálida luz de la luna, mientras el viento soplaba las ramas y las nubes. El silbido del viento ponía un tono misterioso, lamentable y doloroso.

Más allá del jardín, el pequeño recinto cercado en la parte superior de la loma estaba cubierto de sombras. Anna pensó que podía distinguir la tumba de Paul, resplandeciendo blanca a través de la oscuridad. Llamándola.

Durante un momento, la pérdida había sido tan dolorosa que era como una espada, moviéndose constantemente en su corazón. Luego, tan lentamente que casi no se dio cuenta, comenzó a recuperarse. Transcurrían los días y no pensaba en Paul. Por la noche podía dormir, despreocupada por soñar visitas de su sombra. Había comenzado a sentir otra vez: furia, temor, alegría. Y pasión. Una pasión que jamás había experimentado. Una pasión tan fuerte e intensa que sentía temor de admitirla. Aunque su corazón había sufrido, su cuerpo había despertado. Quizá la nueva vitalidad de sus sentidos había actuado mágicamente sobre el dolor de su corazón.

Se debía a Julian, por supuesto. Con culpa, Anna finalmente admitió lo que antes temía enfrentar: él tuvo razón cuando la acusó de desearlo. ¡Dios, cómo lo deseaba! Deseaba besar esa boca recia, tocarlo, que la tocara...

Deseaba acostarse con él, que Dios la perdonara.

Anna cerró los ojos, cerrando los puños mientras trataba de alejar el pensamiento. Pero se negaba a desaparecer. De pronto le dolía el estómago. En este aniversario de un año de la muerte de su esposo, era depravado que pudiera observar su tumba a través de la oscuridad y tener pensamientos indecentes con otro hombre.

Anna tomó la bata de los pies de la cama. Se ató el cinturón apretado en la cintura, y se puso las chinelas.

Necesitaba estar cerca de Paul. Necesitaba hablar con él, como lo había hecho durante las semanas posteriores a su muerte. Necesitaba saber que, después de todo, el amor que habían compartido desde su infancia no había muerto con él. Sólo porque su cuerpo se estremeciera al sentir una mera atracción física por otro hombre, no significaba que Paul ya no ocupara el primer lugar en su corazón.

¿Qué clase de criatura voluble y fútil sería si pudiera reemplazar tan rápido en su afecto al hombre amable y gentil que había sido su mejor amigo la mayor parte de su vida?

Anna salió de su dormitorio y se dirigió silenciosamente por la escalera, y a lo largo del pasillo hacia la parte trasera de la casa. Escuchó un movimiento que provenía de algún lugar detrás de ella. Miró sobre su hombro, momentáneamente preocupada, y se tranquilizó al ver dos pequeños ojos brillantes que la observaban desde el suelo. Moti. Él tenía el control de la casa durante la noche. Tranquilizada, Anna continuó su camino, levantó la aldaba que cerraba la puerta de atrás y salió de la casa.

Los mechones de cabello de alrededor de su rostro, los cuales se habían liberado de su confinamiento nocturno, se volaron hacia atrás con el viento. Lo había trenzado para dormir, como lo hacía siempre, y le colgaba en una sola trenza hasta la cintura. El viento le arremolinó el camisón y la bata alrededor de las piernas. Sobre su cabeza las ramas se agitaban y crujían. Las hojas también crujían a su alrededor, o quizá los ruidos eran provocados por pequeñas cosas que vagaban por la noche. Anna no sabía ni le importaba. Mientras subía por la colina que se encontraba detrás de la casa, se sentía atrapada en un sueño, casi como si fuera una de las sombras, el viento, y las criaturas de la noche.

Los barrotes de acero de la reja que rodeaba el pequeño cementerio estaban fríos. Más que verlo, Anna tanteó el cerrojo. Lo levantó, abrió la puerta y entró al diminuto cementerio.

Allí, en el centro, estaba la tumba de Paul.

Las enredaderas y vegetación rastrera que amenazaban con ocupar cada pequeño espacio de tierra cultivable, eran controladas por orden de Anna. Se había plantado buen césped inglés y se lo mantenía bien cortado. La lápida era de adularia local y tenía grabado simplemente el nombre de Paul y las fechas de nacimiento y muerte. En un extremo de la pequeña parcela crecía un árbol y sus diminutos pimpollos blancos perfumaban el aire.

La luna que se asomaba entre las nubes que se deslizaban rápidamente, recogía los cristales en la adularia, y la lápida parecía brillar. Anna permaneció observándola, con las manos apretadas delante de ella y la cabeza inclinada.

Cuando era niña lo había amado mucho. Fue personificación de cada uno de sus sueños de la infancia. El atractivo hijo del lord local, tan lejano de ella como si fuera un príncipe, y también su mejor amigo. Jugaron juntos, tuvieron lecciones juntos, y aprendieron a amar juntos. Finalmente, huyeron juntos, se casaron, vinieron a esta tierra extraña y engendraron a Chelsea. Y después él murió.

Ahora sólo tenía de él esta piedra brillante sobre un montón de tierra y vagos recuerdos.

Seguramente, un hombre tan fino y bueno como Paul merecía más recuerdo que ése.

Anna trató de recordar el rostro de Paul, pero sus facciones continuaban mezclándose en su mente con las de Chelsea. Su rostro no aparecía claro. Al advertirlo se le llenaron los ojos de lágrimas calientes, que se vertían sobre sus pestañas y luego le rodaban por el rostro.

¿Cómo podía haber olvidado?

Se arrodilló junto a la tumba, se tomó la cabeza con las manos y lloró.

Comenzó a llover. Al principio las gotas eran vacilantes, lentas gotas gordas que se esparcían cuando aterrizaban. Luego se incrementaron en número e intensidad, hasta que la lluvia caía con tanta fuerza como sus lágrimas.

El viento soplaba, la lluvia caía, y Anna lloraba abstraída.

Hasta que una voz apareció en la oscuridad con la ferocidad de un cuchillo afilado.

—¿Qué demonios crees que estás haciendo?

23

Anna levantó la vista y vio a Julian a su lado, quien parecía más grande y poderoso que nunca, mientras la noche lo convertía en una enorme forma rodeada de sombras. Apresuradamente desvió el rostro y se limpió las mejillas con las manos, desesperada para que no supiera que había estado llorando como si todos los océanos de lágrimas fueran suyos. Pero él ignoró su pedido de privacidad, se inclinó sobre ella, le tomó el mentón con la mano y le levantó el rostro.

Sus ojos negros como el azabache brillaban en la oscuridad. Estaba enojado... no, furioso. La lluvia le mojaba el rostro, y Anna cerró los ojos.

—Maldita tonta —gruñó—. Pescarás tu muerte.

Luego, antes de que pudiera recuperarse lo suficiente como para responder, la levantó en sus brazos y la sacó de la tumba. Anna apoyó el rostro en la camisa empapada, acomodándose contra la sólida tibieza de su hombro.

Él estaba dichosamente vivo. Ella se sentía horrible y culpablemente feliz por eso.

El pensamiento la hizo llorar más.

Cuando sintió que sollozaba otra vez, Julian renegó rencorosamente en silencio. Entonces, tan abruptamente que la sorprendió, el brazo que tenía debajo de las rodillas cayó.

Anna sintió que estaba de pie, con los senos contra su

pecho y su otra mano en la espalda. Lo miró sorprendida y vio que su cabeza descendía. Antes de que pudiera hacer otra cosa más que registrar su intención la estaba besando. La besó con una pasión tan salvaje que no había lugar para delicadezas, con una ferocidad que la conmovió hasta los pies y la hizo estremecer.

Ese beso la redujo a la insensatez. Anna sintió que su voluntad y su ingenio desaparecían, dejándola imposibilitada para rehusarse a él o a ella misma.

Julian la abrazó más fuerte, levantándola en puntas de pie, de manera que podía sentir toda la longitud de su musculatura con cada milímetro de su piel. Anna tembló y luego se entregó a lo que sus instintos reclamaban y le abrazó el cuello. Le presionó la cabeza contra el hombre, y le separó los labios, y ella no se resistió. No deseaba resistirse.

Con un pequeño gemido se entregó totalmente, le acarició los hombros mojados y abrió la boca para que entrara.

Y él entró. Su lengua era una audaz invasora, que reclamaba todo a su paso. Le acarició la lengua, el techo del paladar, y los dientes, pidiéndole una respuesta igual a ella. Anna se la dio, temblando y estremeciéndose mientras devolvía pasión por pasión, besándolo con toda la vehemencia contenida que había tratado de ocultar en vano.

Nunca en su vida había sentido algo como el deseo ardiente que la estaba convirtiendo en una llama en sus brazos. Nunca en su vida había deseado algo como, en ese momento, lo deseaba a él.

Permanecieron así durante un interminable momento, besándose en el jardín oscuro y lluvioso, con el viento soplándole el cabello y las faldas, y con la ropa empapada.

Luego él pareció tomar conciencia del lugar en el que se encontraban. Murmuró algo y la volvió a levantar en sus brazos.

Con el corazón agitado y los brazos alrededor de su cuello, Anna descansaba tranquila en sus brazos, mientras la llevaba a través de la galería hacia la casa.

Ninguno de los dos habló mientras la sostenía a lo largo del pasillo, y esta vez Anna ni siquiera advirtió la brillante vigilancia de los ojos de Moti. Su corazón latía como un timbal, mientras escuchaba con la cabeza apoyada sobre su pecho, los rápidos latidos del de Julian. Embriagada de pasión, absorbió la fuerza de sus brazos mientras la subía por la escalera, con obvia comodidad, disfrutando de su pecho ancho, su tibieza, su aroma.

Allí, en la silenciosa oscuridad de la casa, de alguna manera, perdió a la persona que conocía que era. Ya no era más Anna, sino sólo una mujer, y él no era Julian, sino sólo un hombre.

La mujer que había dentro de ella, hambrienta, necesitada, le gritó al hombre que había en él.

Le abrazó el cuello con más fuerza mientras la cargaba por el pasillo y luego, abriendo la puerta, hacia el interior de su habitación.

24

—No me vas a echar —fue un rudo susurro, mitad orden, mitad pregunta.

Con el rostro apoyado sobre su hombro, Anna negó con la cabeza. Podía sentir más que ver su respiración agitada. Cerró la puerta y la colocó sobre el suelo con más gentileza de la que había demostrado hasta ahora.

—Vamos a quitarte esta ropa mojada.

La cortina de la ventana que había corrido antes permitía que entrara una pequeña luz gris pálida para invadir la oscuridad. Por ella podía verlo mientras la desvestía. Él era muy grande, muy oscuro, muy delicado mientras sus largos dedos luchaban con torpeza con sus botones y moños. Tenía la cabeza inclinada hacia ella, de manera que podía ver las gotas de agua que brillaban sobre su cabello negro. Las pestañas le ocultaban los ojos, pero su boca era tiesa y recta, y no sonreía sino que hacía una mueca. Le quitó la bata deslizándola por sus hombros y la miró a los ojos. Todavía no sonreía, sólo la observaba, y esos oscuros ojos gitanos le brillaban.

Continuó observándola, extendió la mano y le tomó un pequeño y tenso seno. La simple capa de tela mojada que aún la cubría, no la protegía del calor de su mano.

Anna gimió ante ese placer tan exquisito, que casi era un dolor, y que la estremecía. Dejó caer la cabeza hacia atrás y cerró los ojos. Tembló pero no se alejó. En lugar de ello, levantó su pequeña mano y tomó la gran mano masculina que le sostenía el seno.

Fue Julian el que rompió el hechizo, murmurando algo duro mientras la tomaba otra vez entre sus brazos. La besó apasionadamente sin fin, y ella se puso en puntas de pies, le abrazó el cuello y le devolvió sus besos. Cuando su boca se deslizó hacia su oreja y luego hacia el cuello, él, al igual que ella, estaba temblando. Anna pudo sentir los temblores en los brazos que la sostenían, y tembló más.

—Cristo —respiró y la apartó de él. Cuando ella intentó alcanzarlo, él negó con la cabeza y comenzó a desabotonar las docenas de diminutos botones que cerraban el camisón desde el cuello hasta la cintura. Le temblaban los dedos, por eso cada botón requería varios intentos. Finalmente, Anna le alejó las manos.

—Déjame —murmuró más desenfrenada de lo que jamás había imaginado. Aun así no podía mirarlo mientras se desabotonaba el camisón. Cuando por fin terminó, lo miró y se sintió atrevida e increíblemente vergonzosa. Él la estaba observando con una expresión oscura y encubierta, que no podía descifrar. Lo único que le indicaba que estaba tan ansioso como ella era el obsesivo brillo de sus ojos.

—Quítatelo —le pidió dirigiéndola con voz baja y ronca. Anna vio que el brillo de sus ojos se intensificaba mientras esperaba que llevara a cabo su pedido. Sintió que se le secaba la boca. Lentamente, sintiéndose pecadora y deliciosamente libre, se quitó el camisón de los hombros, dilatando deliberadamente su caída para exponer primero sus pequeños senos rosados, luego la tersura de su cintura, el suave ensanchamiento de sus caderas, el triángulo marrón ceniza de vello en el vértice de sus muslos, la nívea longitud de sus piernas. Cuando finalmente dejó que el camisón cayera a sus pies, su mirada ardía, y un pequeño músculo se tensionó en la comisura de la boca.

—Eres lo más hermoso que vi en mi vida —le dijo le-

vantando las manos como para acercarla a él. Anna se alejó rápidamente de su alcance, negando con la cabeza.

—Tú también estás mojado —le recordó con un murmullo.

Durante un momento sólo la observó, sus ojos anhelando su cuerpo, y luego sus labios se curvaron hacia arriba con la más pequeña de las sonrisas picarescas.

25

—¿Puedo desnudarme para ti, querida? —la pregunta era casi fastidiosa, a pesar de su tono bajo. Anna asintió con la cabeza, incapaz de confiar en sí misma para hablar.

Luego observó, apenas respirando, mientras él procedía a hacer lo que le había pedido.

Primero se quitó las botas. Se sentó en un extremo de la cama para sacárselas, dejándolas caer al suelo una al lado de la otra. Se puso de pie y se desabotonó los puños de la camisa. Una vez hecho eso, comenzó a desabotonar uno por uno los botones de su camisa. Anna sintió que se le aceleraba el corazón cuando lentamente apareció su pecho ancho y de piel oscura. Cuando sacó la camisa del pantalón y se la quitó, lo recorrió vorazmente con la mirada. Sus hombros eran enormes, anchos y poderosos, sus brazos musculosos. Su pecho era ancho y remataba en una cintura y caderas angostas. Debajo de los pantalones estaba el comienzo de un abdomen rígido, y la sombra redonda del ombligo. Ese triángulo de grueso vello oscuro que anhelaba tocar comenzaba por allí y desaparecía dentro del pantalón.

Sus manos ya estaban ocupadas con los botones del pantalón. Anna observó sus progresos, sintiendo que sus latidos se aceleraban con cada porción del cuerpo que le mostraba. Hasta que finalmente todos los botones estaban desprendidos, y deslizó los pantalones por las piernas, se los quitó y quedó gloriosamente desnudo.

Anna lo miró y se olvidó de respirar. Lo que se le ocurrió pensar fue que éste era un hombre. No había visto algo tan magnífico en toda su vida.

Sus ojos subieron y bajaron recorriendo todo su cuerpo. Anna sintió un dolor profundo dentro de su abdomen. Temblando, levantó la mirada hacia su rostro.

—Ven aquí —le dijo y extendió los brazos. Anna respiró profundo y caminó hacia ellos.

Esta vez, cuando la abrazó, tuvo la sensación de que nunca la dejaría ir. Sin barreras entre ellos, podía sentir el roce del vello de su cuerpo contra sus senos y muslos. Podía sentir el calor de su cuerpo, que parecía quemarla donde la tocaba, y el calor mayor aun y la suavidad de esa parte deseosa de él, presionada contra su abdomen.

Lo abrazó, ocultando el rostro entre el cuello y su hombro, inhalando profundamente su aroma. Le tomó el mentón con la mano y se lo levantó.

—Te deseaba —le acarició la boca con la punta del pulgar—. Anna abrió la boca irremediablemente. Luego él le sonrió dulce y tiernamente, lo cual le hizo hervir la sangre, e inclinó la cabeza hacia su boca.

Anna se tensionó contra él mientras la besaba, abrazándolo fuerte y respondiendo sus besos. Sintió que le deslizaba las manos por la espalda, y cerró los ojos maravillada. Le acarició la cintura, la redondez de su trasero, la suave curva de sus muslos, con lentas y firmes caricias. Cuando le tomó el trasero, una suave media luna en cada mano, Anna estaba temblando como si hubiera tenido escalofríos.

—¿Me deseabas? —murmuró, deslizando su boca por la mejilla hasta la oreja. Le tomó el lóbulo y se lo mordisqueó. Anna inclinó el cuello para permitirle llegar mejor, sintiendo que sus huesos se convertían en agua. ¿Lo deseaba?

—Sí —al igual que el resto de ella, su voz temblaba—. Oh, sí.

Era un alivio exquisito admitir la verdad, ceder ante su deseo vehemente por él, no ocultar más sus sentimientos. ¿Lo deseaba? En ese momento, Anna pensó que hubiera caminado descalza sobre carbones calientes para llegar a él.

—Adorable, adorable, Anna —con un brazo debajo de los muslos y el otro en la espalda, la levantó y la llevó a la cama. Las mantas estaban corridas; la almohada aún tenía la marca de su cabeza. La apoyó gentilmente sobre la sábana fría, y luego se acostó de costado junto a ella, sosteniéndose la cabeza con una mano. Su cuerpo era muy oscuro contra las sábanas blancas; sus ojos más oscuros que la medianoche más oscura. Con el pie empujó al suelo la ropa de cama que ella había dejado en una pila. Permaneció donde él la había dejado, desnuda, expuesta, temblando. Sus ojos la recorrieron, le tocaron los pechos, el abdomen y los muslos. Luego levantó la mirada y la pasión brillaba en sus ojos mientras se deslizaba hacia su boca, embriagándose con cada rasgo. Extendió lentamente una mano, con dedos muy largos, para acomodarle el cabello que tenía en el rostro.

Anna lo observó, con ojos enormes y vulnerables, y su deseo por él era evidente en su rostro. Estaba siendo tan gentil, tan cuidadoso, que de pronto deseó que no lo fuera. Su sangre estaba tan caliente que corría por sus venas como lava furiosa, y pensó que si él no ponía un rápido fin a su tormento se incineraría con su propio deseo.

—Tus ojos brillan como los de un gato en la oscuridad —murmuró, moviendo un dedo para acariciarle la piel de alrededor de los ojos. Anna se humedeció los labios, que de pronto se le habían secado. Luego le tomó la mano y se la llevó a la boca. Suave, delicadamente, presionó la boca contra su palma, y sacó la lengua para tocarle la piel, gozando el tenue gusto a sal.

Sus ojos pestañearon, se entrecerraron, y su mano se deslizó hasta tomarle el costado de la cara y la movió hacia él. Anna frotó la mejilla contra esa palma dura, cerró los ojos y sintió que el cuerpo hervía y se quemaba hasta que ya no lo podía tolerar. Abrió los ojos y vio que aún la estaba observando, con una expresión curiosamente reservada sobre su rostro. Casi como si estuviera preocupado...

Pero ella ya no podía esperar más. Se levantó, le colocó las manos detrás de la cabeza y atrajo su boca hacia la de ella. Enloquecedoramente, él aún permanecía hacia atrás, con la boca suspendida a unos milímetros de sus labios.

Sus ojos buscaron los de ella, formulándole una pregunta, que ella no veía.

—Bésame —susurró Anna, lista para suplicar, para hacer cualquier cosa que calmara el deseo que la invadía—. Por favor, Julian.

Él contuvo el aliento, y el fuego de sus ojos brillaba sin control. Inclinó la cabeza hacia su boca.

Al principio su beso era gentil, suave y lento, separándole los labios para poder introducir su lengua, y mordisqueándole la boca. Fue Anna la que presionó su mano en la parte trasera de esa cabeza negra, levantando la cara para profundizar el beso, respondiendo ardientemente con los labios y la lengua a su ternura. Le colocó una mano sobre los senos. El calor de su palma le endureció el pezón. Anna gimió, arqueando la espalda y pidiendo más sin palabras. Julian levantó la cabeza y la miró. Su rostro estaba encendido de pasión. Pero allí también había algo más que pasión. Y otra vez Anna se negó a ver.

—No te detengas —susurró acariciándole los hombros y la nuca—. Por favor, no te detengas.

—Cristo —exclamó Julian. Luego se colocó sobre ella, presionando su espalda contra el colchón, con las manos por todos lados, mientras su boca tomaba absoluta posesión. Anna tembló y se estremeció y se colgó de él, hundiéndole las uñas en los hombros mientras él la besaba con vehemencia, lo cual le indicaba que había terminado el tiempo de la amabilidad. Le tomó el pecho con una mano, le apretó el pezón. Anna gritó. Julian movió las piernas, pero antes de que pudiera separarle los muslos con las rodillas, Anna abrió las piernas, y arqueó la espalda ofreciéndosele.

—Dulce Anna —susurró contra su boca y luego algo más. Pero ella ya lo estaba besando otra vez, colgándose de él, envolviéndole la cintura con las piernas como una desenfrenada, y las palabras susurradas no se escucharon.

Su respiración le raspaba escabrosamente la oreja; sus brazos la aferraban a él. Deslizó la mano entre sus cuerpos, entre las piernas de Anna, encontró su cálida humedad, y la acarició allí... donde antes la había tocado avergonzándola. Pero esta vez no sentía vergüenza, sino una necesidad y un deseo y un calor que convertía lo que le estaba haciendo en algo tan necesario para su supervivencia como el aire. Con una seguridad experimentada, sus dedos localizaron un lugar que Anna nunca soñó que existiera, un diminuto reservorio de sensaciones que explotó cuando la tocó. Gritó, gimió y tembló maravillada, mientras con ese gentil masaje la introdujo en un éxtasis que nunca imaginó que se pudiera sentir.

Después, aunque su cuerpo temblaba con su propio placer, la penetró. Lo hizo tan profundamente que al principio no estaba preparada para su tamaño y pensó que podía lastimarla, que el placer que le había brindado podía ser el preludio del dolor. Pero no hubo dolor, sólo más placer, un placer tan intenso que se convulsionaba con él. Gimiendo, se aferró a él, clavándole las uñas en la espalda, apretando las piernas alrededor de su cintura mientras le enseñaba cuánto tenía que aprender aún sobre hacer el amor. Sus penetraciones eran profundas y fuertes, con una fuerza casi desesperada... y le encantaban. Su cuerpo era una cosa totalmente separada de su mente. Se retorcía debajo de él. como algo salvaje. De su garganta salían curiosos sonidos parecidos a lloriqueos que se apagaban en el doblez de su cuello, donde ella presionaba su rostro. Él estaba caliente y mojado de transpiración, con una fuerza tan apremiante como la del viento, mientras la poseía. Anna, sin pensar, respondió a su desesperación. Hasta que por fin, con un grito sordo, él encontró su descarga y al hacerlo le brindó la suya.

26

Cuando Anna emergió de algún lugar muy, muy lejano, vio que Julian estaba de espaldas y ella tenía la cabeza apoyada contra su pecho. La rodeaba con el brazo, sosteniéndola contra él. Tenía el otro brazo debajo de la cabeza. Anna tenía una mano apoyada en su pecho. Julian estaba muy caliente y un poco húmedo, y desvergonzada y bellamente desnudo. Observó su cuerpo con interés. Músculos tensos, miembros largos, piel bronceada y áspera por la cantidad de vello oscuro, era la esencia de un verdadero hombre. El amante de sus sueños se convirtió en realidad. Aun tendido, su cuerpo saciado, con la piel transpirada, era una fiesta para sus ojos. Anna inspiró profundamente y exhaló como una señal de satisfacción. Luego levantó la vista y vio que la estaba mirando. Sonreía con picardía.

—Deseaba hacer esto desde la primera vez que te vi —le comentó.

Anna pestañeó. Se sentía absurdamente alegre, jovial, casi flirteando. El pecho que había deseado tocar estaba esperando debajo de su mano. Deslizando sus dedos sensualmente a través de la gruesa capa de vello, decidió que vigoroso era la mejor palabra para describirlo.

—¿En serio? —murmuró distraída.

—Umm-hmm —le tomó la mano, se la llevó a la boca, y le succionó cada una de las puntas de los dedos.

—Mm-hm. Parecías una niñita, con tu trenza plateada y camisón fruncido, acurrucada en aquella silla. Tus ojos eran enormes, y tan verdes como las esmeraldas que tenía en mi mano, y tu espalda estaba tan tiesa como si te hubieras tragado un atizador. Luego saltaste y vi... —le tomó el busto con la mano para ilustrar exactamente lo que había visto— que no eras una niña después de todo. Y te deseé.

—Me asustaste —murmuró Anna, mirando la mano sobre su pecho, a través de las pestañas que le cubrían los ojos—. Creí que estabas dispuesto a matarme... o violarme.

Le hizo una mueca mientras le acariciaba la separación de un busto del otro. Alcanzando su nuevo objetivo, le pasó la palma de la mano sobre el pezón, provocando que se entumeciera.

—Debo decir que defendiste muy bien tu honor. Quizás un poco excesivamente. ¿Tenías que golpearme tan fuerte?

—Lamento eso. Pero no se me ocurrió otra forma de detenerte.

—Podrías haberlo intentado con un simple no.

—No parecía que ibas a conformarte con un no como respuesta.

—Quizá no —admitió, tomándole el seno como si fuera a medirlo. Anna, distraída, comenzó a perder el hilo de la conversación—. Sabía que tarde o temprano terminarías en mi cama. Podríamos decir que estaba predestinado. El destino.

—A decir verdad —murmuró Anna, cediendo a la tentación de trazar un círculo alrededor del pezón rosa amarronado de Julian— tú estás en mi cama.

—No seas sutil —la trenza le colgaba sobre el hombro. Buscó la cinta que la ataba y la desató, pasándole los dedos por el cabello hasta que le cayó sobre el busto como seda dorada—. Tienes un cabello hermoso.

—Umm —le pasó la uña por el pezón, lo cual la hizo contraer. Su cuerpo la tentaba; deseaba acariciarlo todo, aprender la sensación de su piel, músculos y cabello.

—¿Quieres que te enseñe qué hacer con eso?

—¿Qué?

—Un pezón. Cualquier pezón. Mío. Tuyo.

Mientras hablaba iba girando. Antes de que terminara de hablar, Anna estaba de espaldas con Julian sobre ella, quien sonreía mientras bajaba la cabeza.

—Esta —le explicó tocándole el pezón con la lengua— es la forma adecuada de tratar un pezón.

—¿Lo es? —Anna contuvo el aliento mientras le pasaba la lengua por el pecho.

—Mm-hm —luego, sin ninguna advertencia, le mordisqueó el pezón y se lo succionó. Anna sintió como un disparo desde el pecho hasta los dedos de los pies, y gimió.

—¿Ves? —susurró mientras la miraba para ver su reacción.

—Ya veo —su respuesta fue ronca, él continuaba con sus menesteres. Al ver su cabeza negra tan cerca de su pecho, provocó que se le acelerara el corazón. Levantó la mano para acariciarle el cabello, presionándole el rostro más contra ella.

—Hueles bien, como a rosas —desplazó la boca hacia el otro pezón, al cual le dio la misma atención. Anna, quien había pensado que estaba satisfecha, sintió que su cuerpo estaba despertando otra vez. Deliciosos temblores le recorrieron la piel, y el lugar secreto donde le había brindado tanto placer antes de comenzar a vibrar.

—Es mi colonia —era un susurro distraído. Toda la atención de Anna estaba concentrada en su pequeño busto que él le besaba con esa boca inflexible. Observando sintió calor.

—¿Qué? —Evidentemente él estaba tan distraído como ella.

—Mi colonia, tiene perfume a rosas.

—Oh.

Su boca se deslizó desde el pecho hacia abajo, trazando un sendero hirviendo entre las costillas y sobre el abdomen hasta que llegó al ombligo. Allí se detuvo, y sacó la lengua para explorar el pequeño agujero hasta que Anna le apartó la cabeza.

—Eso hace cosquillas —Anna protestó, porque en realidad era muy extraño, aunque no fueran cosquillas, era una sensación que podía describir muy bien.

—Déjame mostrarte algo más que cosquillas —murmuró y deslizó su boca más abajo, separándole las piernas con las manos.

—¡No! —gimió Anna, sorprendida al comprender lo que intentaba hacer. Seguramente, los caballeros no hacían esas cosas. ¿Con una dama? Un acto así estaba más allá de su experiencia, aunque en el transcurso de la última hora comprendió que su experiencia era tristemente muy limitada. Pero no podía gustarle esto. Julian parecía decidido a continuar, y para impedírselo se colocó rápidamente boca abajo.

—Está bien —respondió cortésmente al ver su sorpresa. Anna se relajó. Durante un momento temió que fuera a continuar indiferente. Luego, cuando se sintió segura, su boca caliente y húmeda le besó el trasero.

—¡Oh!

—Shhh. Quédate quieta. Esto también es divertido.

Le estaba besando el trasero, deslizando los labios y la lengua sobre las suaves curvas, mordisqueando, succionando y explorando todos los valles y colinas.

—¡Oh! —Anna volvió a gritar, sintiendo frescas olas de deseos. Ella presionó contra el colchón, mientras su boca se deslizaba por la columna. El cabello le cubría la espalda. Apartándolo, le acarició el cuello con la boca.

—Adoro el gusto que tienes —le susurró al oído. Anna, imposibilitada de hablar ante su creciente deseo, tembló.

Le deslizó la lengua por la columna hasta la abertura de sus nalgas y la acarició. Anna cerró los ojos y gimió.

—Tienes un trasero hermoso —le dijo mordisqueándole cada nalga temblorosa. Luego sintió su cuerpo contra el suyo, sintió que le separaba las piernas de manera que esa parte entumecida de él pudiera encontrar su placer. La penetró de atrás, y debido a que era tan nuevo para ella, tan inesperado y probablemente prohibido y seguramente algo que no esperaba que un hombre le hiciera, sintió un placer instantáneo. La abrazó, tomándole el pecho con una mano mientras la otra buscaba el vello entre sus muslos. La acarició allí otra vez, en el lugar secreto que ya había explotado para él antes. Anna gritó, retorciéndose debajo de él, con la respiración irritándole la garganta mientras la llevaba hasta el cielo y regresaba.

—Dios, te deseo —le dijo contra el cuello. Después la penetró una vez más y permaneció dentro de ella, mientras gemía.

27

Como consecuencia, Anna se quedó profundamente dormida. Estaba agotada, satisfecha, y ridículamente contenta al apretarse contra el cuerpo de Julian. Mientras se sumergía en las neblinas del sueño, pensó que no recordaba haberse sentido tan feliz desde hacía mucho, mucho tiempo. Pero por supuesto que era feliz. ¿Por qué no iba a serlo? Era la mujer más afortunada. Tenía un bello hogar, una niña maravillosa, un hombre que acababa de hacerle el amor de la manera más exquisita. ¿Por qué iba a ser infeliz?

Si algún recuerdo minucioso trataba de recordarle que unas horas antes había sido muy infeliz, Anna lo ignoró.

Estaba soñando con cosas comunes. Chelsea estaba jugando en el jardín con su pelota, y Anna la observaba sonriendo. El cielo estaba azul como sólo el cielo de Ceilán podía estarlo, con suaves nubes blancas que se desplazaban con una brisa gentil. El día era cálido, pero no demasiado, no uno de esos días saturados de humedad que eran una característica del clima de la isla. A lo lejos, las montañas se destacaban frías y azules. Los pájaros cantaban, las flores estaban lozanas, los monos parloteaban en los árboles.

—¡Anna! —la llamó una voz.

Volvió la cabeza buscando.

—¿Dónde estás? —preguntó. Lo volvió a oír, esta vez más débilmente. Frunciendo el entrecejo, se movió en la dirección de la cual parecía provenir la voz.

Entonces lo vio, en la cima de la colina, donde esperaba la diminuta tumba. Estaba allí de pie, con el cabello rubio volando en el viento, su cuerpo esbelto bañado de luz. Cuando la vio que se dirigía hacia él, sonrió levemente. Levantó una mano para decir adiós, se volvió y se alejó caminando velozmente.

—¡Espera! —gritó Anna, corriendo detrás de él. Pero cuanto más rápido corría, él se alejaba más y más.

Por fin, cuando ya era nada más que una imagen débil en la distancia, ella se detuvo. El corazón le palpitaba y se le endureció mientras lo observaba desaparecer de la vista.

Levantó las manos para colocarlas contra su boca. Él la había dejado, con una sonrisa y un saludo, para continuar su viaje solo. Y así debía hacerlo ella.

El corazón le dolía con la pérdida. Se le llenaron los ojos de lágrimas al mirar el lugar en el que había estado y ya no estaba.

—Oh, Paul—exclamó.

28

Julian descansaba boca arriba, con los ojos entrecerrados, saboreando la sensación de la mujer desnuda acurrucada a su lado. Anna tenía la cabeza apoyada sobre su hombro. Su glorioso cabello extendido sobre su pecho. Le acarició los rizos despeinados, maravillado de que, después de todo lo que había sucedido esa noche, su cabello aún estuviera sedoso. Sus pechos desnudos estaban presionados contra uno de los costados de su cuerpo. Satisfechos, ahora estaban suaves y tibios, pequeños montículos inocentes, coronados por pezones que podían haber pertenecido a una jovencita.

En el pasado, le agradaban las mujeres maduras y bien desarrolladas. Su esbelta belleza rubia combinada con esos ojos verdes sorprendentes hubiera sido suficiente para intrigarlo. Sumado a eso una naturaleza que era tan apasionada como su exterior era serenamente inocente, y suficiente perspicacia como para dejarlo golpeado y huir con las esmeraldas. Lo atraía como ninguna otra mujer ingeniosa o voluptuosa lo había hecho.

Incluso le gustaba la ferocidad, tan contradictoria con su frágil apariencia, con la que protegía a su hija. Era una buena madre. También había sido una esposa buena y fiel, lo cual también hablaba a su favor. Aunque cada vez que pensaba en su boda con su difunto y no lamentado medio hermano, deseaba hacer crujir los dientes.

Todo aquello por lo que se había esforzado, sus hermanos lo habían conseguido sin siquiera intentarlo. Incluyendo a Anna, en el caso de Paul.

En realidad nunca había conocido al más joven de los hermanos Traverne. Sólo había visto a Paul desde lejos, una o quizá dos veces en Gordon Hall, y varias veces cuando a Paul y Graham los llevaban a Londres por algún capricho de su padre. Cuando intentó que su padre reconociera por lo menos su existencia, tenía diecisiete años. Paul debía tener seis años pero a Julian le pareció un niño. Cuidados por una niñera-dragón, los dos hijos deseados de lord Ridley pasaban la mayoría de las tardes de su visita a la ciudad en el parque, y Julian se sentía irresistiblemente atraído por su cercanía. Nunca se identificó, nunca intentó acercárseles, sólo observaba.

Estaban vestidos como pequeños príncipes, con terciopelo y encaje, con calcetines blancos que lo ponían verde de envidia, aun cuando los ensuciaban jugando. Ambos tenían aros, a los que hacían rodar con una vara por los senderos, y pequeños botes de madera, que hacían navegar en la laguna. Julian, cuyos únicos juguetes fueron los que él o su abuela encontraban o imaginaban, anhelaba esos juguetes con tanta intensidad que, dada su edad, lo desconcertaba. Años más tarde, tenía la madurez para preguntarse si lo que deseaba eran los juguetes o todo lo que ellos representaban.

Esos niños limpios, bien vestidos y bien alimentados eran sus hermanos, nacidos del mismo padre.

Para Julian, que aún tenía momentos en los que recordaba las palabras de su abuela, y creía que él era legítimo y los dos hijos favorecidos los bastardos, era una pastilla difícil de tragar. Imaginaba que volvía a Gordon Hall con pruebas de que él era el verdadero heredero. Entonces se arrodillarían y él los echaría. O quizá sería generoso y les permitiría quedarse.

La elección sería de él.

La dureza de su vida comparada con la suavidad de la de ellos lo había resentido contra la humanidad. El mundo se les había entregado como derecho de nacimiento, mientras que él tuvo que luchar por todo lo que había adquirido y arrebatárselo a un destino desamparado, incluyendo a la chiquilla cuyo aliento susurraba sobre su corazón.

Lo irritaba que uno de sus afortunados medio hermanos la hubiera tenido primero. La hubiera amado, se hubiera casado con ella, hubiera tenido una niña con ella, e incluso muerto retuviera su cariño.

Ella era la primera mujer desde los días de su niñez por la que tuvo que luchar para ganarla. Desde la época en que fue contratado como lacayo por la lujuriosa condesa empeñada en seducirlo, hasta la adquisición de la adorable pero voluble Amabel, se encontró en la envidiable posición de ser pretendido y no pretendiente. Todas habían deseado llevarlo a la cama, pero sólo las prostitutas, cantineras y sirvientas deseaban casarse con él. Damas, como la condesa, que se había reído en su cara cuando, en su inocencia y apasionamiento juvenil, había creído que el sexo equivalía al amor y el amor equivalía al matrimonio, y se lo propuso, no lo deseaban como esposo. Con su herencia de mitad gitano estaba debajo de sus pretensiones.

Sin engreimiento, sabía que había algo en él que atraía a las mujeres. Había hombres más atractivos, ricos y poderosos, pero no muchos que tuvieran más éxito en llevar damas a la cama. Después de la condesa, nunca le importó si ganaba o perdía en el juego del amor, el que le agregaba un cierto estímulo a su atractivo.

Pero con Anna, descubrió con consternación, que sí le importaba. Demasiado. Pensó que una vez que la llevara a la cama, habría ganado la batalla. Pero comprendió horrorizado que ése no era el caso: solamente podría alegar la victoria si también obtenía su corazón.

Cuando se levantó de la cama, por alguna razón que hasta ahora desconocía, y miró por la ventana de su dormitorio y vio a Anna afuera después de la medianoche, no podía creer lo que veía. En la oscuridad del jardín vio una figura, toda blanca, deslizándose por el césped, al parecer sin tocarlo. Al principio pensó que estaba viendo un fantasma. Un temblor le corrió por la columna.

Después la luna salió de atrás de una nube y su luz le tocó el cabello, haciéndolo brillar con un color plateado casi sobrenatural. Se tranquilizó al descubrir que el espectro, después de todo, no era un fantasma: nadie excepto Anna tenía un cabello como ése.

Con el entrecejo fruncido, preguntándose qué demonios estaba pensando al vagar por el jardín a esa hora, se vistió y fue detrás de ella. Comenzó a llover antes de que la encontrara, y estuvo a punto de desistir ante la idea equivocada de que hubiera reflexionado y decidido regresar a la casa cuando la vio, agachada junto a la tumba de su esposo, arrodillada allí bajo la lluvia.

Una furia desconocida para él, lo envió detrás de ella. Cuando le levantó la cabeza y vio las lágrimas que le caían más rápido que la lluvia, sintió deseos de estrangularla. La furia fue el aliciente que hizo que la levantara en sus brazos y la llevara de regreso a la casa. La furia fue el aliciente de aquel primer beso impetuoso.

Supo, desde que tocó por primera vez sus labios, lo que deseaba. Ella fue tan vehemente como él, aferrándosele, pidiéndole con cada movimiento de su cuerpo que la poseyera.

Había esperado tanto que la deseaba como un adicto desea el opio. No la había podido mirar lo suficiente, sentir lo suficiente. Esos suaves gemidos que indicaban su placer lo habían vuelto loco. La deseaba infinitamente, e incluso ahora, después de los dos agotadores encuentros que habían compartido, no estaba satisfecho. Temía que nunca lo estaría.

Si hubiera sabido a lo que se arriesgaba, se habría quedado en Inglaterra. Ni la recuperación de las esmeraldas valía la pena este tormento.

Casi por primera vez en su vida de adulto, Julian reconocía que tenía miedo.

Había realizado lo impensable y se había enamorado de la blonda y aún sufriente viuda de su medio hermano.

Y ahora estaba terrible y horriblemente preocupado de que no lo amara. Por lo menos no de la forma que él deseaba que lo hiciera.

Sus ojos se deslizaron por el pequeño y adorable rostro que se apretaba tan cómodamente contra su pecho. Estaba sonriendo dormida, y Julian sintió confortado su espíritu. No era una mujer frívola que se acostaría con un hombre porque sí.

Pero se había acostado con él apasionadamente. Cuando esos sorprendentes ojos verdes se abrieran, hablaría del asunto. Le preguntaría abiertamente si lo amaba. Y si respondía que sí, reuniría coraje y le pediría que se casara con él. La deseaba de muchas formas, pero más que nada como su esposa.

En su sueño, Anna suspiró y susurró, moviéndose como si estuviera a punto de despertarse. Julian extendió la mano para acomodarle el cabello de la frente. La expectativa lo estaba poniendo nervioso.

Frunció la frente y se movió otra vez inquieta. Como ya no deseaba esperar más, Julian inclinó la cabeza y le besó la sien. La besaría hasta despertarla...

Luego suspiró algo que le enfrió la sangre en las venas.

Julian apretó los dientes cuando, en su sueño, lo llamó con el nombre de su despreciado medio hermano.

29

Julian se levantó de la cama, sin importarle realmente si había despertado a Anna o no, y tomó sus pantalones. Se los puso, los subió, los abotonó, buscó la camisa y se la colocó. Cuando comenzó a abotonarla se dio cuenta de que estaba al revés. No le importó. La dejó sin abotonar, tomó sus botas y se dirigió hacia la puerta.

Detrás de él, Anna aún dormía. Julian la miró rápida y furiosamente mientras ella dormía con una mano debajo de la mejilla, como el ángel que no era, y maldijo.

Tenía que salir de allí antes de que colocara sus manos alrededor de su pequeño y suave cuello.

Cerró la puerta sin mucha gentileza, y se dirigió por el pasillo hacia su habitación. No se permitió pensar demasiado.

No había herido a una mujer desde la condesa, y no tenía intenciones de comenzar otra vez con una muchachita rubia de cabello plateado que no era, después de que un hombre la tuvo donde deseaba, mejor de lo que debería serlo.

La puerta de su habitación estaba cerrada, pero debajo de ella brillaba una luz, aunque cuando se fue no había ninguna encendida. Julian la pateó para abrirla, pues estaba demasiado enojado para ser cauteloso.

Jim saltó de la silla donde estaba, comenzó a decir algo, observó a Julian, y cerró la boca. Abrió los ojos sorprendido al ver la evidencia de la camisa al revés y desabotonada, los pantalones parcialmente cerrados, los pies descalzos y las botas en la mano. Y el entrecejo completamente fruncido.

—¡Ah, demonios, Julie, esta vez sí que lo hiciste! —murmuró disgustado Jim y escupió hacia la escupidera que Julian había adquirido para que usara su amigo.

—¿Tienes algo más que decir? —preguntó Julian, con ojos desafiantes y voz peligrosa. Estaba preparado para pelear.

—Sí —Jim lo volvió a mirar y sacudió la cabeza. Pero aunque Julian pensó que había encontrado un contrincante, Jim habló de otra cosa—. Si puedes sacar la mente del dormitorio durante un minuto, creo que encontré tus malditas esmeraldas.

—¿Dónde? —la respuesta de Julian fue cortante. Era un alivio tener algo en qué concentrarse que no fuera su corazón golpeado y magullado.

—Anyour... Anour... ah, una maldita ciudad cingalesa. Un *Kansamah* gordo se las compró para una de sus esposas. Nos va a costar recuperarlas. Especialmente porque no tenemos dinero para comprarlas.

—Diablos, las robaremos —sentado en la silla que Jim había dejado vacante, Julian comenzó a ponerse las botas.

—Pero estas damas viven en *purdah*. Como un harén. A ningún hombre se le permite verlas, excepto a sus familiares. Y las joyas están allí con ellas.

—Ya inventaremos algo.

Jim observó malhumorado mientras Julian se vestía.

—Estaba pensando en esperar hasta mañana para partir. Parece lo más razonable.

—Deseo ir esta noche.

Jim suspiró.

—Me imaginé que era lo que estabas pensando. El bichito te picó, ¿verdad?

Julian levantó la vista mientras se colocaba la camisa, ahora al derecho, adentro de los pantalones.

—¿De qué bichito hablas? —le demandó, frunciendo el entrecejo furioso.

Jim sacudió la cabeza y se volvió para apuntar otra vez a la escupidera.

—Estás enamorado, joven Julie, y no tiene sentido que pierdas la chaveta conmigo y lo niegues. Yo lo estuve una o dos veces, y tienes mi simpatía. Y es todo lo que voy a decir del tema.

—Bien —respondió Julian con los dientes apretados—. Porque si dices otra palabra me veré obligado a arrojarte por la ventana más cercana. Recoge lo que necesitas y salgamos de esta casa.

Anna se despertó con una sonrisa beatífica. Se sentía maravillosa, absolutamente maravillosa. Se estiró, arqueó la espalda, levantó los brazos sobre su cabeza mientras se regocijaba contra las sábanas suaves y frescas. No se sentía tan bien desde hacía meses. No, desde hacía años.

La luz brillante del sol se filtraba a través de la única cortina abierta confirmando un día que era exactamente igual a su humor. ¿Qué hora era? Parecía que había dormido durante horas. Nunca se sintió tan descansada... o con tanta energía. Deseaba saltar de la cama y abrazar el día.

De pronto se sorprendió al ver que debajo de las mantas estaba desnuda.

Durante un momento se sintió confundida. Luego, como una explosión, aparecieron los recuerdos explícitos de la noche anterior.

Julian. Giró la cabeza buscándolo, pero por supuesto él no estaba allí. Con su mente estaba complacida de que hubiera tenido la decencia de abandonar su dormitorio antes de que alguien los encontrara juntos. Pero su corazón... ah, su corazón. ¿Deseaba que se hubiera ido?

Al pensar en encontrarse cara a cara con él, después de todo lo que habían hecho juntos, se sonrojó. ¿Qué le decía una a un hombre después de pasar una noche de pasión ilícita con él?

Quizá lo mejor era no decir nada.

Sin embargo, conociendo a Julian, dudaba que le permitiera hacer eso. Tan pronto como lo volviera a ver, probablemente la tomaría en sus brazos y la llevaría a la cama, para repetir una vez más toda la deliciosa realización.

Anna comenzó a hacer muecas tontamente.

La noche anterior se había comportado como una pícara, soltando su desenfreno con un hombre que no poseía su mano ni su corazón... y sin embargo, no se arrepentía.

Le había despojado de sus conceptos de bien y mal, de buena conducta y gentileza, junto con su ropa... y ella lo había disfrutado.

La acongojó un remordimiento de culpa al advertir que la relación que había compartido con Paul era algo pobre comparada con la gloriosa pasión que había surgido cuando estaba con Julian.

Amaba a Paul, por supuesto. Un rincón de su corazón estaría siempre especialmente reservado para él. Pero el terrible peso de su dolor se había aliviado casi mágicamente durante la noche, dejando otra vez libre el resto de su corazón, para llevarlo adonde ella deseara.

¿Hacia Julian? Al pensar en amar y ser amada por Julian se le aceleró el corazón.

La perspectiva era emocionante, peligrosa, y sorprendentemente tentadora.

¿La amaba? Oh, esperaba que sí. ¡Cómo lo esperaba!

¿Lo amaba? Si no, entonces estaba peligrosamente a punto de hacerlo. Se requeriría sólo una palabra, una sonrisa, un gesto, para hacerla caer más profundo.

Se sonrió más. Si alguien pudiera verla, pensó, creería que era una tonta, sola en la cama sonriendo de oreja a oreja ante nada. Pero parecía no poder detenerse. No deseaba detenerse.

La felicidad era una extraña novedad para ella, pero su regreso era glorioso. Al igual que el sol que irrumpía a través de las nubes después de una tormenta, brillaba más por haber estado ausente.

Anna pateó las mantas, saltó de la cama y se apuró a prepararse para comenzar el día.

Un cuarto de hora después, con un vestido color lavanda de medio luto que le quedaba muy bien con sus ojos, salió de su dormitorio y se encaminó hacia abajo. El corazón le latía tontamente, y tenía una pequeña sonrisa en los labios. Le brillaban los ojos, y sus pasos eran ágiles. Pensando en encontrarse con Julian en cualquier momento, sus mejillas ya estaban rosadas.

¿Cómo la miraría? ¿Qué le diría?

Él no estaba en la casa. Anna buscó en todas las habitaciones posibles, e incluso miró en el jardín para estar segura, después suspiró. Era cerca del mediodía, y estaría supervisando la limpieza de los campos que había aprobado sobre sus objeciones.

Debía estar enamorada. La idea de no respetar sus deseos, que la había enfurecido el día anterior, esta mañana ni siquiera la enojaba. Si deseaba que limpiaran los campos, para ella estaba perfectamente bien.

Desde el jardín escuchaba a Chelsea riéndose mientras jugaba con Kirti. Un delicioso aroma salía de la cocina exterior, donde se estaba horneando pan para la semana. Un niño accionaba el ventilador en la sala, haciendo circular una brisa que mantenía la casa deliciosamente fresca.

¿Hubo algún día tan perfecto?

El Raja Singha se aproximó desde la parte trasera de la casa con su acostumbrado andar majestuoso. Desde su turbante hasta sus sandalias parecía el cuadro de una dignidad inexpugnable. De pronto, Anna sintió deseos de abrazarlo, pero se contuvo.

—¿Has visto al señor Chase? —le preguntó mientras se acercaba.

—Creo que el sahib y su amigo salieron de viaje, memsahib.

—¿De viaje? ¿Dónde? —Anna frunció el entrecejo.

—Tanto como eso no podría decir. Pero Jamie me dijo en los establos que los caballos se fueron, y faltan algunas ropas del sahib.

—Oh —Anna reflexionó durante un momento—. ¿Dejó... ah... algún mensaje?

—Ningún mensaje, memsahib. A mí no.

—Ya veo —respondió Anna, mientras el esplendor especial del día comenzaba a desaparecer.

30

Cinco días después, Julian salía de una ventana trasera de una residencia de tejas blancas en las afueras de Anuradhapura. Era entre la medianoche y el amanecer, y casi todo descansaba en la ciudad. Dentro de la casa, el único sonido era el suspirar de muchos durmientes. El Khansamah tenía quince esposas, y todas soñaban adentro.

—¿Las conseguiste? —Jim, que esperaba en el jardín rodeado de paredes, corrió tan pronto como la pierna de Julian apareció sobre la ventana.

—Shhh. —Julian saltó al suelo, indicándole a Jim que se alejara de la casa—. Las tengo.

—¿Lo hiciste? ¡Lo hiciste! —Jim se detuvo inmóvil, con el rostro transformado por una amplia sonrisa—. Por Dios, Julie, eres una maravilla. No estuviste allí ni media hora, y todo lo que sabíamos era que las esmeraldas estaban en la habitación de las mujeres.

—¿Vienes? No sé tú, pero a mí no me agradaría que me persiguiera un hindú esgrimiendo su espada y sus sirvientes.

Recordando el lugar en el que estaba, Jim siguió a Julian sobre la pared del jardín. Julian no pudo ser persuadido para que se detuviera hasta que estuvieran bien alejados de la ciudad.

—¿Vas a mirar las malditas cosas? —le dijo Jim exasperado cuando desmontaron para un pequeño descanso.

Estaba amaneciendo cuando Julian abrió la bolsa y volcó las gemas en su mano. Todas estaban allí, excepto el brazalete. Un rayo de luz tocó las joyas y las hizo brillar con un intenso color verde. Julian las deslizó entre sus dedos, sintiendo cuidadosamente las piedras y su engaste.

—¿Nada? —preguntó Jim.

Julian negó con la cabeza. Colocó las esmeraldas en su bolsillo y volvió a observar la bolsa. Le tomó el peso; parecía vacía. Lo hubiera ayudado saber qué clase de prueba estaba buscando.

Entonces sus dedos encontraron una dureza en una costura interior.

—¿Tienes un cuchillo?

Sin decir una palabra, Jim extrajo un cuchillo de un bulto que estaba atado detrás de su silla de montar y se lo alcanzó a Julian.

Sintiéndose naturalmente tranquilo, Julian cortó la costura e introdujo los dedos por la abertura. Cuando los sacó, tenía en la mano un pequeño trozo de papel muy plegado.

—¿Qué es? —demandó Jim.

Julian no tenía palabras. Haciendo un esfuerzo de voluntad para mantener sus manos firmes, desplegó el papel.

Allí, escrito en grandes letras para que todo el mundo lo viera, estaban las palabras que había esperado leer durante toda su vida.

—Lord Ridley era mi padre —respondió lentamente, levantando la vista del papel y mirando al impaciente Jim—. Y mi abuela tenía razón: mis padres estaban casados.

Jim gritó y palmeó a Julian en la espalda. Julian dijo muy poco mientras colocaba las esmeraldas y las líneas matrimoniales en la bolsa, luego volvió a montar y cabalgó rumbo a Srinagar.

La fantasía que había fomentado toda su vida se había convertido en realidad. Era lord Ridley, legítimo propietario de Gordon Hall y todo lo que había en ella. Era un hombre rico, un caballero.

¿Por qué no se sentía lleno de alegría?

Anna. Si regresaba a Srinagar y anunciaba su nueva posición, y ella aceptaba su proposición matrimonial nunca sabría si lo amaba por él mismo. Lord Ridley era una perspectiva muy diferente de Julian Chase, gitano mestizo. Sería una tonta si no lo aceptara.

Por lo tanto, junto con el título, las riquezas y la legitimidad que siempre había deseado, también podría tener a Anna. En efecto, estaría reclamando todo lo que siempre perteneció a sus hermanos. Por fin habría triunfado sobre ellos.

Pero no deseaba que Anna tuviera el valor de un despojo de guerra. Deseaba que lo amara.

Cabalgando hacia Srinagar, con el sol recién salido que pintaba el camino con un resplandor dorado, Julian prometió hacer todo lo posible para que ella lo hiciera.

31

Hacía una semana que se había ido. Durante ese tiempo, el dolor de Anna se convirtió en enojo, y finalmente en completa furia. ¿Cómo se atrevía a desaparecer sin decir una palabra después de lo que habían compartido? ¿Significó tan poco para él?

Ese era el pensamiento que la hería. Si podía dejarla tan casualmente, después de una noche como la que habían pasado, entonces significaba una sola cosa: por más que haya significado para ella su relación amorosa, para él no fue más que otra de tantas noches.

En su mente, probablemente sus amantes eran tan intercambiables como la ropa de cama.

Apretando los dientes ante su propia estupidez (¿realmente había pensado en darle a Julian Chase el lugar principal de su corazón y relegar al querido y leal Paul a un pequeño rincón?) Anna arrojó el vestido lavanda al piso del guardarropas y volvió a los vestidos de luto, de mangas largas y cuello alto. En realidad, se sentía culpable ante la idea de que estuvo lista para vestirse con colores más claros, a comenzar una nueva vida. Paul había sido un hombre en un millón, un hombre mucho mejor que lo que ella merecía, sin embargo estaba lista para relegar su recuerdo al pasado en favor de un atrevido bribón cuya única característica rescatable era que sabía cómo complacer a una mujer en la cama.

¿Qué clase de mujer era para permitir que algo así la perturbara tanto? La hija del vicario, con toda su elegante educación, no era una dama.

—¿Estás enfadada por algo? —le preguntó Ruby, sorprendida cuando Anna la trató mal por décima vez en una semana.

Anna se sintió culpable al advertir que se había comportado con mal humor con todos los de la casa. Ciertamente la insistencia de Ruby en admirar en voz alta cada hombre elegible, era molesto, pero antes Anna siempre se las había arreglado para aceptarlo. La diferencia era que, en ese momento, no podía tolerar que nadie elogiara las cualidades de un hombre, especialmente las de Julian Chase. Al escuchar el nombre del bribón sentía deseos de gritar.

—Debo estarlo —le respondió a Ruby realmente arrepentida—. Por favor, discúlpame. Te prometo que haré lo mismo por ti algún día cuando estés malhumorada.

—No estarás extrañando a cierto caballero de cabello negro, ¿verdad? —Ruby la observó astutamente.

Anna se irguió y su altura era algo menos que considerable.

—No, no lo haría —respondió fríamente. Dejó a Ruby, quien ocultó una sonrisa de comprensión, y salió para reunirse con Chelsea y Kirti en el jardín. Lo que necesitaba era un poco de aire fresco.

Charles vino dos veces durante la semana, y en ambas ocasiones Anna lo saludó más cálidamente de lo que deseaba. Estaba disgustada al tener que admitir que, su reciente apasionamiento roto por Julian, le había impedido ver el verdadero valor de este hombre. Charles era sólido, firme, y si no era particularmente excitante, eso era mejor. Últimamente, Anna había tenido suficiente excitación generada por los hombres como para que le durara el resto de su vida.

En su segunda visita, la llevó a pasear en su carro. La rápida brisa le rozaba el rostro y el paisaje que cambiaba rápidamente le levantó el espíritu. El cielo sobre la cabeza era una deslumbrante visera azul atada con moños de nubes blancas, el caballo de Charles era ágil y rápido; y los pájaros y los monos parloteaban alegremente en los árboles. ¿Entonces, qué importaba si un cuñado mal educado y sin principios se había ausentado de Srinagar durante más tiempo que nunca? No lo necesitaba. No lo deseaba. Se alegraría de saber que nunca regresaría.

—Ya tienes más color en las mejillas. Estos últimos días estabas muy pálida y estaba preocupado por ti.

Anna le sonrió a Charles. Realmente, con su porte militar y sus rasgos apacibles, era un hombre atractivo. ¿Cómo había permitido que la atracción diabólica de Julian la cegara ante una cuyo encanto podía no ser tan deslumbrante pero seguramente era más sincero?

—No deberías preocuparte por mí. Pero es muy amable de tu parte mostrarte interesado.

—Es muy fácil ser amable contigo —la observó rápidamente con sus ojos castaños entrecerrados.

—Eres un hombre bueno, Charles.

—Me alegro que pienses eso. Pero no sé... eso de «bueno». Suena aburrido.

Anna negó con la cabeza.

—Aburrido no. Seguro.

—¿Deseas estar segura, Anna? —la pregunta era demasiado casual. Anna dejó pasar deliberadamente los matices.

—Supongo que todos desean sentirse seguros —respondió.

—Anna —se sorprendió al ver que detenía el caballo. Cuando el carro se detuvo, se volvió hacia ella—. Tenía intenciones de no hablar de esto todavía, sin embargo ya hace un año que estás sola, y yo... también lo estoy. Chelsea necesita un padre, y mis hijos, una madre. Y tú necesitas que te cuiden. Eres muy joven y sin duda te agradarían otros niños...

—Charles... —Anna trató de interrumpir y la detuvo una mano levantada.

Le sonrió pícaramente.

—Déjame decir mi parte o nunca lo haré. Supongo

que lo estoy haciendo mal. Lo que quiero decir es que me sentiría muy honrado si consideraras casarte conmigo.

—Oh, Charles —tenía un lamento en la voz. ¿La vida no sería más simple si pudiera amar a este hombre bueno? Si pudiera entregar su vida y la de Chelsea en sus manos estaría segura de que ambas serían cuidadas y apreciadas. Pero sabía que aunque las cosas fueran de otra manera debía negarse. Le agradaba Charles, lo respetaba, disfrutaba de su compañía. Pero no lo amaba. No de la manera dulce y gentil en que había amado a Paul, o con la explosiva pasión que trató de no sentir por Julian. El que dijo que la mitad es mejor que nada se equivocó, por lo menos en lo que se refería a hombres. Si no podía tener al hombre que deseaba, entonces estaba mejor sin ninguno.

Charles suspiró.

—Veo que intentas rechazarme. Bueno, lo esperaba. Sé que es demasiado pronto. Pero quizá con el tiempo...

Parecía tan esperanzado que Anna no tuvo corazón para negarlo.

—Quizá —respondió gentilmente.

—Entonces, no diré nada más. Por ahora.

Charles, que era un caballero, le sonrió, levantó las manos y continuó el paseo. Y fiel a su palabra, no dijo más nada sobre el tema durante el resto de la cabalgata, y en lugar de ello fue un compañero tan agradable y no exigente como lo había sido antes.

Cuando llegaron de regreso a Big House, Charles acompañó a Anna adentro como algo acostumbrado. Sin que se lo pidieran, el Raja Singha apareció con una bandeja con té, el cual Charles se complació en beber con Anna en la sala. Conversaron casualmente sobre trivialidades. Anna se sintió agradecida al ver que, al parecer, Charles no tenía intención de interponer su proposición no respondida, en su cordial amistad. Por fin terminaron, y Charles se puso de pie para retirarse. Sonriendo ante una mofa que él realizó, Anna también se puso de pie para acompañarlo hasta la puerta. El movimiento le acercó tanto a él que la falda rozó el brillante cuero de sus botas. Charles pareció repentinamente conmovido al mirar la delicada seda negra de su vestido que ondulaba donde había tocado el suave cuero. Inspiró, se volvió hacia ella, y le tomó las manos entre las suyas.

—Anna...

Tomada por sorpresa, sólo pudo mirarlo. Charles vaciló, y la miró a los ojos como buscando una señal. Le sostenía las manos con fuerza acariciándoselas con los pulgares. Sus ojos se encontraban algunas pulgadas sobre los suyos, aunque no tenía la sorprendente altura de Julian. Había comenzado a perder el cabello castaño en las sienes, lo cual le daba un aspecto distinguido. En conjunto, era un hombre del cual la mayoría de las mujeres se sentirían orgullosas de poder tener. Quizá con el tiempo, ella...

Sin decir otra palabra se inclinó y le besó rápidamente la boca. Era un beso suave, y rápido, no exigente. No como... Pero Anna se negó a realizar comparaciones. El beso de Charles era perfectamente agradable, como lo era él. El beso de un caballero, a una dama que respetaba.

Era la clase de beso que una mujer decente debería desear. Y si ella secretamente prefería uno muy diferente, entonces, la falta estaba en ella, no en él, y debía esforzarse por combatirlo.

—Espero que no te importe —le dijo Charles sonriéndole— pero...

Anna no escuchó lo que dijo. Advirtió que ya no estaban solos. Apoyado en el marco de la puerta, con los ojos un poco entrecerrados mientras observaba la escena amorosa que se desarrollaba delante de él, se encontraba Julian.

¡Había regresado!

Su corazón traidor saltó al verlo, empolvado, desgreñado y malhumorado, mientras sus oídos se negaban a escuchar las halagadoras palabras de Charles.

—No estamos solos —le advirtió claramente. Charles se sorprendió, y luego al mirar a su alrededor y ver a Julian, se sintió enojado y tímido, en rápida sucesión.

—Mayor —Julian se irguió, inclinando la cabeza brevemente. Tenía una expresión en el rostro que le indicaba a Anna que no estaba complacido con lo que había visto.

—Supongo que esto parece muy peculiar —comenzó Charles, con un aire de dar explicaciones a alguien que tenía derecho a ellas. Anna, ahora que la euforia inicial de volver a ver a Julian había sido reemplazada por una ráfaga de enojo hacia él, le frunció el entrecejo a Charles y retiró las manos. Julian no tenía derecho a comportarse como propietario.

—Verdaderamente —la respuesta de Julian fue fría, pero tenía una expresión en la mirada que hizo sonrojar a Charles.

—Aquí no hay nada malo. Le pedí a su cuñada que se case conmigo.

—Él no tiene derecho a ninguna explicación. No es mi cuidador —replicó Anna, hablándole a Charles y mirando a Julian.

—Como su pariente masculino más cercano... —comenzó Charles.

—Shhh —refutó Anna con rudeza, apretando los puños.

—Anna tiene razón, por supuesto. No necesita darme explicaciones —la respuesta brusca de Julian estaba dirigida a Anna sobre la cabeza de Charles—. Discúlpeme.

—Sin decir otra palabra, giró y salió de la habitación. Anna escuchó sus pisadas mientras se retiraba por el pasillo hacia la parte trasera de la casa. ¿Adónde iba? No porque le importara, sino porque ardía en deseos de decirle todos los pensamientos poco halagüeños que había tenido sobre él durante los últimos siete días.

¿Cómo se atrevió a acostarse con ella y luego a desaparecer sin una palabra, como si ella hubiera sido una prostituta? ¡Cómo se atrevió!

—Temo que tu cuñado tiene fundadas razones para quejarse. No debí besarte —Charles parecía tan humorísticamente arrepentido que Anna se esforzó por volver a atenderlo.

—A él no le interesa si me besaste o no —aunque trató de mantener un tono tranquilo, se advirtió un matiz agrio.

—No obstante... —Charles suspiró y le respondió con un toque de humor—. Como un aspirante a Romeo lo hice bastante mal, ¿verdad? Bueno, quizás en otra ocasión me ingeniaré para hacerlo mejor. En mi propia defensa debo decir que recientemente no he tenido mucha práctica.

—Creo que eres un maravilloso Romeo, Charles —Anna lo defendió, emocionada por sus tristes palabras—. Soy yo la que no soy una Julieta muy satisfactoria.

—Entonces ambos debemos ingeniarnos para hacerlo mejor.

Bromeando de esta manera pudo aliviar la incómoda atmósfera que dejó la aparición de Julian, mientras Anna lo acompañaba a su carruaje. Por lo menos hasta que el coche se alejara.

Después Anna se volvió, y muy enojada, entró a buscar a Julian.

32

Él no estaba en el jardín. Anna saludó a Chelsea y a Kirti y se esforzó por sonreír, pero no se detuvo. El siguiente lugar más probable era el establo. Si no estaba allí, se sentiría temporalmente perdida. La idea no la complacía.

Era tarde y el establo estaba casi vacío. Todos los caballos y los burros estaban trabajando, excepto Sister, un robusto pony que se había torcido un jarrete, hacía unos días. Cuando Anna entró, Sister relinchó suavemente, y Hugo, el chivo que residía de manera permanente, baló. Anna le dio una palmada en la nariz aterciopelada a Sister, empujó a Hugo para que no le comiera el ruedo de la falda, y buscó a Julian.

—¿Memsahib? —era Jama, el muchacho del establo, quien apareció de las sombras donde, como era evidente por la horquilla que tenía en la mano, había estado limpiando un pesebre.

—¿Has visto al señor Chase?

—Fue a dar un paseo. Dijo que no le agradaba el aire de la casa —la voz de Jim era inconfundible. Anna giró y lo vio detrás de ella. La miró con desaprobación, luego giró la cabeza para escupir en la paja.

Anna no pudo evitar temblar con desagrado.

—¿Qué sendero tomó?

Jim la miró con una expresión agria.

—Creo que desea estar solo. Cuando tiene esa mirada, la mayoría de la gente es lo suficientemente inteligente como para dejarlo solo.

—¿Sabe dónde fue o no? —le preguntó Anna impaciente.

—Quizá —Jim se encogió de hombros.

Anna comenzó a irritarse, pero no deseaba descargar su enojo en Jim cuando el verdadero blanco era Julian. Por lo tanto, se mordió la lengua y miró a Jama.

—¿Viste qué camino tomó el sahib?

—Hacia la cascada, creo, memsahib.

—Gracias —Anna se permitió un pequeño tono de triunfo en la voz mientras se volvía y pasaba junto a Jim sin decir una palabra.

Para su disgusto, él comenzó a caminar a su lado.

—¿Desea algo? —le preguntó arrogante.

Jim hizo una mueca.

—Lo que deseo y lo que tengo a menudo no son la misma cosa. Lo que deseo es estar sentado comiendo. Lo que tengo es que asegurarme que no se lastime caminando sola por esta jungla. Últimamente se ha hablado sobre algunos sucesos extraños por aquí.

—Eso es ridículo —Anna caminó más rápido—. No necesito su compañía, gracias. Estuve muchas veces en estos senderos.

—No importa. Julie se enojará conmigo si dejo que se lastime —Jim volvió a colocarse a su lado, un hombrecito delgado no mucho más alto que Anna. Al igual que Julian cuando entró en la casa, tenía las marcas del reciente viaje. Su camisa blanca estaba arrugada y manchada, y los pantalones y las botas salpicados con barro. Parecía inclinarse ligeramente hacia un lado, como si sus piernas o sus hombros no estuvieran bien nivelados.

—No deseo ser brusca, pero preferiría que no viniera conmigo. Lo que tengo que decirle a Julian es privado —Anna salió a la fría oscuridad verde de la jungla mientras se lo decía. Se desplazó rápidamente por el sendero, más rápidamente de lo que lo hubiera hecho si no hubiera estado tan empeñada en perder su escolta. Sabía cuidarse de las víboras que se refugiaban del calor del día debajo de las hojas frescas del suelo de la jungla.

—Supongo que lo es —replicó Jim indiferente y la siguió con tranquilidad.

Anna tensionó sus labios y lo miró sobre su hombro con los ojos entrecerrados. Seguramente no sabía lo que había ocurrido entre ella y Julian. ¿Cómo podría? A pesar de sus muchos y variados defectos, Julian no la impresionó como la clase de hombre que se jacta de sus conquistas. Por otra parte...

—No se alarme —le advirtió Jim, como si hubiera leído su enojo en la dureza de su espalda—. Cuando la lleve a salvo hasta Julie, los dejaré solos. Calculo que también debe estar enojado con usted.

Anna respiró profundo mientras la inquietud se mezclaba con su enojo. Si Julian le había contado a este pequeño gnomo algo de lo que había sucedido entre ellos...

—No conozco los detalles, pero sí conozco a Julie. Si fuera usted, me alejaría de él hasta que saque lo que le molesta de su sistema. Cuando se lo presiona, Julie tiene muy mal carácter.

—Gracias por el consejo —respondió Anna con los dientes apretados. Se levantó más la falda para que no tocara la gruesa capa de estiércol y hojas que cubría el suelo, alzó la mandíbula y avanzó majestuosa.

—Lo conozco desde que era un joven de doce o trece años, y puedo decirle que, niño u hombre, es muy bueno. No hay nadie mejor que Julie. No merece una muchacha caprichosa que juegue con él.

Cuando comprendió el significado de estas palabras, Anna se endureció enojada. Se volvió y se detuvo delante de Jim, con los ojos brillantes por la furia.

—Si se está refiriendo a mí como una muchacha caprichosa, ya que de alguna manera agravié a su... Julie, entonces permítame decirle que ha sobrepasado en gran medida los límites de lo que se considera agradable.

—¡Dios mío, ni siquiera puede hablar el buen inglés

del rey para que se la pueda entender! Como le dije a Julie, el calor le debe haber afectado el cerebro.

Lívida, Anna giró y marchó por el sendero.

—Pero después de todo, no hay explicación para los gustos —agregó Jim filosóficamente a sus espaldas. Anna se hubiera vuelto y lo hubiera aniquilado allí, si no hubiera escuchado el rugido sordo de la cascada adelante.

En lugar de gastar su furia en el menos irritante, la guardaría para el principal objeto de aquélla.

Atravesando el velo de enredaderas que bloqueaba el final del sendero, llegó a un claro verde. En el centro había una pequeña hoya que corría cuesta abajo por un estrecho riacho. La hoya estaba alimentada por una cascada de agua que caía ruidosamente por una pared de rocas de veinte pies de altura, que la naturaleza a través de miles de años había tallado en la ladera de la montaña. Arriba, los pájaros exóticos revoloteaban en el espeso cielo de ramas entrelazadas, que impedían que el sol llegara hasta el claro. Los pocos rayos que se filtraban suministraban una luz suave y difusa que le daba al lugar un aspecto de otro mundo. Rocas más grandes y aplanadas bordeaban parte de la hoya. Frondosas enredaderas de *kudzu* cubrían las otras orillas con exuberante follaje. El olor de mangos y franchipanieros le otorgaba al aire la fragancia de un fino perfume. Un pequeño mono con cara naranja, que estaba sentado en una roca observando su imagen en la hoya con fascinación, huyó ante la llegada de Anna. Para su decepción, parecía ser la única criatura viviente en el lugar. Julian no estaba por ningún lado. Enojada, se dio cuenta que, después de todo, él no había tomado el sendero hacia la cascada. Si lo hubiera hecho, y ya regresado hacia la casa, lo habrían cruzado en el camino.

El desaparecer se estaba convirtiendo en un hábito para él. ¿Dónde podría estar?

Entonces, una cabeza negra como la de una foca emergió en la superficie del agua. Durante un momento Anna se sorprendió. Luego advirtió que la cabeza, y los anchos hombros desnudos que salieron después de ella, pertenecían a Julian.

Aunque estaba impresionada por esa habilidad, la cual era rara en un inglés, no obstante miró a su presa con enojo. Era evidente que aún no había advertido su presencia. Debido al ruido de la cascada hubiera sido imposible oír sus pasos mientras caminaba por el borde del agua. Detrás de ella, Jim desapareció en la selva sin decir una palabra. Anna estaba tan concentrada en Julian que no advirtió su ausencia.

Aún sin notar su presencia, Julian nadó a través de la hoya con largas brazadas. Estaba desnudo desde la cintura hacia arriba, y pensó que podría estar igualmente desnudo debajo de ella. Pero si lo estaba, el agua protegía su pudor lo suficientemente bien. Y si decidía salir de la hoya... también estaba bien. Estaba demasiado enojada como para que le importara.

Llegó hasta el extremo de la hoya, se sumergió debajo de la caída de agua de la cascada, y después de unos momentos emergió otra vez, y se dirigió hacia la dirección en la que había venido.

Entonces la vio.

Anna supo el momento exacto por la contracción instantánea de su frente y el pequeño titubeo en su firme brazada. Luego, para su enojo, continuó nadando, y la ignoró como si fuera otro árbol de la orilla de la hoya. Como no podía nadar, entrar a la hoya para enfrentarlo allí no era una buena opción. No tenía otra elección más que permanecer en la orilla de la hoya, con los brazos cruzados sobre el pecho y golpeando el pie, hasta que decidiera detenerse y reconocer su presencia.

Nadó durante otro cuarto de hora, ignorándola en todo momento.

Finalmente terminó y se puso de pie en el centro de la hoya. El agua le llegaba debajo del mentón. Cuando caminó hacia la orilla que estaba directamente en la dirección opuesta a la que Anna estaba sentada, tuvo una excelente vista de sus anchos hombros emergiendo, de una espalda ancha que terminaba en una cintura angosta, glúteos musculosos, poderosos muslos, fuertes pantorrillas, y finalmente, largos y delgados pies descalzos. Cuando salió por la parte poco profunda, aún ignorándola, Anna perdió la paciencia. Le hubiera gritado si supiera que la iba a escuchar sobre el gorgoteo del agua. Pero como probablemente no podría o por lo menos fingiría que no, caminó con los puños apretados, por el perímetro de la hoya hasta que llegó al hueco entre dos formaciones de rocas donde él se encontraba. Se estaba secando con una toalla y apenas la miró cuando se detuvo muy cerca de él.

—¿Dónde has estado? —le demandó. A pesar de su furia, una parte de su mente admiró la magnífica musculatura de su cuerpo desnudo, mientras que la otra le advertía severamente que no lo hiciera.

—No creo que mi paradero sea de tu incumbencia —le contestó casi sin mirarla. Estaba inclinado hacia adelante, pasándose la toalla por las piernas. Anna frunció el entrecejo sobre esa cabeza negra mojada. Ahora que su anhelo por ella había sido satisfecho, actuaba como si estuviera escasamente viva.

—¿No es de mi incumbencia? —repitió levantando la voz—. Escucha, desvergonzado, Srinagar no es un hotel donde puedes ir y venir sin decirle una palabra a nadie.

—¿Desde cuándo debo informarte de mis idas y venidas? —le preguntó insolentemente. Se irguió y la miró directamente.

Anna balbuceó:

—Quiero que te vayas de mi casa. Para siempre. ¡Hoy! —Fue la culminación de todas las cosas furiosas que deseaba decir.

No dijo nada mientras terminaba de secarse. Luego, en lugar de colocarse la toalla estratégicamente alrededor de la cintura como lo hubiera hecho cualquier hombre decente, la colgó sobre su hombro. Su actitud fue tan indiferente que era un insulto en sí misma. Anna siguió mirándole el rostro y se negó resueltamente a advertir algo más. Su desnudez no era comprometedora ni tentadora. No tenía efecto sobre ella, y tenía intención de que continuara así.

—Lo haré después de la boda.

—¿Qué boda? —Anna se sintió momentáneamente desorientada.

—¿Ya lo olvidaste? ¡Pobre Charles!

—Oh, eso. Lo... lo rechacé. Por ahora. No es algo de tu incumbencia —Anna levantó la voz—. De cualquier manera, ése no es el punto. ¡Quiero que te vayas de mi casa!

—Entonces parece que estás destinada a desear lo que no puedes tener. Debe ser tu destino en la vida.

—¿Y eso qué significa?

—Significa que no voy a ninguna parte hasta que esté listo. Y si no te agrada, lo lamento.

Anna parpadeó. Estaba tan enojado como ella. Se notaba en la oscuridad de sus ojos y en la rudeza de su voz. Pero no podía imaginar por qué estaba enojado. ¡Ella era la que había sido insensiblemente usada y descartada, no él!

—Dime —continuó Julian con falsa cordialidad—. ¿Dumesne sabe que no estás interesada en él, sino en encontrar a un hombre para reemplazar a Paul?

—¿De qué estás hablando?

—Dumesne y tú parecían cómodos. ¿Ya te acostaste con él?

—¡Eso es algo detestable!

—Me siento detestable. Tan detestable que te sugiero que me dejes solo.

Se volvió y buscó su pantalón. Anna, exasperada, le golpeó el brazo.

—¡No me des la espalda! ¡Tengo algunas cosas que decirte!

—¿Ahora? —se volvió lentamente y la miró con una expresión de satisfacción en el rostro—. Bueno, no puedes decir que no te lo advertí.

Luego de decírselo, la tomó de los hombros y la empujó contra él. No podía ignorar el hecho de que estaba desnudo y... erecto. Podía sentir la parte inmencionable de él contra su abdomen a través del vestido y la enagua. Mientras le golpeaba furiosamente el pecho con ambas manos advirtió que aún lo tenía un poco húmedo, tibio y tan firme como la pared de piedra que se encontraba detrás de ellos.

—¡Déjame ir! ¡Sácame las manos de encima! ¿Me escuchas?

—Oh, te escucho bien —respondió con tono desagradable. Su boca tenía un gesto de burla. Le apretó los hombros y la sacudió. De pronto, Anna sintió que la levantaba.

—¡No te atrevas! ¡Bájame! ¡Bájame!

La llevaba, con ambas muñecas aprisionadas en una de sus manos, ignorando sus furiosas patadas y retorcimientos como si fuera un gatito que podía controlar fácilmente.

—¡Dije que me bajaras! —Anna prácticamente gritó la demanda, mirando con ojos ardientes su rostro oscuro. Sus ojos brillaban con lo que ella podía jurar que era satisfacción, y su boca tenía la parodia burlona de una sonrisa.

—Tu deseo es una orden —murmuró.

Luego, sin una palabra de advertencia, Anna sintió que la soltaba y volaba por el aire. Apenas tuvo tiempo de cerrar los ojos antes de caer en la hoya con un tremendo ruido.

33

Cayó como una piedra. El agua fría y envolvente se cerró sobre su cabeza mientras se dirigía directo al fondo. Aun semisentada sintió que su trasero tocó primero, luchó por llegar a la superficie, esforzándose para alcanzar el mundo de la luz y el aire. Pero la hoya era demasiado profunda; no podía tocar el fondo y alcanzar la superficie al mismo tiempo. Rebotando, tratando de no asustarse, subió y sacó la cara fuera del agua, y tragó un poco de aire antes de hundirse otra vez.

Cuando tocó el fondo con los dedos de los pies y empujó hacia arriba, hacia la luz, pensó que podía ahogarse. Seguramente Julian no la dejaría...

Pero él podía nadar. ¿El puerco se habría ido antes de advertir que ella no sabía?

El miedo explotó como una bomba en el cerebro de Anna cuando sintió que algo le tomaba una de las manos y la arrastraba hacia la superficie. Su cabeza y sus hombros salieron del agua. Julian la estaba levantando en sus brazos, con el rostro pálido y serio. A Anna, nada ni nadie le había parecido más maravilloso en su vida. Sofocada y balbuceando, tratando de respirar, le colocó los brazos alrededor del cuello como si tuviera la intención de no dejarlo ir nunca. Salió de la hoya con ella en los brazos, temblando y colgada de él. Cuando llegaron a la seguridad de la orilla, aún la sostenía, con su cuerpo tibio y firme contra el tembloroso y frío de ella.

Anna estaba empapada, con el cabello disperso y goteándole como colas de rata alrededor de su cara y en la espalda; y el vestido escurriendo agua. Hasta sus zapatos estaban empapados. Estaba temblando como consecuencia del miedo, y durante algunos minutos fue maravilloso estar entre sus brazos. Luego recordó cómo había llegado a la hoya.

—Tú... puerco —se alejó para mirarlo, corriéndose el cabello empapado del rostro con una mano.

—Lo lamento.

—¡Lo lamentas! ¡Podría haberme ahogado! —era difícil pelear con un hombre que estaba desnudo y la tenía en brazos, pero Anna estaba demasiado enojada como para que le importara.

—No me di cuenta de que no podrías tocar el fondo.

—¡No te das cuenta de muchas cosas! Eres un canalla sin principios, indigno de confianza, desvergonzado...

—¡Uau! —exclamó, y Anna vio furiosa que sus insultos habían provocado una leve sonrisa en su boca—. Eso es...

La furia ardía dentro de ella. Antes de que pudiera darse cuenta de lo que iba a hacer, cerró el puño y le golpeó el ojo.

Julian se quejó, saltó hacia atrás y la soltó. Anna cayó dolorosamente sobre la cadera, arriba de la resbaladiza alfombra de enredaderas y se puso de pie retrocediendo un poco. Su único deseo era matarlo con sus manos. El dolor y la humillación que había sufrido durante las últimas semanas se combinaron con su reciente miedo y la hicieron enojar tanto que parecía ver el mundo y a él a través de una bruma roja. Se tapó el ojo con la mano y la observaba tan sorprendido que, si hubiera estado de buen humor, habría sido cómico. Pero no lo estaba. Deseaba arañar, morder, y golpear... Con un grito sin palabras, se lanzó hacia él, con los dedos curvados como garras.

—¡Anna, detente! —retrocedió ante su embestida, con las manos extendidas para contenerla. Vio, absolutamente furiosa, que estaba comenzando a sonreír otra vez. Empapada o no, sus pies tenían zapatos de cuero fuerte, y él estaba desnudo como el día en que nació. Colocó el pie hacia atrás, y le pateó la canilla tan fuerte como pudo. Se quejó, saltando en un pie, y cometió el último error al inclinarse para masajearse la canilla dolorida.

El siguiente golpe lo alcanzó en la sien.

—¡Suficiente! —rugió, e irguiéndose la tomó de la parte superior de los brazos y la sacudió—. Deténte, pequeña bruja, o te pondré sobre mi rodilla y te golpearé.

—¡Inténtalo! —lo desafió Anna jadeando y arrojó otro puntapié a la canilla.

Él lo esquivó. Le apretó con más fuerza los brazos mientras la sostenía a cierta distancia, y durante un momento la misma furia que resplandecía en Anna se reflejó en los ojos de Julian. Aunque lo desafiaba, con el mentón hacia arriba y la cabeza hacia atrás, lo que provocaba que su cabello suelto le cubriera la espalda, sus ojos se distendieron. Anna vio ese repentino brillo azul donde antes había sólo negro, y sintió un puño en la boca del estómago.

—Oh, Anna —le dijo con una voz singular. Sus ojos se pusieron negros otra vez, y sus manos se deslizaron hasta el cuello de su vestido. Antes de que tuviera la mínima sospecha de qué intentaba hacer, dio un tremendo tirón, y el vestido se abrió hasta la cintura con un fuerte rasguido.

Anna balbuceó, chilló una protesta e intentó alejarse. No la dejaría ir, sino que continuó rasgándole el vestido a pesar de sus luchas.

—¿Te volviste loco? ¡Basta! ¿Qué estás haciendo? ¡Julian!

—Estoy harto de tus malditos vestidos negros —gruñó, y le dio al vestido un último tirón que lo rasgó hasta el dobladillo.

—¡Basta! —chilló otra vez mientras él le quitaba el vestido. Trató inútilmente de tomar las tiras empapadas de seda negra mientras él se las arrebataba. Julian eludió sus dedos con una sonrisa burlona. Con la ropa arruinada en ambas manos, se dirigió hacia la hoya. Se detuvo para tomar una piedra, la cual colocó en el centro del paquete. Luego arrojó el bulto en el medio de la hoya. Sin palabras, Anna sólo pudo observar cómo desaparecía debajo de la superficie lo que alguna vez había sido su vestido.

Sólo entonces se volvió hacia ella. La observó con satisfacción.

—Así está mejor.

—¿Mejor? —balbuceó Anna, y su voz se tornó estridente cuando se miró. Tenía una camisa de muselina que dejaba al descubierto la mayor parte de su escote y los brazos completos, y colgaba de su pecho con inmodesta tenacidad; una enagua, ligas, medias y zapatos, todos los cuales estaban empapados. Estaba positivamente indecente. ¡Ciertamente, no podría regresar a la casa en ese estado!

—¿Mejor? —gimió—. ¿Cómo te atreves a hacer esto? ¿Qué voy a hacer ahora?

Se aproximaba a ella con una expresión decidida en el rostro. Algo en el brillo de esos ojos negros provocó que Anna retrocediera varios pasos.

—Haz el amor conmigo —le dijo y la alcanzó.

—¿Qué? ¡No! —chilló mientras le tomaba la parte superior de los brazos con las manos—. ¡Déjame ir...!

—Sabes lo que deseas. Y yo lo deseo. Me refiero a amarte hasta que no puedas pensar en otra cosa. O en nadie más. Sólo tú... y yo...

La acercó a él e inclinó la cabeza para besarla a pesar de su forcejeo. Anna trató de resistir la tentación, pero al final no pudo. Todos sus instintos le gritaban la advertencia, recordándole que considerara cómo antes la había usado y abandonado, pero su cuerpo no escuchaba. Respondió a la inflexible demanda con un sincero deseo que borró todo obstáculo de su camino. Como una adicta desesperada por opio, se sentía impotente ante su anhelo. Le abrazó el cuello y le acarició el cabello de la nuca. Dejó que la levantara, presionó su cuerpo contra el de él, y se colgó.

Tenía la mano sobre su pecho antes de que la lengua entrara en su boca. Envuelta en un torbellino de deseo, Anna sintió que el pecho se le inflamaba ante el calor abrasivo de su palma. El pezón se le endureció, irguiéndose y deseando que él lo tocara. El complacido, lo acarició con el pulgar, y le sostuvo la espalda con la otra mano mientras la bajaba hacia el suelo.

No dejó de besarla. Su lengua exploró la humedad de su boca, voraz a sus demandas. Anna, temblando y casi enloquecida de pasión, respondió lo mejor que pudo, atreviéndose tímidamente a entrar con su lengua en la caverna caliente de su boca, explorándola, lamiéndole los labios mientras él le lamía los de ella. Estaba tan embelesada con este juego que apenas sintió la frialdad de las enredaderas debajo de su espalda, o la dureza del suelo. El rugido de la catarata, el parlotear de los pájaros, el ruido de pequeñas criaturas en la maleza cercana deben haber sido un coro celestial, pues no los escuchó.

Estaba sorda, ciega y muda a todo, excepto a Julian y a la forma en que la hacía sentir.

Le temblaban las manos mientras tiró de las trabas de la camisa para desnudarle el busto. Durante un momento se alejó un poco, observando la gracia que había descubierto. El fuego encendido en su mirada mientras se deleitaba con sus pechos, provocó que Anna gimiera con anhelo. Instintivamente, arqueó la espalda en un gesto de ofrecimiento. Luego gritó cuando él inclinó la cabeza y le tomó el pezón con la boca.

Las trabas de la camisa estaban tirantes sobre sus hombros, y le oprimían los brazos junto al cuerpo. Le succionó primero un seno y luego el otro mientras ella forcejeaba para liberarse de las constricciones de la camisa, para poder tocarlo como deseaba. Pero sus brazos no se liberaron; sólo podía permanecer allí retorciéndose mientras él le atormentaba los senos con los dientes, los labios y la lengua, dejando su cuerpo ardiendo.

Le colocó las manos en la cintura, desatando las cintas de su enagua con dedos torpes. Cuando por fin se desató el nudo se levantó lo suficiente como para sacarle la enagua, y al arrojarla cayó arrugada al pie de un arbusto. Permaneció durante un momento prolongado observándola arrodillado a su lado. Sus ojos recorrieron su cabello plateado mojado y esparcido en forma de abanico, lo cual le enmarcaba el cuerpo contra la formación de enredaderas color verde profundo. Sus ojos se deslizaron hasta sus pequeños senos desnudos, con los diminutos pezones que ahora estaban distendidos y color frutilla. Sus ojos bebieron la suave blancura de su piel, observaron la camisa, que aún le aprisionaba los brazos y estaba retorcida alrededor de su cintura, dejando la parte inferior de su cuerpo tan desnuda como sus pechos. No realizó ningún movimiento para liberarla de la prenda o para soltarle los brazos. En lugar de ello, sus ojos se encendieron y oscurecieron al recorrer la suave curva de sus caderas, su ombligo, y los rulos castaños de su entrepierna. Finalmente, su mirada bajó por sus esbeltos muslos, y palideció sobre las medias de algodón negras que terminaban en ligas con moños unos centímetros sobre sus rodillas.

Y por fin, la tocó. Su mano recorrió gentilmente la línea donde se unían las piernas, entre los muslos, desde las rodillas hasta la maraña de rulos. Al ser acariciada, Anna contuvo la respiración. Sus ojos, lánguidos y con los párpados pesados, observaron el avance de esa mano con dedos largos y piel morena, contra su piel blanca. Cuando llegó a su objetivo, bajó y subió los párpados, y tembló visiblemente.

—Déjame entrar —le susurró, introduciendo los dedos entre sus piernas. No dejó de mirarla, observando su irremediable reacción ante sus caricias con una firme satisfacción que se mezclaba extrañamente con el oscuro fuego de su deseo por ella—. Abre las piernas, Anna.

Las palabras fueron impactantes y su respuesta más aun. Respiró profundo y abrió tímidamente las piernas.

Para recompensarla, le acarició suavemente la parte interior de los muslos.

Anna gimió.

Julian pensó que quizá, sólo quizás, aun podría lograr que se enamorara de él. Su reacción ante sus caricias podría convertirse en una ventaja para él. Ganaría su corazón a través del dominio de su cuerpo, acostándose con ella hasta que no pudiera pensar en otra cosa... o en nadie más.

Durante un momento prolongado, se permitió el lujo de observarla. Casi desnuda, estaba delante de él como un banquete. Sus labios estaban separados, hambrientos por sus besos, su espalda arqueada, ofreciéndole sus senos hinchados, las piernas abiertas en una invitación desvergonzada. Lo deseaba, a él, y la evidencia delante de sus ojos era embriagadora.

Se deslizó dentro de ella cuidadosamente, permaneció allí, esperó. Lo suficientemente segura, comenzó a retorcerse, luego a levantarse contra él como si ya no pudiera tolerar más la deliciosa tortura. Julian se contuvo lo más que pudo, hasta que el labio superior comenzó a mojársele de transpiración y a temblarle el brazo. Luego se sumergió en ella una, dos, tres veces, con el acompañamiento de sus gritos, antes de acabar con una intensidad que lo dejó temblando.

Después permaneció sobre ella, abrazándola. No se atrevió a mirarle el rostro. Se había enojado al verla con Dumesne, y se había comportado mal. Pero al final se había enmendado... eso esperaba. Pero aún era posible que, una vez que se recuperara de los efectos de su relación, volviera a enfurecerse con él. Cuando lo que más deseaba ver en su rostro era amor.

La pequeña bruja no dijo una palabra.

Finalmente, Julian se deslizó y se sentó.

Por fin, abrió los ojos y le sonrió soñadoramente. Julian la observó, casi conteniendo la respiración. Luego, cuando sus ojos se aclararon, la mirada soñadora desapareció. Frunció el entrecejo y se puso de pie.

—¡Oh, no! —exclamó—. ¡No me lo harás dos veces! Puerco veleidoso, cómo te atreves a hacerme el amor, desaparecer durante una semana sin una sola palabra, y luego regresar y hacerme el amor otra vez. ¡No lo toleraré!

Julian se puso de pie suspirando.

—¿Dónde crees que estaba?

—¡No me importa! —buscó la enagua y se la puso. Se arregló las medias y los zapatos—. ¡Mira lo que hiciste!

Sacudió el vestido.

—Te regalaré uno —le prometió.

—¡No deseo que me regales nada! No deseo que vuelvas a acercarte a mí otra vez —tomó los restos de su vestido y se alejó por el sendero.

Julian se quedó pensativo. Después de unos minutos decidió que lo mejor sería dejar que tuviera unos días para enfriarse, antes de comenzar su campaña para ganar su corazón en serio.

34

Cinco días después, Anna estaba montada en Baliclava, un burro tostado con el pelo comido por las polillas,
cuya virtud era ser el único animal que quedaba en el establo. Se dirigía resueltamente por la montaña hacia la
sección de la propiedad que Hillmore, durante su reunión de la noche anterior, le había indicado que sería limpiada esa tarde. En la cabeza llevaba una enorme capelina,
de color celeste con el ala que se sacudía. Tenía los pies y
los tobillos protegidos por fuertes botas, y las manos por
guantes de cuero. Sabía que estos accesorios quedaban ri-
dículos con su ropa de luto, pero no le importaba pues
estaba demasiado enojada. Tenía la intención de ver lo
que sucedía en los campos por sí misma, sin importar
lo mucho que le desagradara a Julian su interferencia. En
realidad, esperaba que sí le desagradara. Porque a ella le
desagradaba todo lo de él, desde su arrogante hermosura
hasta la forma en que miraba con desprecio la salsa durante la cena.

Desde su encuentro junto a la hoya, había estado deliberadamente fría con él. Ella no era una ramera, para
ser usada y descartada a voluntad. Julian pasaba la mayor
parte del tiempo cabalgando por la propiedad con Hillmore, dirigiendo la limpieza de los mejores campos para
la plantación de té. Cuando Anna le informó que prefería
probar el experimento de Hillmore en una escala mucho

menor a la que los dos hombres imaginaban, Julian le respondió que ya le había dado a Hillmore la orden de seguir adelante y tenía la intención de ver concretado el proyecto, le gustara o no a Anna.

A ella no le agradó, pero parecía que no podía hacer mucho al respecto. Aunque Hillmore la reconocía como la señora de la plantación, cada vez más a menudo aceptaba abiertamente sus órdenes de Julian. Sus esfuerzos para sacar a Julian del lugar habían resultado inútiles. Discutir con él había sido más que inútil, ya que Anna terminaba profiriendo furiosos insultos mientras él se burlaba, o lo que era igualmente exasperante, alejándose. Los campos serían limpiados y las plantas de té serían plantadas, y si a ella no le agradaba era peor... ésa era la actitud de Julian hacia sus objeciones. Anna, furiosa, comprendió que era impotente para evitar que hiciera algo que deseaba y decidió, renuente, que debía usar la razón en lugar de palabras duras para lograr sus verdaderas objeciones al plan. Pero primero tenía que saber de qué hablaba. Si averiguaba, como insistía Julian, que las plantas de té que iban a ser destruidas, de cualquier manera eran prácticamente inservibles, entonces no tendría nada que decir. Pero no creía que la mitad de sus campos fuera improductiva.

—Ten cuidado, Baliclava —le advirtió Anna cuando el burro pisó algunas raíces expuestas.

El sendero a través de la floresta estaba relativamente despejado. Como parte de la modernización de la plantación, se estaba construyendo una nueva serie de tanques o depósitos de agua. Hacía pocos días, los elefantes habían arrastrado los árboles caídos a lo largo de este camino para utilizarlos para embalsar las depresiones naturales cercanas a los campos que iban a ser limpiados. Las depresiones se llenarían con agua de lluvia durante la mitad del año que era húmeda, y luego, cuando llegara la estación seca, se les extraería el agua para regar los campos. Este sistema de irrigación era común en todo Ceilán, pero en Srinagar nunca hubo suficiente dinero para realizarlo adecuadamente. Ahora, por supuesto, lo había.

Los monos chillaban en los árboles, lo cual provocó que Anna levantara la vista. Sus caras rojas y su pelaje marrón eran divertidos, y generalmente sus cabriolas provocaban una sonrisa aun en el observador más malhumorado. Pero hoy, aunque Anna sonrió ante sus juegos, vio algo que la hizo temblar: una víbora venenosa dorada se deslizaba por una rama, y su esbelto cuerpo brillaba en la penumbra de la floresta. Temblando un poco, Anna se inclinó hacia adelante en la silla de montar y golpeó a su esforzado burro para que trotara. Siempre tuvo terror de que una víbora cayera sobre ella desde un árbol. Pensó que quizá, las objeciones de Julian a que vagara sola por la selva eran, por lo menos, parcialmente justificadas. En Inglaterra, una dama siempre era acompañada en sus paseos como consideración a su decoro. En Ceilán, ese acompañamiento era más por una precaución de seguridad. Los nativos eran gente inofensiva y amable, y Anna se sentía más segura con sus amigos de Ceilán que en Inglaterra. Pero los accidentes sucedían tan a menudo en Ceilán que eran considerados casi como una rutina. Se caía la rama de un árbol, derribando a un hombre al suelo y dejando viuda a su esposa; una víbora atacaba y los padres perdían a un niño; se producía un hundimiento inesperadamente y desaparecían familias enteras.

Anna tembló, y volvió a mirar hacia arriba. La Víbora quedó atrás, pero la progresiva sensación de miedo permanecía. En realidad, pensó en pedirle a Ruby que la acompañara (a pesar del hecho que odiaba darle a Julian la satisfacción de acceder a sus deseos), pero Ruby no estaba exactamente enamorada de la fauna local. Las arañas la hacían gritar, y vivía atemorizada porque alguna noche Moti se metiera en su cama.

Eso dejaba al Raja Singha, las tres sirvientas, Oya, la cocinera, Chelsea y Kirti como posibles compañeros para esta cabalgata a través de la jungla, ninguno de los cuales estaba disponible por el momento. Por eso Anna había venido sola. Lo cual, si Julian y su odioso secuaz no le hubieran llenado los oídos con advertencias sobre posibles peligros, no le hubiera importado para nada.

¡Maldito hombre!

—¡Detente! —le dijo, pero el burro no le hizo caso.

Rebotando de manera poco elegante, mientras Baliclava, quien había acelerado su paso se negaba a detenerse, Anna llegó al primer campo. Tiró de las riendas, tratando de detener a la bestia para que caminara, pero sin
éxito. La boca del burro era dura como el cuero. Afortunadamente, un elefante cercano lo distrajo, lo hizo mirar
y rebuznar una respuesta. Aprovechando su falta de concentración, Anna pudo hacerlo caminar y mirar por primera vez en meses las plantas que provocaron tanta con-
troversia.

Laboriosamente limpiada desde hacía años por el proceso de labranza, o quemando la vegetación existente
para sembrar, la selva que alguna vez floreció sin ser perturbada en toda la isla se había convertido en una tierra
verde para el cultivo de té, canela, y arroz. Mientras pasaba
por lo que quedaba de esas otrora ordenadas hileras, Anna
se disgustó al ver que las plantas de té que había defendi-
do tan apasionadamente habían crecido, en algunos ca-
sos, hasta nueve metros de altura. Los tallos eran gruesos
como ramas de árboles y parecían igualmente vigorosos.
Podía ver los nuevos retoños en la parte superior de cada
planta. Aunque odiara admitirlo, por lo menos este campo
parecía darle la razón a Julian y a Hillmore. Sin embargo,
no podía creer que la mitad de la plantación estuviera en
tan mal estado. Esta negligencia databa de la administra-
ción de Paul.

A unos doscientos metros, elefantes y bueyes trabajaban junto a isleños con turbantes, limpiando una franja
de terreno entre las plantas de té y la floresta. Cuando salió de una de las hileras, Anna vio humo en el otro extremo del campo. Al parecer el fuego había comenzado.

Le indicó a Baliclava que se alejara del lugar donde
trabajaban los isleños. Su primera visión de las plantas de
té no había sido muy promisoria; y deseaba examinarlas
más de cerca antes de que fueran quemadas.

A Anna nunca se le ocurrió pensar en la posibilidad de

que el fuego se extendiera sin control; los campos siempre eran limpiados quemándolos, y nunca nadie resultó herido. Además, la pequeña humareda estaba en el otro extremo del campo, a cinco hectáreas. Tendría tiempo suficiente para juzgar la condición de las plantas y salir del lugar antes de que el fuego estuviera remotamente cerca de ella.

Mientras recorría lentamente las hileras de plantas, se sorprendió al advertir que el olor a humo era muy intenso. El olor ácido le hizo arder los ojos, y se extrañó un poco. Pero había viento, después de todo era la época de los monzones. Por supuesto, eso debía explicarlo. El olor había sido arrastrado por el viento más de lo acostumbrado.

Cuando el humo comenzó a filtrarse a través de las hileras, Anna sospechó que algo andaba mal.

El fuego estaba mucho más cerca de lo que debía.

Al advertirlo, repentinamente se atemorizó. Baliclava al parecer habiendo llegado a la misma conclusión, sacudió la cabeza y rebuznó. Frotándose los ojos, y tratando de no atemorizarse mientras más humo con su correspondiente hedor a quemado venía en dirección a ella, Anna trató de ver exactamente dónde estaba el fuego.

Las plantas eran demasiado altas para permitirle discernir demasiado, excepto los alrededores cercanos. Todo lo que podía ver a los cuatro costados eran gruesos tallos de té y humo... y un hombre extrañamente vestido. Anna pestañeó, y ya se había ido. Lo había imaginado, o...

Baliclava rebuznó otra vez, luego comenzó a bailar sobre sus cuatro cascos diminutos cuando aparecieron docenas de lagartijas, deslizándose hacia él desde las profundidades del campo. Parecían venir de todas direcciones, y mezcladas con ellas había víboras y liebres. En unos segundos la tierra estaba cubierta por una ondulante alfombra de criaturas vivientes, todas tratando de escapar del fuego. Baliclava se asustó y pateaba la tierra, rebuznando de manera estridente para pedir ayuda.

Anna gritó y pateó al burro para que se moviera, conduciéndolo de regreso hacia la dirección desde la que habían venido. Se inclinó sobre su pescuezo, tratando de no respirar el aire caliente y pesado, que cada vez estaba más cargado de humo y chispas. Después lo escuchó, y parecía provenir de todos sus alrededores: el siniestro crujido del fuego que se aproximaba.

Arriba y peligrosamente cerca, el espeso follaje de una planta de té se quemaba con un rugido. Ardía como una antorcha, arrojando una lluvia de chispas. Una cayó sobre el anca de Baliclava. El burro gritó, giró y galopó hacia la dirección contraria, casi desmontando a Anna y provocando que soltara las riendas. Se aferró a la silla de montar con ambas manos, y sólo el terror le dio la fuerza para hacerlo. Si se caía el fuego seguramente la consumiría. Baliclava era la única oportunidad que tenía.

El burro se sumergió a través de las plantas de té que estaban tan entrelazadas como una jungla. Las ramas le golpearon el rostro a Anna. Sólo la protección de su ropa evitó que se quemara la piel. Luego le cayó una chispa en el sombrero y lo hizo arder. Se golpeó frenéticamente la cabeza con una mano, y apagó la pequeña llama. Entonces se le ocurrió que las chispas que caían podían quemarle la ropa y se aterrorizó. Al parecer podría ser incinerada en su propio campo.

«Dios mío, por favor ayúdame.»

Otra chispa cayó sobre Baliclava. El burro se elevó, corcoveó, y corrió en una búsqueda enloquecida de seguridad. Anna ya no intentó guiar al animal. Se aferró a su pescuezo, hundió el rostro en su gruesa crin y se colgó.

El crujido era más fuerte y se convirtió en un rugido. El calor era tan intenso, que Anna sintió que se le ampollaba la piel. El humo hacía casi imposible respirar, y si no hubiera sido por el ala de su sombrero que formaba un toldo contra el costado del pescuezo de Baliclava, Anna estaba segura de que se habría sofocado.

Pensó que iba a morir. El rostro de Paul apareció ante sus ojos: ¿se habría asustado así cuando comprendió que le llegaba la hora?

Chelsea, no podía dejarla.

Y Julian...

El grito tembloroso de Baliclava le levantó la cabeza. El humo era enceguecedor, pero no tanto como para que Anna no pudiera ver la pared de fuego rugiendo hacia ellos. Jadeando aterrorizada, se sofocó con el humo. Tosiendo, miró hacia atrás, y trató de girar al burro, que parecía decidido a arrojarse a su propia pira funeraria. Abrió los ojos aterrorizada y desistió de su intento. Detrás de ella rugía otra pared de fuego, más alta y rápida que la primera.

¡Estaban atrapados!

Anna gritó desesperada, y escondió otra vez el rostro en el pescuezo de Baliclava, mientras el burro obstinadamente corría hacia la más pequeña de las dos paredes de fuego. Ella iba a morir aquí, hoy, en unos minutos. ¡Por favor, Dios, no deseaba morir! ¡Todavía no!

Debajo de ella sintió que los músculos de Baliclava se endurecían e instintivamente se aferró con más fuerza a su pescuezo. Luego, con un poderoso impulso de sus cuartos traseros, el animal saltó como una liebre hacia el centro del furioso infierno.

35

—¡Anna! ¡Anna! ¡Dios mío, Anna!

Milagrosamente, Baliclava atravesó el fuego, corriendo como enloquecido a través de la parte ya quemada del terreno. Los trabajadores, los elefantes, y los bueyes se esparcieron, mientras el burro pasó rápidamente entre ellos, rebuznando como si estuviera poseído por espíritus. Anna iba colgada de su pescuezo, aferrándolo con sus brazos. Apenas era consciente de que, por algún milagro, habían sobrevivido.

—¡Anna!

El olor a quemado era intenso otra vez, tan ácido que le ardía la nariz. Baliclava galopaba frenéticamente hacia la floresta. Anna sintió que sus brazos se soltaban y gritó mientras resbalaba hacia un costado y caía al suelo.

Permaneció donde había caído, entre las puntas ennegrecidas de las plantas quemadas, mientras el burro huía sin ella. Estaba mareada, y no muy segura de qué era real y qué no lo era.

Voces gritaban, alguien vociferaba su nombre, y el suelo vibraba debajo de su oído mientras docenas de pies se dirigían hacia ella.

Julian llegó primero. Se sintió casi contenta de verlo... hasta que se arrodilló a su lado gritando y comenzó a pegarle con las manos en las piernas y las caderas.

—¡Basta! —trató de gritar, rodando para escapar de

él, pero la protesta salió como un graznido. Escuchó el sonido de ropa que se rasgaba, y advirtió horrorizada que se la estaba arrancando de su cuerpo.

—¡No! ¡Basta! —volvió a gritar, tratando de alejarlo con los brazos, los cuales tenía inesperadamente débiles. La estaba desnudando, rasgándole el vestido, en el medio de un campo abierto, con Hillmore y una multitud de isleños observando a su alrededor.

—¡Tus ropas se están quemando, pequeña idiota! —le gritó Julian mientras ella luchaba. Aunque al escucharlo dejó de hacerlo, igual le quitó el vestido, y también el sombrero. Se quedó sólo con su fina camisa blanca y una enagua para cubrir su desnudez. Aunque estaba débil, cruzó los brazos sobre su pecho en un esfuerzo por preservar de las miradas de la multitud de hombres lo que podía de su pudor.

Julian la miró con el entrecejo fruncido. Anna pestañeó debajo de la ferocidad de su mirada. Su rostro era una máscara tallada de furia, con sus duros rasgos repulsivos. Sus ojos resplandecían con tanto calor como el fuego del que había escapado. Tenía la frente y las mejillas tiznadas, y Anna pensó que podía ser por su vestido o quizá por el suelo. Sus cejas negras formaban una sola línea recta sobre su nariz, y sus labios estaban apretados. La miró de arriba a abajo con una emoción indescriptible. Anna pensó que era furia y algo más.

—Retrocedan —giró la cabeza para gritarles a los trabajadores—. Aléjense de ella. Hillmore, deme algo para cubrirla. Una sábana, algo.

Los isleños inclinaron las cabezas y retrocedieron algunos pasos. Hillmore salió corriendo. Había algo en la voz de Julian que golpeó como un látigo, y nadie se atrevió a desafiar su furia al no cumplir de inmediato con su pedido.

—¿Te lastimaste en alguna parte? —Julian se volvió hacia ella y esperó hasta que negó con la cabeza. Volvió a observarla, más cuidadosamente, de pies a cabeza. Sus manos, sorprendentemente gentiles, le corrieron el cabello del rostro. Entre su enloquecida carrera y su método poco gentil de sacarle el sombrero, su cabello se había desprendido del prolijo nudo y le caía desordenado alrededor del rostro y en los hombros y la espalda. Le pasó la mano por el cabello suelto, y alguna emoción que Anna no se atrevía a definir, le encendió la mirada. Cuando alejó los dedos, ella vio que le colgaban varias hebras plateadas; al parecer el cabello de alrededor del rostro se había quemado. Cuidadosamente, como si las hebras desprendidas aún pudieran herirla, las desenredó de sus dedos y las tiró. Luego le tocó la mejilla con un dedo, retrocedió, y sacó la punta de la camisa de su pantalón para limpiarle el rostro. Cuando alejó el género blanco, Anna observó que estaba manchado de tizne y sangre... su sangre. Recordó las ramas que le habían golpeado las mejillas, y dedujo que su rostro debía estar muy rasguñado. Extrañamente, los rasguños no dolían. Nada parecía doler. Se sentía como si estuviera flotando...

—¿Qué demonios estabas haciendo en ese campo? —le demandó, y sus palabras parecían provenir de lo profundo de su interior. Le tomó las manos, y se las levantó de la postura protectora de sus pechos, con una gentileza que traicionaba sus palabras. Sosteniéndolas sueltas entre las suyas, le examinó primero la parte posterior y luego las palmas. Al mirar ese rostro duro y tiznado, Anna experimentó una sorprendente sensación de paz. A pesar de sus muchas y variadas faltas, no había nadie sobre la tierra a quien confiaría su bienestar más que a su imposible cuñado. Cuidaría de ella, lo deseara o no, y en ese momento lo deseaba. Era difícil hasta pensar claramente. Al parecer necesitaba toda su energía sólo para respirar.

—¿No tienes suficiente sentido común como para avisarle a alguien que estabas allí? ¡Es un milagro que no te mataras! ¡Sabías que estábamos quemando ese campo! ¿Por qué diablos fuiste allí? ¿No tienes cerebro en la cabeza?

Su ferocidad apenas penetró. Su respuesta con una sonrisa soñadora lo debe haber preocupado, ya que su rostro se tensó y su boca descendió en una de sus comisuras. Cuando dejó de hablar, en su rostro se mezcló la ansiedad con el enojo, luego miró repentinamente hacia arriba cuando apareció Hillmore. Anna supo instintivamente que su enojo provenía del miedo. A pesar de todo, se había asustado por ella. El saberlo la entusiasmó.

—Toma —le dijo con rudeza. Pero sus manos eran gentiles mientras la envolvía en la sábana que Hillmore le había alcanzado. La tela raspaba y tenía olor a campo, pero Anna estaba agradecida por su tibieza. Repentinamente, sintió mucho frío a pesar del calor de la tarde.

Apretó los dientes, y luchó para no ceder ante los temblores que sentía. Pero los temblores estremecieron su cuerpo a pesar de sus esfuerzos. Julian, al verlos, dijo una palabra que en otra circunstancia le hubiera sonrojado las orejas. Anna casi no la registró. Estaba confundida cuando la tomó entre sus brazos y se puso de pie, levantándola como si no pesara más que Chelsea. Anna ni siquiera tenía la fuerza como para ayudarlo, colocando los brazos alrededor de su cuello. Se apoyó en él, cobijada por la sábana y sus brazos rudos, y curiosamente sintió que por fin había llegado a casa. Reclinó la cabeza sobre su pecho, y podía oír el fuerte latido de su corazón debajo del oído.

Se sentía protegida, incluso mimada. Sabía que su ternura era efímera, así que la disfrutó con avidez. En ese momento, todo lo que le importaba era que Julian la sostenía, la protegía, se preocupaba por ella.

La llevaba hacia algún lugar por el que Anna no tenía intención de preocuparse. Sin la menor duda confió en que él sabía y haría lo mejor para ella. Al comprenderlo, suspiró y cerró los ojos. Soñolientamente advirtió que Julian y Hillmore estaban conversando en voz baja. Pero no entendía sus palabras hasta que por fin Julian, visiblemente enojado, empleó un tono de voz que cortaba la niebla.

—¡Maldición, quiero saber quién encendió ese fuego! Se suponía que no iban a encenderlo a menos que el fuego original saliera de control y no pudiera ser detenido de cualquier otra manera. Averigua quiénes lo hicieron y despídelos, ¿me escuchaste?

—Sí, señor Chase —respondió Hillmore con tono respetuoso. Anna abrió los ojos justo para ver cuando el capataz levantaba la mano saludando. Julian, acentuando el gesto nada más que como su deber, despidió a Hillmore con una brusca inclinación de cabeza.

Entonces, Anna comprendió algo, mientras Julian con pocas palabras, la colocaba en la silla de montar de su caballo y subía detrás de ella.

A Hillmore o probablemente a algún otro de los sirvientes, excepto a Kirti y al Raja Singha, no le quedaba ninguna duda sobre quién se estaba encargando de la plantación: ahora el amo de facto de Srinagar era Julian Chase.

Y Anna, confundida, se sentía curiosamente contenta de que así fuera.

36

Julian la sostuvo cuidadosamente delante de él durante todo el camino de regreso a casa. Una de sus manos sostenía las riendas, y el otro brazo evitaba que Anna se deslizara de la silla de montar. Cada vez le resultaba más difícil respirar y perdía y recuperaba el conocimiento. Si no la hubiera sostenido erguida, se había deslizado de la silla de montar como un fideo cocido.

Mucho antes de ver la casa, Julian estaba maldiciendo.

Anna estaba apenas consciente cuando llegaron a la casa. Advirtió vagamente que el caballo se había detenido, y que Julian sacando el pie del estribo, pudo bajar con ella al suelo. Luego la tomó otra vez en sus brazos.

—¿Qué le sucedió a memsahib?

—¡Anna!

El Raja Singha y Ruby los recibieron en la sala de adelante. Ruby realizó una exclamación horrorizada al ver las condiciones de Anna, mientras que el Raja Singha permanecía, como era su característica, en silencio. Julian les informó concisamente lo que había sucedido mientras subía por la escalera de a dos escalones a la vez, con Anna contra su pecho. Al final del pasillo de arriba, Kirti se asomó del cuarto de los niños, con curiosidad por la conmoción. Julian sacudió la cabeza para indicarle que mantuviera alejada a Chelsea, y Kirti desapareció otra vez.

Anna estaba contenta. No deseaba que su hija se asustara cuando no había necesidad.

—Llame un médico —ordenó Julian de manera inflexible, mientras colocaba a Anna en su cama. Cuando la deslizó entre las sábanas las sintió heladas contra su piel. Tembló. Como si ese temblor hubiera roto la represa de su control, todo su cuerpo comenzó a temblar. La sacudieron prolongados espasmos, y sus dientes rechinaban.

—Traiga sábanas limpias. Envuélvala.

Ruby corrió a buscar las sábanas, pero Julian tomó la ropa de cama para envolverla, luego se sentó en el borde del colchón sosteniéndola en su falda y abrazándola, mientras Ruby le embebía suavemente el rostro. La sangre y el hollín en el paño la hicieron retroceder. Julian la abrazó más fuerte.

—Sólo son pequeños rasguños. No te preocupes, no te dejarán cicatrices —su voz rigurosa, hablándole al oído con absoluta seguridad la tranquilizó. Se relajó contra él, disfrutando del lujo de ser protegida como si realmente le importara.

Era agradable pensar que le importaba.

Abrió los ojos, los cerró, los abrió otra vez, deteniéndose en el rostro adusto de Julian antes de observar a Ruby, al Raja Singha y a los sirvientes. Ruby parecía aterrorizada, pero el Raja Singha estaba más impasible que nunca. Se preguntaba vacilante, ¿qué haría que el sirviente manifestara alguna emoción? ¿Era capaz de sentirlas? Las sirvientas estaban muy ocupadas trayendo agua fresca y paños, con los cuales Ruby le embebía el rostro, el cuello, y las manos a Anna.

—¿Qué estaba haciendo para permitir que se lastimara así? —Ruby le recriminó duramente a Julian, mientras desechaba otro paño con sangre y hollín, y tomaba uno limpio—. Debería haber...

Anna abrió los ojos y vio la mandíbula de Julian apretada. Antes de que él pudiera defenderse, Anna reunió hasta sus últimas fuerzas para interceder.

—No fue culpa suya. Yo no debí haber estado en el campo sin avisarle a alguien que estaba allí. De cualquier manera, estoy bien —agregó con firmeza.

Luego se desmayó.

Continuamente adormecida por el brebaje del médico, Anna advirtió muy poco durante las veinticuatro horas siguientes. Se despertó al escuchar la voz asustada de Chelsea diciendo «Mamá» junto a la cama. Despertándose lo suficiente como para sonreírle a su hija, pudo murmurar que no estaba enferma, sólo muy pero muy cansada, y que estaría bien por la mañana. Entró Julian, y Chelsea lo saludó con un efusivo abrazo que le demostró a Anna el lugar privilegiado que ocupaba su nuevo tío dentro del cariño de su hija. Si hubiera tenido la completa posesión de sus sentidos, esto habría desanimado a Anna, pero en esas circunstancias le pareció confortante el extraño y obvio agrado mutuo. Saber que Chelsea tenía a alguien más que a una sirvienta, alguien a quien consideraba un amigo y un familiar, para ayudarla con su miedo, le brindaba mucha tranquilidad a Anna.

Lo cual por cierto, cuando pensaba al respecto, era otro sorprendente ejemplo sobre cómo había comenzado a confiar en un hombre que estaba relacionado con ellas sólo sutilmente; que era un ladrón y un pícaro y un libertino sin conciencia; quien le chantajeó el ingreso en su vida. Anna aún estaba pensando en las ramificaciones cuando se durmió.

La comunidad inglesa era muy unida, y la noticia del accidente de Anna se esparció rápidamente a lo largo y a lo ancho. Había un constante desfile de visitantes que preguntaban sobre su estado de salud. Muy pronto, sus pulmones se recuperaron, aunque el doctor Tandy lo refutaba, pero los rasguños de su rostro permanecían como un recuerdo de su ordalía. Pasó casi una semana antes de que se sintiera lo suficientemente presentable como para recibir a un selecto grupo de visitantes en su dormitorio.

Charles fue el primero, y se precipitó junto a su cama como si ella estuviera al borde de la muerte.

—Estoy bien, Charles, realmente —insistió Anna por duodécima vez—. O por lo menos, lo estaré. El médico insiste en que me quede en cama para que mis pulmones descansen, pero sólo durante algunos días. Y los rasguños se ven mucho peor de lo que son, en verdad.

Se encontraba sobre un montón de almohadas, y una bata le cubría el camisón. Tenía el cabello cepillado y arreglado de manera que estaba despejado de la frente con un moño y caía en una cascada sobre sus hombros como una masa de ondas plateadas. Excepto por los rasguños que estaban pasando del rojo al rosa suave, estaba encantadora. Por lo menos, Charles evidentemente pensaba eso. Se sentó junto a la cama en una silla de respaldo recto que había traído y se negaba a soltarle las manos.

—Cuando me enteré que sufriste un accidente, me asusté mucho —le comentó con ojos cálidos—. Desearía que me dieras el derecho de cuidarte. Necesitas un hombre, Anna, y ya es hora de que comiences a dejar el pasado y a mirar el futuro. Yo...

Algo provocó que mirara hacia la puerta abierta de su dormitorio. Lo que vio hizo que no escuchara las palabras siguientes de Charles. Julian, vestido con su acostumbrado uniforme de trabajo de pantalón negro, botas y camisa blanca sin cuello, los estaba observando. Su silueta, con hombros anchos y su contextura apoyada sobre sus caderas parecía más poderoso que nunca en comparación con el delgado Charles, y tenía un aspecto amenazador. Por el mal gesto de su rostro, Julian estaba claramente disgustado con su visitante. Pero enojado o no, era lo suficientemente atractivo como para dejar sin respiración a Anna.

Al ver que lo miraba, inclinó la cabeza y entró en la habitación.

—Hola, Dumesne —le dijo sin sonreír cuando Charles giró para saludarlo. Anna retiró su mano discretamente, pero el desagrado del rostro de Julian no disminuyó. Sin embargo, le estrechó la mano a Charles con educación aunque sin entusiasmo, cuando éste se puso de pie y la extendió, e intercambió las amabilidades que requerían las reglas de cortesía.

—¿Qué haces aquí a mitad del día? —le preguntó Anna a Julian. Desde su accidente, lo veía por la tarde o por la mañana temprano cuando se detenía en su dormitorio para evaluar su mejoría e informarle sobre los progresos que había realizado para Srinagar ese día.

—Te compré algo —le respondió lacónicamente, y por primera vez observó la gran caja atada con una cuerda que tenía debajo del brazo.

—Bueno, gracias —su sorpresa se manifestó en su voz. Julian la miró rápidamente antes de colocar la caja al pie de la cama.

Luego desvió su dura mirada hacia Charles.

—Estoy seguro de que Anna está muy contenta de verlo, pero el médico nos dijo que necesita descansar.

—Ya me iba —lo tranquilizó, aunque Anna protestó diciéndole que no tenía que irse en ese momento.

Julian ignoró sus palabras levantando las cejas y luego le comentó a Charles.

—Si se va en seguida; lo esperaré. Tenemos un cargamento de plantas de té que le agradaría ver.

—Me agradaría eso. Gracias.

—Entonces lo veré abajo. Anna.

Se retiró mirándola sin sonreír. Charles, a solas con ella solamente durante algunos preciosos minutos, sonrió lastimosamente.

—Es un joven muy protector, ¿verdad? Es evidente que no le agrada verme husmeando por aquí. —Charles frunció el entrecejo repentinamente—. No tiene ningún otro interés en ti más que como cuñada viuda, ¿verdad? Quiero decir, no son familiares, y...

—¡Charles! ¡Qué sugerencia! —lo interrumpió Anna, tratando de parecer escandalizada mientras se sonrojaba. Si alguien sospechaba exactamente qué clase de interés tenía en ella, o lo extraña que era realmente su relación, habría un escándalo terrible. Ser etiquetada por sus amigos y vecinos como una cualquiera era algo horroroso en lo que ni siquiera se atrevía a pensar.

—No quise decir eso —replicó Charles avergonzado—. Por supuesto, al ser tu cuñado está interesado en cuidar tu buen nombre. Es natural. Y tienes a la señora Fisher en la casa... no porque la necesites, por supuesto. Sólo por las apariencias. Aun así, no parece tu cuñado. Pero veo que te estoy disgustando, por lo tanto no diré nada más. Sólo, Anna... si necesitas protección, y Chase, por cualquier razón, no está disponible, por favor cuenta conmigo.

—Gracias, Charles, pero no creo...

—No, por supuesto que no —respondió apresuradamente—. Bueno, ahora me iré. Aunque vendré la semana próxima, si puedo.

—Por supuesto —contestó Anna. Le besó la mano y salió de la habitación. Anna lo observó desanimada. Quizá Julian no la deseaba, pero tampoco deseaba que nadie más la tuviera. Su actitud había sido más que nunca, como la del perro del hortelano, y Charles lo había notado. Y si Charles lo había notado, alguien más también podría hacerlo. Un comentario aquí y allá podría originar un desagradable escándalo, y Anna se descorazonó ante la perspectiva.

Debía pedirle a Julian que se fuera antes de que sucediera. Pero ya se lo había pedido... varias veces... y se había negado a irse.

Y para ser honesta consigo misma, ella no deseaba que lo hiciera.

Observó la caja a los pies de la cama, y se estiró para traerla hacia ella. ¿Realmente Julian le había comprado un obsequio? En realidad, había sido inesperadamente gentil con ella, a una semana de su accidente... ¡pero un regalo! Julian no parecía la clase de hombre que le da muestras de su aprecio a ninguna mujer, mucho menos a ella.

A Anna le temblaron un poco los dedos mientras desataba la cuerda y levantaba la tapa de la caja. Allí, debajo de capas de papel tisú, estaba el brillo de suave seda verde.

¡Un vestido! Y no cualquiera. Anna vio mientras lo sacaba una adorable confección de resplandeciente seda hindú, adornada con encaje, y cortada a la última moda. Era un vestido de ensueño, un vestido que nunca había tenido, y no perdió tiempo. Sacó los pies de la cama, aferrando el vestido a su pecho y se apresuró a probárselo.

37

El vestido le sentaba estupendamente bien. Anna se colocó delante del espejo móvil de cuerpo entero maravillándose ante su propia imagen. El extraordinario matiz verde de la seda resaltaba su piel blanca y oscurecía sus ojos como si fueran color esmeralda. Intensificaba el tono de su cabello, el cual retorció rápidamente detrás de su cabeza para ver el efecto completo de cómo se luciría con el cabello bien peinado. Giró a un lado y al otro, y admiró su imagen. El talle bajo con encaje y diminutas mangas le dejaban los hombros, brazos y una considerable cantidad de busto a la vista; la cintura recortada estaba sostenida por una ancha faja que hacía que su propia cintura luciera increíblemente estrecha; la falda acampanada con sus vuelos de encaje estaba adornada con moños de seda verde que hacían juego con el moño que sostenía la falda atrás. El vestido era suntuoso y elegante. Con él lucía hermosa. Anna pensó en Julian eligiendo una cosa así para ella, regalándosela, y sintió un nudo en el estómago.

¿Por qué lo había hecho? Las posibilidades le aceleraron el corazón.

Con cautela para no leer demasiado en un gesto que podía haber sido impulsado simplemente porque no le agradaba el color negro, sin embargo Anna sintió que se le dibujaba una pequeña sonrisa en el rostro. Julian era imposible, un bribón, empedernido, despótico y tan exasperante que deseaba matarlo, por lo menos la mitad del tiempo, pero... Se negó a terminar el pensamiento. Había herido su corazón, no una sino dos veces. Sería una tonta si volviera a dejarlo desprevenido otra vez.

Sin embargo no podía evitar el brillo que le sonrojaba las mejillas y destellaba en sus ojos cuando observaba su imagen en el espejo. Si la idea no hubiera sido ridícula, habría pensado que parecía una mujer enamorada. ¿De Julian? El pensamiento la asustó.

Enamorarse de él sería abrirse al dolor.

Con ese pensamiento sobrio, sus manos buscaron los ganchos en la parte trasera del vestido. Era el momento de dejar el adorable vestido y volver a la realidad de ropa de luto. No podía permitir que una intensa atracción física por un hombre la enceguciera hacia lo que era real en la vida y lo que no lo era.

Las ondas plateadas del cabello que le caía como una cascada sobre la espalda le dificultaban la visión mientras luchaba con los ganchos. Había desprendido uno, luego otro y un tercero cuando advirtió que alguien la observaba. Dejó caer las manos a los costados y giró.

—Luces hermosa. Como una sirena —le dijo Julian.

—¿Nunca golpeas? —demandó Anna, irritada, y sacudiéndose el cabello de la cara mientras miraba la puerta de su dormitorio, la cual había cerrado cuidadosamente antes de sacarse el camisón.

—Cuando la ocasión lo justifica —su particular sonrisa le daba un devastador encanto a su rostro oscuro. Sólo el mirarlo le aceleraba el corazón. Era tan alto, tan atractivo, tan hombre...

Pero no era para ella, recordó severamente. Frunció el entrecejo.

—Creí que ibas a mostrarle algunas plantas de té a Charles.

—Mentí —respondió con una pícara sonrisa, y se dirigió hacia ella con esas pisadas suaves que se le marcaron en la memoria para siempre. De pronto, Anna sintió vergüenza de él, y se volvió hacia el espejo. Él se detuvo detrás de ella, y su altura y el ancho de sus hombros la hicieron parecer diminuta cuando sus imágenes se juntaron, y la miró a los ojos a través del espejo—. Cuando llegamos abajo, repentinamente recordé una cita urgente. Lo cual, ahora que lo pienso, no era una mentira después de todo. Deseaba ver cómo te quedaba el vestido.

Anna se miró en el espejo y luego levantó la vista para mirarlo.

—Es hermoso. Gracias. Me encanta, aunque no tengo un lugar adonde usarlo.

—Úsalo en cualquier lugar que te agrade. En una fiesta, para ir a visitar a tus amigos —levantó las manos y las apoyó suavemente sobre sus hombros desnudos. Anna trató de no reaccionar.

—Olvidas que estoy de luto.

—No he olvidado nada —tenía un desagradable brillo en la mirada—. Pero ha pasado un año o más. ¿No crees que estás llevando esto demasiado lejos?

—Amaba a Paul.

—Tiempo pasado. ¿O me vas a decir que aún lo amas?

—Siempre lo amaré.

Esa tranquila admisión provocó que bajara las comisuras de sus labios. Le apretó más fuerte los hombros, y la giró, penetrando con sus dedos su piel suave hasta que gritó.

—Tontita —murmuró y bajó su boca hacia ella.

Anna no trató de eludir su beso. Una parte de ella deseaba el contacto con su boca, aunque otra parte gritaba peligro. Pero en lo que se refería a él, ella era débil, demasiado débil para resistirse. Lo amaba...

Dios Santo, ¿lo amaba? La idea era aterradora. No podía, seguramente no podía, amar a un pícaro ladrón, chantajista que se aprovechaba de las damas. Era una insensatez. Pero la sensación de su boca sobre la suya era exquisita, tibia, ruda y tan buena. Sus manos se deslizaron por las mangas de su camisa y se apoyaron contra los sólidos músculos de la parte superior de sus brazos. Se apoyó en las puntas de los pies para besarlo.

La abrazó y la empujó hacia él. Anna también lo abrazó y le colocó los brazos alrededor del cuello. Sus dedos le acariciaron el grueso cabello negro de la nuca. Lo besó como si hubiera estado hambrienta por el gusto de su boca, con toda la apasionada entrega que su cuerpo ya no podía negar. ¿Lo amaba? ¿Lo deseaba?

Más que nada en la vida.

De pronto, la alejó y la sostuvo mientras la observaba con el entrecejo fruncido tan ferozmente que la desconcertó.

—Julian... —comenzó a decirle y luego vaciló ante la expresión sombría de su rostro.

—Julian —la imitó con un despiadado falsete—. Por lo menos esta vez dijiste bien el nombre.

La alejó de él y giró para dirigirse al guardarropa. Mientras Anna observaba, confundida, él abrió las puertas y después de examinar rápidamente el contenido, comenzó a sacar los vestidos de las perchas, colocándolos cuidadosamente sobre su brazo.

—¿Qué crees que estás haciendo? —balbuceó Anna cuando recobró el uso de su voz.

—Esta farsa ha llegado demasiado lejos. Lo has llorado un año, y eso es suficiente.

Estaba sacando todos sus vestidos negros que poseía. Anna se apuró para detenerlo, lo tomó del brazo y él la apartó con rudeza.

—¡No puedes sacar mi ropa!

—¿No puedo? Obsérvame, pequeña hipócrita —le envió una mirada centelleante sobre su hombro.

—¡Hipócrita!

Con su repetición indignada logró otra mirada feroz.

—¿Cómo lo llamarías? Te acostaste conmigo, dejaste que te hiciera el amor, me respondiste con una calentura como ninguna mujerzuela lo hizo jamás, y sin embargo vas por allí alegando que amas a tu esposo muerto y llevando luto para probarlo.

—Amo... —Anna comenzó a protestar y se detuvo cuando él se volvió con ira en su rostro.

—Si dices su nombre una vez más, te juro que te estrangularé —la amenaza fue dicha entre dientes.

Su boca estaba tensa y parecía tan salvaje que Anna, alarmada, retrocedió.

Sus labios reflejaban su satisfacción.

—¿Me temes? No te culpo. Tienes tus razones.

—Julian...

Sus ojos brillaban como dos carbones gemelos salidos de algún lugar del infierno. Anna, sorprendida, se detuvo.

Sin decir otra palabra, se volvió para sacar el resto de sus vestidos de luto del guardarropa. Luego, con la última mirada humeante, salió de su dormitorio.

Anna, sin palabras, lo observó impotente. Tardó varios minutos en registrar que, realmente, se había llevado todos los vestidos decentes que poseía. Lo que quedaba era una mezcla de vestidos anteriores a la muerte de Paul... Y el resplandeciente vestido verde que tenía puesto. Enojada como estaba, Anna sintió deseos de rasgar la frágil seda para mortificar a Julian. Ya tenía los dedos en el cuello del vestido, pero la belleza del mismo la detuvo. Furiosa, se lo quitó tan rápidamente como pudo y se puso el color lavanda que había usado una vez debido a Julian. El recuerdo la enfurecía más, y su mirada era decididamente centelleante cuando salió a buscar su ropa y al hombre que se había atrevido a llevársela.

—¡Anna, qué bueno verte con colores!

Ruby salió de la parte más baja de la casa a tiempo para realizar este comentario... y ser recompensada por una mirada y un feroz murmullo mientras Anna pasaba a su lado. La otra mujer se quedó balbuceando, pero no por mucho tiempo. Corrió para alcanzar a Anna.

—Dios mío, ¿dónde vas tan apurada?

—¡Se llevó mi ropa!

—¿Qué?

—Ya me oíste. ¡El puerco se llevó mi ropa!

—¿Te refieres a Julian? —Ruby, quien había llegado junto a Anna mientras ésta salía por la puerta hacia la galería trasera y luego al jardín, parecía intrigada.

—¡Por supuesto que me refiero a Julian!

—Pero, ¿por qué?... —de pronto, al absorber esta información, Ruby parecía enormemente entretenida. Anna la miró enfurecida.

—¿Por qué? ¿Por qué? Porque dice... no importa lo que dice.

—Está cansado de tu ropa negra, ¿verdad? —Ruby asintió con la cabeza sabiamente—. No puedo decir que estoy sorprendida. Estuvo cuidándote extraordinariamente desde que te accidentaste. Si me preguntas, diría que está muy afectado.

—¿Qué quieres decir? —Anna se volvió hacia Ruby tan enfurecida que la otra mujer pestañeó.

—Bueno, es tan evidente como la nariz de tu cara que está loco por ti. ¿Por qué otro motivo se llevaría tus vestidos negros? Diría que está celoso.

—¡Celoso!

—De Paul.

—Paul está muerto.

—Eso no importa si él aún está vivo para ti.

—¡Eso es lo más ridículo que escuché en mi vida!

Ruby se encogió de hombros.

—Julian y yo... él me desagrada la mayor parte del tiempo. ¿Cómo podría estar celoso de Paul? ¡Es absurdo!

Ruby volvió a encogerse de hombros.

—Yo... —Anna se detuvo abruptamente, recordando los acontecimientos que habían conducido a la sorprendente sugerencia de Ruby, y miró furiosa a su alrededor, ya que su momentánea distracción le hizo perder el control. El jardín, el patio del establo y los alrededores parecían estar desiertos—. No importa por qué lo hizo, el hecho es que el puerco robó mi ropa. Si no lo encuentro antes de que haga algo, no tendré nada que ponerme.

—Mira allá —le dijo repentinamente Ruby, señalando más allá de los establos.

Anna vio una columna de humo y sintió que su furia aumentaba.

—¡Si se atrevió...! —hizo rechinar los dientes, mientras se dirigía apresuradamente hacia el humo.

Ruby la siguió sin decir nada, pero su rostro reflejaba su diversión, la cual cuidó que Anna no viera.

—Me agrada un caballero enérgico —murmuró casi para sí misma.

—¿Qué? —Anna miró hacia atrás sobre su hombro mientras giraba en un extremo del establo.

—Nada, querida, no era importante. ¡Mira eso!

La visión que ocasionó el comentario de Ruby provocó que Anna se detuviera de inmediato. Luego se levantó las faldas y corrió derecho hacia la pila de madera encendida sobre la cual se encontraba... su ropa.

—¡Bastardo arrogante! —le susurró a Julian, quien dejó de atizar el fuego y giró para verla pasar precipitadamente. Anna repitió el epíteto saboreando la maldad de la palabra prohibida. Recogió el rastrillo que él había tirado y trató desesperadamente de recuperar, por lo menos, algunos de sus vestidos de arriba de la pila.

—¿Esa es la forma de hablar de la hija de un vicario? —Julian la tomó de la cintura, alejándola de la tarea que ella ya había visto desesperada que era inútil. Su ropa estaba ardiendo. Las llamas consumían hambrientas la fina seda, la muselina y la tafeta.

—¡Mira lo que has hecho! —Anna señalaba desesperada, mientras las prendas se quemaban y retorcían, convirtiéndose en cenizas. Sus brazos en la cintura la mantenían alejada del fuego, y luchaba furiosamente contra ellos. Cuando ya era evidente que no había esperanza de salvar nada, la dejó ir.

Anna se volvió rápidamente hacia él, agitando con tanta furia el rastrillo, que si hubiera conectado el golpe, le habría volado la cabeza. Julian se agachó.

—¡Deténgase! —Jim la tomó de atrás antes de que pudiera enviar un segundo golpe. Julian, haciendo una mueca, le sacó el rastrillo.

—Déjala ir, Jim —le ordenó una vez que el rastrillo estuvo seguro en sus manos.

—Si tú lo dices —Jim parecía dubitativo. Soltó a Anna, y se alejó un paso de la escena.

Pero él no corría peligro. Anna apenas notó su presencia, mucho menos la de Jama, quien observaba desde la seguridad de la puerta del establo, o del sorprendido ayudante de Jama, quien había salido del establo con dos caballos ensillados.

Toda su atención era para Julian.

—Pediré más —susurró Anna, apretando los puños a sus costados. Su incapacidad para lastimarlo la enfurecía.

Él sonrió con gran encanto. Se adelantó, le tomó el mentón y le levantó el rostro hacia el suyo.

—Si haces eso, cariño, también los quemaré. En realidad, si te veo con otro vestido negro, te lo arrancaré estés donde estés. Acompañada o no. Te doy mi palabra —la amenaza fue suave, demasiado suave como para que nadie la escuchara, excepto Anna.

Furiosa, le apartó la mano con un golpe.

—¡Tócame otra vez, y... y...!

—¿Tú qué, cariño?

Cuando la miró, sabiendo que una amenaza no lo perturbaría, él se sonrió. La furia la dejó momentáneamente sin palabras.

—Eres una muchacha buena y sensible —agregó Julian descuidadamente, levantando la voz para que la audiencia pudiera oírlo. Anna, con las mejillas enrojecidas por la furia, aún luchaba buscando malas palabras para insultarlo, cuando él se volvió y se dirigió hacia donde el muchacho sostenía los dos caballos, y subió a la silla de montar más grande. Jim lo siguió como una sombra fiel.

—Te veré en la cena —le dijo Julian tomando las riendas. Luego con una última mueca, golpeó con los talones los costados del caballo y se alejó. Jim trotaba detrás de él.

—Ese... ese... —le balbuceó Anna furiosa a Ruby, quien se había acercado a su lado. Ruby suspiró.

—Querida, si te cansas de él, dámelo a mí —le comentó. Luego, al ver que Anna la miró enojada, Ruby comenzó a retractarse.

38

Despojada de todo su guardarropa, Anna pasó los días siguientes malhumorada en su dormitorio. Ruby, condolida aunque extrañamente divertida, la visitaba al igual que Chelsea y Kirti. A Julian no lo veía mucho.

Lo cual estaba bien. Cada vez que pensaba en el demonio burlón, su ira aumentaba. Deseaba abofetearle el rostro moreno, patearle las poderosas canillas, morderle los hombros musculosos... y eso era sólo para comenzar. Lo que realmente deseaba era matarlo.

¿Cómo se atrevía a colocarla en esa posición? Tenía la horrible sensación de que era el hazmerreír de la casa, si no de toda la comunidad.

Si no podía aparecer con su ropa de luto, no aparecería para nada. Y así se lo informó a Ruby cuando, a la mañana del segundo día, la otra mujer le avisó que había una costurera para comenzar a trabajar en su nuevo guardarropa. Cortesía, por supuesto, de Julian.

—No tengo intenciones de ordenar nueva ropa —replicó Anna—. Y puedes decirle que... —se detuvo, pensó y luego sonrió—. Pensándolo bien, puedes decirle que suba. Después de todo, voy a ordenar algo.

Ruby la observó pensativa, pero si tenía alguna sospecha sobre qué pensaba Anna, no discutió.

—Si fuera tú, querida, tendría cuidado sobre lo que voy a hacer —fue todo lo que dijo.

Anna, desafiante, ordenó media docena de vestidos nuevos hechos a su medida... todos color negro.

¡Pronto le enseñaría a Julian Chase a no amenazarla!

Hasta que enviaran los vestidos (la mujer los prometió para dentro de cinco días) permanecería en su habitación. Luego aparecería como antes, y si Julian se atrevía a ponerle un solo dedo encima, le sacaría los ojos.

Mientras tanto, venían tantos visitantes a Srinagar que Anna se alegró de permanecer en su habitación. Su satisfacción consistía en imaginar lo complacidas que estarían algunas de las mujeres que venían de visita (no podía llamarlas damas) en poder tener a Julian para ellas solas. Probablemente estaba fuera de la casa durante mucho tiempo, pero no tenía dudas que sus favoritas, como Antoinette y Noack, se las arreglarían para encontrarlo. Sin duda, fingirían un gran interés en el cultivo del té con ese propósito.

Junto con las visitas llegaban invitaciones para cenas, musicales, tardes literarias, y otros varios entretenimientos, dirigidos no sólo a Anna sino también a Julian. Aunque las plantaciones estaban separadas, no lo estaban tanto como para convertir la sociabilización en algo imposible, y los vecinos de Anna eran un grupo muy sociable. Antes de que Paul se enfermara, asistían a fiestas varias veces al mes. Desde su regreso a Ceilán, ella había asistido a unas pocas reuniones.

Pero Anna rechazó todas las invitaciones. Su excusa era que no se sentía lo suficientemente recuperada como para asistir. La realidad era mucho más compleja: estaba demasiado confundida sobre lo que realmente sentía por Julian, como para desear que la obligaran a interactuar con él en una reunión pública, especialmente si todos murmuraban sobre su abandono del luto. Y por el momento, no tenía nada adecuado para usar.

Entonces Julian, el puerco despótico, decidió aceptar una invitación para los dos.

—¿Quieres decir que le envió una nota a Antoinette Noack diciéndole que nos encantará asistir a su cena? Él puede hablar por sí mismo, pero yo no tengo intenciones de ir, y eso puedes decirle.

—Yo no, querida —respondió Ruby—. Díselo tú.

—Bueno, yo lo haré.

Anna buscó papel y tinta en la mesa que se encontraba junto a su cama, y procedió a escribirle una nota a Julian. Llamó al Raja Singha y le pidió por favor que Julian la recibiera en cuanto entrara a la casa. Luego, con una sonrisa de satisfacción, se puso el camisón y se acostó.

Se sentía demasiado pobre como para asistir a una fiesta.

Dos horas más tarde, Anna estaba en su cama, cómodamente apoyada sobre un montón de almohadas, aunque era la media tarde. Tenía una pila de material de desechos junto a ella, y estaba ocupada cosiendo un guardarropa para muñecas como regalo de cumpleaños para Chelsea, quien pronto cumpliría seis años. Anna estaba trabajando en un gracioso vestidito de encaje, y Ruby, quien había colocado una mecedora junto a su cama, estaba colocando el borde en la capa que hacía juego, cuando se oyeron pasos demasiado familiares a lo largo del pasillo.

—Oh, oh. Vienen problemas —le murmuró Ruby a Anna.

—Para nada —respondió Anna arrogante, e inclinó otra vez la cabeza sobre su costura. Se estremeció mientras esperaba la llegada de Julian. No esperaba que tomara la nota al pie de la letra. Por supuesto que vendría a ver por sí mismo si sus pulmones le molestaban demasiado como para permitirle levantarse de la cama.

—¿Qué es esto? —Julian, con la nota arrugada en una mano, entró a su habitación sin ceremonia. No llevaba saco, lo cual era lógico por el calor, aunque muchos de los ingleses de por allí usaban saco, fuera razonable o no. Su camisa y su pantalón estaban sucios y mojados con transpiración, y tenía el cabello atado en la nuca. La transpiración brillaba sobre su rostro, y parecía más moreno que nunca. Evidentemente recién llegaba de los campos... y no estaba contento.

—¿Nadie te enseñó a llamar a la puerta? —Anna levantó las cejas arrogante, la aguja se congeló sobre el minúsculo vestido cuando lo miró demostrándole sus sentimientos sobre su impertinencia.

—No —respondió. Anna frunció el entrecejo al tener el viento en contra y pinchó la aguja en la tela con tanta fuerza que la atravesó y penetró en el pulgar de la otra mano. Reprimiendo un grito, se colocó el dedo lastimado en la boca y lo observó enojada.

Él permaneció de pie en el extremo de la cama, alto y atractivo a pesar de la suciedad, y sorprendentemente masculino, mirándola de arriba a abajo como si tuviera derecho a hacerlo. Anna se había tapado hasta las axilas, y tenía una bata recatada sobre el camisón, por lo tanto estaba bien cubierta. Pero algo en su mirada la hizo sentirse desnuda. Maldito hombre, la hacía sentir incómoda sólo con arquear las cejas. Levantó el mentón y le preguntó:

—¿Deseabas verme por algo?

—Sabes muy bien por qué deseo verte. Vas a ir a la fiesta esta noche.

—Si leíste mi nota, sabrás que no puedo: no me siento bien.

Julian dijo una palabra que expresaba más que adecuadamente su opinión de esa excusa. A Anna se le sonrojaron las puntas de las orejas por la indecencia, pero no titubeó.

—No hay necesidad de maldecir.

—Maldeciré las veces que quiera. Ya tuve suficiente de tu malhumor. Vas a venir conmigo a esa fiesta aunque tenga que arrastrarte del cabello.

Anna apretó los labios.

—Te digo que estoy enferma.

—Por supuesto que no.

—Como decidiste destruir mi guardarropa, no tengo qué ponerme.

—El vestido verde te queda hermoso.

—No tengo intenciones de aparecer en público ataviada con eso. Por lo menos debo usar medio luto: lavanda o gris.

A Julian se le oscurecieron repentinamente los ojos. El tono de su voz era irritado.

—Mi querida, si cuando llegue el momento de ir a lo de la señora Noack, no apareces con el vestido verde, te traeré personalmente aquí y te vestiré yo mismo. Te doy mi palabra.

—¡No te atrevas a amenazarme! —al igual que Julian, Anna abandonó toda pretensión de cortesía. Se sentó en la cama, con la mirada enardecida.

—Me atrevería a mucho más que una simple amenaza. Pruébame y verás.

—¡No te tengo miedo!

—Entonces tienes el sentido de una pava real —durante un momento apretó el rodapié de la cama, y luego al advertirlo distendió las manos—. El carruaje estará listo a las seis. Y espero que tú también.

—Espera todo lo que quieras. No lo estaré —Anna lo miró mientras giraba y se encaminaba hacia la puerta.

—Entonces prepara tu cabeza.

39

Abajo, el reloj marcaba las seis. Anna, obstinadamente oculta en su dormitorio, escuchó las débiles reverberaciones que marcaban la hora con nerviosa expectativa. En cualquier momento, esperaba escuchar que Julian venía por el pasillo a buscarla, aunque no tenía absolutamente ninguna intención de permitir que la llevara.

No fue decepcionada.

Sus pasos eran rápidos, decisivos e imposibles de confundir. Anna se tensionó cuando se detuvo delante de su puerta, y luego sonrió al ver que giraba el picaporte. ¿Qué clase de tonta creía que era? Por supuesto que la puerta estaba bien cerrada.

Ruby, la cobarde, se había negado a apoyarla cuando, según sus palabras «estallara el infierno», así que Anna estaba sola. Tenía la espalda bien derecha, y las palmas mojadas mientras observaba la puerta. Había estado muy nerviosa para quedarse en la cama, y realmente, ¿qué importaba si Julian no podría entrar para verla? Entonces se colocó de pie con la espalda hacia la ventana, con las manos apretadas, en una actitud inconscientemente piadosa, delante del pecho. Se había cambiado la bata por una de algodón, la cual estaba sostenida debajo del busto por una ancha faja azul. Tenía el cabello recogido en la nuca con un simple moño azul, y chinelas de raso. Era el atuendo de una dama que pensaba pasar la noche en su dormitorio, lo cual era precisamente lo que Anna tenía intención de hacer.

El picaporte giró una vez más, inútilmente, y luego se oyó un golpe imperativo.

—¿Anna?

—¡Vete! —estaba orgullosa de su voz, era firme y fría.

—Si no abres esta puerta ahora mismo, la tiraré abajo.

—¡No te atreverías!

—Pruébame.

Anna frunció el entrecejo. La puerta era de roble, la cerradura sólida y fuerte. Seguramente no podría tirarla abajo... ¿o sí?

Antes de que pudiera pensar más en el asunto, el panel tembló cuando algo golpeó contra él. El ruido hizo temblar a Anna. Provocaría que todos los de la casa corrieran.

No deseaba más testigos de la guerra entre ella y Julian.

—¡Está bien, ya voy! —gritó cuando el panel tembló otra vez. Se dirigió rápidamente hacia la puerta, giró la llave de la cerradura, y la abrió. Julian se encontraba del lado opuesto, deslumbrantemente atractivo con la convencional vestimenta de noche blanca y negra, y con el entrecejo fruncido.

Anna también lo miró adusta.

—¿Memsahib? —el Raja Singha apareció en el pasillo observando a Anna y a Julian sin ninguna expresión comprensible—. ¿Me necesita, memsahib?

Durante un momento, Anna se sintió tentada. Pero no deseaba causarle problemas al Raja Singha, y si desafiaba a Julian, seguramente los habría.

—No, estoy bien, Raja Singha —respondió tan amablemente como pudo—. Gracias.

Bajo la mirada vigilante del Raja Singha no podía pelear con Julian en el pasillo. Refrenando su lengua, Anna retrocedió para dejarlo entrar. Julian pasó junto a ella sin decir una palabra, y ella cerró la puerta.

El enemigo había tomado el castillo exitosamente; esta

batalla estaba perdida. Anna tenía una mirada centelleante ante la idea del triunfo de Julian. Se intensificó y se convirtió en un brillo marcial cuando se volvió y lo vio sacando el vestido verde de su guardarropa.

—¡Te dije que no voy a ir! —las palabras eran enérgicas, pero mantuvo la voz baja.

—Oh, sí lo harás. Ven aquí.

Al ver que permanecía obstinada junto a la puerta, con los brazos cruzados de manera desafiante sobre el pecho, Julian se dirigió hacia ella para tomarla del brazo. Para su horror, tomó la faja de la bata, con la intención de desvestirla allí donde estaba.

—¡No te atrevas! —aterrorizada, le golpeó las manos, las cuales tiraban de los extremos de la faja. Él se detuvo, con los dedos enredados en el moño suelto y levantó la vista para mirarla.

—Tuviste tu oportunidad —su voz era implacable—. Ahora desvístete. Llegaremos tarde.

—No puedo... contigo aquí.

—Puedes y lo harás. O yo lo haré por ti —tiró otra vez del moño, hasta que finalmente se soltó. La bata se abrió, dejando ver el fino camisón, y Anna la volvió a cerrar rápidamente.

—¡No! —Se corrió rápidamente de su alcance, sosteniéndose la bata con ambas manos sobre el pecho. La perspectiva de ser enérgicamente desvestida por él era más que humillante. Era mejor desvestirse como él deseaba y conservar un poco de dignidad que ser obligada a hacer su voluntad. ¡El puerco!

—Tú ganas, ¿está bien? Iré contigo. Si te vas, me vestiré —sus palabras eran heladas.

Julian se rió, pero el sonido careció de alegría.

—Oh, no, mi bella dama. Tuviste tu oportunidad. No confío en ti. Puedes hacer cualquier cosa como saltar por la ventana. Te vestirás conmigo aquí... o te vestiré yo mismo.

—¡Te odio!

—Probablemente. ¿Y bien?

Anna sabía cuándo estaba derrotada. Enojada, se retiró hacia atrás del biombo del rincón. Mientras se quitaba la bata y el camisón, él le arrojó prendas: una camisa blanca cayó sobre la parte superior del biombo, y la siguieron, en rápida sucesión, dos enaguas, medias y ligas. Era increíble pensar que revolvería su ropa interior, pero al parecer sabía qué usaba una dama debajo del vestido.

Anna se colocó la camisa, luego una de las enaguas y la otra. No confiaba en él y pensó que en cualquier momento espiaría por un extremo del biombo.

Después de colocarse las medias y atarse las ligas, se detuvo durante un momento, mordiéndose el labio con indecisión. Tomó la bata, se la puso y salió de atrás del biombo.

Julian estaba sentado en la mecedora que se encontraba frente a su mesa de tocador. Tenía los pies cruzados y los tacos apoyados en la cama. Se le había abierto la chaqueta y se le veía el chaleco rayado negro y gris; y tenía las largas y poderosas piernas extendidas, un pantalón negro y brillantes botas negras. Arriba llevaba una camisa nívea y una corbata impecablemente anudada... realmente, nunca lo había visto tan elegante, aunque se mordería la lengua antes de decírselo. Su rostro bronceado con esa expresión de burlona diversión era exasperadamente atractivo. Al observarla, levantó las cejas, Anna inclinó el mentón arrogante y se dirigió al guardarropa para sacar lo que necesitaba de uno de los pequeños cajones de abajo. Se volvió para mirarlo, con el complemento que necesitaba escondido entre las manos.

—Si te vas, y envías a Ruby o a una de las sirvientas, estaré lista en cinco minutos. Te doy mi palabra.

Emitió un sonido burlesco, dejó caer los pies al suelo, y se puso de pie.

—No sabía que usabas corsé —le dijo observando lo que sostenía en la mano—. Antes no lo usabas.

Realmente, el hombre sabía demasiado sobre los detalles íntimos de la vestimenta femenina. Con las mejillas sonrojadas, Anna tomó el vestido verde y se dirigió hacia atrás del biombo.

—¿Podrías llamar a Ruby, por favor?

—¿Y dejarte remoloneando aquí durante horas? Oh, no. Si necesitas ayuda, yo lo haré. Creo que descubrirás que soy bastante competente actuando como la sirvienta de una dama.

—¡No necesito tu ayuda!

—He ayudado a más de una... uh... dama con su corsé.

—¡Bueno, a mí no me ayudarás!

Pero era como si hubiera hablado consigo misma. Como Anna lo temía, Julian entró detrás del biombo tan indiferente como si hubiera entrado a la sala. Ya se había quitado la bata, y durante un momento él la observó mientras ella permaneció allí con su delicada ropa interior, y el corsé apoyado sobre su pecho, como un escudo inútil contra su mirada. Le brillaron los ojos, y durante un momento Anna temió que sería la receptora de algún comentario vulgar, que le quedaría marcado para siempre en la mente.

—Vuélvete —fue todo lo que le dijo. Al ver que era lenta para obedecer, tomó el corsé de sus manos y la giró tomándola de los hombros. Para su humillación, se lo colocó en la cintura con una facilidad que demostraba su experiencia, ubicando el borde de la ballena debajo de su busto, con sorprendente destreza para un hombre tan masculino. O quizá su masculinidad debería convertir su habilidad en algo menos sorprendente. Sin duda ya había prestado el mismo servicio a una legión de amantes.

—¿Por qué el corsé? —le preguntó mientras ajustaba los cordones.

—¡Porque el vestido lo necesita! Lo observé cuando me lo probé.

—¿Demasiado ajustado en la cintura, eh? Lo hice cortar con las medidas de uno de tus vestidos de cuervo... debe ser toda la salsa que comes en la cena. Debes cuidarte, querida, o engordarás.

Estaba sonriendo, Anna podía afirmarlo por el tono de su voz. Le crujieron los dientes, pero antes de que pudiera responder, Julian tiró tan fuerte de los cordones que la hizo jadear.

—Aférrate a algo.

Humillada, apenas tuvo tiempo de obedecer, y se aferró con fuerza a la mesilla de la ventana con ambas manos, mientras él tiraba de los cordones. Anna contuvo la respiración, la circunferencia del corsé se contrajo violentamente... y luego le ató los extremos con un nudo firme antes de retroceder al haber cumplido su misión.

Anna apenas podía respirar. Rara vez usó un corsé, y seguramente nunca uno tan apretado. Sospechó perversamente que el demonio sonriente le había atado tan fuerte como pudo a propósito... pero se sofocaría antes de pedirle que lo aflojara.

—¿Sucede algo? —le preguntó suavemente, observándola de pies a cabeza.

¡Lo había hecho a propósito!

—¿Qué podría suceder? —le preguntó con dulzura cuando, en realidad, lo que deseaba era patearle la canilla—. Como tú dices, eres una eficiente sirvienta. Por favor, ¿podrías alcanzarme el vestido?

Levantó las cejas, pero le alcanzó cortésmente el vestido verde. Anna se lo puso y se volvió.

—Abróchame —le pidió. Ya estaba bien controlada, y se le ocurrió que podría devolverle la pelota al señor Julian Chase con una venganza. Así que la obligaría a concurrir a la fiesta de la señora Noack, ¿verdad? ¡Ya vería quién se iba a arrepentir!

Mientras Julian le abrochaba hábilmente los ganchos en la espalda del vestido, Anna comenzó a sonreír.

—¿Hay algo divertido? —la observó sorprendido mientras la seguía al salir de atrás del biombo. Las faldas de seda crujían, Anna se detuvo delante de la mesa de tocador para cepillarse y recogerse el cabello. Estaba adorable, tenía que admitirlo: el vestido verde le otorgaba una belleza resplandeciente que hacía que su imagen pareciera algo de cuento de hadas. Detrás de ella, la elegancia de Julian era un contraste sorprendente: más que al Príncipe Encantado se parecía a alguien de los infiernos que venía a reclamar a la virginal Persephone como su novia. La alusión la hizo temblar, y durante un momento, el cepillo que sostenía se detuvo a mitad de camino. Se recobró, y se desenredó el cabello con movimientos lentos y sensuales. A través del espejo podía ver cómo se le oscurecían los ojos cuando, por fin, se recogió el cabello sobre la cabeza. Tenía los brazos cruzados sobre el pecho, con una expresión casi demoníaca, mientras observaba cómo se colocaba un par de pendientes opalescentes en las orejas.

—Luces hermosa —le comentó, adelantándose y colocándole las manos sobre los hombros descubiertos. La miró a través del espejo. Anna sintió un momentáneo acaloramiento ante la tibieza de sus manos sobre su piel... e inmediatamente lo reprimió.

Si pensaba que la podía mandar, manejar, doblegarla a su voluntad, y luego que se arrojara a sus brazos, estaba completamente equivocado.

Esta noche le iba a enseñar una penosa y necesaria lección. En realidad, apenas podía esperar para comenzar.

—¿Vamos? —le dijo fríamente, deslizándose por abajo de sus manos, y girando hacia la puerta.

Anna observó con gran satisfacción que la seguía con el entrecejo fruncido.

¡Tendría mucho más que lo obligaría a fruncirlo antes de que terminara esta noche!

40

Antoinette Noack vivía en una casa de piedra de estilo inglés, a cuarenta y cinco minutos de Srinagar. Su esposo, mucho mayor que ella, había ganado una fortuna con la canela antes de morir bondadosamente, y dejarle a su esposa todo lo que tenía. Todos esperaban que vendería y regresaría a Inglaterra, pero hasta el momento, no lo había hecho. Se murmuraba que se quedaba, pues en Inglaterra no era más que la hija de una cantinera, mientras que en Ceilán la respetaban como una dama.

Cualquiera que fuera la razón, su plantación, Spica Hill, era la mejor productora de canela de la isla. Era muy rica, con una apariencia agradable: el cabello lacio castaño oscuro, el busto bastante prominente, la cintura ajustada con un corsé, y con los modales lo suficientemente buenos como para pasar por bien educada.

En realidad, la dama era un buen partido para cualquier caballero que deseara mejorar su suerte en la vida, sumando sus pertenencias mundanas a las de su esposa. Eso no debería haber disminuido la calidez de la sonrisa de Anna cuando Antoinette se apuró para saludarla, pero lo hizo. O quizá fue la calidez de la sonrisa de Julian hacia su anfitriona lo que congeló la de Anna.

—Mi querida Anna, me siento muy complacida de que hayas venido. Ciertamente hubiera comprendido si todavía no te hubieras recuperado de una prueba tan terrible... pero veo que lo has hecho, y también luces espléndidamente. ¡Ese vestido es magnífico!

—Gracias.

Antoinette se volvió hacia Julian, quien la saludó con una lenta sonrisa, que hubiera elevado la temperatura de cualquier mujer de más de diez y menos de noventa años. Sin duda levantó la temperatura de Anna, aunque no de la manera que él lo había intentado. Tensionó la espalda, y la sonrisa que le prodigaba a Antoinette se congeló.

—Hola, Antoinette —le dijo Julian.

Así que se trataban por el nombre de pila, ¿verdad? ¡Qué encantador!

—Julian, eres el mejor hermano que he visto. Mis hermanos antes de acompañarme a una fiesta se embarcarían a África.

—Entonces carecen de criterio.

—Él no es —murmuró Anna— mi hermano.

Pero sus compañeros estaban demasiado ensimismados para escuchar. Anna no podía hacer otra cosa más que permanecer allí, sonriendo, mientras ellos coqueteaban. Era obvio que la alegre viuda se había propuesto conquistar a Julian, y Anna ante la delicadeza de Julian frente a tan excesiva atención, se preguntaba y no por primera vez, dónde y cuándo Julian había adquirido modales tan elegantes. Pero con modales elegantes o no, el pícaro no apartaba su mirada del pecho de su anfitriona, profusamente adornado con flecos, mientras conversaban. Por otra parte, con un pecho tan abundante a la vista, ¿cómo se podía culpar a un hombre por mirar?

Anna pensó en su pequeño busto, expuesto para favorecerla con su hermoso vestido, pero aun así no podía competir con la voluptuosidad que la enfrentaba, e instintivamente irguió los hombros para sacar el mejor partido de lo que tenía. Luego, avergonzada, se relajó deliberadamente. No iba a competir por la atención de Julian. Era evidente que el hombre era un libertino, y ella ya había sucumbido demasiado fácilmente a su atracción. No iba a incrementar su tontería colgándose de su manga y mirando con ojos malignos a cada mujer que se le acercara. Quizá su moral se había esfumado cuando él apareció, pero aún tenía su orgullo.

—Pasen a la sala. Estamos bebiendo una copa antes de la cena. Todos están aquí, menos el mayor Dumesne y los Carroll —colocando su mano en el codo de Julian, Antoinette los condujo a la sala. Anna, esforzándose por no parecer tan disgustada como se sentía, fue dejada atrás.

Los Carroll, Grace y Edward, eran una pareja de mediana edad, quienes con su hijo e hijas, eran invitados seguros en las reuniones más importantes. Las hijas, Lucinda y Lucasta, eran de la misma edad de Anna, pero como eran muy feas y no se habían casado eran consideradas solteronas confirmadas. Ambas parecían estar contentas de vivir con sus padres. Anna, siguiendo a sus anfitriones a la sala, se alegró al enterarse de que vendrían.

Thom Carroll, por otra parte, era distinto. Había estudiado en Inglaterra y había regresado un poco antes de que Anna se fuera de Ceilán. Era un joven esbelto, quizá de veintidós o veintitrés años, y muy explícito sobre su descontento acerca de la forma de vida de los cultivadores. «Chata» era como la describía, lo cual hacía que Anna se preguntara si sus padres realmente pensaban que estaba preparado para tomar las riendas de la plantación de la familia, como era su intención.

Todos miraron hacia la puerta cuando Anna entró con Julian y Antoinette. Anna estaba mirando a Thom Carroll cuando él la vio. Se sorprendió al ver que dejó de hablar abruptamente y observó.

—Oh, hola —comentó entusiasmado a nadie en particular y corrió a su lado—. ¿La conozco? —preguntó ignorando a Antoinette y a Julian, mientras sus ojos castaños se fijaban en Anna.

—Creo que sí —respondió Anna sorprendida al ser objeto de tanta atención.

—Ella es la señora Traverne, Thom —le informó Antoinette, con un tono divertido—. Seguramente la recuerdas, ¿verdad?

—Oh, usted es casada —estaba realmente decepcionado y se volvió para retirarse.

—Es viuda —agregó Antoinette, ahora ya abiertamente divertida—. Pero no desprotegida. Este es su hermano, Julian Chase. Julian, Thom Carroll.

—Señor Carroll—Julian inclinó la cabeza. Tenía la mandíbula tensionada mientras observaba a Thom Carrol, pero después de someter al joven a un cuidadoso escrutinio, la tensión de su rostro desapareció. Al parecer, no vio una gran amenaza en la delgada imagen con el cabello lustroso y la ropa de petimetre.

—¿Desea una copa de Jerez, señora Traverne? —preguntó Thom. Cuando Anna, un poco sorprendida, asintió con la cabeza, Michael y Jonathan Harris se unieron al pequeño grupo. Al igual que Thom Carroll, tenían un poco más de veinte años, y Anna también conocía a sus padres. Ella y Paul habían recibido muchas veces a George y Elizabeth Harris en Srinagar, y fueron invitados a The Fannings, la plantación de té de los Harris. Pero los muchachos, como los consideraba Anna aunque tenían su misma edad o muy cercana, nunca le habían prestado mucha atención. Repentinamente, al igual que Thom Carroll, la observaban con un interés que la desconcertaba.

—Luce extraordinaria, señora Traverne —le dijo Jonathan, el mayor de los dos, mientras se inclinaba sobre su mano.

—Simplemente extraordinaria —enfatizó Michael, tomándole la mano. En lugar de inclinarse, le besó la mano. Sorprendida, Anna la retiró apresuradamente.

—Creí que iba a buscar un Jerez para la señora Traverne —Julian, a su vez, le recordó a Thom Carroll, al ver que tenía la intención de revolotear celosamente alrededor del grupo. Al igual que Antoinette, Julian se estaba divirtiendo. Anna podía advertirlo en su voz, verlo en sus ojos. Le envió una mirada suplicante mientras Antoinette lo presentaba a los demás, y Thom Canoll, observando cada movimiento, se fue para traerle la bebida.

—Querida, te casarás antes de darte cuenta —le susurró Antoinette en el oído. Antes de que Anna pudiera negar esa ambición, Antoinette tomó del brazo a Julian y le pidió graciosamente que la ayudara a probar los aperitivos.

—¡No puedes dejarme! —protestó Anna entre dientes, y se aferró tenazmente a su otro brazo. El ver a esos dos (no, ahora tres, ya que Thom Carroll había regresado con el Jerez y se lo había entregado) jóvenes ansiosos mirándola con tanta avidez como la de los perros por un hueso, era completamente incierto. Anna comprendió que, excepto con Paul, nunca había conversado con hombres. No sabía qué hacer, qué decir... Era desconcertante descubrir que ahora se la consideraba disponible para la persecución masculina. No estaba segura si le agradaba la idea. Algo era seguro: necesitaba tiempo para acostumbrarse.

—Estarás bien —murmuró Julian al responderle, apretándole la mano para tranquilizarla, antes de apartarla de su brazo. Entonces, con Antoinette en triunfante posesión, se alejó. Anna fue dejada para tratar con sus pretendidos enamorados lo mejor que pudiera.

Afortunadamente para el equilibrio de Anna, Mary Childers, una agradable matrona de mediana edad, eligió ese momento para unirse al grupo. Anna se volvió hacia ella aliviada. También se acercaron Lucinda y Lucasta Carroll, junto con Eleanor Chasen. Afortunadamente para la tranquilidad de Anna, Eleanor parecía decidida a llamar la atención de los jóvenes, lo cual la liberaba para conversar con las mujeres mayores. Consideraba que tenía mucho más en común con ellas que con una muchacha joven y soltera como Eleanor, cuyo principal interés era atraer un potencial esposo.

—Oh, mis queridas, ¿se enteraron de lo que le sucedió a esa familia cerca de Jaffna? —Helen Chasen, resplandeciente en seda color malva, se unió a ellos, colocándose junto a su hija—. Los Evans... tenían esa gran plantación de caucho, creo que se llama Calypso. Fueron encontrados asesinados en sus camas la semana pasada. ¡Los seis! David

(David era su esposo) dice que es el trabajo de algún culto espantoso.

—¡Qué horrible! —comentó Anna.

—Conozco... conocía a sus hijos. Dios mío, ¿no me digas que Richard y Marcus fueron asesinados? —Jonathan Harris tenía el entrecejo fruncido.

—Todos, mi querido. Los padres y los cuatro hijos —confirmó Helen Chasen—. Es simplemente espantoso.

—¿Un culto dijiste? ¿Qué clase de culto? —Lucasta Carrol estaba horrorizada. Su hermana tembló y se le colgó del brazo.

—Creo que una clase de culto religioso nativo. Se llaman los Thugs, o Thuggees, o algo así, dijo David. Mi querida, ellos creen en una diosa, no recuerdo cómo la llaman, que desea que maten. Oh, dile a David que te cuente. Tú lo conoces. Sabe todo sobre cosas extrañas. A veces me pregunto cómo lo aguanto.

Llamó a su esposo a su lado. Antes de que pudiera decirle para qué, Eleanor habló.

—Papá, mamá nos estaba contando que una familia de cultivadores fue asesinada por un culto. ¿Es verdad? —parecía asustada.

David Chasen miró serio a su esposa, y luego le colocó a su hija una mano tranquilizadora en el brazo.

—Es verdad, pero no veo ninguna razón para contarte. En realidad, no tienes por qué preocuparte. Jaffna queda muy lejos. No sucedería aquí.

—¿Pero qué clase de culto es? —Michael Harris interrumpió impaciente.

Con una mirada de reprobación hacia su esposa, David Chasen le explicó:

—Se llaman Thuggees, aunque en realidad son los Hindustani Thaga. Su religión es la muerte. Deben derramar sangre constantemente para apaciguar a su diosa, a quien juran servir. Consideran que matar es algo honorable, y honran a aquellos a quienes matan. Es verdad, se dice que el asesinato de la familia Evans es obra de los Thuggees.

«Hubo rumores de que algunos miembros de la secta

han estado tratando de traer su barbárica religión a nuestra isla. Pero también podría ser obra de un sirviente despedido, o de alguien que lo hizo astutamente para que culparan a los Thuggees. Yo creo que los Thuggees no tuvieron nada que ver. No se atreverían a asesinar a toda una familia de ingleses, créanme.

—No, por supuesto que no —Eleanor parecía más aliviada. Su madre miró disculpándose a su esposo.

Jonathan Harris aún tenía el entrecejo fruncido.

—¿Qué aspecto tienen los Thuggees? ¿Cómo se los puede reconocer?

David Chasen se rió fríamente.

—Ese es el problema... tienen el aspecto de los demás nativos, sólo que son enviados a matar. Se atraviesan la piel con diminutas espiguillas y usan una especie de armadura. Eso escuché.

De pronto, Anna sintió que le corría un frío por la columna. Cuando estaba atrapada en el fuego, había visto a través del humo (creyó haber visto) a un hombre con turbante, usando un peto y algo brillante en las piernas. ¿Una armadura? No, por supuesto que no. Se estaba asustando sólo por rumores. Probablemente no fue más que un invento de su imaginación... o quizás un nativo, corriendo como ella para escapar del fuego.

Aunque...

—Buenas noches a todos —Charles pasó junto a ella y saludó a sus vecinos. Fue saludado por un coro de holas, y la atención del grupo se distrajo. La conversación se generalizó, y después de unos minutos Charles se volvió para sonreírle a Anna. Cuando la observó se sorprendió apreciablemente.

—¡Anna, luces encantadora! Es agradable ver que por fin dejaste el luto —bajó la voz—: Quizá... pero hablaremos de eso más tarde, ¿verdad?

—¡La cena está servida! —anunció Antoinetle. Thom Carroll y los Harris inmediatamente quisieron llevarla a comer, pero afortunadamente pudo decirles que se había comprometido con Charles y entró de su brazo.

La comida era adorable, una verdadera cena inglesa de carne asada, patatas, y budín, como era difícil conseguir en Ceilán. Después de todo, las vacas eran sagradas entre muchos de los isleños, y eran tratadas más como animales queridos que como bestias para ser sacrificadas por su carne. Sin embargo, Antoinette lo había conseguido, la comida estaba deliciosa. Julian la disfrutó con gusto. Sentado a la derecha de su anfitriona, se rió, conversó y comió con una satisfacción que fastidió mucho a Anna. Lo que le molestaba no era que disfrutara de la comida sino de su anfitriona.

Después, las damas conversaron sobre modas y niños hasta que los caballeros terminaron su coñac y sus cigarros y regresaron con ellas. Anna se sintió perturbada al ver que Jonathan Harris y Thom Carroll se dirigieron en línea recta hacia su silla. Michael Harris, advertido por un gesto de su madre y una radiante sonrisa de Eleanor Chasen, pareció recordar que antes siempre había galanteado a Eleanor. Se dirigió a su lado, y ambos se rieron por alguna broma que él contó. Charles, quien también se dirigió directamente hacia Anna, pareció sorprendido al encontrarla rodeada por dos pretendientes.

Por otra parte, Julian sólo le dirigió una mirada descuidada antes de ser monopolizado nuevamente por su anfitriona. Rodeada, Anna trató de ser amable con su pequeño cortejo, y se sorprendió al ver lo bien que lo hacía.

—¿Qué podríamos hacer para entretenernos? —con una brillante sonrisa hacia Julian, Antoinette recordó sus deberes como anfitriona. Se puso de pie diez minutos después de que llegaron los hombres y formuló la pregunta para todos, pero fue a Julian a quien miró con simpatía—. Hay un pianoforte. Podríamos cantar, o bailar, o los caballeros podrían jugar a las cartas...

—Oh, bailemos —exclamó Eleanor, juntando las manos debajo del mentón en una actitud de deleite infantil, y Anna sospechó que la había practicado delante del espejo—. Por favor, señora Noack, ¿podemos?

—Ciertamente, mi querida, si todos están de acuerdo

—Antoinette miró a su alrededor. Hubo algunos amables quejidos de los caballeros mayores, los cuales expresaron una preferencia por jugar a las cartas, pero fueron rechazados por sus esposas quienes se colocaron del lado de los invitados más jóvenes y los regañaron afablemente por ser «viejos anticuados».

Grace Carroll fue reclutada para ejecutar el pianoforte, y en pocos minutos el mueble fue empujado hacia la pared. Luego Grace tocó una melodía, y Anna se sintió asediada. Thom Carroll ganó al empujarla hacia la pista. Anna, riéndose, descubrió que recordaba muy bien los pasos de la música country. Mientras saltaba alrededor de la habitación, con las mejillas sonrojadas, advirtió que se estaba divirtiendo mucho.

Vio a Julian. Estaba bailando con Antoinette Noack, pero la estaba observando sobre la cabeza de la dama. Él tenía razón, aunque dejaría que la hirvieran en aceite antes de admitirlo. Pero entonces no tendría nada que admitir. Por la forma delicada en que le sonrió, leyó sus pensamientos en sus ojos.

41

—¿Deseas bailar, Anna?

Después de acompañar a cada uno de sus nuevos admiradores, Anna se había retirado furtivamente hacia las sillas que estaban ubicadas en un costado de la habitación, para hablar con las matronas que deseaban conversar. Allí fue donde la encontró Charles. Hacía años que no bailaba con otro hombre que no fuera Paul y al hacerlo se sintió un poco desleal. Pero Paul estaba muerto, y ahora que Julian le había quitado el luto, con gritos y golpes, no había razón para que no se divirtiera. De pronto, se sintió joven y alegre.

—Me encantaría —le sonrió jovialmente a Charles y le permitió que le tomara la mano. Junto a ella, sus compañeras observaron lo suficiente como para expresar su aprobación, mientras Charles la ponía de pie.

Grace Carroll ejecutó otra animada música country, y Anna la bailó saltando sin esfuerzo. ¡Se estaba divirtiendo! Era tan agradable reír, bailar e incluso coquetear inocentemente con diferentes hombres. Era agradable usar un hermoso vestido y saber que le quedaba bien y lucía atractiva. Era agradable ver la admiración en la mirada de los compañeros.

Julian había tenido razón al quitarle el luto y al hacerla venir.

Lo vio. Estaba bailando con Eleanor Chasen, y lucía

terriblemente atractivo con su ropa de noche. La chaqueta y los pantalones eran negros, el chaleco rayado y la camisa enceguecedoramente blanca. Con el cabello negro peinado hacia atrás desde la frente y atado en la nuca con una cinta negra, y sus ojos brillando con diablura mientras bromeaba con su pequeña compañera, era una visión que a Anna le quitaba la respiración.

Mientras lo observaba sintió celos. Su avasallamiento de las mujeres parecía fácil, y tan natural para él como respirar. ¿La había atraído simplemente porque no podía evitarlo? ¿Era una parte de su personalidad el hecho de tener que encantar a cada mujer que conocía?

La idea era perturbadora. Pero Anna no tuvo más tiempo para pensar al respecto ya que la música terminó con un floreo. Grace se puso de pie para realizar un pequeño descanso.

George Harris y David Chasen habían colocado dos sillas en una mesa que se encontraba en un rincón y estaban jugando una tranquila mano de whist, mientras sus esposas parecían contentas conversando en el otro extremo de la habitación. Mary Childers se abanicaba y hablaba con su esposo. Cerca de ellos, Antoinette tenía esclavizados a los muchachos Harris mientras las muchachas Carroll observaban impotentes. Anna sintió lástima por Lucasta y Lucinda. Con su cabello castaño deslucido y rostros monótonos, por no mencionar sus cuerpos delgados y sus vestidos amarillos adornados con cintas color durazno, tan poco atractivos y demasiado joviales, no constituían un par de oponentes para la llamativa atracción de Antoinette. Anna no se hubiera sorprendido al enterarse de que la mujer se hubiera maquillado el rostro para la ocasión. Tenía las mejillas y los labios casi tan brillantes como las rayas bordó de su vestido, y la hendidura del busto saliendo del escote era una fiesta para los ojos masculinos. Toda esa suave piel blanca seguramente había sido realzada cubriéndola con una gruesa capa de polvo de arroz, pero por supuesto que debido a cómo eran los hombres, ninguno de ellos lo advertiría. Era superior a las muchachas Carroll, y por el aspecto casi idéntico de los rostros de los hermanos Harris era evidente que estaban completamente deslumbrados.

«¡Era sorprendente las ventajas que redituaba un busto prominente!» reflexionó Anna con disgusto.

Charles acompañó a Anna hasta el borde de la pista y buscó tazas con ponche. Anna estaba bebiendo el delicioso líquido frío y sonriéndole sobre el borde de la taza, cuando oyó la voz que estuvo deseando escuchar toda la noche.

—¿Divirtiéndose? —si había algo en el saludo de Julian que lo traicionaba y revelaba que no le agradaba verla tan cómoda con Charles, sólo Anna pudo percibirlo. Se miraron durante un minuto y fue como si de pronto no hubiera habido nadie más en la habitación.

—Inmensamente. ¿Y tú?

—Por supuesto. La señorita Chasen es una compañera encantadora.

Eleanor, tomada de su brazo, sonrió y bajó modestamente la mirada. Realmente, ¿qué podía ver Julian en una chiquilla tan joven y obvia? Además del hecho de que era realmente bastante bonita y algún día sería rica, por supuesto.

Anna sonrió levemente al pensarlo.

Eleanor levantó la mirada, y luego le sonrió tímidamente a Julian. Anna habría apostado sus pendientes a que la chiquilla también había practicado la sonrisa delante del espejo. Conocía a Eleanor desde que era una niña de trece años, y nunca había sido tímida.

Quizá la madre le había inculcado que el atrevimiento no era un buen camino para ganar un esposo. Ante la idea de que Eleanor podía ser una cazadora de esposo con Julian en mente, Anna frunció el entrecejo. Aún lo estaba haciendo cuando Grace Carroll, después de haberse reanimado con una taza de té, se sentó otra vez en el banco del piano, con su esposo a su lado.

—¿Qué puedo tocar esta vez? —preguntó Grace al grupo sobre su hombro, con los dedos sobre las teclas listos para ejecutar otra melodía.

—¡Un vals! ¡Oh, un vals! —trinó Eleanor. Inmediatamente se sonrojó y volvió a bajar la mirada. Anna se mordió el interior del labio. Seguramente Julian no era tan tonto como para conmoverse por esa falsa inocencia. Una rápida mirada a su rostro la decepcionó: todo lo que allí veía era un amable interés por su compañera. Pero a Charles le parecía encantadora. Le sonreía de manera paternal.

Del otro lado de la habitación, Antoinette abandonó a los Harris para dirigirse al grupo que incluía a Julian. Anna, observando su aproximación con el mismo entusiasmo que hubiera visto la proximidad de una araña, también observó cómo Lucasta y Lucinda no perdían tiempo en reclamar a sus hombres. Con Antoinette fuera de escena, los muchachos Harris fueron rápidamente subyugados. Lucasta estaba junto a Michael Harris y Lucinda con Jonathan. Grace, observando desde el banco del piano, sonrió triunfalmente. Todos sabían que Grace tenía grandes esperanzas de una unión entre su hija más joven y el hermano mayor de los Harris, por eso no fue una sorpresa cuando asintió graciosamente al pedido de Eleanor y ejecutó las primeras notas de un vals.

—Anna... —comenzó Charles, volviéndose hacia ella. Le sonrió tensamente, al ver a Antoinette que se acercaba rápidamente a su presa, y a Thom Carroll, que se dirigía hacia ella. Bailaría con Charles; después de todo, Julian, quien era el único caballero presente con quien realmente le hubiera importado bailar, ni siquiera se lo había pedido.

Pero no podía, definitivamente no podía abandonar a Julian en las garras voraces de la alegre viuda o de la inocente chiquilla. No cuando lo quería para ella.

—Creo que le prometí esta pieza a mi cuñado —comentó sonriéndoles a las otras dos mujeres mientras colocaba la mano en la manga de la chaqueta de Julian—. ¿No es así Julian?

Durante un momento sólo la observó sin decir una palabra. Anna comenzó a temer que pudiera negar que esa promesa hubiera sido hecha. Pero luego le sonrió y le colocó la mano en el doblez del brazo.

—Qué maravillosa memoria tienes mi querida Anna. Si nos disculpa señorita Chasen. Dumesne.

Eleanor puso mala cara cuando Julian se volvió para conducir a Anna a la pista. Antoinette, demasiado tarde sólo por unos segundos, tuvo serenidad para sonreír. Charles se quedó con el dilema de tener que entretener a dos adorables mujeres, ninguna de las cuales deseaba estar con él, mientras en la pista Julian tomaba a Anna en sus brazos.

Anna advirtió que donde más deseaba estar era precisamente en sus brazos.

—¿A qué debo el honor de este halagüeño deseo de estar en mi compañía? Hace un rato tuve la clara impresión de que no estabas muy complacida conmigo.

—No lo estoy.

—Entonces no me perdonaste por... ah... persuadirte para que vinieras.

—No.

—Mentirosa.

Eso fue todo lo que le dijo, pero le sonrió lentamente mirándola a los ojos. Había un gesto de comprensión en aquella sonrisa, como si hubiera sabido exactamente por qué lo había intimado a bailar con ella. Tratando de ocultar sus mejillas sonrojadas, Anna bajó la mirada al estilo de Eleanor Chasen. El bribón era imposible. Tenía la sensación de que sabía exactamente qué efecto tenía sobre ella. Se veía obligada a soportar su brazo en su cintura, obligada a tolerar la sensación de su mano cálida y fuerte apretándole la suya, obligada a no reaccionar ante la sensación de sus muslos rozándole los suyos, y todo con una amable sonrisa para beneficio de los curiosos espectadores. Su falda golpeaba contra sus botas, la visión y el sonido eran perturbadoramente íntimos. Anna le apoyó la mano en el hombro; con un rápido estremecimiento advirtió el ancho en comparación con su palma. Sus ojos se encontraban a la altura de su mandíbula, y no podía dejar de advertir la barba cerdosa de las patillas recién afeitadas que ensombrecía su piel. Su boca... trató de no mirarle la boca. Pero tenía que mirar su boca, sus ojos o la escena en movimiento sobre sus hombros. La escena sobre sus hombros le provocaba vértigos, y sus ojos... no le agradaba mirárselos. La sonrisa de ellos también le provocaba vértigos, de una manera diferente aunque igualmente perturbadora. Por eso miró su boca y deseó no haberlo hecho.

Al mirar esa boca grande, con labios firmes, y ahora entreabierta mientras sonreía y mostraba deslumbrantes dientes blancos, recordó cómo se sentía cuando él la besó.

De pronto, deseó ansiosamente que la besara.

—Si no dejas de mirarme así, voy a escandalizar a todos tus amigos haciéndote el amor aquí en la pista.

Las mejillas de Anna se pusieron de color escarlata. Conmovida, levantó la vista y lo miró a los ojos. No pudo adivinar lo que estaba pensando, ¿verdad?

—Tu rostro es muy fácil de leer —le comentó, como si hubiera formulado la pregunta con palabras.

—¡No sé de qué estás hablando!

Se burló de ella con la mirada.

—Creí que no eras una cobarde, Anna.

—¡No lo soy!

—Oh, sí, lo eres. Me deseas, lo sé. Y... yo a ti.

Las últimas palabras fueron un ronco murmullo. Anna sintió la textura de su voz como una caricia física.

—¡Basta! ¡Alguien podría escuchar! —Le advirtió mirando rápidamente a su alrededor para asegurarse de que nadie lo hubiera hecho. Otras parejas pasaban bailando, sin advertir la sangre caliente que le bullía en las venas, los temblores que la estremecían. Dios mío, el hombre podía llevarla a la insensatez sólo con palabras.

—¿Te agrada ser la beldad de la fiesta? —le sonreía con una expresión indulgente.

—Mucho —Anna enderezó la columna y levantó el mentón desafiante. No le permitiría a él... ni a ningún otro... adivinar el efecto que tenía sobre ella.

—Pensé que lo harías. Te casaste demasiado joven con Paul. Nunca tuviste la oportunidad de divertirte.

—Me agradaría que dejaras de machacar sobre Paul —sus palabras eran ácidas. Tenía tanta dificultad para mantener la distancia requerida entre ambos que se estaba poniendo de mal humor. Lo que realmente deseaba era deslizar sus brazos alrededor de su cuello.

—Lo haré... cuando tú lo olvides —aunque estaba sonriendo, las palabras atravesaron sus dientes.

Después, repentinamente, lo comprendió, y supo precisamente por qué la perseguía con tanta determinación.

—Dios mío, eso es, ¿verdad? —preguntó consternada. Lo miró fijamente mientras hablaba apenas sobre su patilla—. Me deseas porque pertenecí primero a Paul. Soy otro fracaso en tu estúpida guerra privada con tus hermanos.

Julian no dijo nada, solamente la observó durante un momento, en silencio tan conmovido como si lo hubiera abofeteado. Entonces cambió el ritmo de la música y se aceleró, y Julian la hacía girar por la pista, cada vez más rápido abrazándola con fuerza, y apretándole la mano como si fuese a rompérsela. Le sonrió con rudeza. Anna también se esforzó por sonreírle y enderezó los hombros. Pensó que para los otros bailarines que giraban y los espectadores no lucían diferentes que hacía unos momentos: él tan alto y moreno, terriblemente atractivo con sus rasgos engañosos y hábil sonrisa; ella frágil y pequeña, con su vestido de seda verde flotando a su alrededor mientras bailaba como alas de hada, su piel blanca como la leche y el cabello del color de los rayos de luna. Al imaginar ese cuadro, Anna recordó otra vez a Hades y Persephone, y se preguntó si el amor-odio que Persephone sintió por su captor había sido algo tan fuerte como lo que ella sentía por Julian.

Deseaba herirlo, hacerlo sufrir, vengarse por la forma en que la estaba hiriendo en ese momento y sin embargo, también deseaba que la abrazara como si no fuera a dejarla ir.

Por la reacción de Julian, sabía que tenía razón. La idea le daba ganas de llorar.

—¿Es verdad, no es cierto? —le preguntó tranquilamente cuando el ritmo de la música se había moderado y pudo volver a hablar.

—Me conoces tan bien —respondió burlándose y la presionó con fuerza contra su cuerpo.

—¡Déjame ir! ¡Me abrazas demasiado cerca! —los botones de su chaleco le presionaban el busto. Apretó su cadera contra la de ella, y sentía en sus muslos cada movimiento de sus piernas. Forcejear hubiera sido indigno, y no habría tenido otro efecto más que llamar la atención de los concurrentes hacia su repentina y escandalosa postura. Anna pensó durante un minuto, y después le pisó deliberadamente el dedo con el diminuto y puntiagudo zapato.

—¡Ouch!

Para su alivio, la soltó lo suficiente para permitirle alejarse de sus brazos. Las otras parejas giraban a su alrededor, observando la intrigante escena que se desarrollaba en medio de ellos. Anna sentía las miradas interesadas desde todos lados.

—Me duele la cabeza —comentó claramente para beneficio de quien pudiera estar escuchando—. Creo que será mejor que me siente.

—Si te duele la cabeza, entonces te llevaré a casa —respondió Julian, con voz firme, y la tomó del brazo.

Anna no pudo decir más nada mientras la acompañaba fuera de la pista.

42

Estaba borracho. O si no completamente ebrio, por cierto extremadamente entonado. Julian, tendido cómodamente en la oficina llena de libros de Srinagar, sin su elegante chaqueta y chaleco de noche, y con la corbata hacia un costado, examinaba las ramificaciones. Después de un momento bebió otro trago de la botella casi vacía que tenía en la mano (hacía rato que había dejado el vaso) y deslizó el potente líquido por toda su boca antes de tragarlo. Lo irónico era que él no era un hombre bebedor. Cuando era joven probó este método de ahogar sus penas bebiendo, pero descubrió que lo único que obtenía con esos excesos era un dolor de cabeza enceguecedor y la boca como la tabla de una lavandera al día siguiente. Entonces, ¿por qué dejaba de lado toda esa experiencia por lo que sabía que era una tontería?

La respuesta estaba encerrada en una sola palabra: Anna. ¿Había algo de verdad en la acusación que le había lanzado esta noche? ¿La terrible atracción que sentía por ella tenía algo que ver con el hecho de que había sido la brillante esposa de su medio hermano?

Julian reflexionó sobre la idea tan cuidadosamente como si fuera un diente picado. ¿Importaba que hubiera sido de Paul?

Maldita bruja de ojos verdes. Estaba sentado allí bebiendo sin sentido, cuando lo que realmente deseaba hacer era entrar en su dormitorio y tomarla una y otra vez, hasta reducirla a una temblorosa masa de deseo en sus brazos.

E incluso eso no hubiera servido para calmar el deseo que sentía dentro de él. Deseaba que su entrega fuera total: no sólo de su cuerpo, el cual sabía que podía poseer cuando lo deseara, sino también de su corazón y su mente.

La deseaba toda para él solo.

La idea de que alguna vez le perteneció a Paul, le provocaba deseos de romper cosas. Pero no porque siempre hubiera deseado lo que Paul tenía; se habría sentido así sin importar quién hubiera sido su esposo. En Anuradhapura, cuando recuperó las esmeraldas y descubrió que ya no eran el motivo central de su felicidad, se enfrentó con la triste verdad: amaba a la chiquilla. La amaba al punto de la locura o la insensatez. La amaba sobre y más allá de cualquier profundidad de sentimiento, del cual nunca pensó que fuera capaz. La amaba con un deseo tan vehemente que la posesión de su cuerpo no podía apaciguar. Lo que deseaba era poseer su alma.

Deseaba que lo amara a él, no a Paul.

Jim lo había llamado loco, y Julian supuso que no estaba muy equivocado. Dudar aunque fuera por un segundo en reclamar el premio que había deseado durante toda su vida cuando tenía los medios para hacerlo era una insensatez, y más que una insensatez.

Pero en lugar de ello esperó. Esperó a Anna. ¿Algún poeta no opinó alguna vez que el mundo estaba bien perdido por el amor? Así era exactamente como se sentía. Nada... ni las esmeraldas ni su deslumbrante y nuevo derecho de nacimiento ni sus grandes planes de venganza, significaban algo en comparación con su anhelo por el amor de Anna.

Al principio había sentido un gran júbilo al pensar en su triunfal regreso a Gordon Hall, desplazando a su despreciable medio hermano de sus acres ancestrales, y reinando allí como un señor.

Luego al pensar en Anna regresó a la realidad. Si regresaba a ella anunciándole que era lord Ridley, y le pidiera que fuera su esposa, ella accedería con gusto. Seguramente sería una tonta si no lo hiciera. Ganaría un esposo rico, un título, un padrastro para Chelsea con el cual la niña ya se llevaba muy bien, y un compañero para la cama que obviamente ya era de su agrado, todo de una sola vez.

Pero pasaría el resto de su vida preguntándose: ¿realmente lo amaba? ¿O debajo de sus besos y suspiros, estaba lamentando secretamente al tres veces maldito Paul?

Julian sabía que no podía tolerar la tortura de imaginar eso. Una noche terminaría colocándole las manos alrededor del cuello y quitándole la respiración, para asegurarse que su brillante medio hermano realmente ya no estaba en sus pensamientos.

Por eso no le dijo nada a nadie sobre su descubrimiento, excepto a Jim. Resolvió lograr que Anna lo amara y entonces le diría la verdad. Sí, deseaba que ambos regresaran a Inglaterra y reclamar su legítimo lugar como señor y señora de Gordon Hall, se sentiría muy feliz de complacerla. Pero si elegía quedarse en Ceilán, esa decisión también lo complacería.

No le importaba dónde estuviera, mientras Anna lo amara y estuviera a su lado.

El fuego en el que casi quedó atrapada había profundizado su sentimiento de vivir con ella. Si hubiera muerto... no podía tolerar pensar en ello. Habría pasado el resto de su vida como una bestia salvaje, aullándole a la luna.

La deseaba; tenía la intención de poseerla. Innumerables mujeres de todas clases de vida habían caído ante él como dominó en los días de su juventud. ¿Por qué ésta que deseaba tanto debería ser diferente? No sería fácil de ganar, los lazos que aún la ligaban a su hermano lo impedían, pero valía la pena luchar. Le enseñaría a amarlo, sin importar cuánto demorara.

El primer paso era que olvidara a Paul. Julian apretó los dientes, como lo hacía cada vez que la imagen de su medio hermano entraba en su conciencia. Durante toda su vida había considerado a los dos hijos reconocidos de lord Ridley como sus amargos rivales, pero nunca había pensado sentir la intensidad de los celos que lo consumían ante la idea de Anna amando a Paul. El muchacho brillante había ganado otra vez, apropiándose de una pretensión por la que Julian hubiera dado su brazo derecho. Mientras él debía luchar por todo lo de valor que poseía, Paul lo había conseguido sin esfuerzo. Incluso Anna. ¿La había apreciado? ¿La había amado?

No como Julian la amaba. No con esta fogosa necesidad de poseerla, protegerla y amarla durante todos los días de su vida.

Paul no había sido capaz de un amor así. Julian lo sabía en lo más profundo de su ser.

¿Por qué Anna no podía verlo?

Julian apoyó los pies en el escritorio, se reclinó hacia atrás en el sillón de cuero, y bebió otro trago de whisky.

Insensato o no, tenía la intención de emborracharse. Emborracharse lo suficiente como para desmayarse. Emborracharse lo suficiente para, aunque fuera por una noche, poder sacarse a Anna de la cabeza.

Por el momento, el olvido era lo mejor.

43

Era muy tarde, o mejor dicho, muy temprano, ya que el reloj había indicado la medianoche hacía dos horas. Anna, caminando por su dormitorio, había abandonado todo intento de dormir. El hermoso vestido verde estaba colgado prolijamente en su guardarropa. Los zapatos y la ropa interior también habían sido guardados. No había ningún vestigio de la noche que había pasado, pero aun así no podía sacarla de su mente.

Julian se había comportado como un oso con una pata herida cuando la llevó de regreso a casa. Para ser justa con él, las pocas observaciones que ella le había hecho habían sido heladas. Quizá merecía que le cortaran la cabeza a cambio. Pero la última media hora del viaje transcurrió sin que intercambiaran una sola palabra. Luego, cuando llegaron a la casa, él dijo algo entre dientes que la sorprendió, y la tomó en sus brazos.

El beso había sido prolongado e íntimo. La sostuvo girado sobre su falda, abrazándola fuerte, recorriendo su cuerpo con audacia. Al principio Anna se resistió pero después le abrazó el cuello.

Prácticamente la empujó del carruaje y se dirigió hacia el establo, que se encontraba en la parte de atrás.

Desde ese momento, esperó escuchar sus pasos por la escalera. Pero él no había venido a la cama. Ni siquiera estaba completamente segura de que estuviera en la casa.

Y hasta que no estuviera segura, no podría dormir.

Había intentado con un baño caliente, sumergiéndose en agua perfumada hasta que la piel se le puso rosada. Se lavó el cabello, secándolo con prolongadas cepilladas, una actividad que nunca le había fallado para calmarla... hasta esta noche. Desesperada, hasta bebió un vaso de leche, aunque la odiaba.

Pero aquí estaba, a las dos y cuarto, aún bien despierta.

Por culpa de Julian. Todo lo malo de su vida podía dejarse frente a su puerta.

¿Dónde estaba el demonio?

Anna caminaba desde la puerta hasta la ventana, y, para variar, desde la mesa de tocador al guardarropa. Sentía los fríos tablones del piso debajo de sus pies descalzos. Las grandes ventanas estaban abiertas, las redes contra mosquitos que las cubrían se movían con la brisa. La parte inferior de su camisón también se movió cuando una ráfaga barrió el piso. El camisón era recatado pero sin mangas, debido al calor tropical. Terminaba en un diminuto fruncido en el cuello, y más frunces en el ruedo y el borde de las sobaqueras. La fina muselina estaba elaboradamente cosida en la delantera, brindándole cierto recato donde más lo necesitaba. La capa que formaba la parte trasera era transparente.

Era un camisón diseñado estrictamente para dormir sola... o con un amante. Al pensar que Julian la vería así, Anna tembló. Alejó esa imagen erótica.

Julian era un problema que, por su propia tranquilidad, debía ser resuelto. ¿Lo amaba?

Su corazón se protegió de esa pregunta.

¿La amaba? ¿o simplemente deseaba tenerla en su cama?

Se protegió también de esa pregunta. Pero eso era lo que había que resolver. Si la amaba... Su corazón se aceleró al pensarlo. Si la amaba, entonces quizá podría aflojar el gancho de hierro con el que trataba de proteger sus emociones, y amarlo también.

Quizá, sólo quizá, la muchacha que había amado a

Paul se había ido con él. Quizá la mujer que había ocupado su lugar era la que deseaba a Julian.

Hubo un ruido abajo. Anna levantó la cabeza, y miró atentamente hacia la puerta. Por fin se decidió. Tomó la bata, se la puso y se ató el lazo mientras salía.

Si Julian estaba levantado, entonces lo discutiría con él. Había llegado el momento de preguntarle directamente cuáles eran sus intenciones para con ella.

Y si no le agradaba la respuesta, bueno, por lo menos lo sabría.

Tan tarde, la casa estaba desolada, con excepción de Moti, quien se precipitó, a lo largo del pasillo, hacia los talones de Anna. La escalera, apenas iluminada por la tenue luz de arriba, estaba oscura.

Abajo, todo estaba en silencio. Al llegar al pasillo de abajo, Anna se detuvo para escuchar. No había escuchado nada más, pero una luz brillaba débilmente en la curva del pasillo. Se dirigió hacia ella, giró en el rincón que conducía hacia la galería de atrás, y descubrió que la luz salía de abajo de la puerta de la oficina.

Tardó sólo un momento en girar el picaporte y entrar.

Lo que vio la hizo detenerse en la puerta con la mano aún en el picaporte. Julian estaba cómodamente sentado en la silla en la que generalmente realizaba las cuentas de la casa, con los pies sobre el escritorio y la ropa desarreglada. El olor a whisky era casi abrumador. Una gran mancha amarillenta sobre una pared blanca chorreaba diminutos ríos dorados hacia el suelo, donde yacían los restos de una botella en un charco de líquido.

—Bueno, bueno, si es la dama Ojos Verdes en persona —sus palabras tenían un dejo de menosprecio. Sonrió con una desagradable mueca de diversión, y sus botas golpearon el suelo. Se puso de pie tambaleando un poco, y realizó una burlesca reverencia—. Beba conmigo, mi lady.

—Estás borracho.

La miró fastidiado y se volvió a sentar abruptamente.

—Por supuesto que estoy borracho. ¿Por qué no? Eres suficiente como para hacer beber a cualquier hombre, puedes creerme.

No era más que un rezongo, y parecía estar más dirigido a él mismo que a ella. Temiendo que sus voces pudieran despertar a los demás, Anna cerró la puerta y entró en la habitación para observarlo indignada. Ciertamente esta noche no se podía esperar nada sensato de su parte.

—Deberías ir a la cama —le dijo en un tono con el que las madres habitualmente retan a los niños desobedientes. Se desplazó con cautela hacia donde él se encontraba cómodamente sentado, y se agachó junto a la botella rota y comenzó a levantar los trozos de vidrio.

—Tengo una sugerencia —Julian la observó fastidiado. Y gritó con voz más aguda—: ¡Déjalo! Mañana la recogerán las sirvientas.

Anna levantó la mirada.

—No deseo que ellas...

—¡Dije que lo dejes! —era un gruñido—. Vuelve a la cama y déjame solo, ¿quieres?

Sosteniendo cuidadosamente los trozos de botella rota en una mano, Anna giró y lo observó.

—Lo haré, pero no te dejaré en ese estado. Podrías romperte el cuello en la escalera —levantó las cejas pensativa—. ¿Quieres que llame a Jim?

—¡Al demonio con Jim!

Anna tensionó los labios impaciente. Se puso de pie y se dirigió hacia el cesto para papeles que se encontraba junto al escritorio para tirar los vidrios rotos, y luego se inclinó sobre el extremo opuesto mirándolo con el entrecejo fruncido. La miró a los ojos de manera insolente y luego la recorrió lentamente con la mirada. La insinuación de aquella mirada audaz era inconfundible. Anna sabía que lo hacía sólo para contrariarla.

—Eso es algo que debo reconocerle a Paul: nunca, en todos los años que lo conocí, lo vi...

Julian levantó la cabeza con la terrible amenaza de una cobra. Torció la boca con furia.

—... borracho —concluyó Anna débilmente, y con un gesto de asombro al ver que a Julian se le enrojecía el rostro.

—¡Nunca vuelvas a compararme con el maldito Paul! —le advirtió con los dientes apretados, y los nudillos blancos mientras apretaba los apoya brazos de la silla—. ¡Que se queme para siempre en el infierno!

Su cuerpo estaba tenso como si se fuera a arrojar de la silla en cualquier momento. Los músculos de sus hombros y de sus brazos, cuyos contornos podía ver claramente a través de la fina camisa, estaban contraídos. Tenía el aspecto de un hombre al borde de la extrema violencia.

—¡Estás celoso! —le dijo sorprendida—. Ruby comentó que lo estabas, pero...

Saltó de la silla como si ésta lo hubiera catapultado hacia adelante, giró alrededor del escritorio y se colocó cerca de ella antes de que Anna pudiera retroceder.

—¡Tienes razón, estoy celoso! —afirmó con los dientes apretados. Estaba tan cerca que Anna se vio obligada a sentarse a medias sobre el borde del escritorio y a inclinarse hacia atrás, tan cerca que el whisky de su aliento la alcanzó en una ola nauseabunda. Le tomó el rostro con las manos, levantándolo y llevándolo hacia él. Luego se deslizaron hacia arriba, y sus dedos le masajearon el cuero cabelludo. La miró de manera penetrante. Separó los labios y le mostró el brillo de sus dientes blancos con una sonrisa de pillo.

Anna sintió la firme caricia de esas manos grandes sobre los delicados huesos de su cráneo, y durante un momento, se atemorizó.

—¡Déjame ir!

Se rió, con un ruido brutal, y deslizó las manos hacia su cuello.

—¿Sabes cómo me llamaste aquella primera noche después que te hice el amor? Estabas sonriendo dormida, creí que por mí, y luego me llamaste Paul. Deseaba estrangularte. Tuve que contenerme para no retorcerte el cuello —le acarició los huesos de la parte delantera de la garganta con los pulgares, mientras el resto de sus dedos se extendían a lo largo de la parte trasera de su cuello—. Hubiera sido fácil, podría romperte el cuello con un golpe de mis muñecas. Entonces ya no podrías pensar más en Paul...

—Estás borracho, Julian. No sabes lo que estás haciendo —le explicó Anna empleando el tono más razonable que podía, al ver que sus pulgares le levantaban el mentón, forzándole la cabeza hacia atrás. En realidad, no tenía miedo de él, y sin embargo este Julian era un extraño. Nunca lo había visto en un estado así, nunca pensó que podía convertirse en un salvaje por ella, por una causa así. Debía estar enloquecedoramente celoso para amenazarla con violencia. Su corazón se aceleró al pensar en las ramificaciones. Luego registró lo que había dicho: se había ido después de la primera noche porque lo llamó Paul.

Ahora tenía los pulgares debajo del mentón, inclinándole tanto la cabeza hacia atrás que su cabello, suelto para que terminara de secarse, cayó en una cascada plateada sobre el escritorio.

Levantó las pestañas y lo miró directamente a los ojos. Sus ojos brillaban tan verdes como esmeraldas en el óvalo blanco de su rostro, atravesando la bruma de whisky que lo hizo fruncir el rostro.

—No tienes razón para estar celoso, Julian —le dijo suavemente—. Es a ti a quien amo, no a Paul.

Tensionó los dedos y entrecerró los ojos.

—Puta mentirosa.

—No estoy mintiendo —respondió negando con la cabeza.

Julian la observó durante un momento prolongado, y su rostro se retorció:

—Que Dios te ayude si lo haces —le advirtió y luego la besó furiosamente, mientras sus manos se deslizaban desde la garganta hacia la parte trasera de la cabeza.

Anna separó los labios con un pequeño suspiro, y le apretó los brazos y los hombros con las manos. Julian le introdujo la lengua en la boca, ansioso, demandante, y ella le respondió con esa misma ansiedad.

Se inclinó sobre ella, empujándola hacia atrás, mientras con una mano arrojaba al suelo todos los elementos que se encontraban sobre el escritorio. Ella estaba apoyada de espaldas sobre la superficie brillante, y él sobre ella la besaba con vehemencia y tiraba de su ropa.

44

—Anna. Oh, Dios, Anna —fue un susurro quebrado.
Le besó el rostro y la garganta, frotándole la nariz en la
parte de abajo del cuello y el contorno de una oreja. Sin
pensar en la rudeza alimentada por la bebida, Anna le
abrazó el cuello, murmurando suaves palabras cariñosas
y acariciándole el cabello negro. El olor a whisky, en un
principio abrumador, fue olvidado en el calor de la pasión. Lo amaba. ¡Cómo lo amaba!

Su voz era vacilante mientras murmuraba una y
otra vez su nombre, como una letanía. Sus manos también eran vacilantes mientras le abría el camisón y la
bata, dejándola desnuda de la cintura hacia abajo, y él
tiraba de los botones de su pantalón. Uno saltó, volando por la habitación y cayendo ruidosamente sobre el
suelo. Luego ya estaba libre, y fue hacia ella, donde
Anna lo esperaba preparada, con su pene demasiado
entumecido como para permitirle esperar ni un segundo más.

Cuando la penetró, Anna jadeó y luego gimió. Él era
enorme, caliente, y la colmaba al punto de desbordarla... y
ella tembló ante lo maravilloso de esa sensación. Le besó el
cuello, le acarició el busto, sobándoselo y apretándoselo a
través de la fina muselina, mientras la penetraba entrando
y saliendo rápidamente. Anna arqueó la espalda, sin advertir la extraña sensación de la madera debajo de su trasero.

Julian gimió, le besó el cuello con vehemencia y le apretó el busto con la mano.

Y después con otra penetración profunda y un grito acabó.

Anna, al borde del éxtasis, tembló mientras él permanecía inmóvil sobre ella. Tardó un momento en advertir que él, por fin, estaba saciado. Durante un instante permaneció allí, acariciándole automáticamente la cabeza. Su cuerpo, impenitente, continuaba vibrando.

Cuando Julian se incorporó, lucía tan vacilante como ella se sentía.

—¿Ves lo que sucede cuando me dices que me quieres? —le preguntó con una triste sonrisa mientras se arreglaba el pantalón.

Anna, aún sobre el escritorio como él la había dejado, de pronto recordó su postura indecente, y se sentó bajándose la ropa para cubrir su desnudez. Levantó las rodillas hacia su pecho y las sostuvo rodeándolas con sus brazos.

La miró con cautela desde la cabeza despeinada hasta los pequeños dedos rosados que salían desde abajo de su camisón arrugado.

—¿Lo dijiste en serio? No te intimidé para que lo dijeras, ¿verdad? —Respiró profundo, y le subió un poco de calor a los pómulos—. Realmente yo no te lastimaría, lo sabes.

—Lo sé —durante un momento sintió deseos de fastidiarlo, pero estaba tan tenso, a pesar del tono despreocupado que había tratado de infundirle a su voz, que Anna comprendió que su respuesta era importante para él. Es tan vulnerable como yo, pensó sorprendida, y de pronto toda la ternura que sentía por él y que había luchado por mantener oculta, salió a la superficie.

Se arrodilló y recorrió la corta distancia hacia donde él se encontraba de pie, tenso y esperando en el borde del escritorio. Lo observó durante un momento, admirando su altura y su anchura; los rasgos recios y atractivos; los ojos brillantes; el cabello negro desordenado. Luego deslizó los brazos alrededor de su cuello y le dio un beso rápido y casi vergonzoso, en sus labios, que estaban tan rígidos como si hubieran sido esculpidos en piedra.

—Lo dije en serio —susurró observándolo. Al principio, Julian no se movió, sólo pestañeó. Luego sus ojos se encendieron hasta ponerse tan azules como nunca los había visto, azules como terciopelo. Sus músculos se relajaron y sus labios sonrieron tímidamente.

—Oh, Anna —giró la cabeza y le besó la parte interior del brazo—. Mi Anna.

Hubo un pequeño énfasis en el posesivo, que le dijo lo que él deseaba.

—Toda tuya —respondió con ternura, acariciándole el cabello negro.

—¿Y Paul? —preguntó con tono inflexible.

—Era sólo un muchacho y yo sólo una muchacha cuando lo amé. Ahora soy una mujer y el hombre al que amo es... un hombre —así como lo decía, sabía que era verdad.

—No voy a dejar que te entristezcas por él.

—No lo haré.

—Tampoco que suspires su nombre en la mitad de la noche.

—No suspiraré.

—Y tampoco más Dumesne —le advirtió Julian.

—Charles es sólo un amigo.

—Aun así, no permitiré que ande merodeando.

—Eres dictatorial, ¿verdad?

—Lo que es mío es mío.

—No soy infiel, Julian.

—Tengo razones para saberlo muy bien —le respondió con un mohín.

—Espero que recuerdes eso.

—Me esforzaré por hacerlo.

—Y, Julian...

—¿Sí?

—También lo que es mío es mío.

—¿Estás admitiendo tu veta celosa? ¡Qué vergüenza!

—No te rías. Lo digo en serio.

—Creo que me divertiré poniéndote celosa.

—No lo harás, te lo prometo. Descubrí que puedo ser bastante vehemente cuando se trata de ti.

Sonrió satisfecho.

—¿En realidad puedes? La idea me hace temblar.

Lo miró con severidad.

—Así será.

Aún estaba arrodillada en el borde del escritorio, abrazándole el cuello. Él la había tomado de la cintura y la apretó rápida y reciamente.

—Nunca tendrás que cuestionar mi fidelidad, te doy mi palabra.

—Eso está mejor —le sonrió y deslizó una mano para pellizcarle una oreja—. ¿No tienes nada más que decirme?

Julian levantó las cejas cuestionadoramente.

—Borracho bobalicón —las palabras eran algo cariñosas y un poco exasperadas—. ¿No me darás ninguna satisfacción? ¿Tendré que decirlo por ti?

Aún parecía desorientado.

—¿Me amas? —fue una demanda exasperada.

—Oh, eso.

—Sí, eso.

—Supongo que debo —le brillaban los ojos. Anna, deslizó sus brazos y los cruzó sobre su pecho, y se apoyó sobre los talones protestando.

Entonces le sonrió y la bajó del escritorio tomándola en sus brazos. Sosteniéndola contra su pecho se dirigió hacia la puerta.

—¿Dónde vas? —le preguntó abrazándose a su cuello. En realidad, estaba contenta de que la llevara donde lo haría. La facilidad con que la cargaba le produjo un hormigueo en la columna. ¡Era tan fuerte!

—A la cama.

Anna levantó la cabeza desde su cómoda posición sobre su hombro.

—Oh, ¿sí? —su tono era un poco frío. Su «supongo que debo», aún le producía enojo.

Abrió la puerta sin dejarla caer ni golpearle la cabeza

contra el marco, lo cual en su estado era algo por lo que debía sentirse agradecida. Se dirigió hacia la escalera.

—Soy un hombre de acción, no de palabras. Obtendrás muy pocos bellos discursos de mí.

—No deseo bellos discursos.

Llegó al pie de la escalera y comenzó a subir. Nuevamente su peso no pareció molestarle para nada. Adjudicó el hecho de que tambaleara en el primer escalón a los efectos de la bebida.

—Puedo caminar.

Se detuvo en la mitad de la escalera para mirarla. En la oscuridad, todo lo que Anna podía ver claramente era el brillo posesivo de sus ojos.

—De ninguna manera. Eres mía, mi niña, y no tengo intenciones de dejarte ir jamás.

—Oh —la respuesta de Anna fue dócil, pero le abrazó con más fuerza el cuello. En realidad podría estar en sus brazos para siempre.

—Oh —le hizo burla hasta en el tono, y luego la besó con tanta vehemencia que Anna temió por su seguridad... mientras aún podía pensar. Cuando finalmente terminó de besarla para continuar subiendo, estaba tan deslumbrada por los efectos que ni siquiera se preocupó por el estado de su equilibrio.

Julian la llevó a su habitación, no a la de ella. Anna registró ese hecho con una pequeña parte de su mente precisamente cuando cerró la puerta con su hombro. Adentro, la oscuridad estaba mitigada por la brillante luz de la luna que penetraba a través de las ventanas. Éstas habían sido dejadas abiertas, pero afortunadamente la red para los mosquitos fue colocada sobre ellas, y fue eso lo que permitía que entrara el fresco aire de la noche, brindándole a la silenciosa habitación un clima de otro mundo.

Las cortinas de seda de la cama crujieron levemente cuando la colocó sobre el cubrecama. Anna permaneció allí durante un momento, envuelta en sombras, con la cabeza inclinada sobre la almohada, mientras observaba cómo Julian tiraba, primero descuidadamente y luego con furia, de su corbata enredada.

El nudo no se aflojaba. Anna le sonrió a su amor con cariño y gateó hasta el borde de la cama.

—Déjame que yo lo haga —le dijo, tomándole el brazo y acercándolo a la cama, y se arrodilló en el borde.

—Maldita cosa —murmuró Julian, pero permaneció obedientemente quieto mientras sus delgados dedos hacían lo que podían con el nudo recalcitrante.

—Espero que no entres en este estado a menudo —le advirtió con un tono de represión mientras desataba el nudo apretado y le quitaba la corbata del cuello.

Julian levantó las manos y la tomó de la cintura.

—La última vez que bebí demasiado fue cuando tenía diecisiete años, y también por la misma causa.

—¿Y qué causa era ésa? —sus dedos comenzaron a desabrocharle los botones de la camisa. Poder tomarse esas libertades con él era embriagador, y cuando el último botón salió del ojal, se animó a pasarle los dedos por el pecho.

—Una mujer descarada me estaba volviendo loco —le tomó las muñecas, deteniéndole las manos contra él. Anna sintió el suave hormigueo del vello de su pecho debajo de las palmas, el profundo calor de su pecho, y de pronto, el deseo profundo que casi había logrado apaciguar, renació lleno de palpitante vida.

—¿Y quién era esa mujer? —apenas consciente de lo que estaba diciendo, presionó más las manos contra él. Debajo de su mano derecha, podía sentir el firme y fuerte latido de su corazón.

—Lo olvidé. ¿Ves? Me has hecho olvidar a todas las demás mujeres.

—Fíjate que continúe así —enredó un dedo en un rulo de su pecho y lo tiró amenazadoramente. Él gritó, se rió y le soltó las manos para sentarse en el borde de la cama.

Abrazándole el cuello, Anna se apoyó sobre su espalda ancha, y observó cómo se quitaba las botas. Cuando volvió a ponerse de pie, estaba descalzo. Cuando se sacó la camisa y dejó al descubierto sus hombros musculosos y su ancho pecho, Anna observó admirada. Cuando se quitó el pantalón y dejó al descubierto su angosta cadera y sus piernas largas y fuertes, sintió que la sangre se aceleraba en sus venas. Luego, cuando se volvió hacia ella, se le detuvo la respiración: su parte más masculina estaba enorme, dura como la rama de un árbol, y lista.

El deseo revivido en su cuerpo palpitaba en una respuesta casi dolorosa.

—Ven aquí, querida.

La sacó de la cama y la puso de pie. Anna fue sin resistirse. El corazón le latía con tanta fuerza que casi no podía pensar cuando le levantó primero la bata y luego el camisón. Cuando estuvo tan desnuda como él, la apretó contra él. El roce entre su cuerpo áspero y caliente y el suyo sedoso y suave le produjo vértigo. Le colocó los brazos alrededor del cuello mientras él bajaba la cabeza. Sus bocas se encontraron en un beso explosivo. Sus manos se deslizaron por la columna y le tomaron el trasero desnudo, levantándola del suelo. La apretó contra él y pudo sentir su miembro entumecido entre sus muslos. La levantó más alto e instintivamente le colocó las piernas alrededor de la cintura.

Cuando la penetró cayeron juntos en la cama.

Esta vez cuando le hizo el amor, Anna enloqueció. Sus manos, sus labios y su cuerpo realizaron demandas que antes nunca supo cómo realizar. Pero deseaba todo de él, deseaba que la llenara, que la tomara, que le brindara el éxtasis que le había enseñado a desear.

Y él lo hizo.

Al final le dio aun más. La penetró profundo, sosteniéndola cerca mientras ella gritaba su nombre en una gloriosa entrega, y luego buscó su propia descarga.

—Te amo, te amo, te amo —gimió junto a su cuello, mientras temblaba dentro de ella.

Anna sonrió mientras él tembló por última vez y se aflojó.

45

Cinco minutos después estaba roncando. Tendida a su lado, con la cabeza sobre su hombro, y la mano sobre su pecho, Anna estaba contemplando soñadoramente el giro inesperado que había dado su vida. ¿Quién habría imaginado que algún día se enamoraría locamente del terrible ladrón que había sorprendido en Gordon Hall?

Luego se produjo el primero de una serie de ronquidos parecidos al rechinar de muebles. No era sólo una respiración dura. Eran fuertes, desde el fondo de la garganta, y casi divertidos. Por lo menos, hubieran sido divertidos si no hubieran provenido de la adorable garganta del hombre que había prometido quererla para siempre.

Anna se sentó y miró a su insensible amante sacudiendo la cabeza. Por supuesto que tenía que elegir esta noche para caer casi en un estupor. Podían haber estado intercambiando tiernas caricias y haciendo el amor hasta el amanecer. Pero evidentemente esas cosas deberían esperar hasta otra noche. Hoy, tenía el privilegio de observar a su amante en su estado natural: extendido sobre su espalda, las patillas oscureciéndole las mejillas y el mentón, desnudo como un bebé... y roncando lo suficientemente fuerte como para despertar a un muerto.

Demasiado para un romance. Anna suspiró, mentalmente castigó a su amante como a un malhechor idiota, y se levantó de la cama. No podía dejarlo en ese estado durante el resto de la noche, y todo el tiempo que tuviera intenciones de dormir durante la mañana. Tiró de las cobijas de la cama del lado en el que él no estaba extendido, y luego trató de hacerlo rodar sobre las sábanas limpias que quedaron al descubierto. No era una tarea fácil. Era un hombre grande, y pesado. Deteniéndose una o dos veces para admirar su magnificencia, Anna tiró, empujó y se esforzó sin resultado visible. Finalmente tuvo que colocarse en el otro extremo de la cama y tirar con fuerza del brazo opuesto a ella. Cuando él se movió, no se congratuló, ya que ninguno de sus esfuerzos había sido marginalmente responsable. Él simplemente decidió rodar, incidentalmente quedó en el lugar que ella deseaba que ocupara, levantó y entrelazó los brazos, y apoyó el rostro en la almohada. Anna lo observó durante un momento, admirando la fuerte espalda y las firmes curvas redondeadas de su trasero. Casi con pesar, lo tapó con las cobijas y lo dejó dormir en paz.

En realidad, reflexionó mientras se ponía el camisón y la bata y salía de su habitación, era mejor que se hubiera quedado profundamente dormido. Si no lo hubiera hecho, casi con seguridad habría pasado la noche en su cama. Y no habría sido bueno para ella que por la mañana la encontraran allí. Un comportamiento escandaloso así no tenía lugar en la vida de una respetable viuda con una niña.

Iba sonriendo mientras recorría el pasillo hacia su habitación. Era casi el amanecer, y la oscuridad exterior comenzaba a aclararse y a convertirse en un gris oscuro. Muy pronto, los rayos del sol atravesarían la oscuridad, y el sol se asomaría en el horizonte antes de salir para brillar y entibiar el día. Anna comprendió sorprendida, que era algo bastante parecido a su propio surgimiento del dolor. Cuando la noche de su pérdida había caído sobre ella, nunca esperó despertar, sonriendo, para enfrentar un nuevo día.

Pero lo había hecho, y de pronto su vida brilló con posibilidades antes inimaginables. La felicidad la envolvió como una enorme ola tibia cuando llegó a su dormitorio, giró el picaporte, y entró.

Lo primero que vio fueron los diminutos ojos de Moti brillando desde el suelo, cerca de la cama. Si no hubiera reconocido a la criatura casi de inmediato, se habría asustado mucho. Dadas las circunstancias, estaba confundida. ¿Cómo había entrado Moti a su habitación? Estaba segura, casi segura, de que la había seguido por el pasillo cuando fue a confrontar a Julian, hacía mucho tiempo.

De pronto, recordó la cobra que había entrado en el ala este el día de la llegada de Julian. Sintiendo un miedo repentino, Anna se dirigió con extrema cautela hacia la mesilla de noche, y rápidamente encendió una vela.

Cuando levantó la vela alto y giró para espiar en los rincones, el brillo dorado que se esparcía, no vio otra cosa que el cuerpo marrón y peludo de Moti. Más tranquila, se volvió hacia la cama, y recibió su segundo sobresalto en pocos minutos. Alguien, o algo, estaba enroscado debajo de las cobijas en el medio de la cama.

Reprimiendo un grito, Anna bajó la vela y se inclinó para retirar las cobijas y descubrir al intruso.

¡Chelsea! Hecha un ovillo, con el cabello dorado enredado alrededor del rostro, las rodillas recogidas sobre el pecho y abrazada de manera que no se le veían los pies debajo del ruedo del delicado camisón blanco, Chelsea estaba profundamente dormida.

En los días inmediatos a la muerte de Paul, Chelsea venía a la habitación de su madre en la mitad de la noche, y se metía en su cama con cierta regularidad. Anna desconsolada, pero herida más aun por Chelsea, recibía con agrado a su hija, y las dos dormían abrazadas, consolándose mutuamente.

Pero Chelsea hacía meses que al parecer no necesitaba de esos consuelos, y Anna frunció el entrecejo mientras trataba de imaginar qué podía haber llevado a Chelsea a su cama esta noche en especial.

Anna pensó en agradecer a la Providencia que Julian hubiera decidido llevarla a su dormitorio en lugar del de ella.

—Jovencita —Anna se sentó en el borde de la cama y le tocó suavemente el hombro a su hija—. Despierta.

En el segundo llamado Chelsea se movió, y se sentó repentinamente. Cuando le quitó el cabello del rostro, la mirada de la niña era de susto. Luego, espiando a su madre, Chelsea gimió y se acercó para arrojarse a los brazos de su madre.

—Mamá, ¿dónde estabas?

—¿Tuviste un mal sueño? —Anna, ignorando prudentemente la pregunta, acarició la sedosa cabeza rubia que se cobijaba en su pecho.

Chelsea sacudió violentamente la cabeza, aferrándose a la cintura de Anna.

—¡No era un sueño, mamá, no lo era! Al principio creí que lo era, pero yo estaba gritando y tenía los ojos abiertos, y uno no sueña así, ¿verdad?

—No lo creo. A menos que estuvieras soñando que tenías los ojos abiertos, por supuesto.

—Bueno, no lo estaba. Había un culí en mi habitación. Tenía pequeñas agujas atravesándole las mejillas, mamá, y parecía tan extraño. Me miró durante unos pocos minutos, y luego me mostró algo sacudiéndolo y lo dejó caer en el extremo de mi cama, y estaba tan asustada que cerré los ojos y cuando los volví a abrir se había ido. Deseaba gritar pero no pude, y Kirti no se despertó, por eso vine a buscarte, pero no estabas aquí.

—Lo lamento, jovencita —Anna abrazó a su hija temblorosa durante unos segundos, luego la alejó y le acomodó el cabello con ambas manos—. Debe haber sido impresionante. Pero fue sólo un sueño, lo sabes.

—¡No lo fue! ¡Sé que no lo fue! En verdad, mamá.

Chelsea estaba tan agitada que Anna sólo pudo abrazar a su hija y mecerla hacia atrás y adelante, consolándola sin palabras. Transcurrió un momento antes de que se atreviera a decir:

—¿Te gustaría dormir conmigo el resto de la noche?

—¡Oh, sí, mamá, por favor!

Anna le besó la frente a la niña, la acostó y la arropó,

apagó la vela y se acostó a su lado. Chelsea se abrazó a ella como un animal asustado. Anna sostuvo a su hija y escuchó hasta que oyó la suave respiración que le indicaba que Chelsea se había dormido.

Luego, moviéndose cuidadosamente para no despertar a la niña, Anna se levantó de la cama y se volvió a poner la bata. Probablemente lo que Chelsea había visto no era más que una visión en un sueño. Pero aun así, parecía extraño que Kirti no se hubiera despertado.

Por lo menos, podía verificar y asegurarse que la vieja aya estuviera bien.

Estaba amaneciendo y pequeños rayos de luz serpenteaban a lo largo del pasillo mientras se dirigía hacia el cuarto de la niña. Moti, liberado del dormitorio hacia donde, al parecer, voló cuando Chelsea se despertó, caminaba junto a sus talones. Anna se sentía feliz por la presencia del animal. En la incierta quietud del amanecer, era agradable saber que había otra criatura despierta en la casa junto a ella.

La puerta del cuarto estaba abierta. Anna miró adentro, y vio la cama de Chelsea con las cobijas corridas, al parecer donde las había dejado la niña, y recorrió el resto de la habitación con la mirada, la cual parecía sin cambios. La puerta que conducía a la sala de clase también estaba abierta. Como la habitación de Kirti daba allí, Anna supuso que Chelsea había corrido a través de ella a despertar a Kirti. Antes de moverse para verificar al aya, Anna se acercó a la cama de Chelsea. Por supuesto, la niña sólo había tenido otra pesadilla...

Pero había algo al pie de su cama, medio cubierto por las cobijas desarregladas. Anna se sorprendió y lo observó durante un momento prolongado antes de atreverse a tocarlo con un dedo. Era una gran flor con forma de trompeta, de color brillante, y cerosa al tacto.

Pero, ¿cómo había llegado a la cama de Chelsea?

Quizá, después de todo, la niña no había estado soñando. La idea era atemorizante. ¿Un culí, con pequeñas agujas atravesándole las mejillas, sacudiendo esta flor sobre la cama de Chelsea?

La idea era fantástica... pero allí estaba la flor.

Mordiéndose el labio inferior, Anna levantó con cautela la flor, sosteniéndola entre el pulgar y el índice, mientras iba a despertar a Kirti. Era sólo una flor, y sabía que su reacción hacia ella no era más que el producto de una exagerada imaginación, pero aun así parecía algo malo. Casi atemorizante...

Kirti estaba profundamente dormida en su pequeño dormitorio, roncando casi tan fuerte como Julian. Anna la sacudió bruscamente. Se negó a admitir lo aliviada que se sintió cuando Kirti abrió los ojos casi de inmediato.

—¿Memsahib? —Kirti parecía medio borracha, lo cual era de esperar. Pestañeó antes de sentarse llena de consternación. Con el cabello alrededor del rostro y su sari reemplazado por una simple camisa de lino para dormir, Kirti parecía una persona muy diferente de la devota aya de Chelsea—. ¿Sucede algo malo con la niña?

—Tuvo otro mal sueño, y vino a dormir conmigo. Deseaba avisarte. Kirti, ¿tienes idea de cómo llegó esto a la cama de Chelsea?

Anna levantó su mano y la flor quedó colgando delante del rostro de Kirti. Si antes el aya estaba sorprendida, no era nada en comparación a cómo estaba cuando miró la flor coloridamente veteada. Le desapareció el color de las mejillas, y comenzó a mecerse hacia atrás y adelante, murmurando algo que parecía un conjuro o una oración, en su dialecto Tamil.

—¿Qué sucede, Kirti? Debes decírmelo de inmediato —el miedo agudizó la voz de Anna. Kirti, aún meciéndose, parecía envejecida y enferma.

—Es la flor de una manzana recogida, memsahib. Oh, la niña está durmiendo, ¿verdad? Oh... ay, oh... ay, se avecinan grandes problemas para lo que...

Kirti se deslizaba hacia atrás cantando con vehemencia. Anna tuvo que contenerse para no sacudirla.

—¿Qué significa, Kirti? —le demandó con tono de urgencia.

—La manzana rota... tiene mucho poder. Kali, el adorador de la diosa Kali la usaba en sus rituales.

—¿Por qué alguien desearía ponerla en la cama de Chelsea?

—Para prevenirla... para prevenirnos para que la vigilemos... para prevenirnos a todos nosotros. Oh... ay... se avecinan grandes problemas para los que...

Anna giró abruptamente y salió de la habitación. Si estaba o no durmiendo su borrachera no importaba: tenía que mostrarle esto a Julian.

46

Él aún estaba extendido boca abajo, con la cabeza apoyada sobre la almohada, roncando vigorosamente. No parecía haberse movido desde que lo dejó.

—¡Julian, despierta!

En su apuro dejó la puerta del dormitorio medio abierta, y colocó cuidadosamente la flor en la mesilla de noche por seguridad. Luego se dejó caer en el borde de la cama y sacudió vigorosamente el musculoso brazo desnudo que estaba cerca de ella. La única respuesta que obtuvo fue otro enorme ronquido. Anna lo sacudió nuevamente.

—¡Julian, despiértate! ¡Es importante!

—¿Mmmm?

—¡Julian, tengo que hablar contigo!

—Ven aquí, amorcito —las palabras eran vacilantes, la acción que las acompañó sorprendentemente hábil. Anna se fastidió al verse atrapada por un brazo largo y llevada a la cama junto a él.

—¡Julian, ya basta! Yo...

Pero antes de que pudiera decir algo más, él se colocó sobre ella y la besó. Disgustada, Anna le golpeó la espalda con los puños, aunque su cuerpo se estremeció con el calor de su boca.

Al parecer, después de un momento su protesta prosperó, y Julian levantó la cabeza para mirarle el rostro.

—¿Siempre eres un pequeño rayo de sol a la mañana o ésta es una excepción?

Anna lo miró con el entrecejo fruncido.

—¿Ya estás sobrio? Porque si aún estás tres cuartos borracho no me sirves.

—Sobrio como un juez, mi amor. ¿Podría probártelo? —el brillo picaresco de su mirada y el sugestivo movimiento de su cuerpo provocaron que le empujara impacientemente los hombros.

—¡Esto es importante, Julian!

—Soy todo oídos —acompañó esta afirmación tomándole y apretándole un seno. Anna sintió la intimidad del gesto a través de todo su cuerpo. La estaba tratando como si le perteneciera y pudiera hacerle lo que deseara... y a ella, sin vergüenza, y pícara como era, le encantaba.

—¡Déjame! —le ordenó, luchando contra su propia inclinación a rendirse ante la dura tibieza de su cuerpo, la cual por la evidencia física que le presionaba el muslo, estaba mucho más despierta que él. El pulgar le acariciaba el pezón a través de las capas del camisón y la bata, distrayéndola momentáneamente.

—¿Estás segura de que no deseas...? —retrocedió para darle un sugestivo beso en el pezón que le atormentó.

Anna tembló, rechinó los dientes, preparó el puño y le golpeó un hombro.

—¡Dije que me dejaras, Julian! Ha sucedido algo.

Probablemente el golpe la hirió más a ella que a él, pero cumplió con su propósito: con una mueca de pesar salió de encima de ella, y se acomodó en una almohada, que apoyó en la cabecera de la cama. A último momento, se cubrió con el cobertor.

—Entonces cuéntame —parecía alarmado. Anna, agradecida, se sentó recogiendo las piernas, y se inclinó hacia él para contarle los acontecimientos de la última hora.

—Déjame verla.

Julian tenía el entrecejo fruncido. Anna se estiró para tomar la flor de la mesilla de noche y se la alcanzó. La dio vuelta y la examinó de cerca, luego volvió a mirar a Anna y le devolvió la flor. Anna, que casi no podía tocarla sin temblar, volvió a colocarla sobre la mesilla tan rápido como pudo.

—Es sólo una flor.

—Lo sé, pero quien la trajo no tenía nada que hacer en la habitación de Chelsea, mucho menos cuando ella está allí durmiendo. Y Kirti dice que es una advertencia.

—¿Chelsea dice que un culí, con agujas en las mejillas sacudió esto sobre su cama y luego lo tiró? —Parecía un poco escéptico.

—Sé que suena increíble, pero sí.

Julian apretó los labios. Volvió a examinar la flor con expresión pensativa.

—¿Y el aya?

—Kirti estaba durmiendo. Chelsea dice que no pudo despertarla.

—Me refería a si confías en ella. ¿Podría hacer algo como esto? Quizá para asustar a la niña para que se comporte, o algo.

—Oh, no. Estoy segura de que no lo haría. Kirti ama a Chelsea, y estaba tan horrorizada... estoy segura de que no.

—Muy bien —bajó las piernas de la cama y se puso de pie, sin importarle su desnudez ante la presencia de Anna. Anna se permitió un momento de silenciosa admiración, mientras él permanecía allí sin moverse, con una mano apoyada contra la pared para mantener el equilibrio. Un rayo de sol penetró por las cortinas abiertas perturbándole la vista, e hizo una mueca. Retrocedió y levantó una mano para cubrirse el rostro.

—Dios mío, tengo el padre y la madre de todos los dolores de cabeza.

—Te lo mereces. No debiste beber tanto.

—Eso me hace sentir mejor.

—No es verdad.

Julian refunfuñó. Luego, dando unos pasos tambaleantes hacia el rincón cercano, donde se encontraba el lavamanos, se inclinó sobre el recipiente y volcó todo el contenido de la jarra sobre su cabeza. Anna se quedó con la boca abierta al ver que sumergía la cabeza en el recipiente lleno y luego la sacudía como si fuera un perro mojado. Las gotas de agua volaron en todas direcciones, y cuando unos momentos después salió de atrás de la toalla lucía mucho mejor. Por fin se le había ido la mueca.

Esta vez, Anna tuvo la impresión de que realmente la estaba mirando. Se sonrojó un poco ante lo comprometido de su posición, sentada en el medio de la cama, mientras él, naturalmente desnudo, se frotaba la cabeza con una toalla y la miraba. Anna suponía que pasaría poco tiempo antes de que se conociera la noticia de que Julian era su amante.

—¿Qué vas a hacer? —se apuró a preguntar para cubrir el repentino malestar.

—Hablar con el Raja Singha. Sabe todo lo que sucede, dentro y fuera de la casa. Deseo saber qué tiene que decir al respecto.

—Kirti dijo que deberíamos vigilar a Chelsea —había un poco de miedo en el tono de voz de Anna.

—No te preocupes, nada le va a suceder a Chelsea. Si es necesario, Jim y yo nos turnaremos para vigilarla las veinticuatro horas del día. Pero primero, averigüemos qué tiene que decir el Raja Singha.

Unos momentos después, salió del vestidor con los pantalones en su lugar, estirando una camisa, la cual procedió a abotonar mientras ella observaba.

—¿Por qué no regresas y te quedas con Chelsea? Si se despierta, probablemente se asustará si no estás allí. Tan pronto como averigüe algo vendré a contártelo.

—Muy bien —este curso de acción tenía sentido, aunque Anna sintió un repentino e intenso disgusto al separarse de él. Pero el bienestar de Chelsea tenía que ser anterior a su propio sentimiento embriagador hacia Julian.

Se levantó de la cama de mala gana y se dirigió hacia la puerta mientras él se colocaba las botas.

—Anna.

Ya casi había llegado a la puerta cuando su voz la detuvo. Se volvió y vio que ya tenía las botas puestas y se dirigía hacia ella.

Cuando llegó a su lado le tomó el mentón con la mano y se lo levantó para besarla.

—Estás hermosa por la mañana —le dijo cuando por fin levantó la cabeza. Cuando Anna, con ojos soñadores, intentó inclinarse contra él pues deseaba más, él la apartó y la envió a cumplir con sus obligaciones con una palmada en la espalda.

—Ahora vete. Más tarde habrá mucho tiempo para eso —le pidió con una brillante sonrisa.

Anna, optimista, regresó a su habitación mientras él se dirigía hacia la escalera. Ella se quedaría custodiando a su hija... y pasaría el tiempo soñando con Julian.

Cuando entró en su dormitorio, Chelsea se despertó y bostezó.

—¿Mamá?

—Aquí estoy, jovencita.

—¿Tuve otro mal sueño?

—En cierto modo —renuente a contarle más hasta que ella misma lo supiera, Anna recurrió al antiguo recurso de distraer a su hija. Primero le contó cómo había pisado la cola de Moti y casi rueda por las escaleras cuando la mangosta saltó hacia adelante, para sacar la cola de abajo de su pie. Le contó también cómo había quedado encerrada en el baño el día anterior, y había tenido que permanecer allí hasta que fue rescatada por Ruby. Ambas historias eran totalmente falsas, pero hicieron sonreír a Chelsea. Madre e hija estaban sentadas en el medio de la cama, riéndose juntas, cuando sonó un rápido golpe en la puerta.

—¿Anna? —era Julian.

—Entra —le pidió aliviada. Por alguna razón, el golpe la había puesto nerviosa. Supuso que era otra vez su imaginación hiperactiva.

Julian entró en la habitación, se detuvo y las observó con una sonrisa. Chelsea, radiante, saltaba de arriba a abajo.

—¡Buen día, tío Julian!

—Buen día, duende. Escuché que anoche tuviste una mala experiencia.

Inmediatamente Chelsea dejó de saltar y pareció sobrecogida.

—¿Mamá te contó?

Julian asintió con la cabeza. Anna, con el entrecejo fruncido, negó con la cabeza desde atrás de Chelsea. No creía conveniente discutir más el tema delante de la niña. Siempre creyó que cuanto menos se decía, más rápido se olvidaba.

Pero al parecer, Julian pensaba diferente. Ignorando los silenciosos intentos de Anna para que se callara, caminó hasta la cama, y se sentó en el borde cerca de Chelsea, quien lo observó seriamente.

—Tu mamá estaba preocupada, así que esta mañana fue hasta tu dormitorio para averiguar si lo que viste fue un sueño o no. Encontró una flor al pie de tu cama, una flor grande y hermosa, pero no le agradó la idea de cómo podría haber llegado hasta allí. Entonces me pidió que averiguara. Estuve hablando con el Raja Singha, y él habló con todos los otros sirvientes, y llegamos al fondo de esto. ¿Conoces a Oya, la cocinera?

Chelsea asintió con la cabeza, con los ojos enormes y solemnes. Anna tenía que admitir que aunque ella no habría abordado el tema en forma tan directa, un tratamiento así parecía no tener efectos adversos sobre Chelsea. Julian le habló como a un igual, y Chelsea, con la dignidad de sus casi seis años, escuchó con la sorprendente seriedad adulta. Anna pensó que quizás ella tenía una tendencia a creer que su hija aún era un bebé. Evidentemente, Julian tenía aprecio por la niña, y no le haría daño. Debía apartarse y permitirles forjar su propia relación, independiente de su interferencia.

—Oya tiene un hijo que vive en una villa, cerca de Badulla.

Está viajando hacia Kandy, para el Festival of the Tooth y hace dos noches se detuvo para saludar a su madre. Al parecer, es un hombre de medicinas en su villa, y cuando Oya le contó sobre las pesadillas que tienes a veces, decidió ayudarte para que te libraras de ellas. De acuerdo con Oya y el Raja Singha, lo que viste anoche fue al hijo de Oya realizando un hechizo para alejar las pesadillas.

—¡Te dije que no fue un sueño! —le reprochó Chelsea a su madre.

—Tenías razón, querida —el alivio que Anna debería haber sentido por esta explicación perfectamente obvia para Ceilán, sobre el visitante de medianoche de Chelsea, no se materializó. El Festival of the Tooth era una celebración muy importante para los budistas de la isla. Todos los años, en agosto, aquellos que podían, viajaban hasta Kandy, donde se guardaban los dientes de Buda, en un magnífico templo. La reliquia era paseada por las calles con mucha fanfarria, y la celebración duraba días.

Era muy amable de parte de Oya y su hijo preocuparse por las pesadillas de Chelsea. Pero cualquiera que fuese la motivación del hijo de Oya, a Anna no le agradaba la idea de que un extraño merodeara por la casa durante la noche, y mucho menos que entrara en la habitación de su pequeña hija y la asustara terriblemente.

—Si el hechizo funciona, creo que no tendré más pesadillas —comentó Chelsea pensativa.

—Creo que no —Anna abrazó a su hija. Miró sobre el sedoso cabello rubio a Julian—. Espero que le hayas dicho a Oya y al Raja Singha que aunque apreciamos la actitud, no se repetirá una ocurrencia así.

—No te preocupes —Julian sonrió—. Ya se los dije. En el futuro, las puertas y ventanas se mantendrán cerradas durante la noche, y ninguno de los sirvientes, o de sus familiares, entrará sin permiso —miró a Anna de manera significativa—. Jim y yo nos encargaremos de eso. Tú no tienes nada por qué preocuparte.

—No —Anna sonrió sintiéndose aliviada. Era tan agradable tener a alguien en quien confiar. Y ella sabía que podía confiar plenamente en Julian... Sin la menor duda le confiaría su vida y la de Chelsea—. Gracias.

—Seguramente puedes hacer algo mejor que eso —le respondió con una mueca pícara. Luego miró a Chelsea, quien estaba atendiendo este intercambio con sumo interés—. Más tarde —agregó y se puso de pie.

—¿Dónde vas, tío Julie?

—A afeitarme, duende. Te veré más tarde en el jardín, ¿está bien?

—Bueno.

Le sonrió satisfecho a Anna, le despeinó el cabello a Chelsea mientras la niña expresaba airadamente su indignación, y se retiró. Anna tuvo sólo un minuto para mirarlo antes de que Chelsea demandara otra vez su atención.

Necesitó de toda su fuerza de voluntad para convencerse de que todas las cosas vergonzosas que estaba imaginando deberían esperar hasta la noche.

Julian, por otra parte, estaba pensando en algo más que en sexo. No deseó preocupar a sus damas (esa expresión con todas sus implicancias posesivas no pasaban inadvertidas para él), pero algo andaba definitivamente mal en Srinagar.

Tenía la intención de descubrirlo por el bien de todos.

47

Para Anna, los tres días siguientes fueron paradisíacos. Estaba más feliz de lo que jamás soñó. Durante las mañanas entonaba canciones tontas por la casa. Durante las tardes cabalgaba con Julian, con el pretexto de controlar el progreso que realizaban los obreros que limpiaban los campos, pero en realidad lo hacía para escabullirse sola con él durante algunas horas. Y durante la noche, después de la cena, cuando el resto de la casa estaba dormido... baste decir que Anna dormía muy poco. Y no le importaba.

Durante este tiempo, Julian era todo lo que ella había soñado que un hombre podía ser, y más. Era encantador, divertido, cuidadoso de su bienestar... y un amante tan excitante, que una mirada de sus ojos celestes era suficiente para acelerar el ritmo de su corazón. Bajo su tutela Anna se convirtió en una verdadera mujer. Y sentía más profundamente bajo su encanto.

Para complacerlo, accedió a aprender a nadar. Él insistió en que todos, por su propia seguridad, deberían saber cómo hacerlo, y prometió enseñarle luego a Chelsea. Las lecciones de natación no eran espectacularmente exitosas, pero las sesiones de amor que inevitablemente seguían sí lo eran. Por esa razón, y para darle el gusto a Julian, Anna estaba dispuesta a ser casi ahogada una vez por día.

—Para mí es un misterio cómo una mujer tan diminuta como tú puede hundirse hasta el fondo como una piedra de vez en cuando —le señaló Julian un poco exasperado en la mitad de su cuarta lección. Estaban a mitad de camino hacia el centro de la piscina (por amarga experiencia, Anna se negaba a ir más allá de su altura), y él, empapado y desnudo, parecía un dios pagano. El agua sólo le llegaba hasta la mitad del pecho. Los músculos de sus hombros se destacaban seductoramente mientras la sostenía con una mano. Su cabello negro mojado brillaba como el de una foca en la luz que se filtraba, y su piel resplandecía bronceada y húmeda. En conjunto, era una imagen para detener la respiración de una mujer... si el haber tragado la mitad del agua de la piscina ya no lo había hecho. Junto a él, Anna creía que tenía el aspecto de una rata ahogada. Por cierto se sentía como tal.

—Si el buen Señor hubiera deseado que nadáramos, nos habría dado aletas —respondió Anna, quitándose el cabello empapado de los ojos con una mano. Anna ya tenía claro que no deseaba ser una ninfa del agua, pero Julian se negaba tenazmente a que abandonara. Para complacerlo, le prometió intentarlo esta última vez. Pero ya sabía que ella y el agua profunda nunca se mezclarían.

—No existe una razón para que no puedas aprender a nadar —no era sorprendente que su tono fuera exasperado. Anna sabía que estaba siendo muy paciente con ella, pero al parecer no podía dominar la técnica de mantenerse a flote. Vestida sólo con su camisa empapada, pateaba tenazmente y movía las manos hacia atrás y hacia adelante como él le había enseñado. El objetivo, por supuesto, era mantener la cabeza sobre el agua. Pero sabía que en el momento en que la soltara forcejearía y se hundiría.

No una sirena, ella.

Sin avisarle, Julian quitó la mano de su camisa. Lo hizo clandestinamente con la esperanza de que no lo notara. Pero por supuesto lo hizo. Se le tensionaron los músculos, y se concentró tanto como pudo para mover los pies y las manos al ritmo prescripto. Pero fue inútil. No importó la fuerza ni la rapidez con que lo hizo, se hundió. Apenas tuvo tiempo para respirar rápidamente antes de hundirse.

Sus pies ya estaban tocando el fondo cuando Julian la tomó de la camisa y la levantó.

—Dios mío —comentó disgustado mientras la reflotaba, escupiendo lo que parecían mares de agua.

—¿Podemos descansar? —su voz y sus ojos eran inconscientemente suplicantes. Julian la miró, hizo una mueca y cedió.

—Muy bien. Sólo un momento. Vamos.

Le tomó la mano, y la sacó del agua. Anna estaba demasiado agotada como para hacer otra cosa que no fuera registrar lo magnífico que lucía saliendo de la piscina como la naturaleza lo había hecho. Ambos chorreaban agua cuando la arrastró a tierra. Anna tropezó tan pronto como llegó a la alfombra de hojas brillosas, cerca de la piedra en la que habían dejado sus ropas, y casi se cayó. Silenciosamente, daba gracias a Dios por el suelo firme. Julian, con una mueca, se secó con una de las toallas que habían traído, se la colocó alrededor de la cintura, y apoyó la otra en el suelo junto a ella.

—No puedes estar tan cansada.

—Ahogarse es un trabajo duro.

Julian le pasó la toalla por el rostro y el cuerpo, secándola lo mejor que pudo. Como su camisa y su cabello estaban empapados, los resultados no fueron muy brillantes, pero por lo menos cuando terminó, ella ya no sentía que estaba chorreando agua por todos los poros. La tarde era calurosa y húmeda, y el cabello y la camisa permanecerían mojados durante horas. Lo cual era otra cosa muy placentera sobre sus lecciones de natación.

—¿Lista para intentarlo otra vez?

Anna tembló.

—¡No! Háblame, ¿sí? Cuéntame sobre... sobre tu abuela. Al parecer era fascinante.

—Sí, lo era... y estoy cansado de hablarte sobre ella. ¿Cuándo vas a casarte conmigo?

La pregunta fue tan inesperada que Anna pestañeó. ¿Realmente lo había escuchado bien?

—¿Qué?

—Dije, ¿cuándo vas a casarte conmigo? —Sin esperar la respuesta, Julian se recostó junto a ella sobre las hojas, con los brazos levantados para apoyar la cabeza, el hombro y el muslo rozando los de Anna. Sorprendida por el repentino giro de la conversación, Anna se sentó abruptamente y giró para mirarlo. Todas las dudas que alguna vez tuvo sobre sus motivos para persuadirla surgieron en ese momento.

—¿Por qué quieres casarte conmigo? —las palabras fueron cuidadosamente enunciadas. Tenía el rostro tenso; y su expresión era cautelosa. En esas circunstancias, sería la venganza perfecta. Él no podía cambiar los hechos de su nacimiento, o arrebatar el amor de su padre o hermanos, pero podía casarse con la viuda del hermano que era envidiado casi al punto de la obsesión.

Anna no podía soportar que se casara con ella por eso.

La miró serio.

—Pensé que el matrimonio era la culminación lógica de lo que compartimos. Obviamente tú no.

—No... quiero decir, no es eso —Anna suspiró profundo—. Quiero decir... Julian, no es que no desee casarme contigo, pero tengo que saber si deseas casarte conmigo para vengarte de Paul.

—A lo que te refieres es a que me rechazas porque no confías en mí —su voz era tan dura y fría como el granito. Se sentó y luego se puso de pie y la miró, con los puños en las caderas. Alto, de pecho ancho, cabello oscuro, y musculoso, era una imagen magnífica... si hubiera estado en condiciones de apreciarlo. Pero Anna se sentía demasiado desdichada como para apreciar otra cosa que no fuera su propia torpeza para manejar una situación que hasta un idiota hubiera previsto.

Arrodillada casi a sus pies, lo miró suplicante.

—Julian, no fue mi intención...

No le permitió terminar.

—¿Serías menos desconfiada si fuera un noble rico... digamos lord Ridley? ¿Un título, algunas propiedades y todo el dinero que pudieras gastar suavizarían un poco tu desconfianza? Apostaría que sí —su tono era tan ofuscado como su aspecto.

—¡Sabes que eso no es verdad, Julian! —le tomó el brazo con una mano suplicante, y él la apartó—. No te estoy rechazando, yo...

Se estaba poniendo las botas.

—No confías en mí lo suficiente para aceptarme cuando no tengo lo suficiente para ofrecer. Comprendo. Y tú, mi detestable dama de los Ojos Verdes te puedes ir al infierno.

—¡Julian!

Pero ya había tomado la camisa y se estaba alejando. Anna lo observó, y se sintió descompuesta. Había cometido un terrible error, y lo sabía. ¿Por qué no fue lo suficientemente lista para responder que sí, y olvidar sus motivos? Aunque sus razones para desear casarse con ella fueran confusas, ¿importaba realmente? Julian era el hombre que amaba, de una manera mucho más intensa y madura que la que amó a Paul. Sea lo que fuere lo que hubiera impulsado su amor por ella, y ni siquiera estaba segura de que la venganza contra su hermano figurara entre sus sentimientos, él era el amor de su vida.

Y estaba furioso con ella. Con un suspiro se preguntó cuánto tiempo tardaría en enmendarse.

Cuando terminó de vestirse y se dirigía de regreso a la casa, había decidido que si era necesario, se rebajaría esa misma noche. Lo amaba, se casaría con él si lo deseaba, y si necesitaba un poco de persuasión para convencerlo de que sólo una idea tonta había provocado que le cuestionara las razones que existían detrás de su proposición, entonces lo persuadiría cabalmente. En realidad, casi sería divertido.

Ella tenía en mente una clase de persuasión muy específica. Una que dudaba que Julian pudiera resistir.

El sendero de la piscina conducía por detrás del establo hacia la parte trasera de la casa. Pasó un momento visitando el establo, donde ella y Chelsea habían convertido a Baliclava en un gran favorito. El pequeño burro se había quemado en tres de sus patas; y había perdido la mayor parte de su cola en el incendio, pero ahora ya estaba casi curado. Los tratamientos y pródigas atenciones que le daban sus nuevos amigos, al parecer, habían dado buen resultado: se estaba malcriando bastante. Como era habitual, la saludó con un fuerte rebuzno y permitió que le rascara la nariz y las orejas. Deseando haber tenido una manzana o alguna otra cosa para alimentarlo, le dio una palmada y se encaminó hacia la casa.

Chelsea estaba en el jardín con Kirti y Ruby, mientras Jim permanecía en las inmediaciones de su juego con aspecto apesadumbrado. Anna sospechaba que Jim tenía interés en Ruby. Al parecer surgía con sospechosa regularidad donde ella estaba. No era asunto de Anna, pero deseaba que alegrara al hombrecito triste si era lo que ella deseaba. Saludó al cuarteto con la mano, pero no se detuvo.

Cuando subió a su habitación para arreglarse y cambiarse el vestido, no había ningún sirviente a la vista.

Cuando llamaron a la puerta de su habitación se estaba cepillando vigorosamente el cabello para quitar los últimos rastros de humedad de los largos rizos.

—¿Sí?

—Memsahib, hay un visitante. De Inglaterra.

—¿De Inglaterra? ¿Quién? —frunció el entrecejo, dejó el cepillo y fue a abrir la puerta. El Raja Singha estaba en el pasillo. En respuesta a su pregunta extendió las manos.

—Un caballero. Preguntó por usted, pero no dijo su nombre.

—Bajaré enseguida.

Anna despidió al Raja Singha asintiendo con la cabeza y regresó a su habitación para recogerse el cabello. Un visitante de Inglaterra que no dio su nombre: la situación tenía perspectiva de problemas.

—¿Un corredor de Bow Street buscando a Julian? ¿o peor...?

—¡Graham! —exclamó Anna con un tono de aversión cuando, unos minutos después, entró en la sala. Su cuñado se puso de pie para saludarla. En ese primer vistazo, Anna vio que físicamente no había cambiado nada.

—¿Pensaste que me engañarías para siempre, Anna? Sabes que no soy tonto.

Luego, antes de que pudiera impedirlo, la tomó de los hombros con ambas manos y la besó en la boca. Cuando Anna retrocedió, limpiándose instintivamente la boca con el reverso de la mano, la miró sonriéndole de manera afectada y siniestra.

48

—Debo decir que realmente me sorprendí cuando averigüé quién me había robado mis esmeraldas. ¡Y tú, la hija de un vicario! Qué vergüenza, Anna —evidentemente Graham se estaba divirtiendo.

—¿Qué estás haciendo aquí? —le habló con los labios tensos y horrorizados.

—Veo que no lo niegas. Muy inteligente de tu parte. No hubiera realizado este viaje si no hubiera tenido pruebas de tu infamia. Sólo tengo que comunicarme con la autoridad más cercana para obtener una orden para tu arresto.

—¿Anna? —la voz pertenecía a Ruby, y fue seguida, unos segundos más tarde, por su entrada. Vio a Graham, frunció el entrecejo, y se detuvo sorprendida.

—¡Lord Ridley!

—Señora Fisher. La recuerdo de nuestra iglesia —Graham se inclinó haciéndoles una mueca con aire de satisfacción, que provocó en Anna el deseo de abofetearlo—. Escuché que viajaba con mi querida cuñada como dama de compañía y socia del delito. Pero temo que el juego terminó para ambas. Me pregunto si ahorcan mujeres por ser cómplices después de un robo. Si yo fuera usted, señora Fisher, me preocuparía por averiguarlo.

—Te estás comportando de manera ridícula, Graham. Ninguna de las dos sabe de qué estás hablando —Anna tuvo que esforzarse por hablar. De pronto, tenía la boca tan seca que no podía tragar.

Los labios de Graham se curvaron de manera burlesca.

—Oh, ¿no? Entonces dime, ¿de dónde sacaste el dinero para comprar este lugar? Realmente fue muy desacertado de tu parte, Anna. ¿Creíste que no me enteraría de quién era el comprador? Eso, además de la increíble coincidencia del momento en que te fuiste de mi casa, me hizo sospechar. Y una vez que sospeché, se requirió muy poco esfuerzo de parte de los hombres que contraté, para esclarecer todo. Dime, Anna, ¿nunca sentiste el más pequeño remordimiento de conciencia de que un hombre fuera ahorcado por un delito que no cometió? ¿No? Bueno, no me sorprende. Siempre pensé que eras alguien especial.

—Graham... —pero no había más nada que decir. No dudaba de que tenía la prueba de su culpabilidad que afirmaba. No habría viajado desde Inglaterra para enfrentarse con ella sin haberla tenido. Pero también era igualmente claro que creía que Julian había muerto... tenía que alejar a Graham antes de que viera a Julian. Salvarse a sí misma podría ser imposible, pero quizás aún podía salvar al hombre que amaba.

—Muy bien, Graham, como debes saber, tus suposiciones son acertadas. Yo robé las esmeraldas y las vendí para obtener lo suficiente para que pudiéramos regresar a Ceilán y comprar Srinagar. No puedo creer que desees que me arresten y me ahorquen, entonces, ¿qué deseas de mí?

—¡Anna! —ambos ignoraron la exclamación de Ruby. Graham hizo una gran mueca.

—Bueno, debes saber eso.

—Supongo que tengo una idea, pero por qué no me lo aclaras.

—Creí que preferirías tratar nuestros asuntos en privado, pero...

—No hay nada de lo que puedas decirme que Ruby no pueda oír.

—Muy bien. Regresarás conmigo a Inglaterra y vivirás conmigo como mi mujer el tiempo que yo lo desee. A cambio, estoy preparado para ser generoso: voy a mantener a la hija de mi hermano durante su permanencia en un internado para jóvenes, te mantendré a ti, y olvidaré que tuve joyas llamadas las esmeraldas de la Reina.

Anna levantó el mentón. La perspectiva que le describió la descompuso, pero no había tiempo de ceder ante las emociones. Si era posible, tenía que alejar a Graham antes de que apareciese Julian.

—Ya que no tengo elección, estoy de acuerdo con tus términos. Pero si debo irme, entonces deberá ser de inmediato. Ruby puede encargarse de nuestro equipaje y seguirnos con Chelsea. Quizá podamos esperarlas en Colombo.

—¿Has perdido el juicio? —le preguntó Ruby.

—No —respondió Anna con vehemencia—. Si debe hacerse, lo mejor es hacerlo rápidamente. ¿Y bien, Graham?

Hasta él parecía sorprendido.

—Debo decir que no esperaba que fueras tan razonable. Si lo deseas, podemos irnos de inmediato.

—Anna... —Ruby estaba horrorizada—. ¿Lo pensaste?

—Sí. Buscaré mi sombrero y nos iremos. Dejaré que le digas a Chelsea lo que quieras. Yo le explicaré el resto cuando se reúna con nosotros en Colombo —Anna vaciló y continuó en voz baja—. Cuídala, Ruby.

—Sabes que lo haré. ¿Pero y...?

—Nadie más debe enterarse —Anna la interrumpió con firmeza y prácticamente empujó a Ruby hacia la puerta. Deslizó su mirada hacia Graham, quien parecía tan confundido como gratificado—. Regresaré de inmediato. Por favor espérame aquí.

—Muy bien. En realidad, toma tu tiempo. Me vendría bien una taza de té...

—Si debo esperar, probablemente perdería la valentía para ir —le dijo Anna con furia—. Nos iremos tan pronto como traiga mi sombrero.

—Pero...

El sonido de pasos con botas a través de la galería provocaron que a Anna se le fuera el corazón a la garganta. Su mirada horrorizada voló hacia la puerta principal, la cual se abrió, aunque ella deseara que no. Julian entró con los ojos entrecerrados al pasar de la brillante luz del sol a la relativa penumbra del vestíbulo. Al principio no pareció advertir el par de ojos que lo miraban fijo desde el interior de la sala. Graham, que estaba bastante más atrás, se encontraba fuera del alcance de su vista.

Luego Julian vio a Anna. Separó los labios como si le fuera a decir algo, pero desplazó la mirada hacia Ruby y se detuvo. A menos que fuera severamente provocado, no pelearía con ella en público, por lo cual Anna se sintió repentinamente agradecida. Graham seguramente reconocería su voz.

Ya no había mucha esperanza de mantenerlo alejado de Graham. Aun así Anna trató. Se dirigió rápidamente hacia él, le tomó el brazo, y lo condujo de regreso a la galería, mientras Ruby observaba con una mezcla de comprensión y horror.

—¿Qué demonios te sucede? —gruñó Julian, y cuando Anna sacudió la cabeza desesperada, se detuvo y se negó a dar otro paso.

—Julian, por favor —le murmuró frenéticamente, pero ya era demasiado tarde. Graham se encontraba en la puerta junto a Ruby, con el rostro pálido al ver a su medio hermano. Aunque Julian no era más que una sombra grande y negra contorneada por la luz que salía por la puerta abierta, al parecer Graham no tuvo problemas en reconocerlo.

—¡Dios mío! ¡Creí que estabas muerto! —la voz de Graham parecía un graznido.

Julian miró a Graham. Después de un momento, en el cual se entrecruzaron las miradas, Julian comenzó a sonreír. No era una sonrisa placentera, y no le llegaba a los ojos. Anna, temblando, se alegró de que estuviera dirigida a Graham y no a ella.

—Ahora comienzo a entender —señaló observando a Anna, quien aún estaba tomada de su brazo, antes de volver a mirar a Graham—. Buen encuentro, hermano.

—¿Buen encuentro? ¡Buen encuentro! —Al igual que lo había hecho Julian unos segundos antes, Graham miró sorprendido a Anna y luego otra vez a su medio hermano—. ¡El infierno y el demonio, son cómplices! ¡Trabajaban juntos para robarme! ¡No puedo creerlo! Pero ahora lo pagarán. ¡No sé cómo escapaste del verdugo la primera vez, gitano bastardo, pero no tendrás tanta suerte dos veces! Yo...

—Tú, hermanito, no harás nada —la tranquila convicción en el tono de Julian provocó el enfurecimiento de Graham. Anna miró incrédula a Julian. Ése no era el tono que debía emplearse con un hombre que tiene la vida de uno en sus manos, un hombre que a uno lo odia. Pero Julian parecía impasible ante cualquier pensamiento de peligro hacia su persona. Era casi como si no reconociera la amenaza que Graham representaba. Cerró la puerta muy calmadamente y se apoyó contra ella. Anna, observando a uno y a otro hombre, mientras éstos se miraban estudiándose, vio que Julian tenía una expresión de triunfo en la mirada, mientras un completo odio se reflejaba en el rostro de Graham.

—¡Sí lo haré! Yo...

—Tengo las esmeraldas —agregó Julian con calma. Anna se irguió y lo miró sorprendida. Debía ser una forma de alardear.

—¿Crees que puedes devolvérmelas y olvidaré todo? ¡Ni lo pienses! ¡Te haré ahorcar aunque sea lo último que haga! Tú...

—Y algo más. Algo que estaba escondido en el forro del saco en el que estaban. Las líneas del casamiento de mi madre... con nuestro padre.

Los que escuchaban a Julian tardaron un momento en asimilar lo que había dicho. Cuando lo hicieron, Anna suspiró incrédula. Ruby parecía aturdida, y Graham se alejó de la puerta de la sala, con los puños cerrados y el rostro belicoso.

—¡Escoria mentirosa! ¡Mi padre nunca se habría casado con la perra de tu madre. Era una prostituta y...

Julian se movió tan rápidamente que Anna ni siquiera vio el golpe que derribó a Graham. En un momento, Graham estaba gritando en el medio de la sala, y había caído al suelo mientras Julian permanecía sobre él, con los ojos tan oscuros y furiosos como un mar tormentoso.

—Ya he soportado todos tus insultos. No soportaré uno solo más —era una advertencia tranquila. Anna, temblando mientras miraba al vencedor y al vencido, pensó que Graham haría bien en tenerla en cuenta. Julian tenía algo en la mirada que hablaba de un hombre puesto contra la pared demasiado a menudo.

—Estabas mintiendo. ¿Crees que soy tan tonto como para creer en tu palabra? Si es verdad, entonces muéstrame esas líneas. Tengo derecho a verlas... si existen.

Julian no parecía menos peligroso, pero se alejó un poco de Graham. Luego levantó la vista y la dirigió hacia un extremo de la sala. Allí se encontraba el Raja Singha, con una expresión impasible. Anna estaba tan involucrada en el drama que estaba sucediendo que no lo había advertido hasta ese momento.

—Tráeme la caja de cuero de la parte de abajo de mi guardarropa —le pidió brevemente Julian al Raja Singha, quien inclinó la cabeza con su turbante en señal de conformidad y subió velozmente por la escalera. Julian volvió a mirar a Graham.

—Levántate —le dijo bruscamente—. Pareces un asno allí tirado.

Graham, con el rostro retorcido de furia, no dijo nada mientras se ponía de pie.

—¡Nunca te aceptaré como mi hermano! ¡Nunca!

Julian se encogió de hombros.

—Sólo un hombre estúpido no acepta la verdad.

Graham entrecerró los ojos ante el insulto implícito, pero antes de que pudiera responder, el Raja Singha había regresado con la caja de madera.

Hasta que no la vio, Anna no estuvo absolutamente

segura de que Julian estuviera diciendo la verdad. ¿Cuándo y cómo había recuperado las esmeraldas? No había comentado nada...

El Raja Singha le entregó la caja a Julian, quien la abrió y deslizó su mano dentro del forro de seda. Sacó un papel cuadrado amarillo y lo sostuvo para que Graham pudiera verlo.

—Mira las líneas de casamiento de Nina Rachminov, soltera, con Thomas Harlington Traverne de Gordon Hall, fechada el 2 de enero de 1797 —cuando Graham hizo un ademán como para tomar el papel, Julian lo tiró hacia atrás y sacudió la cabeza—. Oh, no, hermano. Mira pero no toques.

Graham lo hizo, y su rostro palideció repentinamente.

—Es una falsificación. ¡Debe serlo!

—No lo es —Julian dobló el papel y lo colocó otra vez en la caja que había guardado su secreto durante treinta y cinco años—. Yo nací en noviembre de 1797, y mi madre murió poco tiempo después. Nuestro padre se casó con tu madre dos años después. Tú naciste en 1801, y Paul en 1807. ¿Comprendes lo que eso significa? Yo soy el legítimo sucesor de nuestro padre y soy cuatro años mayor que tú. Eso me convierte a mí... a mí y no a ti, Graham... en lord Ridley, con todo lo que eso implica.

Mientras le daba el golpe, Julian le sonreía casi dulcemente a su hermano.

—No es verdad —murmuró Graham, pero por la expresión agobiada de su rostro, Anna supo que comenzaba a creer—. ¡No puede ser verdad! ¡Sólo eres un maldito gitano!

Julian tenía otra vez un aspecto peligroso.

—Si fuera tú cuidaría mi boca.

—¡Lo pelearé en todas las Cortes de Inglaterra!

—Es una decisión tuya —Julian se encogió de hombros—. Hay algo más que deberías comprender. Como yo soy el legítimo lord Ridley, las esmeraldas de la Reina fueron y son mías. Por lo tanto, a ti no te robaron nada, ni Anna ni yo ni nadie. Por eso, podrías escabullirte de regreso a Inglaterra con tu cola entre las piernas y rezar para que te permita quedarte con alguna parte de lo que legalmente ya no te pertenece. Quizá, cuando vaya a reclamar mi herencia, seré generoso. ¿Quién sabe? Pero no si tengo que seguir soportándote.

Graham observó a su hermano sin hablar. Mirando a uno y al otro, Anna estaba sorprendida de ver por primera vez un pequeño parecido familiar entre ellos. Había algo en sus expresiones, en la prominencia de sus mandíbulas y en la tensión de sus hombros que era parecido. Sorprendida, Anna comprendió que lo que estaba viendo era al viejo lord Ridley otra vez vivo en ambos.

Luego lo asumió: realmente eran hermanos. Y comprendió que, a pesar del hecho de que Julian había vivido en Srinagar y había alegado que era familiar suyo, Anna nunca había creído en su reclamo del reinado de Paul.

Pensó que era un pícaro ladrón encantador y, de cualquier manera, se había enamorado de él.

Cuando en realidad era el hermano mayor de Paul... y el legítimo lord Ridley.

Dios, ¿qué iba a significar esto para ella... para ellos?

Julian debe haber sentido que lo observaba pues la miró, mientras ella permanecía a su lado. Su expresión no era tranquilizadora: tenía furia, un toque de amargura y un poco de cinismo. Pero quizás esas emociones se debían a Graham, y no eran para ella. Antes de que pudiera decidir, él ya había desviado su atención hacia Graham.

—Ya es hora de que te vayas —le indicó tranquilamente.

Graham lo observó durante un momento, con la boca torcida. Tenía los puños cerrados a ambos lados del cuerpo, pero Anna no temía violencia: a menos que fuera un tonto no atacaría físicamente a Julian. Luego la miró a Anna.

—¿Vas a dejar que este charlatán te engañe? —le demandó, con voz ruda—. Ya que eres mi cuñada, y tu hija es mi sobrina, te daré esta única oportunidad de que te alejes de él y vengas conmigo. Si no, si decides quedarte, entonces te advierto que me lavaré las manos de ahora en adelante.

—Adiós, Graham —le dijo Anna desde su lugar protegido junto a Julian. Graham la miró furioso. Pero como no podía amenazarla con nada, y Julian estaba preparado para protegerla físicamente, no podía hacer nada. Graham los miró con maldad. Sin decir una palabra, pasó junto a Julian y salió.

Anna contuvo el aliento mientras escuchaba sus pasos a través de la galería. Momentos más tarde, el sonido de las ruedas de un carruaje desplazándose por el camino le permitieron respirar otra vez. Parecía increíble pero Graham se había ido, y no había podido herirlos.

Julian la estaba mirando con el entrecejo fruncido.

—No te preocupes, mi oferta aún está en pie —le dijo amargamente, y antes de que pudiera responderle, se dirigió hacia la escalera y subió de a dos escalones.

Anna, conmovida por lo que había visto en sus ojos, se quedó con Ruby, quien estaba observando a Julian con una expresión de temor reverente.

—Un hombre así, y además es lord Ridley. Querida, el día en que lo conociste debe haber sido el más afortunado de tu vida.

49

Ahora él nunca sabría la verdad. Julian enfrentó el hecho con cierta amargura mientras guardaba la caja que contenía las esmeraldas en un cajón, en la parte inferior del guardarropa. O sospecharía que sabía la verdad, y la sospecha lo enloquecería.

Por supuesto, ahora Anna estaría dispuesta a casarse con él. Seguramente lo haría. Después de todo, él era lord Ridley, y una gran riqueza acompañaba al título. Difícilmente podría haber algo mejor para ella y para Chelsea.

Lo lamentable era que, a pesar de conocer sus motivos, aún deseaba casarse con ella. En realidad era más que un deseo. Aunque para ella no fuera más que un sustituto de su esposo, a quien había perdido para siempre, estaba demasiado atontado como para permitir que eso lo detuviera.

¿Cuándo se había convertido en un tonto sentimental?

Disgustado consigo mismo, cerró con un golpe la puerta del guardarropa, y se volvió para dirigirse hacia abajo. Desde allí saldría y buscaría algún trabajo físico duro. Algo que lo distrajera de sus pensamientos.

Entonces la vio.

Estaba de pie en la puerta, con una mano apoyaba graciosamente contra el marco, observándolo. Vestida con un simple vestido color lavanda que no recordaba haber visto antes, con el cabello recogido sobre la cabeza y sus ojos verdes enormes y preocupados, estaba tan hermosa que Julian deseaba maldecir. Un gesto de furia le ensombreció el rostro. Había logrado que la amara al punto de la locura. Pero se negaba a amarlo de la manera que él lo deseaba, y casi podía odiarla por eso.

Casi.

—¿Vienes a rendirte a mis pies? —Como se sentía herido, la atacó. El tono de burla de su voz lo complació.

—Sí.

Ella era sorprendente, su Anna. No esperaba que lo admitiera.

—No tienes que preocuparte. Como te dije abajo, mi proposición aún sigue en pie.

Esos malditos ojos verdes eran enormes y adustos.

—Habría aceptado junto a la piscina si te hubieras quedado un poco más.

—Estoy seguro de que lo habrías hecho.

—Te amo, Julian —las suaves palabras lo hirieron como una flecha en el corazón—. Me sentiré complacida y orgullosa de casarme contigo.

—¿No te refieres a lord Ridley? —había un tono de satisfacción en su voz que ocultaba el dolor de su corazón. Puta mentirosa, deseaba protestar pero no lo hizo. Temía revelar demasiado sobre lo que sentía por ella. Si alguna vez comprendía lo temerario que era realmente, tendría el poder de convertir su vida en un infierno.

—Me refiero a ti, sea cual fuere tu nombre. Te amo.

—¡Deja de decir eso!

—¿Por qué? Es la verdad —se alejó de la puerta y caminó con determinación hacia él. Cuando estuvo muy cerca, se detuvo e inclinó la cabeza hacia atrás para poder mirarlo a los ojos—. Julian, si piensas que sólo deseo casarme contigo porque averigüé que tienes un título, y toda la riqueza y el privilegio que lo acompañan, entonces tengo una sugerencia para ti.

—¿Cuál es? —fue todo lo que pudo decir para no tomarla y arrojarla sobre la cama y hacerle el amor hasta que ambos estuvieran agotados. Quizás entonces encontraría un poco de tranquilidad para su orgullo herido y su corazón doliente. Cuando se acostaban eran buenos. En realidad, fantásticos. Quizás era un tonto en desear algo más. ¿Qué podía ser más dulce que esa calurosa explosión de pasión que barría con el mundo y todo lo que había en él? El cuerpo impactante de Anna le pertenecía. ¿Qué demonios le sucedía que lo obligaba continuamente a ansiar su corazón?

—Deja que Graham lo conserve.

—¿Qué? —O su mente y sus emociones estaban demasiado confundidas, o ella decía cosas sin sentido.

—¿Por qué no nos quedamos aquí y olvidamos Inglaterra y los títulos y las propiedades de la familia? ¿Realmente deseas ser lord Ridley y vivir con el esplendor de un barón en Gordon Hall? El lugar es enorme y frío en el invierno, y el techo gotea. Existe la responsabilidad de la tierra, y de los arrendatarios, y el señor y su familia deben dar un buen ejemplo. ¡Piensa qué desgaste! Mientras aquí... aquí podemos hacer lo que nos plazca, tú y yo y Chelsea. Hay suficiente dinero, no tanto como el que obtendrías al ser lord Ridley, pero si los nuevos campos de té funcionan habrá más cada día. Además, nunca fui rica y no me importa nada al respecto. Por eso si deseas estar seguro de que me caso con Julian Chase, y no con lord Ridley, entonces deja a lord Ridley para Graham, y tú sé mi querido Julian. Por favor.

Lo había sorprendido otra vez. Julian con el entrecejo fruncido, observó el delicado rostro que lo miraba suplicante. Olvidarse de ser lord Ridley... la idea era retrógrada. Había anhelado el título durante toda su vida, con sus connotaciones de legitimidad y dignidad, y por fin ser alguien. Cuando era un niño gitano despreciado, se sentía tan avergonzado del apellido Rachminov que había inventado Chase para complacerse. El nombre de la familia Traverne le parecía tan lejano que ni siquiera había considerado utilizarlo. Ahora el nombre era de él, legítimamente suyo, y el título también... ¿Y Anna le estaba sugiriendo que le diera la espalda?

¿Y a Gordon Hall con sus vastos acres y riqueza y respeto? ¿En favor de su despreciable medio hermano Graham, con quien había tenido una amarga rivalidad de toda la vida?

Una rivalidad en la cual él ahora había triunfado.

Pero tenía que admitir que el triunfo largamente esperado le había dejado un sabor amargo en la boca. Esta tarde, cuando había enfrentado a Graham con la verdad, había sido la culminación de todos los sueños de venganza que había tenido. Pero ahora que tenía lo que deseaba, de pronto descubrió que no era suficiente.

Su legitimidad, el título y todo lo que él implicaba, significaba poco para él si Anna no estaba incluida en ello. Y no sólo su cuerpo. Lo que deseaba de Anna era una posesión incondicional de su corazón, su mente y su alma. Deseaba que lo amara, a Julian Rachminovo a Julian Chase o incluso a Julian Traverne, lord Ridley. Pero a él. A nadie más. Y sin reservas.

—¿Y bien? —Anna lo miraba atentamente. Julian la observó un momento más prolongado.

—Debes estar bromeando —respondió por fin, tomándola en sus brazos y haciendo una mueca por su propia avaricia, sobre su cabeza. Pero después de todo, ¿por qué debía renunciar a algo si podía tenerlo todo, y también a Anna, si lograba sacar el demonio de los celos de su corazón?

Como ella había dicho, Paul estaba muerto, mientras él estaba vivo, con una vida para derrotar a su rival. Y como hoy había aprendido, la victoria después de una batalla tan prolongada no tenía un sabor muy dulce.

Apartaría a Paul de su mente y su corazón aunque demorara el resto de su vida. Y también la haría confiar en su amor por ella.

—¿Quieres decir que no renunciarás? —Anna se alejó de su abrazo. Lo miró sorprendida y el tono de su voz era decepcionado.

—Soy muchas cosas, mi amor, pero no, espero, un tonto. Sólo un tonto renunciaría a una herencia así. Pero aprecio el hecho de que desearas hacerlo por mí, y me disculpo por mi comportamiento junto a la piscina. He sido un poco apresurado en lo que a ti respecta.

—No necesitas dudar de mí, Julian. Te amo a ti, pobre o rico, señor o gitano, y a nadie más.

—Sí, bueno... —respiró profundo, la apartó, fue a cerrar la puerta del dormitorio, regresó y le tomó la mano. Anna, desconcertada, frunció el entrecejo mientras la conducía a la silla donde ya había estado sentada antes, y la hizo sentar.

—¿Qué...? —comenzó a decir mientras él se arrodillaba sobre una rodilla delante de ella y le tomaba una mano entre las suyas.

—Antes me comporté tan mal que siento que debo enmendarme. Mírame, arrodillado, pidiéndote tu mano y tu corazón.

Entre la sorpresa y la risa, Anna sólo pudo observarlo. Estaba sonriendo con una expresión caprichosa. Su actitud mientras le presionaba la mano teatralmente sobre su corazón, era en extremo ridícula. Pero el gesto la enterneció. Julian no era un hombre de humillarse fácilmente.

—En otras palabras, mi amor, te estoy pidiendo que te cases conmigo.

Durante unos breves segundos Anna lo hizo esperar, mientras lo observaba, fijando este momento para siempre en su memoria. Tenía la sensación de que no vería a Julian muy a menudo arrodillado pidiendo algo. Lo que deseaba de la vida, y de ella, era probable que lo tomara fácilmente.

—¿Y bien? —mientras esperaba, sus cejas se habían contraído. Anna le sonrió. Le tocó la mejilla con la mano que tenía suelta.

—Por supuesto que me casaré contigo —le respondió suavemente. Luego se inclinó hacia adelante y lo besó tiernamente.

—Mi Anna —el tono de su voz era un poco ronco, y también muy posesivo. Se puso de pie, la levantó y la abrazó. Anna se abrazó a él, entrelazó los brazos detrás de su cabeza y levantó los labios para besarlo. Cuando la levantó para llevarla a la cama, no realizó ninguna objeción, aunque aún era la mitad del día, los sirvientes circulaban por toda la casa, y Chelsea podría entrar a buscar a su mamá en cualquier momento. Pero, ¿qué importaba nada de eso ante la necesidad de convencer a Julian de que lo amaba con todo su corazón? Porque sabía que, aunque sus palabras habían sido firmes, él aún dudaba.

Posiblemente siempre dudaría. Pero tenía la intención de amarlo siempre, intensamente y bien, y quizás eso sería suficiente para aliviar la inseguridad que le carcomía el alma.

No fueron interrumpidos. Se amaron apasionadamente, se mimaron, se susurraron suaves palabras de amor, y luego se volvieron a amar. Finalmente, se durmieron exhaustos. Cuando se despertaron, por la posición de la luna en lo alto del cielo, era la medianoche.

Julian se estiró con lozanía, la tomó entre sus brazos y rodó con ella para besarla. En lugar de responder con dulzura, Anna se retorció inquieta.

—Julian.

Aflojó los brazos y frunció el entrecejo.

—¿Qué?

—Tengo hambre —fue un lamento quejumbroso. Se sonrió, se sentó y encorvó sus hombros desnudos. Anna, sin sentir timidez por estar desnuda en su presencia, también se sentó.

—¿Quieres decir que prefieres la comida y no a mí? ¡Qué vergüenza! —Pero le estaba haciendo una mueca—. Bueno, debo confesar que yo también tengo hambre. ¿Por qué no esperas aquí mientras yo voy a buscar provisiones?

—Iré contigo —bajó las piernas de la cama y se puso de pie. Julian le observó el trasero mientras ella se inclinaba para recoger su ropa.

Se irguió repentinamente y olió.

—¿Hueles algo? —le preguntó con un tono muy diferente al anterior.

Julian también olió el aire. Saltó de la cama y tomó su pantalón.

—¿Qué es? —preguntó Anna alarmada ante su abrupta respuesta.

Julian no se detuvo ni siquiera para mirarla mientras se ponía los pantalones.

—Humo.

50

Se estaba incendiando la casa. Cuando Anna, quien se había vestido casi tan rápido como Julian, lo siguió al pasillo, vio finas columnas de humo subiendo por la escalera. Abajo, el aire estaba viciado. Aquí el olor a quemado era más intenso, y pensó que podía oír un crujido lejano.

—¡Chelsea!

—¡Búscala y yo despertaré a los demás! —Julian se dirigió hacia la dirección opuesta a la que Anna había tomado, abriendo las puertas y gritando «¡fuego!»

Anna voló por el pasillo y abrió la puerta del cuarto para niños y se sintió aliviada al encontrar a su hija durmiendo cómodamente en su cama.

—¡Despierta, jovencita! —le pidió Anna con urgencia, la envolvió en un cobertor y la tomó entre sus brazos sin esperar para ver si sus palabras habían sido escuchadas. Gracias a Dios, Chelsea tenía el peso de una pluma. Aunque Anna tampoco era muy grande, aun podía cargar a la niña sin mucha dificultad.

—¿Mamá? —Chelsea pestañeó como un búho, mientras Anna corría con ella para despertar a Kirti.

—Está bien, amorcito. Estás a salvo —mientras le infundía tranquilidad, se inclinaba sobre Kirti sacudiéndole el hombro. El aya se levantó precipitadamente y se sobresaltó.

—La casa se está incendiando. Tenemos que salir.

¡Apúrate! —Anna apenas esperó a ver que la anciana mujer bajaba las piernas de la cama y salió rápidamente de la habitación con Chelsea. Había que despertar a Ruby y a Jim, aunque suponía que Julian se habría ocupado de despertar a uno o a ambos. Ahora el olor a quemado era más intenso. No había mucho tiempo.

—¡Anna! —Julian gritaba desde el pasillo.

—¡Aquí! —salió y encontró a Julian gritando en dirección a ella, y despertando a Ruby.

—¡Gracias a Dios! —comentó Julian cuando la vio, y tomó a Chelsea en sus brazos. Le tomó la mano a Anna y la condujo hacia la escalera, la cual despedía humo.

—¿Dónde está Jim? —preguntó mientras iba casi corriendo junto a Julian. Ruby estaba detrás de ella con un camisón sorprendentemente recatado, mientras Kirti aún con ropa de dormir, había salido del cuarto para niños y corría hacia ellos.

—No está en la casa, lo envié a vigilar a Graham, por las dudas —en el extremo de la escalera se volvió para dar instrucciones—. Anna dale la mano a Ruby. Ruby cógete a Kirti. No os soltéis. Quizás el humo sea más intenso hasta que logremos salir.

—¡Tío Julie, estoy asustada!

—No hay por qué asustarse. Cierra los ojos, apoya la cara contra mi hombro y todos saldremos de aquí en unos minutos. Muy buena niña —Chelsea abrazándose fuertemente a él, hizo lo que Julian le indicó. Luego miró a las demás, quienes estaban alineadas detrás de él, le apretó la mano a Anna y ordenó—: ¡Vamos! —y se dirigió a bajar por la escalera.

Hacia la parte trasera de la casa, el fuego ya estaba rugiendo. El humo se desplazaba a través de la sala y subía por la escalera como si ésta fuera una chimenea. Cuando llegaron al pie de la escalera, respirar era cada vez más difícil. Anna tosió sofocada. Las demás también estaban tosiendo, y Chelsea estaba aferrada a Julian como para salvar su vida. Les lloraban los ojos, pero Julian las conducía con seguridad hacia la puerta principal. Anna observó de reojo

mientras pasaban por el vestíbulo. Sólo unos pasos más...
Julian colocó la mano en el picaporte, pero lo soltó rápidamente maldiciendo, cuando el metal le quemó la palma.
Luego, usando la cola del camisón de Chelsea para protegerse la mano, intentó otra vez, y en esta oportunidad abrió la puerta. El humo se desplazó por esta nueva abertura mientras Anna, buscando aire puro, se chocó con Julian quien, inexplicablemente se había detenido después de haber dado un solo paso en la galería.

—¡Dios Santo!

Parecía tan horrorizado que Anna, con los ojos llorosos, se esforzó para ver qué era lo que había provocado en él una reacción así.

—¡Mira eso!

—¡Oh... ay!

Detrás de Anna, Ruby y Kirti también vieron las amenazadoras siluetas que avanzaban hacia ellos a través de la noche llena de humo, aun antes de que Anna estuviera segura de que lo que estaba viendo fuera real.

Un ejército de isleños, estaba desplegado en el campo en una hilera, hombro con hombro, cantando mientras marchaban hacia la casa: isleños con ropas horrorosas consistentes en sombreros cónicos, cinturones y petos de metal, y sarongs de color azafrán y oro. Docenas de brazaletes y tobilleras de plata reflejaban la luz de la luna mientras se desplazaban. Su piel parecía erizarse amenazadoramente. Cuando se acercaron, la luz de la luna fue lo suficientemente intensa como para permitir que Anna viera que todos tenían las mejillas, los brazos y los muslos atravesados con agujas. Cada uno llevaba una enorme lanza con la punta afilada, la cual agitaban amenazadoramente durante su canto.

—¡Dios mío! —exclamo Anna. Chelsea, observando fascinada la multitud que se acercaba, desde la seguridad de los brazos de Julian, miró a su madre sobre su hombro.

—Así era el culí que hizo el hechizo.

—¡Son Thuggees! Oh... ay, se avecinan problemas...

—Kirti fue silenciada cuando Julian se volvió repentinamente hacia ella.

—¿Thuggees? —le preguntó bruscamente—. ¿Qué diablos son?

—Le dije a memsahib... la flor era una advertencia. Rápido, rápido, debemos regresar a la casa. ¡Nos matarán a todos! ¡Por el bien de la pequeña, debemos apurarnos!

—No podemos regresar... la casa se está incendiando —Ruby estaba aterrorizada, y Anna no la culpaba. El canto de los isleños que se aproximaban era más intenso que el rugido del fuego. El humo los rodeaba; Anna no estaba segura si los isleños los habían visto, pero de pronto la idea de que los hubieran visto la hizo temblar.

Kirti había dicho que los matarían.

—Hay un camino... un pasaje. Vamos, sahib, memsahib. ¡Rápido!

Kirti giró y entró en la casa incendiada. Julian la observó durante un segundo de indecisión, y luego se decidió. Le apretó la mano a Anna, le bajó la cabeza a Chelsea contra su hombro, y entró en la casa, arrastrando a Anna y a Ruby con él. El humo era tan intenso que a Anna le lloraron los ojos instantáneamente. Tropezaba enceguecida detrás de Julian, mientras él casi corría por la sala. Detrás de ella, Ruby tosía y se sofocaba, pero no se soltaba.

Cada vez era más difícil respirar. El aire era tan pesado y caliente que Anna temió que les quemara la piel mientras se dirigían hacia lo que parecía el corazón del fuego. Adelante, las chispas saltaban hacia ellos, desde lo que parecía un brillo naranja cercano. El fuego se estaba extendiendo hacia ellos. El rugido era tan intenso que el ruido era aterrador. Anna se levantó la falda para cubrirse la boca y la nariz del humo, pero parecía ser inútil.

Pensó que, después de todo, ella y el resto morirían.

¡Por favor, Dios, protégenos! ¡Por favor Dios, cuida a Chelsea! Esas dos frases surcaban una y otra vez la mente de Anna, casi al punto de excluir todo lo demás. Excepto la idea de que quemarse hasta morir sería una manera horrible de morir.

Julian se detuvo delante de ella, se agachó y arrancó algo del suelo. A través de sus ojos llorosos, Anna vio que sostenía lo que parecía un trozo de suelo, mientras Kirti desaparecía dentro de él. Luego Julian introdujo a Chelsea, quien sollozaba, debajo del suelo. El humo o el terror debían haber afectado la mente de Anna pues, sólo después de que Julian la llevó hacia adelante, vio que había un agujero en el suelo que conducía a un pasaje subterráneo. Asombrada, apenas tuvo tiempo de observar que estaban en un escondite antes de que Julian la bajara.

Tenía menos de un metro de altura, con piso de tierra y el suelo de la casa de techo. Había humo, pero el aire era más fresco... lo suficiente como para que pudiera respirar mientras seguía a Kirti y a Chelsea, quienes iban gateando en fila delante de ella. Chelsea se volvió para mirar a Anna, sollozando, pero Kirti la arrastró tomándola del camisón. Detrás de Anna venían Ruby y Julian, quien se había quedado atrás para cerrar el escotillón. A juzgar por la dirección del humo y el rugido, se desplazaban paralelos al fuego. Pero éste ganaba terreno con increíble velocidad.

En cualquier momento, el piso podría caerse.

Kirti llegó hasta una pared de tierra que indicaba el límite este de los cimientos de la casa, gateó rápidamente hacia la izquierda y, sin avisar, simplemente desapareció. Anna tardó un instante en advertir que había caído a través de un agujero negro que había en el suelo.

—¡Mamá, no puedo! —Chelsea vaciló en el borde del agujero, observando debajo lo que parecía una interminable oscuridad.

—Sí, puedes, jovencita. Kirti está allí —le explicó Anna a su hija, y luego al escuchar un fuerte crujido en el piso, le colocó las manos en la cintura a la niña, introdujo las piernas en el agujero, cerró los ojos y rezó.

Las dos se deslizaron con los pies hacia adelante por un pasaje oscuro y resbaladizo por los líquenes que parecía ir directo hacia abajo.

Chelsea gritó y se aferró al cuello de su madre. Anna

sostuvo a su hija como para salvarle la vida, y se fortaleció por lo que pudiera venir.

Lo que vino fue un choque contra el suelo. Anna golpeó primero con los pies, y con el peso de Chelsea sumado al suyo, se encogió. Luego, al recordar que Ruby y Julian venían detrás de ella, salió rápidamente del camino. Chelsea aún permanecía colgada a su cuello, pero Anna sintió que ya no tenía tanto miedo al advertir que estaban en lo que parecía ser un túnel, de un metro y medio de alto y la mitad de ancho, revestido de ladrillos. Los ladrillos eran antiguos, y estaban cubiertos de limo, pero aun así eran ladrillos y por lo tanto hechos por el hombre. Y además no estaban a mucha profundidad. Las grietas en los ladrillos que formaban el techo dejaban entrar rayos de luna que les permitía verse unos a otros y ver los alrededores. Kirti estaba un poco más adelante esperando. Cuando Anna apareció con Chelsea, Kirti se colocó un dedo delante de la boca indicándole que hiciera silencio y le señaló hacia arriba. Chelsea aflojó los brazos del cuello de su madre, y Anna agradecida bajó a la niña. Luego se distrajo por la aparición de Ruby seguida por Julian.

Cuando volvió a mirar, Kirti estaba desapareciendo por el túnel con Chelsea. El aya llevaba a la niña firmemente tomada de la mano.

—¡Vamos, rápido! —Kirti susurró sobre su hombro. Con los ojos de Chelsea mirándola temerosa, Anna se apresuró a seguirlas. Los demás venían a una corta distancia detrás de ella.

Anna no tenía idea de las distancias, pero corrieron por el túnel agachados, durante diez minutos. El pasaje terminó abruptamente. Kirti y Chelsea esperaron junto a lo que parecían unos barrotes de madera medio podridos, ubicados dentro de la pared de ladrillos. Al parecer no había otro lugar adónde ir, y Anna sintió un poco de alarma.

—Debemos subir —susurró Kirti cuando estuvieron todos juntos—. El pasaje termina aquí. Pero no estamos seguros. Esta noche, los Thuggees están en todas partes. Desean matarlos... y ahora a mí también por haberlos ayudado. Pero no podía dejar que hirieran a la pequeña o a usted, memsahib, su madre. Debemos ser muy cuidadosos.

—¿Por qué desean matarnos? —Julian le tomó la mano a Anna y se la apretó. Se sintió reconfortada cuando sus dedos se entrelazaron con los suyos.

Kirti se encogió de hombros.

—Es su religión. Matan para complacer a su diosa Kali. Le dije, memsahib, la flor era una advertencia.

—Pero creí que era un hechizo para no tener más pesadillas —comentó Chelsea.

Kirti negó con la cabeza.

—Todo lo que te dijeron era una mentira. Yo tenía miedo de decir más. Siempre temí que me matarían, como lo harán si nos capturan. Debemos movernos muy rápida y silenciosamente si deseamos escapar. Este túnel lo conocen sólo unos pocos, pero, ¿quién sabe si son amigos o enemigos? No muy lejos de aquí hay una caverna. En la caverna hay otro túnel que conduce a mi villa. Allí estaremos seguros hasta que sea de día. No matarán de día. Luego, cuando salga el sol, deben irse en su barco a través del gran mar. Es la única manera en que estarán a salvo.

—Tenemos una gran deuda contigo, Kirti —le dijo Anna con calma.

Kirti la miró con ojos llorosos.

—Amo a la pequeña como si fuera mía. No me deben nada —se volvió hacia Julian—: Sahib, si golpea el techo se abrirá una puerta.

Julian se irguió e hizo lo que le pidió. Durante un minuto o más, no sucedió nada. Luego, con un ruido, los ladrillos se apartaron hacia ambos lados, y Anna pudo ver el cielo nocturno.

—Recuerden, rápido y en silencio —susurró Kirti, mientras Julian, utilizando la escalera, asomó la cabeza y luego todo su cuerpo.

Ruby lo siguió mientras Kirti se volvió hacia Anna.

—Memsahib, dame a la pequeña. Si vienen, seguramente buscarán dañarte a ti más que a mí.

Anna miró a Kirti y a Chelsea, cuyo rostro estaba pálido de miedo.

—Mamá —sollozó la pequeña.

—Ve con Kirti. Estaré detrás de ti —le dijo Anna, y siguió a Kirti y a su hija hacia la noche llena de peligros.

51

El túnel, por lo menos, los había llevado más allá de las líneas de isleños asesinos que cantaban y se contorsionaban los cuales, según vio Anna, rodeaban la casa. Kirti con Chelsea tomada fuertemente en sus brazos, ya iba corriendo a través de la selva, tan silenciosamente como un gato. Ruby la seguía, mientras Julian esperó a Anna. Tan pronto como ella salió, la tomó de la mano y la llevó detrás de los demás. Anna apenas tocaba el suelo con los pies. En una oportunidad tropezó y Julian la sostuvo de la cintura. No podían perder de vista a Kirti, sólo ella conocía el camino a la seguridad.

Detrás de ellos, la Big House estaba en llamas. Había olor a quemado por todos lados. Las llamas habían envuelto la parte trasera y la mayor parte de adelante, dándole un brillo naranja a la noche. El calor del fuego podía sentirse aun a esa distancia; el crujido y rugido del incendio se sumaba al canto de los isleños en una terrible cacofonía de sonido, y Anna supo que quedaría grabado para siempre en su memoria.

Pero por lo menos estaban vivos. Anna estaría agradecida para siempre por eso. Si Julian y ella no se hubieran despertado cuando lo hicieron, ¿todos se habrían incinerado en la casa incendiada? ¿O los Thuggees hubieran llegado primero, y los hubieran sacado gritando de sus camas hacia la muerte?

De algún lugar no muy lejano, sobre el lado izquierdo, se oyó el repentino grito de un hombre aterrorizado. El ruido sorprendió tanto a Anna que casi grita. Sólo la detuvo el saber que al hacerlo atraería a los Thuggees hacia ellos. Giró la cabeza en la dirección desde donde provino el sonido. ¿Qué estaba sucediendo?

—¡No! ¡Oh, Dios, no! ¡Estoy de su lado, malditos pordioseros!

—Después de eso se oyó otro grito, esta vez lleno de dolor más que aterrorizado. Julian, quien había corrido con la silenciosa velocidad de un nativo, se detuvo y giró hacia el sonido.

—Es Graham —dijo, esforzándose por ver a través de la oscuridad. Anna se detuvo a su lado, y sintió náuseas al advertir que la voz sollozante realmente pertenecía a su cuñado. Había caído en manos de los Thuggees. Dios querido, ¿se verían obligados a escuchar los sonidos de la muerte?

—Continúa. Ve con Chelsea y Ruby —le indicó Julian, soltándole la mano y dándole un pequeño empujón hacia donde el camisón de Ruby, como un destello blanco, desaparecía por el sendero.

—¿Y tú? —el temor le dio un tono chillón a las palabras de Anna.

—El maldito bastardo es mi hermano. No puedo dejar que lo asesinen, no importa cuánto podría desear que se pudriera en el infierno —respondió Julian—. Adelante, vete de aquí. Ahora.

—¡Julian, no!

—Debo hacerlo. ¡Ve!

Le dio otro empujón. Luego, mientras Anna comenzaba a alejarse obedientemente, se volvió y corrió veloz hacia los lastimosos gritos. Anna se detuvo y observó cómo se iba. Se encontraba en una terrible duda: necesitaba ir con Chelsea... pero no podía abandonar a Julian.

Él se dirigía hacia un terrible peligro.

Anna miró rápidamente a su alrededor y advirtió que estaba sola. Ya no veía a Ruby ni a Kirti ni a Chelsea. Si continuaba por el sendero, ¿las encontraría? ¿O se encontraría con algo o alguien más?

Anna tembló. Tomó una decisión, le dio la espalda al sendero y se dirigió rápida y silenciosamente detrás de Julian.

Antes de poder alcanzarlo, lo vio vacilando al borde de la selva. Estaba inmóvil observando el patio trasero de Big House. Anna miró y vio lo que lo había detenido.

Graham, gritando, estaba siendo cortado en pedazos por un círculo de Thuggees esgrimiendo machetes.

Era una escena espantosa. Estaba cubierto de sangre de pies a cabeza. Trataba, inútilmente, de cubrirse de los golpes cortantes que, al parecer, trataban de torturar y no de matar. Estaba gritando, en realidad suplicando como un animal asustado y mortalmente herido. Anna deseó gritar y suplicar. Deseó huir de ese horror y borrarlo de su mente para siempre...

Pero estaba Julian. Dios, seguramente comprendió que no podría hacer nada.

Ni siquiera estaba armado, sólo tenía un cuchillo. ¿Cómo podía pensar en ayudar a Graham? ¿Y por qué debería hacerlo, cuando Graham era todo lo que despreciaba?

Antes de que pudiera alcanzarlo, Julian se estaba moviendo otra vez. Con un gran grito salió de la selva y corrió velozmente por el patio, sin duda con la intención de desaparecer por la selva opuesta, tan rápidamente como había aparecido. Los que sostenían los machetes se detuvieron y giraron sus cabezas en la dirección de Julian. Entonces algunos, no todos, gritaron y lo persiguieron.

Los que se quedaron rodeando a Graham, desaparecieron. Como distracción, el ardid de Julian había sido efectivo. Como movimiento inteligente para su beneficio, fue un desastre. Anna observó horrorizada cómo salía otra banda de Thuggees hacia donde huía Julian. Estaba atrapado entre dos bandas, y aunque trató de correr en otra dirección no había tiempo.

Los Thuggees lo rodearon. Anna vio el resplandor del metal cuando levantaron los machetes. Luego, Julian, su bravo y fuerte Julian, gritó y cayó al suelo.

Anna se olvidó de sí misma, olvidó el peligro en el que se encontraba, olvidó todo en aquel momento por Julian. Levantó las manos hacia su garganta y gritó, y gritó, y gritó.

Entonces, algo le pinchó la mejilla. El dolor la silenció. Levantó la mano instintivamente para darse una palmada. Lo primero que pensó fue que la había picado algún insecto. Entonces, sus dedos tocaron algo pequeño y duro que le sobresalía de la piel. Anna la sacó y observó incrédula una diminuta flecha oscura.

Levantó la vista y miró hacia donde Julian había desaparecido junto con los nativos que esgrimían machetes. El destino del cual había tratado de salvar a Graham, ahora era el suyo. Anna sintió que se le rompía el corazón. Se le llenaron los ojos de lágrimas. Su instinto le indicaba que corriera hacia él, que tratara de salvarlo, pero sabía que no podía. Todo lo que lograría al hacerlo sería su propia muerte.

Oh, Dios querido, ¿por qué todos los hombres que amaba tenían que morir?

De pronto, la selva y todo lo que la rodeaba comenzó a girar a su alrededor. Pestañeó una, dos veces, y luego cayó sobre sus rodillas. La selva crujió, y repentinamente se sintió aterrorizada. Pero estaba demasiado mareada y débil como para gritar. Deseaba mirar a su alrededor, ver qué y quién la amenazaba, pero su cuello ya no soportaba el peso de su cabeza. Estaba cayendo...

Su cabeza todavía no había tocado el suelo, cuando la noche se oscureció por completo.

52

Cuando Anna se despertó, la estaban levantando de una canoa de papiro. La cabeza le daba vueltas mientras la sacaban del agua, pero recuperó el conocimiento suficiente como para advertir que era cerca del amanecer y no la medianoche, aunque todavía no había salido el sol. El cielo era gris y no negro, y algunos pájaros comenzaban a agitarse en las copas de los árboles. Percibió un curioso olor y advirtió que pertenecía al aceite con el que estaban untados sus captores. Había una pequeña banda de ellos, quizás una docena, uno de los cuales la llevaba en sus brazos. Levantó la vista y observó el temible rostro cruzado por agujas. ¡Dios Santo, el hombre tenía agujas hasta en la nariz y la lengua! Entonces volvió a cerrar los ojos, bloqueando la terrible visión, y se concentró en permanecer floja en brazos del monstruo.

Aún no la habían matado. Quizás estaban esperando hasta que despertara.

Todo lo que podía hacer era no temblar atemorizada. Se sentía descompuesta, débil y helada a pesar del calor del isleño. Sabía que estaba relacionado con lo que tenía la flecha que la había herido. Un veneno... el terror la invadió.

Sintió que cualquiera fuera la muerte que tuvieran en mente, para ella sería terrible.

Su captor se inclinó, y Anna abrió los párpados lo suficiente como para ver que la había llevado a una choza. Apenas lo había advertido cuando la arrojó, sin ceremonias, sobre el suelo duro y sucio. Todo lo que pudo hacer fue no gritar cuando cayó sobre su brazo, seguramente magullándoselo. Se inclinó sobre ella y la arrastró hasta un palo, ubicado en el medio de la choza. Le levantó las manos sobre la cabeza (¡cómo le dolía el brazo lastimado!) y sujetándole las muñecas, la ató al palo.

Después se fue. Cuando estuvo sola, Anna exhaló el aire que había estado conteniendo y abrió los ojos. Estaba en una choza de barro y paja con un agujero en el techo cónico que permitía salir el humo de un fuego que no existía. Las paredes eran bajas; la choza era lo suficientemente alta como para permitir que una persona pudiera estar erguida, sólo en el centro. Había una sola puerta cubierta con una estera. No había otros lugares para escapar.

De cualquier manera, no podría escapar con las manos bien atadas al palo.

Se produjo una gran conmoción afuera, y Anna volvió a cerrar los ojos. Segundos más tarde, la choza parecía estar llena de gente. No se atrevió más que mover una pestaña mientras, al parecer, más prisioneros eran arrojados junto a ella y atados al mismo palo.

Esta vez apenas pudo esperar hasta que los Thuggees se hubieran ido para abrir los ojos. ¿Alguno de ellos sería...?

¡Julian! Anna agradeció a Dios con una oración silenciosa. No estaba muerto pero sí herido, y tenía una gran incisión oscura en la frente, provocada por alguna clase de garrote, y cientos de diminutos cortes en todo el cuerpo que lentamente chorreaban una pequeña cantidad de sangre. Había sufrido el mismo destino que Graham, esos cortes atormentadores, de una docena de machetes, que tenían la intención de provocar dolor más que la muerte. Tenía la ropa y hasta las botas cortadas. ¡Pero estaba vivo! ¡Gracias a Dios, vivía!

Entonces, Anna miró al otro prisionero: Graham. Estaba en una posición fetal, le costaba respirar, y al parecer estaba en peores condiciones que Julian. La sangre lo cubría de pies a cabeza, tanta sangre que parecía manar de sus poros.

Al tener sólo las manos atadas al palo, Anna pudo girar hasta rozar con su rostro el de Julian. Tenía la mejilla ensangrentada, pero aún tibia. Su respiración era regular, no así los jadeos entrecortados que provenían de Graham. Debajo de su oreja, podía ver el latido de su pulso: lento, firme y regular.

—¡Julian! —le susurró al oído—. Julian, ¿puedes oírme?

La complació ver que levantó una vez las pestañas, y su rostro se contorsionó. ¿Escuchó sus palabras o...?

—¡Julian! —volvió a intentarlo. Esta vez hizo una mueca, y luego abrió los ojos.

—¿Anna? —su voz era débil.

—Shhh, querido, quédate bien quieto. Podrían escucharnos.

—¿Quiénes?

—Los Thuggees. Ellos nos trajeron aquí... oh, Julian pensé que te habían matado.

—Probablemente lo intentarán otra vez antes de que esto termine —Julian apretó los dientes y cerró los ojos, y segundos más tarde los volvió a abrir. Anna lo observó ansiosamente—. ¿Por qué demonios no seguiste a Kirti?

—No podía dejarte —respondió Anna simplemente—. Te dije que te amaba, bobalicón. Pero no me creerías, y tenía que probártelo. Esta fue la única forma que se me ocurrió.

Este intento de buen humor le hizo arquear los labios, aunque el gesto desapareció casi tan rápido como apareció.

—¡Cristo! Me arrancaría el corazón antes de permitirles... —miró a Anna y no concluyó. Evidentemente no deseaba atemorizarla refiriéndose a cuál creía que podría ser su último destino—. ¿Estás herida? ¿Te hirieron?

—Realmente no. No como a ti... y a Graham. Me derribaron con una flecha drogada, y cuando me desperté me estaban trayendo aquí.

—Gracias a Dios por las pequeñas misericordias —giró la cabeza—. ¿Cómo está Graham?

Anna miró en la misma dirección que Julian.

—Creo que está mal.

—Lo cortaron bien, ¿verdad? Demonios, debí dejarlo. No sé qué me pasó.

Anna lo observó solemnemente.

—Creo que lo que hiciste fue lo más valiente que jamás he visto.

Julian se quejó:

—Lo terrible es que cuando lo escuché gritar lo único que pensé fue que era mi hermano. Lo odio, pero...

Graham se quejó, gimió y abrió los ojos. Miró alrededor, emitió un sonido profundo y luego comenzó a sacudirse frenéticamente, a patear inútilmente contra el suelo sucio, y a tirar con los brazos de sus ataduras.

—¡Graham! ¡Detente! —la voz de Julian era baja pero rigurosa—. Maldición, hombre, ¿me entiendes?

Las palabras de Julian deben haber sido comprendidas, pues Graham dejó de sacudirse y se quedó quieto. Cerró los ojos, y después los abrió.

—Estoy herido. Oh, estoy herido —se quejó. Anna con el corazón lleno de pena por él, giró para que pudiera verla.

—Estamos aquí contigo, Graham. Julian y yo. No estás solo.

—Maldito gitano bastardo —murmuró Graham. Anna no estaba segura de que el resto de sus palabras fueran escuchadas. Las palabras de Graham no eran muy coherentes; sus ojos tenían una mirada vidriosa.

—Te salvó la vida, Graham. —Después de lo que Julian había sacrificado, Anna no podía tolerar oír que su hermano lo denigrara.

—Déjalo, Anna. No importa —agregó Julian. Estaba apoyado de costado, con la cabeza girada para poder verlos, y tenía una expresión dura debajo de la sangre que le cubría el rostro.

—¡Sí importa! —respondió Anna con furia. Graham

volvió a abrir los ojos. Miró a Anna durante un momento, al parecer sin verla. Luego desplazó su mirada hacia Julian. Su expresión se aguzó y ya no tenía los ojos vidriosos. Era evidente que en ese momento estaba totalmente despierto y consciente.

—¡Dios, cómo te odio! —le dijo a Julian con un tono de aversión. No debiste haber nacido.

Luego de decirlo cerró los ojos. Instantes más tarde, su pecho subió violentamente y emitió un sonido confuso. Torció la boca, y luego permaneció quieto. Anna lo miró sorprendida en silencio. Seguramente no estaría...

—Está muerto —dijo Julian bruscamente, y cerró sus ojos.

53

Parecieron horas más tarde, pero en realidad no fueron más de veinte minutos, cuando la cortina se abrió y una cabeza con turbante blanco sobre su cuerpo magníficamente vestido entró en la choza. Hasta que no se irguió en el centro de la choza, Anna no lo reconoció.

—¡Raja Singha! —exclamó y se sintió aliviada.

Pero él la observó sin sonreír. Toda esperanza de que hubiera venido a rescatarlos desapareció.

—Memsahib —le dijo con tono distante— lamento que tenga que morir.

—¡Oh, no! ¡Raja Singha, no! ¡Por favor...!

—No te ha hecho ningún daño. Déjala ir.

—No puedo hacer eso, sahib. Por ninguno de los dos. Ya hace un tiempo que fue ordenado que ella debía morir. La diosa la llama. Usted no debía morir si no hubiera estado con ella. Su destino es desafortunado. Pero ella... ella ha sido elegida.

—Pero, ¿por qué? —la voz de Anna no era más que un murmullo, mientras miraba el rostro de su antiguo sirviente con ojos enormes y suplicantes.

—La diosa adora las esmeraldas. Sus ojos... son esmeraldas. Como los suyos, memsahib. Usted será un sacrificio muy placentero para la diosa por sus ojos verdes.

—¡Oh, no! Por favor...

—No debe tener miedo, memsahib. No estará sola en

la muerte. El sahib Paul está allí, y enviaremos a la pequeña después de usted. Tendrá a su familia.

—¡Chelsea no! —gritó Anna aterrorizada.

—Estaba atrapada en la casa. Probablemente ya estará muerta —comentó Julian con voz inflexible.

El Raja Singha casi no lo miró, evidentemente incrédulo.

—No debió venir a Ceilán, sahib. Al hacerlo, eligió el camino que conduce a su muerte —le respondió y se volvió para irse.

—¡Espera! Hace tiempo que tratan de matar a memsahib y a la pequeña, ¿verdad? ¿También trajiste a la cobra a la casa e incendiaste el campo?

—Ay, nada exitoso —replicó el Raja Singha pesaroso.

—Entonces pensaron en matarnos a todos incendiando la casa.

El Raja Singha parecía dolorido.

—No tuvimos intervención en eso. El sahib... (señaló a Graham con desprecio) hizo eso. Si no lo hubiera hecho, podríamos haber enviado a memsahib y a la pequeña juntas a la diosa. Pero...

Se encogió de hombros. Luego, a pesar del intento de Julian por demorarlo más, salió de la choza. Segundos más tarde, entraron cuatro Thuggees horriblemente vestidos. Sin decirles una palabra a sus prisioneros sacaron machetes y les cortaron las ataduras.

—Anna, te amo —le dijo Julian mientras lo arrastraban.

Anna comprendió inmediatamente lo que le estaba diciendo: que los estaban llevando hacia su muerte.

—Yo también te amo —le gritó desesperada. Entonces, la sacaron a ella también de la choza.

Afuera, Anna vio que el sol estaba saliendo en el horizonte.

Grandes ruedas naranja y escarlata surcaban el cielo púrpura. Los pájaros cantaban, los monos chillaban, y la brisa sacudía las copas de los árboles.

Este día en el que debería morir era hermoso.

Anna tembló ante la idea. ¿Qué le harían? ¿Le dolería? Pensó en Chelsea. ¡Por favor Dios protege a su niña! Kirti la esconderá hasta que Ruby se la pueda llevar. Y Jim... Jim no había sido capturado. Seguramente, entre ellos, podrían mantener a salvo a la niña, ponerla en un barco que fuera a Inglaterra.

Al pensar en su hijita huérfana, a Anna se le llenaron los ojos de lágrimas. Más adelante, Julian era arrastrado por un sendero en declive. Tenía las manos atadas en la espalda, y colgaba de las manos de sus captores. ¿Estaba inconsciente o estaba esperando para luchar por su vida, y la de ella, cuando lo creyera más conveniente?

Anna se desesperó al mirar a los Thuggees cantando alrededor de ellos. Un hombre era inútil contra tantos, y Julian estaba débil y herido.

La iban empujando hacia adelante, un hombre a cada lado. Anna vio agua celeste a la distancia y comprendió que estaban cerca del océano. La canoa debía haberlos traído por el río Kumbukkar, durante la noche. Si sus cálculos eran correctos, la porción de ribera que enfrentaban estaba ubicada en una de las regiones más remotas de Ceilán.

No habría rescate por parte de sus amigos ingleses. Anna dudaba de que alguien hubiera advertido el horror que había sucedido en Srinagar durante la noche.

Quizá dos docenas de Thuggees esperaban en la playa. El Raja Singha, con una magnífica bata, permanecía apenas alejado del resto. A sus pies, había una canoa equipada con una vela y una horqueta, diseñada para prevenir que la frágil embarcación se diera vuelta aun en los mares más peligrosos.

A Julian lo llevaron allí, y allí fue donde trató de luchar. Se irguió con un rugido, y apartó a uno de los nativos que lo sostenía... pero fue rodeado por los demás. Luchó pero cayó, acompañado por los gritos de Anna, los cuales fueron abruptamente silenciados cuando le colocaron una mordaza con horrible gusto a aceite.

Sólo tardaron unos segundos en dejar inconsciente a Julian. Por lo menos no volvieron a cortarlo con sus machetes, por lo cual se sentía agradecida. En lugar de ello lo desnudaron y lo colocaron de costado en la canoa, con las manos atadas en la espalda y una mordaza en la boca. Luego, la desvistieron también a ella, tan metódica y desinteresadamente como si hubiera sido un objeto. Desnuda, forcejeando, fue llevada a la canoa y obligada a acostarse espalda con espalda con Julian. Los ataron juntos, pasando las cuerdas apretadas alrededor de sus cuellos, pechos, muslos y tobillos. Luego les arrojaron agua de mar, y Anna tembló a pesar del calor del día mientras las cuerdas se ajustaban más aun.

El Raja Singha fue el último en subir a la canoa. Anna ni siquiera se molestó en pedir misericordia. Sabía que sería inútil.

Buscó debajo de su túnica y sacó un bolso de terciopelo y lo abrió. Anna se sorprendió al ver lo que contenía el bolso.

¡Las esmeraldas! ¡El Raja Singha le había robado las esmeraldas a Julian! Debió haberlas tomado la noche anterior, antes de que saliera para traer a los Thuggees.

—Llevará esto con usted como obsequio para la diosa —le dijo el Raja Singha. Se inclinó sobre ella, y ató cuidadosamente las brillantes piedras verdes alrededor de su cuello y su cintura. Anna las sintió frías y pesadas contra su piel, y también sintió el calor de los dedos del Raja Singha mientras las ataba. Las piezas restantes las colocó junto a ella en el bolso de terciopelo. Sólo entonces realmente comprendió que sería sacrificada de acuerdo con el ritual de alguna religión pagana. ¡Qué forma horriblemente tonta de morir!

Anna tosió violentamente y escupió la mordaza.

—¡Raja Singha, sabe que no es verdad! —le dijo con desesperación—. ¡No hay diosa! ¡No existe! Tú...

—¡No debe hablar así de la diosa! —gritando, el Raja Singha la abofeteó tan fuerte que le sonaron los oídos y le volvió a colocar la mordaza en la boca. Se le llenaron los ojos de lágrimas, mientras él se alejó haciéndole una señal brusca a los demás.

Entre gritos, la canoa fue llevada hacia el oleaje, empujada por cuatro isleños que corrieron y luego nadaron a ambos lados hasta que la embarcación se encontraba más allá de la marea y bien alejada de la costa. Luego desplegaron la vela, y los nativos regresaron a la costa.

Anna y Julian, desnudos y atados, quedaron solos para enfrentar los inciertos peligros del mar.

Pero estaban vivos. Anna, ignorando los horrores que los esperaban, estaba desmedidamente agradecida por eso.

54

Salió el sol, y las cuerdas se secaron y ajustaron, dificultando el moverse e incluso el respirar. El agua salada se secó sobre la piel de Anna, provocándole una picazón intolerable. Mientras el sol se elevaba en el cielo, sus rayos le quemaban la piel hasta ponérsela roja, y provocar que le doliera todo el cuerpo. Hasta las esmeraldas se calentaron y le irritaban la piel salada. Ni siquiera podía retorcerse en su agonía: las cuerdas estaban demasiado tensas.

Un poco de agua en el fondo de la canoa aumentaba su desgracia. La piel de su lado derecho estaba húmeda y fría, mientras que la del resto de su cuerpo hervía. El brazo herido le dolía; tenía la boca reseca, por la mordaza y la falta de agua, hacía rato que sus miembros se habían adormecido. Julian, a quien sentía respirar contra su espalda, debía estar en el mismo estado miserable. Ni siquiera podían hablar; las mordazas se lo impedían. Ni siquiera estaba segura de que estuviese consciente.

Si hubiera sabido la desgracia que representaba la canoa, en lugar de agradecerle a Dios por haber sido enviados a la deriva en ella, hubiera rezado por una muerte rápida.

Por la tarde, Julian se retorcía. Anna comprendió que había estado inconsciente, pues era obvio por los movimientos de su cuerpo. No podía moverse mucho, ya que debido a la tirantez de las cuerdas, el mínimo movimiento en su posición le provocaría una intolerable agonía.

Los lloriqueos apagados que provenían desde atrás de su mordaza mientras él forcejeaba para librarse de alguna manera de sus ataduras, provocaron que se quedara inmóvil. Después de eso tuvo cuidado, aunque Anna podía sentir sus manos mientras se movían entre ellos para liberarse de alguna manera. Lo cual era inútil, como le habría dicho Anna. Los Thuggees los habían arrojado a la deriva, en el despiadado mar para morir, y morir era precisamente lo que iban a hacer.

Por fin, el sol se puso dándole a Anna un pequeño descanso mientras sus rayos no podían asarle la piel. Pero el viento frío que soplaba mientras anochecía, la hizo temblar sin control, y el movimiento de la liviana embarcación, subiendo y bajando sobre las olas le provocó tantas náuseas que no le importaba si moría con tal de que fuera rápido. Trató de dormir, temiendo la mañana y la reaparición del sol. ¿Cuánto tardaba uno en morirse de sed?, se preguntó mientras la lengua se le entumecía en la boca. ¿Dos días? ¿Tres?

Se sentía tan desgraciada, y estaba tan resignada a su desgracia que, cuando Julian se soltó las manos, después de retorcerse durante horas, no lo podía creer. Incluso con las manos libres, tardó un momento en maniobrar sus brazos atados lo suficiente como para aflojar su mordaza. Pero lo hizo, y Anna sintió una renovada esperanza dentro de ella cuando escuchó su voz por primera vez en casi veinticuatro horas.

—Anna —su nombre fue un sonido estridente—. Mi pobre Anna.

Luego se retorció un poco más, y finalmente sus dedos encontraron el nudo detrás de la cabeza de Anna. Tardó bastante, ya que sus movimientos eran estorbados por las cuerdas, y sus dedos trabajaban a ciegas, pero al fin lo logró. Cuando le sacó la tela sucia de la boca, Anna respiró profundo. Se pasó la lengua por los labios resecos pero estaban tan secos que no la ayudó mucho.

—Julian —le dijo cuando pudo hablar—. Oh, Julian, no deseo morir.

—Lo sé, mi amor. Yo tampoco. Y no lo haremos. Si pudiéramos desatarnos...

—Las cuerdas están demasiado tirantes —le respondió desesperada—. Las mojaron con agua salada para que cuando se secaran con el sol se ajustaran.

Julian no dijo nada durante un momento prolongado.

—Aun con mis manos libres, no hay forma de alcanzar los nudos. Tenemos que ponernos de costado.

Anna ya había pensado que ahogarse en la pequeña cantidad de agua que se había acumulado en el fondo de la canoa era preferible a morir de sed y exposición al aire libre, pero la idea de ponerse de costado deliberadamente con él la hizo temblar.

—Sí debemos hacerlo —susurró. Cualquier cosa era mejor que enfrentar otro día caluroso y que la ampollara.

Julian no dijo nada durante un momento. Luego, cuando ella trató de hacerlo, él se puso rígido.

—Dios Santo, no —le indicó enojado—. No quise decir que debíamos darnos por vencidos y ponernos de costado para morir. Lo que quiero decir es que debemos sumergirnos en el agua, sostenernos de la horqueta y dejar que el agua afloje las cuerdas. Podría tardar un poco, pero existe la posibilidad de que funcione.

Sólo una pequeña posibilidad. Anna lo sabía como si él hubiera pronunciado las palabras. Aun así, alguna posibilidad era mejor que ninguna.

—¡Espera... las esmeraldas! —le advirtió al recordar las piedras preciosas por las que él se había arriesgado tanto—. ¡Las esmeraldas de la Reina! Tengo puesto el collar y el peto, y el resto de ellas están en el bolso, en el fondo de la canoa. Oh, Julian, el acta del casamiento de tus padres también debe estar allí. ¡Estará empapada... arruinada!

—¡Al demonio con la maldita acta de casamiento... y con las esmeraldas también! ¿Crees que me importan en este momento? Lo que me importa eres tú —la voz de Julian era vehemente. A pesar de su situación, Anna sintió un poco de felicidad ante sus palabras.

—¿Cómo es que estás usándolas? Creí que se habían quemado con la casa.

—El Raja Singha las tenía. Me las puso para que cuando muriera se las llevara a la diosa como un obsequio —la desesperación redujo sus últimas palabras a un susurro.

—¡Maldición, no vas a morir! ¡No vamos a morir! No te vas a rendir, ¿me oyes? Te dije que inclinaríamos la canoa y dejaríamos que el agua afloje las cuerdas. Funcionará, Anna —había una inflexible determinación.

—¿Qué necesitamos hacer? —le preguntó con otro atisbo de esperanza. Julian parecía tan seguro...

—Con la horqueta, la canoa no se inclinará. Por lo tanto lo que vamos a tener que hacer es inclinarnos nosotros sobre el costado. Mientras lo hacemos trataré de sostener el pontón. Luego todo lo que debemos hacer es esperar hasta que el agua afloje los nudos.

Si es que lo hacía, Anna terminó la frase en silencio. Julian no dijo nada más durante un momento. Luego agregó:

—Voy a girar para apoyarme sobre el abdomen. Probablemente te dolerá, y lamento eso, pero...

—No importa —respondió Anna. Entre ellos estaba latente la idea de que si no podía sostener alguna parte del pontón mientras caían, se hundirían debajo de la superficie. Y como estaban atados, si eso sucedía, casi seguramente se ahogarían.

—Muy bien. Voy a tratar de colocar mis manos debajo de mí y empujar hacia arriba. Cuando suba, tiras todo tu peso hacia la derecha. Yo también lo haré. Quizá sea suficiente para inclinar la canoa —entonces vaciló y a Anna le pareció advertir un diminuto toque de humor—. Y, Anna asegúrate de respirar profundo, ¿oyes?

—Sí.

—Entonces, vamos.

Como Julian se lo había advertido, las cuerdas le lastimaban la piel quemada por el sol cuando él se colocó sobre su abdomen. Pero ella se mordió el labio, negándose a emitir un solo sonido. Sabía que a él también le dolía. Al igual que ella, él también debía estar quemado por el sol, y las cuerdas lo estarían serruchando como cuchillos. Y estaba terriblemente cortado. ¡Cómo le arderían esos cortes con el agua salada del fondo de la canoa!

—¿Lista?

—Sí.

—Arrójate hacia la derecha. —Después de pedírselo, se levantó violentamente. Anna sintió que se movía debajo de ella y se arrojó hacia la derecha tan fuerte como pudo. Se raspó el cuerpo dolorosamente contra el costado de la canoa... y, luego, milagrosamente, se inclinaron hacia el costado.

Sólo para hundirse abruptamente debajo de la superficie. Mientras Anna estaba segura de que se hundirían para siempre, y terminarían ahogados, su hundimiento se detuvo con una sacudida. Sintió que las esmeraldas de la cintura se aflojaban, y observó cómo el peto flotaba en espirales y se hundía para alcanzar el bolso de terciopelo, y luego subía a la superficie hasta que sacó la cabeza del agua y pudo respirar.

—¡Anna, lo hicimos! —estaba jubiloso. Anna, colgando de su espalda, sonrió e inmediatamente dejó de hacerlo, ya que el movimiento le provocó un doloroso estiramiento de sus labios resecos.

—Lo hicimos, ¿verdad? —descansó contra él, tratando de no advertir que, con su peso contra ellas, las cuerdas le cortaban más dolorosamente que nunca su delicada piel. Debía estar sangrando...

Pero por lo menos ahora tenían una posibilidad.

Cuando el sol subió en el cielo, el optimismo de Anna se esfumó. Las cuerdas ya no estaban tan tensas, pero, aunque Julian trató de soltarse los brazos, no parecía tener éxito. La sed de Anna era como algo vivo en su interior, que la devoraba. Todo lo que podía hacer era resistir la tentación de beber agua salada. Sabía que eso era lo peor que podría hacer. La sal literalmente la secaría.

Con el cuerpo seguro debajo del agua, el sol sólo le quemaba la cara. Supuso que debía estar agradecida por eso, pero cuando cerró los ojos y sus labios se separaron no sentía tanta gratitud.

Mientras transcurrían las horas, otra vez estuvo a punto de desear morir.

Y luego, mientras se retorcía esforzándose para aliviar la presión cortante de las cuerdas, sintió algo tan inesperado que tuvo que retorcerse otra vez para asegurarse.

—Julian —le dijo con voz ronca—. Las cuerdas... creo que están resbalando. ¡Mis piernas están libres!

Sintió que pateaba y que realizaba el mismo descubrimiento... y luego una de sus piernas estaba libre. Con el aflojamiento de las cuerdas, Julian pudo liberarlos a los dos por completo. Jadeando, Anna se volvió hacia él, sin poder sonreír, pero le tomó una mano y se la apretó. Con la piel quemada, hasta un abrazo hubiera sido demasiado doloroso.

Por primera vez en dos días la pudo ver bien.

—Tu pobre cara —le comentó con la mirada ensombrecida al ver la evidencia de lo que había sufrido. Luego le tocó suavemente la mejilla con la mano—. Te amo, Anna.

—Yo también te amo —respondió dolorosamente.

Le miró el collar de esmeraldas, que era todo lo que quedaba de las piedras que lo habían obsesionado durante toda su vida.

—Quítate esas malditas cosas —le dijo mientras trataba de abrir el cierre con los dedos apoyados suavemente en su piel herida. Cuando se lo quitó, lo puso en su mano y lo arrojó en la canoa como si fuera un puñado de piedras.

—Estaremos bien —le comentó con determinación—. Ya verás.

Y luego la ayudó a regresar al bote, donde ella trató de sentarse pero terminó acostada temblando en el fondo, mientras él la protegía del sol con su cuerpo lo mejor que podía, y usaba la vela para guiar la pequeña embarcación hacia tierra.

La pregunta era: ¿llegarían a tiempo? Habían navegado con la corriente durante dos días. Sin agua dulce, tardarían otras cuarenta y ocho horas. Anna, especialmente, ya mostraba signos de delirio por deshidratación.

Julian apretó los dientes y luchó contra el delirio que también lo amenazaba a él. Si sucumbía, ambos morirían. La vida de Anna dependía de su fuerza. Y no podía, no la dejaría morir.

Hacia el fin de la tarde, comenzó a levantarse viento. Se veían nubes oscuras en el horizonte, y la canoa apenas tocaba las olas. Julian rezó como nunca lo había hecho en su vida.

Sus oraciones fueron respondidas. Cuando levantó el rostro hacia el cielo sintió que lo salpicaba la lluvia.

—¡Anna! ¡Anna! ¡Despierta! —sostuvo la vela con una mano y se inclinó para sacudirla, observando la necesidad de atender su piel quemada. Ella se había quemado mucho más severamente que él. Después de un momento, se levantó y lo miró como si no supiera quién era.

Había estado sin agua durante dos días y medio.

—¡Está lloviendo! —le dijo entusiasmado mientras el cielo se abría y un diluvio helado caía sobre ellos—. ¡Querida, está lloviendo!

Al ver que aún parecía no comprender, ató la vela, juntó agua con las manos y le dio hasta que le pareció suficiente por el momento.

Luego soltó la vela, y usando el viento y la corriente y todo su conocimiento sobre el mar, condujo su embarcación hacia tierra.

Cuando por fin escuchó el rugir de la rompiente y vio la espuma blanca de las olas rompiendo contra la costa, se le llenaron los ojos de lágrimas.

¡Lo habían logrado! Le dio gracias a un Dios en el que, hasta ese momento, realmente no había creído.

Luego bajó la vela y dejó que las olas llevaran la canoa. En la cresta de una, la embarcación se deslizó suavemente hasta llegar a la arena. Entonces Julian, con sus últimas fuerzas, levantó a Anna del fondo de la canoa y la llevó a tierra.

Las esmeraldas permanecieron olvidadas en el fondo de la canoa mientras las lágrimas de agradecimiento se mezclaban con las gotas de lluvia, y le mojaban el rostro.

Epílogo

Un año más tarde, lord y lady Ridley se encontraban, tomados del brazo, en la terraza de Gordon Hall. Era a comienzos de marzo, pero el clima continuaba cálido durante los últimos días. En el cuidado sendero que había debajo de ellos, una niña rubia saltaba y cantaba con su nuevo compañero de juegos, el hijo del portero. La niña estaba abrigada con una pelliza y sombrero de terciopelo, pero el sol de la tarde hacía casi innecesaria la indumentaria. La temperatura era más primaveral que invernal.

Anna observó las cabriolas de su hija con una sonrisa. Realmente, era agradable ver tan feliz y bien adaptada a Chelsea. Cuando la encontraron después de su pesadilla, estaba vestida como una niña cutí y le habían teñido el cabello de color marrón. Escondida con Ruby en el corazón de la villa de Kirti, con el aya y todo su clan cuidándolas, la pequeña estaba casi catatónica de miedo. Al ver a su madre, Chelsea se puso a llorar y se aferró a ella como para no dejarla ir jamás. A pesar del dolor de sus heridas, Anna también se aferró a Chelsea. Ambas habían temido no volver a verse.

Jim también se alegró de ver a Julian. Escupió y afirmó que su Julie era demasiado duro para matarlo, aunque se volvió para secarse lo que llamó «esa maldita ceniza» de los ojos. Al parecer estaba vigilando a Graham como Julian se lo había pedido, cuando Graham a mitad de camino hacia Colombo regresó repentinamente. Jim, sorprendido, perdió presa, y lo volvió a encontrar horas más tarde cuando había abandonado la búsqueda y regresaba a Srinagar. Grahan estaba rociando la galería de atrás con combustible y al ser sorprendido golpeó a Jim con una pala con tanta ferocidad que éste estuvo inconsciente casi toda la noche. Cuando recuperó sus sentidos y regresó a la casa desde la selva donde lo habían dejado, sólo encontró un esqueleto quemado y humeante.

Sólo pudo imaginar qué había sucedido con Julian y los demás. Y lo que imaginó no fue agradable.

Julian los había sacado a todos de Ceilán tan rápido que Anna apenas tuvo tiempo de despedirse de alguien. Sí pudo hablar con Charles, quien se conmovió al saber lo que les había sucedido. Sin embargo, no se sorprendió cuando Anna le comentó su intención de casarse con Julian. Le respondió que ya lo veía venir desde hacía algún tiempo, y estaba resignado a perderla. Le deseó felicidades antes de que Julian la llevara por la fuerza hasta el carruaje que estaba esperando, pero no había tiempo para nada más. Julian estaba decidido a llevarlos a Colombo, y desde allí en barco a Inglaterra, con la menor demora posible. El haber casi perdido a Anna lo había asustado, y estaba decidido a no arriesgarse otra vez.

Pudo despedirse de Charles sólo porque Julian sintió que debían advertir a la comunidad inglesa sobre los asesinos que había entre ellos e informar a Charles sobre lo que había sucedido en Srinagar. Charles, horrorizado, prometió que buscaría a los responsables y avisaría a los demás colonos sobre el peligro. En el último informe que recibieron de él, les comunicó que el Raja Singha había desaparecido. Continuaban buscándolo, pero como Anna conocía la justicia cingalesa y al Raja Singha, dudaba de que lo pudieran encontrar.

Julian, ya recuperado de su prueba, había decidido no renunciar a sus derechos de nacimiento si existía alguna posibilidad de reclamarlos. Después de varias semanas de torturarse el cerebro, por fin pudo recordar el nombre del sacerdote que había firmado el acta de matrimonio de sus padres. Después de eso, la tarea había sido fácil. El sacerdote estaba jubilado, pero su nombre aún estaba en los archivos de la iglesia y el acta estaba registrada en el archivo de la parroquia. Con la ayuda del antiguo procurador de Graham, Julian fue confirmado como lord Ridley.

La visita al procurador también tuvo otra consecuencia: por fin Julian descubrió quién había enviado la nota diciendo que la prueba se encontraba en las esmeraldas. Al parecer el padre del procurador había sido el procurador del viejo lord Ridley. Fue a este caballero a quien Anna y Paul vieron discutir con el viejo lord en la biblioteca. La discusión era sobre el deseo de lord Ridley de anular un casamiento secreto del cual había nacido un hijo quien, en el caso de permanecer legítimo, sería su heredero en lugar de su amado Graham. El procurador, en desacuerdo, se había negado a colaborar. Fue él quien, al ver dónde guardó lord Ridley la prueba de la legitimidad de su primer hijo, le envió la nota a Julian. Le dijo que no podía permanecer tranquilo después de la muerte del viejo lord. Su conciencia no lo dejaría descansar. Julian se lo agradeció y le ofreció una recompensa monetaria por su molestia. El anciano caballero le respondió que era suficiente recompensa ver que se hiciera justicia.

Junto con Anna y Chelsea, Julian viajó a Gordon Hall para ocupar su lugar como el verdadero y legítimo lord Ridley. Ruby se instaló en la casa de la viuda, mientras Jim continuaba yendo y viniendo cuando quería. Barbara, la esposa de Graham, fue generosamente resarcida por Julian, y se instaló en Londres, donde mitigó el dolor de su viudez casándose rápidamente con un segundo esposo.

Las heridas de Anna no habían sido graves, y excepto su piel, habían cicatrizado en una semana. Su piel, severamente quemada, se había ampollado, escamado y pelado, y temió no volver a lucir como antes. Pero finalmente, a mitad de camino del viaje de regreso a Inglaterra, su piel se había recuperado lo suficiente de su apariencia normal como para hacerla sentir capaz de aparecer en público sin timidez.

Fue entonces cuando se casó con Julian, en una ceremonia a bordo del barco presidida por el capitán. Jim entregó a la novia, y Ruby y Chelsea fueron sus acompañantes. Casi todos los pasajeros y miembros de la tripulación asistieron a la boda.

—Señorita Anna... quiero decir mi lady... aquí hay alguien que desea verla.

Anna se volvió y le sonrió a la señora Mullins, quien apareció a través de las ventanas francesas con un bulto envuelto en una sábana blanca en los brazos. La nueva niñera venía celosamente detrás, pero la señora Mullins consideraba al pequeño Christopher Scott Traverne como suyo cuando no estaba en brazos de su madre. En consecuencia, la niñera tenía poco que hacer, y se sentía agraviada por el ama de llaves.

—Gracias, señora Mullins. Hola, querido.

Anna le extendió los brazos a su hijo, pero Julian tomó al bebé, sosteniéndolo alegremente, como era propio del nuevo papá de un niño de menos de un mes. Su mueca fue cálida al mirar la diminuta forma, con un poco de cabello negro y ojos celestes como los suyos. Mientras el bebé lo observaba audazmente, Julian intentó hacerle cosquillas en el mentón. El pequeño Christopher rápidamente le tomó el dedo a su padre e intentó ponérselo en la boca.

—Creo que tiene hambre —Julian le entregó rápidamente al bebé. Anna sonrió mientras lo tomaba en sus brazos. Julian como padre era absurdamente adorable.

Cuando le dijo a Julian que iba a ser padre, estaba encantado. Luego, cuando comprendió que realmente iba a dar a luz, con dolor y sufrimiento, se aterrorizó. Pero lo sobrellevó sorprendentemente bien, aunque para pasar la noche del nacimiento, Jim le tuvo que dar bastante whisky. A la mañana siguiente, padre e hijo se entendían bien.

—Si me disculpas iré a alimentarlo.

Cuando Anna llevó al bebé de regreso a la casa, Julian

corrió para ir a jugar con Chelsea y su amigo. Anna, sonriendo, estaba contenta de dejarlo ir. Chelsea adoraba a Julian, y estaba fascinada con su diminuto hermano. Por fin había dejado de sufrir por Paul y cuando hablaba de él, lo hacía como de alguien a quien recordaba cariñosamente.

El mundo de Anna, al igual que el de Chelsea, estaba completo otra vez. Su corazón estaba lleno de Julian y sus hijos. Su vida le agradaba, y era tan feliz al ser la esposa de Julian como nunca lo imaginó.

Cuando el bebé terminó de comer (era un pequeño voraz, que se alimentaba rápida y ansiosamente) se lo entregó a la niñera para que hiciera una siesta. La muchacha lo tomó con un gesto de triunfo hacia la señora Mullins. Anna, ignorando estas señales de una guerra incipiente, salió a buscar a Julian.

Lo encontró junto a la laguna de lirios con Chelsea, tratando de atrapar una rana. Cuando apareció Anna, el amigo de Chelsea propuso construir una trampa para ranas, aunque Anna temió preguntarle qué era exactamente lo que imaginaba. Chelsea estaba entusiasmada con la idea, y Julian iba haciendo una mueca mientras se dirigía por la orilla a buscar a su esposa.

—Probablemente se caigan y se empapen —predijo Julian mientras los niños corrían a buscar los materiales necesarios.

—O atraparán a la horrible cosa, y Chelsea rogará poder conservarla como mascota —el cuarto de los niños de Gordon Hall ya era el hogar de un extraño surtido de esas criaturas.

—¿Cómo está mi hijo? —Su tono era tan orgulloso que Anna tuvo que sonreírle.

—Tu hijo está bien, aunque la señora Mullins y Lisset podrían irse a las manos.

—¿Crees que la muchacha tiene suficiente experiencia? Podríamos conseguir a otra...

—Ella está bien —respondió Anna con firmeza, pues ya sabía que Julian estaba expuesto más que la mayoría, a la ansiedad de un padre reciente. Se preocupaba por todo, desde la duración de las siestas del bebé (¿debe dormir tanto?) hasta por lo que comía. Anna hacía lo que podía para calmar sus temores, y esperaba fervientemente que los terrores de la paternidad pasaran pronto.

—Luces hermosa, como siempre —Julian distrajo su atención hacia Christopher, y se inclinó hacia adelante para besar a su esposa. Anna se apoyó contra él, lo abrazó y separó los labios. Hacía tanto que no hacían el amor, que el mismísimo roce podía excitarla. Había pasado todo el mes anterior al nacimiento del bebé, y las cuatro semanas después. Sabía que Julian tenía miedo de lastimarla, pero ya estaba cicatrizando y su cuerpo lo deseaba cada vez que lo tenía cerca. Quizás esta noche...

Julian la alejó y la observó extrañado.

—¿Qué sucede? —le preguntó Anna perpleja por su expresión.

—Acabo de recordar —le respondió, lo cual no le decía nada— cuando el sol iluminó tu cabello.

—¿Qué recordaste?

—Cuando te conocí, creí que ya te había visto antes. Repentinamente recordé dónde.

—Bueno, ¿dónde?

—Aquí, junto a la laguna. Tenías seis años. Fue cuando vine a enfrentar a mi padre, y él me echó y me golpeó. Finalmente me levanté del camino y comencé a caminar. Terminé en aquel matorral —le señaló un huerto cercano—. Estaba allí descansando, pues no podía caminar más, y tú corriste a buscar tu pelota. Me viste, viniste hasta mí y me preguntaste si estaba bien. Te miré y el sol te iluminaba el cabello. Recuerdo esos grandes ojos verdes mirándome con tanta seriedad... Luego llegó Paul y te tomó de la mano. Odiaba a Paul, quien tenía todo lo que yo había soñado, incluyendo a una pequeña niña rubia como compañera de juegos. Me sentí como un niño pobre con la nariz apoyada en el escaparate de una dulcería, siempre afuera y mirando adentro. Y les dije que se alejaran de mí, y lo hicieron.

La historia la emocionó. Le tomó la mano, y se puso en puntas de pie para besar esos labios que tenían una sonrisa de burla de sí mismo.

—Ya no estás más del lado de afuera, querido —le dijo suavemente entrelazándole las manos—. Y nunca volverás a estar.

Y después, ya disipados sus temores, lo condujo de regreso a la casa.